BERSERKER

JACK LIVELY

...in the darkness, there'll be hidden worlds that shine
When I hold Candy close she makes the hidden worlds mine

-Bruce Springsteen

1

DIE ATTACKE

KAPITEL 1

Ankara, Türkei. 16. November 2016.

Tom Keeler öffnete die Augen und sah Calcuttis wettergegerbtes Gesicht, das sich über ihm abzeichnete wie eine Wüstenklippe, die das Sonnenlicht blockiert. „Du bist wach."

„Wofür?"

„Canada hat nicht auf den Ping geantwortet, also habe ich Karim vor einer Stunde hochgeschickt. Er sagt, sie haben den Vorhang zugezogen."

Keeler richtete sich auf einen Ellbogen auf. *Canada* war der Codename für ein Safe House oben im Diplomatenviertel. „Was ist los?"

„Ich hab' Karim als Overwatch eingeteilt. Ich will, dass du bei Canada nach dem rechten siehst."

Keeler nickte und schwang seine Füße von dem schmalen Bett auf den Boden. Calcutti sah ihm nach und ging hinaus. Auf der anderen Seite des Raums stöhnte ein anderer Mann und rollte sich auf die Seite, um sich der Wand zuzuwenden.

Bratton hatte als Nächstes eine Schicht, weshalb Calcutti Keeler geweckt hatte. Er zog seine Stiefel an, stand auf und spürte das angenehme Knacken seiner Gelenke.

Keeler schnallte sich einen Geldgürtel um und überprüfte, ob er Bargeld und den Reisepass, mit dem er in die Türkei eingereist war, bei sich hatte. Man wusste nie, was passieren würde, also war es am besten, vorbereitet zu sein, selbst für eine Trainingsmission.

Fünf von ihnen befanden sich in der Wohnung und wechselten sich in Vier-Stunden-Schichten im Bereitschaftsraum ab. Drei Jungs im Dienst, zwei Jungs im hinteren Schlafzimmer. Keeler hatte erst zwei Stunden zuvor seine Schicht beendet.

Er nahm seine Jacke, die hinter der Tür hing, und ging in das vordere Zimmer der Wohnung. Calcutti saß mit einer Tüte scharfer türkischer Kartoffelchips auf dem Sofa. Das Fenster war mit einem Batik-Tuch verhängt, das mit ein paar Reißzwecken befestigt war. Das Sonnenlicht, das hindurchfiel, war orange.

Calcutti zeigte mit einem rot gepuderten Chip auf ihn. „Du machst deine SDR und schaust, ob Karim dich in Çankaya abholen kann." Er zermalmte eine Handvoll Chips zwischen seinen kräftigen Kiefern. „Lass ihn ordentlich arbeiten, Keeler, teste den Jungen. Mach es ihm schwer."

Die Toilette spülte, und Cheevers kam mit müdem Gesicht heraus. Keeler bemerkte, dass er sich nicht die Hände gewaschen hatte.

Calcutti sagte: „Mr. Cheevers, gib Keeler bitte eine Waffe, er wird den Check bei Canada machen."

Cheevers blickte zu Keeler, dann wieder zu Calcutti und schaute ihn scherzhaft an. „Nur die neun, oder willst du auch das Einsatzpaket?"

„Nur die Waffe."

Cheevers zuckte mit den Schultern, ging in die Küche, riss eine Platte an der gefliesten Wand auf und begann, in dem

Hohlraum herumzuwühlen. Zum Vorschein kam eine in Plastik verpackte Yavuz 9mm, die türkische Version einer Beretta 92. Keeler entfernte die Plastikverpackung, rollte sie zusammen und warf sie in den Müll. Er überprüfte die Pistole, lud ein Magazin ein und überprüfte sie erneut, bevor er die Waffe in seine Jackentasche steckte.

Er war verwirrt über die Kombination der Ausbildung des neuen Mannes, der Karim hieß, mit der Tatsache, dass Canada einen Ping verpasst hatte. Er fragte: „Was hat es mit Canada auf sich? Ist das echt?"

Calcutti wischte Kartoffelchipsreste an seiner Jeans ab. „Ich weiß es nicht. Wenn ich es wüsste, hätte ich es dir gesagt. Geh einfach rauf und sieh es dir an. Wahrscheinlich ist das Quatsch. Nutze die Gelegenheit, um Karim ein wenig zu zermürben."

Keeler sagte: „Ich frage, ob sie den Ping tatsächlich verpasst haben."

Calcutti nickte langsam und zuckte mit den Schultern. „Das ist bestätigt."

Die drei Männer standen im Eingangsbereich der Wohnung. Keeler steckte sich Ohrstöpsel in die Ohren. Die Stöpsel sahen genauso aus wie die zivile Version, waren aber im Inneren anders. Er koppelte sie mit einem iPhone, ebenfalls eine stark modifizierte Version des zivilen Geräts. Calcutti steckte sich ein Gerät in sein linkes Ohr und sprach. „Hörst du mich, Bro?"

Die Stimme drang in Keelers Ohren, in Stereo und klar. „Copy."

Er tippte auf den Ohrhörer und hörte das elektronische Klicken. Er klopfte zweimal und bekam zwei Klopfer zurück. Er nickte Calcutti zu.

Calcutti sagte: „Ich schalte auf Kanal fünf." Er sprach in die Luft. „Hier ist Sierra, Charlie, hörst du mich?"

Die Stimme von Karim kam durch. „Copy." Irgendetwas

an der Art, wie der Vokal auf einen Konsonanten traf, verriet Karims nahöstlichen Akzent.

Calcutti sah Cheevers an, während er mit Karim auf der Wache sprach. „Kitty verlässt Brooklyn."

Keeler verließ die Wohnung, ein weiteres Safe House, diesmal mit dem Codenamen *Brooklyn*.

Er stieg schnell drei Treppen zur Straße hinunter und genoss die Bewegung. Die Novemberluft fühlte sich sauber und frisch an, denn Ankara war eine hoch gelegene Stadt, fast tausend Meter über dem Meeresspiegel. Keeler begann den steilen Weg den Hügel hinauf nach Çankaya, wo sich alle Botschaften befanden. Das Viertel wurde schnell zu einer Wohngegend, die Geschäfte und Restaurants lichteten sich.

Er lief eine Überwachungsroute, bewegte sich so, wie man es ihm beigebracht hatte, unvorhersehbar, lief im Kreis und tauchte in Gassen und an Imbissbuden unter und tat im Allgemeinen alles, was er konnte, um jedes mobile Team, das ihn verfolgen könnte, abzuhängen.

Das Team befand sich auf einer Trainingsmission, und Ankara war ein idealer Ort dafür. In der türkischen Hauptstadt wimmelte es nur so von Spionen, die alle auf Überwachung aus waren und von denen viele den Amerikanern feindlich gegenüberstanden. Wenn sich ein Neuling wie Karim in Ankara durchsetzen konnte, würden sich alle viel wohler fühlen, wenn sie mit ihm zusammenarbeiteten, selbst wenn es sich nicht um eine Trainingsmission handelte.

Keeler ging den langen Weg nach Çankaya hinauf, auf der anderen Seite hinunter und durch den Botanik Park wieder hinauf. Auf der anderen Seite des Parks betrat er Atakule, ein Einkaufszentrum in Form eines riesigen Donuts, und fuhr mit der Rolltreppe drei Stockwerke hinunter zu einem Lacoste-Geschäft. Er probierte einen Pullover an, flirtete mit der Verkäuferin und machte ihr ein Kompliment für ihr Englisch. Er kaufte einen Milchkaffee.

Karims heisere Stimme krächzte in Keelers Ohren, als er das Einkaufszentrum verließ.

„Hier ist Overwatch. Blauer Himmel." Karim, der ihm mitteilte, dass er nicht überwacht wurde und weiterkonnte.

Keeler hatte ihn nicht gesehen und war leicht beeindruckt, dass er hintenherum gekommen war. Keeler tippte zweimal auf den rechten Ohrhörer und bestätigte damit den Empfang der Nachricht. „Gut. Ich habe dich nicht gesehen." Er wartete auf Angeberei, aber die kam nicht, was ein weiterer Grund war, warum die Leute Karim mochten. „Was hat es mit Canada auf sich?"

Der Ton knackte in seinem Ohr. Karim sagte: „Ich bin durch den Hintereingang nach oben, und der Vorhang war zugezogen. Ich habe es gemeldet."

„Okay. Ich mache die SDR fertig und sehe es mir an. Bleib einfach an mir dran."

Die Straße war angenehm, mit Cafés auf dem Bürgersteig, mit Terrassen und Außenheizung. Paare saßen herum und tranken Kaffee. Eine Gruppe von Freunden spielte Karten. Karim war ein Einheimischer türkischer und persischer Abstammung, der als Straßenarbeiter rekrutiert worden war und sich in die Umgebung einfügen konnte. So weit, so gut. Es war schon eine Weile her, dass einer von ihnen es geschafft hatte, Karim in die Pfanne zu hauen; er hatte sich gut entwickelt.

KAPITEL 2

Keeler nahm den Bus. Er fragte sich, wie Karim ihn im Auge behalten würde. Er sah sich in der Menge um, entdeckte ihn aber nicht. Vielleicht war er mobil - auf einem Fahrrad oder einem Roller? Zehn Minuten später sprang er aus dem Bus.

„Status?"

Karims Stimme meldete sich wieder. „Du bist gerade aus dem Bus gestiegen, stehst vor dem Nussstand und denkst an geröstete Cashews. Blauer Himmel."

Weitermachen.

Canada war eine Wohnung im vierten Stock eines Hauses, das von der Straße aus gesehen hinter einem anderen, größeren Gebäude lag. Der Zugang erfolgte über einen hübschen Weg, der sich durch einen Garten schlängelte, in dem sich das Herbstlaub orange und braun verfärbt hatte.

Was Keeler nicht gefiel, war das auf der anderen Straßenseite geparkte Taxi, dessen Fahrer reglos am Steuer saß und eine Zeitung vor sich ausgebreitet hatte. Er klickte einmal auf den Ohrstöpsel.

„Ich sehe es", antwortet Karim. „An der Ecke gibt es einen

Laden. Geh dort hinein und kaufe die Nüsse, auf die du so Appetit hast."

Keeler ging an dem Taxi vorbei, ohne es anzusehen. Er hatte Karim immer noch nicht gesehen. Vielleicht war er vor ihm, behielt so alles im Auge und ahnte Keelers Bewegungen voraus.

An der Ecke ging er in den kleinen Laden und kaufte in aller Ruhe eine Tüte mit gerösteten Nüssen.

Karims Stimme: „Du kannst hinten rein, es ist niemand dort. Im Park bleibst du außer Sicht."

Keeler überquerte die Straße. Das Taxi stand immer noch in der Mitte des Blocks. Karim hatte es wohl überprüft und entschieden, dass der Fahrer nur ein Fahrer war. Keeler ging einen Block bergab. Er bog nach links in einen kleinen Park ein und setzte sich auf eine Bank, um die Nüsse zu essen.

Drei weitere Bänke waren nach Norden ausgerichtet. Zwei davon waren von Männern besetzt, die auf ihre Handys schauten oder telefonierten. Einer war mittleren Alters, der andere ein junger Mann, der etwas von Burger King aß und sich ein lautes Video ansah. Eine Mutter aß die Reste eines Snacks für ihre Kinder, während die drei sich in einem Sandkasten mit Klettergerüst tummelten.

Ein dritter Mann betrat den Park von Norden her. Er trug eine braune Lederjacke, Jeans und Lederstiefeletten. Er war Mitte dreißig, mit schütterem, nach hinten gegeltem Haar, das er über die sichtbare rosa Stelle seines Schädels gekämmt hatte. Er warf einen Blick auf Keeler und verließ den Park auf demselben Weg, auf dem Keeler ihn betreten hatte.

Keeler ließ den Mann gehen. Er sprach in den Ohrhörer. „Hast du den Kerl gesehen? Sah für mich sehr scharf aus."

„Ich sehe ihn. Er geht runter zur Teheranstraße. Ich werde ihn gehen lassen."

Keeler wartete ein paar Minuten, bevor er aufstand und zur Nordseite hinüberging. Er folgte einem kleinen Weg durch einen Holzzaun und kam auf der Rückseite des Wohnhauses heraus, in dem sich das Safe House befand. Das Gebäude war noch im Bau und sah halb verlassen aus. Es bestand aus sechs Stockwerken, wobei die beiden obersten Stockwerke noch nicht fertiggestellt, und den Elementen ausgesetzt waren. Seile und Flaschenzüge hingen vom sechsten Stock herunter und schlängelten sich in die offenen Fensterhöhlen des fünften Stocks.

Von dort, wo Keeler stand, konnte er eines der Fenster im vierten Stockwerk sehen. Der Vorhang war ganz zugezogen - das Notsignal.

Er sagte: „Sierra, Charlie. Bestätige rotes Licht."

Calcuttis Stimme drang in sein Ohr. „Verstanden, Kitty. Geh rein und sieh nach, aber fass nichts an, ich wiederhole, fass nichts an."

Keeler klopfte zweimal auf den Ohrhörer, anstatt zu sprechen. *Klick, klick.* Er scannte den Park und die umliegenden Gebäude, bevor er seine Aufmerksamkeit wieder auf das Safe House richtete. Eine Treppe, die an der Rückseite des Gebäudes hinaufführte, sah ziemlich wackelig aus. An einem Teil der Struktur waren Bewehrungseisen zu sehen, die noch auf den Beton warteten. Die Treppe selbst sah in Ordnung aus. Er ging hinauf, vorbei am vierten Stock, und warf einen Blick auf den leeren Korridor, bevor er zum fünften Stock weiterging.

Die Stimme von Karim kam über den Ohrhörer. „Auf der Treppe habe ich ein Auge auf dich, aber drinnen wirst du auf dich gestellt sein."

Keeler klopfte zweimal auf den Ohrhörer. Von nun an gab es keine Verstärkung mehr, was diese Art von Job zu etwas Besonderem machte. Bei einer normalen JSOC-Mission würden sie nie mit nur einem Mann reingehen, nicht einmal für einen Trainingslauf. Das Joint Special Operations Command hatte mindestens vierköpfige Teams. Zusätzlich Tarnkappendrohnen und Scharfschützen zur Rückendeckung. Aber so funktionierte es nicht beim Geheimdienst.

Der fünfte Stock hatte Wände, aber keine Fenster oder Türen. Keeler schaute hinein und sah Baumaschinen und Pfützen mit Regenwasser. Zurück an der Treppe, blickte er auf den Park und aß die Tüte mit den Nüssen auf. Türkische Nüsse waren gut. Nicht so gut wie die, die er in Syrien bekommen hatte, aber trotzdem ziemlich gut. Auf jeden Fall besser als amerikanische Nüsse.

Er kletterte in den sechsten Stock, stand an einem klaffenden Loch in der halbfertigen Mauer und blickte über die Stadt. Dieser Teil Ankaras war sehr ruhig, wohnlich und reich. Der Mann mittleren Alters im Park hatte wie ein türkischer Regierungsbeamter ausgesehen. Der jüngere Mann eher wie ein Migrant aus dem Süden, aus Syrien oder dem Irak. Aber hatte er wie ein Kämpfer oder ein asylsuchender Flüchtling ausgesehen? Das Taxi auf der anderen Straßenseite war ein weiterer interessanter Anhaltspunkt.

Keeler kaute den letzten Bissen. „Sierra, Charlie, ich bin in der sechsten Etage. Optisch ist nichts zu sehen. Ich will runter in den vierten Stock und nachschauen."

Die Stimme von Calcutti kam durch. „Overwatch?"

Karim sagte: „Aus meiner Sicht gilt weiter Blauer Himmel."

Keeler konnte nicht sehen, wo Karim stand.

Calcutti sagte: „Overwatch, du bleibst zurück. Kitty, du hast freie Bahn. Geh rein, und halte die Leitung offen."

„Verstanden."

Keeler ging in den vierten Stock hinunter und betrat den Korridor. Das Gebäude war relativ schmal, auf jedem Stockwerk gab es nur eine Wohnung. Die Tür befand sich gegenüber dem Aufzug. Die Anzeige über dem Aufzug zeigte null an, was in der Türkei das Erdgeschoss war. Er klopfte an die Tür und wartete. Keine Antwort. Keeler konnte Calcutti auf der anderen Seite der verschlüsselten militärischen Satellitenverbindung atmen hören.

Er zog den Ärmel seines Pullovers über seine rechte Hand

und griff nach dem Türknauf. Der drehte sich, und er stieß die Tür auf. Direkt vor der Tür sah er einen zähflüssigen Fleck dunklen Blutes auf dem gefliesten Boden. Die Blutspur war von einem Stiefel verursacht worden. Der Besitzer des Stiefels lag mit durchgeschnittener Kehle auf dem Boden, das Gesicht nach oben. Die Wand neben ihm war mit arteriellem Blut bespritzt worden, das sich nun unter seiner Leiche sammelte.

Keelers erster Gedanke war, dass die Simulation verdammt gut war. Sie hatten es so eingerichtet, dass alles ultrarealistisch aussah. Aber der Gestank, der ihm aus dem Inneren der Wohnung in die Nase stieg, ließ diesen Gedanken wieder verschwinden. Das hier war keine Simulation.

Er trat einen Schritt von der offenen Tür zurück und blieb lauschend stehen. Zeit, sich neu zu orientieren.

Keeler wusste nicht, ob sich noch Feinde in der Wohnung befanden.

Calcuttis Stimme drang durch die Ohrstöpsel. „Gib mir 'nen Überblick, Kitty."

Keeler tippte mit dem Zeigefinger auf die Ohrstöpsel. *Klick klick klick.* Drei schnelle Klicks hintereinander, um zu signalisieren, dass er nicht sprechen konnte. Zwei Klicks kamen als Antwort. Nachricht erhalten.

Er zog die Pistole, ließ den Schlitten zurückschnellen und legte eine Patrone in die Kammer. Zu seiner Linken befand sich ein schmales Fenster, das auf die Rückseite des Nachbargebäudes blickte. Leichter Verkehrslärm kam von einem Block entfernt. Eine Katze miaute, und jemand hustete, vielleicht aus dem zweiten oder dritten Stock.

Keeler wartete nicht länger. Er betrat die Wohnung und schloss die Tür hinter sich.

KAPITEL 3

Für Keelers geübtes Auge sah die Leiche relativ frisch aus. Die Spitzer an der Wand und das Blut vor der Tür hatten begonnen zu gerinnen, aber die Lache, die sich unter dem Körper sammelte, hatte mehr Volumen und war im Randbereich noch nicht verdickt. Der Tote war etwa vierzig Jahre alt und hatte einen dunklen Schopf mit glattem Haar. Seine hellbraunen Augen standen offen und blickten ins Leere.

Keeler trat um den Leichnam herum.

Durch den Eingang gelangte man in ein Wohnzimmer mit einer offenen Küche geradeaus und auf der linken Seite. Dort gab es noch mehr Blutspritzer. Die Wohnung war voller Imbisskartons und leerer Wasserflaschen. Wer auch immer dort gelebt hatte, hatte es mit dem Aufräumen nicht so genau genommen. Schlimmer noch, die Wohnung stank nach Exkrementen und dem rostigen Geruch von menschlichem Blut.

Eine zweite Leiche lag zu einem Ball zusammengerollt neben dem Couchtisch, die Kehle durchgeschnitten, und das Blut aus der Halsschlagader war in den Perserteppich gesickert. Diese Leiche war weiblich und vielleicht fünfunddreißig Jahre alt. Der Pullover der toten Frau war hochgerutscht, so dass ihr Rücken oberhalb des BH-Trägers frei lag. Keeler widerstand dem Drang, den Pullover herunterzuziehen. Das Haar der Leiche war blond, aber gefärbt. Sie war von Natur aus brünett gewesen.

Eine Stehlampe war umgekippt und lehnte nun an der Wand neben der Couch. Ein Kamerastativ stand in der Mitte des Raumes, weit entfernt von den Fenstern. Die Stativhalterung war hoch aufgerichtet, vielleicht sechs Fuß hoch. Ein einfacher Stuhl stand daneben. An dem Stativ war keine Kamera befestigt. Etwas stach ihm ins Auge, und Keeler blickte nach links und erblickte eine Hand, die sich auf den Bodenfliesen hinter der Center Insel ausstreckte.

Die Hand war mit einem anderen Körper verbunden. Männlich und älter, vielleicht fünfzig. Graues Haar und ein Bart, ebenfalls graumeliert. Diesem Mann war einmal in die Brust geschossen worden. Die Mörder hatten sich nicht mit einer Kugel begnügt, sie hatten ihm die Kehle durchgeschnitten und ihn wie die anderen ausbluten lassen. Keeler stellte sich die saugende Schusswunde vor. Wie der Kerl zu Boden fiel und vor Schreck keuchte. Ein großes Küchenmesser lag neben seiner ausgestreckten Hand auf dem Boden. Das Messer war benutzt worden. Der Mann hatte es geschafft, einen seiner Angreifer zu verletzen.

Auf dem gefliesten Boden breitete sich eine Menge Blut aus. Es war unmöglich zu sagen, ob etwas davon von einem Angreifer stammte, zumindest nicht, bis jemand eine forensische Analyse des Tatorts durchgeführt hatte. Trotz der Imbissverpackungen und des Einwegmülls, die den Raum verunreinigten, war der Tresen in der Nähe der Spüle sauber. Eine Kaffeemaschine glänzte neben einer großen Tüte gemahlenen Kaffees, die mit einem schwarzen Clip verschlossen war. Auf einem minimalistischen Abtropfgestell standen Teller, Kaffeetassen und eine kleine Auswahl an Besteck.

Es sah nach Arbeitsteilung aus. Jemand hatte das Kommando über einen kleinen Bereich des Safe Houses übernommen und auf ein begrenztes Maß an Ordnung bestanden, was keinen Sinn ergab. Diese Wohnung sollte leer und nicht betriebsbereit sein. Der Geheimdienst hatte eine Notbesatzung, die dafür sorgte, dass sie als Safe House instandgehalten wurde, aber das hier ging weit über Instandhaltung hinaus. Für Keeler sah es so aus, als wäre hier eine komplette Mission abgewickelt worden.

Keeler verdrängte diesen Gedanken und ging die Ereignisse im Kopf durch.

Der grauhaarige Mann schafft es in die Küche und nimmt das Messer in die Hand. Er überrascht einen der Angreifer und kann ihn verletzen, bevor sie ihn niederschlagen. Die Angreifer begnügen sich nicht mit einer Kugel. Sie schneiden ihm die Kehle durch. Da dies eine unnötige Tat war, nahm sie für Keeler nun einen symbolischen Aspekt an.

Sie wollten eine Botschaft senden.

Die Wohnung hatte zwei Schlafzimmer, die jeweils mit zwei Einzelbetten ausgestattet waren. Eines der Schlafzimmer war ein ekelhaftes Durcheinander, das andere war relativ sauber. Das sauberere Schlafzimmer war nach Süden ausgerichtet und hatte die weißen Baumwollvorhänge, die Keeler von unten gesehen hatte. Es gab ein Badezimmer mit Wanne und Dusche und einen leeren Wäscheständer. Die Toilette befand sich in einem separaten Raum, etwa von der Größe eines Kleiderschranks mit einem einzigen kleinen Belüftungsfenster zum Nachbargebäude hin. Das Fenster stand offen.

Nachdem er die Wohnung durchsucht hatte und sicher war, dass niemand sonst noch da war, öffnete er ein Wohnzimmerfenster und stellte sich daneben, um die frische Luft einzuatmen. Als er hinausschaute, sah er den klaren blauen Himmel und die knochigen Äste der Bäume, die ihr Laub verloren.

Karim wartete dort draußen, ebenso wie Calcutti.

Keeler tippte einmal auf den AirPod-Ohrstöpsel. *Klick.* Er sagte: „Canada ist sauber."

Die Stimme von Calcutti. „Overwatch?"

Karim sagte: „Blauer Himmel."

Calcutti wieder. „Was ist da los, Kitty?"

Keeler hatte die Leichen untersucht und die gesamte Wohnung durchwühlt. Außer der Kleidung der Leichen fand er keine persönlichen Gegenstände, keine Ausweispapiere und keine Telefone. Falls es Ersatzkleidung oder persönliche Gegenstände gegeben hatte, waren sie entfernt worden.

Er sagte: „Ich habe hier echte Leichen. Drei Tote mit durchgeschnittener Kehle. Relativ kürzlich. Die andere Sache ist, dass dieser Ort in Betrieb ist." Er schaute auf das Stativ, einsam und ohne Kamera. „Überwachung oder vielleicht haben sie Verhöre durchgeführt, das ist unklar."

Er hörte, wie Calcutti Luft holte. Die Stimme des älteren Mannes klang verärgert, aber professionell. „Verstanden. Komm da raus, und verhaltet euch unauffällig. Ihr zwei haltet euch an die Routine und führt eine vollständige SDR durch. Kommt nicht zurück, bevor ihr nicht die Erlaubnis eingeholt habt."

Keeler sagte: „Verstanden."

Keelers Blick fiel auf das Stativ. Er war über einen Meter achzig groß und brauchte den Stuhl nicht. Jemand, der kleiner war, hatte die Kamera bedient. Er stellte sich in einer Linie mit dem Stativkopf auf. Von diesem Standpunkt aus hatte er einen Blick aus dem Fenster in Richtung Osten auf drei benachbarte Wohnhäuser. Es fehlte nicht nur die Kamera, auch die Halterung war verschwunden. Jemand hatte die Kamera hastig direkt vom Stativ genommen, ohne sich die Zeit zu nehmen, die Halterung abzuschrauben.

Er blickte auf die Frau auf dem Perserteppich hinunter, und ihm fiel auf, dass keiner dieser Toten amerikanisch aussah. Sie sahen türkisch aus, was seltsam war, da Canada ein Safe House der CIA war.

Nicht, dass er sich bei der Nationalität hundertprozentig sicher sein konnte. Beide Männer hatten das, was Keeler für einen türkischen Haarschnitt hielt. Das Haarfärbemittel der Frau war auch kein Beweis, aber es bestätigte den Eindruck. All das könnte Inszenierung sein, ein Versuch amerikanischer Geheimagenten, sich in ihre Umgebung einzufügen, aber das glaubte er nicht. Keeler stand von seinem Stuhl auf und ging zu dem älteren Toten in der Küche. Er öffnete den Mund des Mannes und sah eine Ansammlung von Zahnfüllungen im hinteren Teil seines Mundes. Das Gleiche tat er bei den beiden anderen Leichen.

Mehr Zahnfüllungen als ein durchschnittlicher Amerikaner in ihrem Alter hätte. Die türkische Regierung fügte dem Leitungswasser kein Fluorid hinzu, was bedeutet, dass türkische Staatsangehörige, die in ihrem Heimatland aufwuchsen, ein achtzig Prozent höheres Risiko für Karies hatten als Amerikaner in vergleichbarem Alter.

Karims Stimme kam über die Coms. „Hier ist Overwatch. Gibt es ein Problem, Kitty?"

Keeler sagte: „Ich komme."

Er verließ die Wohnung und schloss die Tür hinter sich. Der Park war jetzt völlig leer. Es war Nachmittag, und die Sonne stand schon tief. Keeler ging den langen Weg herum und dann den Hügel hinauf und bog rechts in die Straße ein, die er ursprünglich genommen hatte. Das Taxi war verschwunden.

———

Zwei Stunden später war es dunkel, und Keeler betrat einen beleuchteten und geschäftigen Markt. Er und Karim hatten sich tief in den Nordosten Ankaras vorgearbeitet, ein von Asylbewerbern und Migranten bevölkertes Gebiet. Es gab keinen Sichtkontakt zwischen ihnen, aber Karim hielt ihm den Rücken frei, um ihn vor einer feindlichen Überwachung zu schützen.

Die Verkäufer boten Gewürze, getrocknete Nüsse und

Früchte, Küchenutensilien und Tupperware, Fisch und Kaffee an. Fleisch brutzelte über schwelender Glut und glitt von Stahlspießen in frisch gebackenes Brot, das mit Zwiebeln und Chilisauce bestrichen war. Hier war es voll von hungrigen Menschen, die von einem Tag mit harter Arbeit zurückkamen und sich um die heißen Kohlen drängten, fasziniert von den geschwärzten Fleischbrocken auf dem Grill.

Karim tauchte aus der Menge auf. Keeler hätte ihn fast nicht erkannt.

Er war ein schlanker Mann Anfang vierzig, der Sohn einer kurdischen Frau und eines iranischen Arztes. Er war in Istanbul aufgewachsen und sprach fließend Farsi, Türkisch und kurdische Dialekte. Sein Vater hatte den Iran unter Zwang verlassen, und seine Großeltern waren vom türkischen Militär bei einem der regelmäßigen Völkermordmassaker getötet worden.

Regimefeindlichkeit beschreibt nicht einmal ansatzweise die Gefühle, die Karim gegenüber der autoritären Herrschaft hegte.

Er nannte es eine Midlife-Crisis, als er sich an die Amerikaner wandte und seine Hilfe anbot. Sie hatten ihn eineinhalb Jahre lang ausgebildet. Jetzt war Karim am Ende der Pipeline im Geheimdienst und lernte von den Besten. Keeler ging davon aus, dass Karim in der Lage sein würde, weitere lokale Agenten für die Amerikaner zu rekrutieren. Mit der Zeit würde er ein echter Spion werden.

Sie tauschten Blicke aus. Keeler sagte: „Alles FUBAR."

Karim hatte gelernt, was das bedeutet. Er nickte. „Lass uns essen."

Sie drängten sich durch die Menge und holten sich Portionen auf die Hand, zogen sich auf eine Bank zurück und setzten sich nebeneinander. Der Kebab war gut und wärmend. Keeler aß seine Portion hungrig. Als sie fertig waren, besorgte Karim Pappbecher mit Kaffee und eine Handvoll süßen Baklavas, das vor Honig triefte.

Keeler nahm drei Schlucke Kaffee zu jedem Bissen Baklava. Er sah Karim an. „Ich habe herausgefunden, was mich gestört hat."

Karim warf ihm einen Blick zu, der besagte: *Was meinst du?* Das hätte er nie sagen können, da sein Mund voll war. Eine Art Grunzen kam aus ihm heraus.

Keeler sagte: „Drei Leichen in der Wohnung, aber vier Kaffeetassen auf dem Abtropfgestell in der Küche." Er schlürfte etwas von dem starken schwarzen Gebräu. „Ich habe versucht, mich genau daran zu erinnern, während wir die SDR liefen. Ich bin mir hundertprozentig sicher. Vier Tassen und vielleicht vier Teller, die auf dem Gestell trocknen."

Karim war nicht langsam. „Jemand fehlt, willst du damit sagen."

Keeler zerdrückte den Pappbecher in seiner Hand. „Ja. Ich weiß es nicht. Vielleicht versteckt sich jemand oder so. Wir müssen zurückgehen."

Karims weises Gesicht sah ihn an. „Aye aye, Captain."

Aber Calcutti war damit nicht einverstanden.

Seine Stimme kam heiß und schwer über die verschlüsselte Verbindung. „Während ihr zwei herumgealbert habt, wurde ich vom Kommando aufgerieben, und ich mag es nicht, aufgerieben zu werden. Wir verschwinden von hier, sofortige Exfiltration. Wenn ihr zwei nicht innerhalb einer Stunde zurück seid, müsst ihr euch selbst einen Weg nach draußen bahnen, ganz zu schweigen vom Kriegsgericht für dich, Kitty, so wie die Leute hier reden."

Keeler sagte: „Du hast nicht gehört, was ich gesagt habe, Calcutti. Es gibt einen vermissten Agenten oben in Canada. Wir werden keinen unserer Leute zurücklassen."

Er stellte sich vor, wie sich Calcuttis Gesicht zu einer wütenden Fratze verzerrte. „Erstens sollte niemand zurückgelassen werden, und zweitens ist es nicht unsere Mission, was auch immer sie dort gemacht haben. Beweg deinen Arsch hierher zurück, Kitty, das ist ein Befehl."

Keeler unterbrach die Verbindung und sah Karim in die Augen. „Wir treffen uns in Brooklyn. Ich brauche keine Bewachung. Capisce?"

Der Typ sah ihn an, intelligente Augen, die seinen Blick suchten. Keeler hielt den Blick und hoffte, dass sie sich wortlos verstehen würden. Schließlich wandte Karim den Blick ab.

„Mein Onkel ist LKW-Fahrer hier in der Türkei. Er fährt ständig quer durchs Land, und es ist ein großes Land. Diese Fahrer reden gerne. Weißt du was, sie benutzen immer noch CB-Funk um sich auszutauschen."

„Echt, mit den alten Funkgeräten und allem?"

Karim sah ihn an. „Heutzutage benutzt man Apps auf dem Handy." Er hielt ein iPhone hoch. „Du lädst es auf so ein Gerät herunter, und schon sprichst du mit den Truckern."

Karim stand auf und klopfte ihm auf die Schulter. „Du wirst mich in Çankaya nicht sehen, aber ich bin im Truck, Bruder." Er stand einen Moment lang da. „Ich werde Spiderman sein, und du der Flash. Wir werden Kanal neunzehn benutzen. Capisce?"

Keeler nickte. „Capisce." Er hatte Karim nicht bitten wollen, wieder mit ihm dort hin zu gehen. Zum einen war das gegen die Vorschriften. Ein weiterer Grund war, dass Karim kein Amerikaner war, sondern ein ausländischer Auftragnehmer der Company. Aber der Mann hatte das Gebot des Kriegers verstanden.

Niemand im Team wird auf dem Schlachtfeld zurückgelassen. Punkt.

Er beobachtete Karim, wie er in der Nacht verschwand, und dachte daran, wie schnell er mit etwas so Banalem wie einem CB-Funkgerät eine geheime Kommunikationsmöglichkeit aufgebaut und sich unter die Trucker gemischt hatte. Als ob er das schon mal gemacht hätte. Was angesichts von

Karims Alter ziemlich wahrscheinlich war. Wahrscheinlich war er ein anständiger Krimineller gewesen, bevor er sich bei den Geheimdiensten der Vereinigten Staaten einschrieb.

Keeler schmunzelte vor sich hin. Kriminelle Erfahrung wäre in diesem Beruf nützlich.

Calcutti und die anderen Jungs, die für das JSOC arbeiteten, kamen aus einer Vielzahl von Teams: Delta, Seals, die Intelligence Support Agency. Ernsthafte Teams mit knallharten Mottos, die zumeist bestätigten, wie belastbar ihre Agenten waren. Keeler kannte die anderen Mottos nicht, aber er war ein Pararescue-Operator, und das PJ-Motto lautet *Damit andere leben können.*

KAPITEL 4

Keeler nahm ein Taxi zurück nach Çankaya.

Auf der Rückbank sitzend fand er eine CB-Funk-App und lud sie herunter. Während die nächtliche Landschaft vorbeizog, dachte Keeler darüber nach, was gerade passiert war. Eine schnelle Abfolge von überraschenden Ereignissen. Überraschung Nummer eins: der eindeutige Beweis, dass von Canada aus eine Mission durchgeführt worden war. Überraschung Nummer zwei: drei Leichen. Überraschung Nummer drei: Calcutti hatte gesagt, er habe den Befehl erhalten, sich aus dem Safe House zurückzuziehen.

Eine seltsame Exfiltration, wenn es nach Keeler ging.

Offensichtlich hatte irgendjemand, irgendwo, irgendeine heikle Sache gemacht. Er wollte wetten, dass es sich um einen Büromenschen handelte, der mit dem Pendlerleben vertraut war, saubere Hemden trug und an irgendeinem Konferenztisch in einem Vorort von Virginia saß. Keeler hatte die Ohrstöpsel in der Hand und hörte, was auch immer von den türkischen Truckern auf Kanal neunzehn kam. Nichts davon konnte er verstehen. Meistens knisterte es, und hier und da sprach eine Stimme in ihrer Sprache.

Er hatte einen Testlauf gemacht. „Hier ist Flash für Spiderman. Out."

Karims Stimme kam in Wall aus Zischen und Knistern durch, zeitweise als entfernte Silben und Vokalfragmente, im Wesentlichen unverständlich. Keeler nahm an, dass sie außer Reichweite waren. Er ließ sich vom Fahrer fünf Blocks von Canada entfernt absetzen. Die Nacht hatte einen kühlen Hauch in die ruhigen Straßen gebracht.

Er dachte: *Nehmen wir an, dass vier Agenten von dem Safe Haus aus gearbeitet haben.* Drei waren nun tot, und der vierte könnte entkommen oder gefangen genommen worden sein. Eine andere Möglichkeit wäre, dass der vierte Mann nicht in der Wohnung war, als der Angriff stattfand. Keeler erinnerte sich an die leeren Imbissverpackungen, also ging jemand an den meisten Abenden etwas zu essen holen. Das ergab Sinn. Man bestellte schließlich keinen Lieferservice in ein Safe House.

Er kam von einer Parallelstraße den Hügel hinunter zum Vordereingang, wo das Taxi zuvor gestanden hatte. Er schlich sich durch eine Lücke zwischen den Wohnhäusern und sprang über den Zaun, der die hinteren Gärten trennte. Die Wohnung im Erdgeschoss war beleuchtet. Durch die hinteren Fenster konnte er eine fünfköpfige Familie beim Abendessen sehen: Die Mutter löffelte Reis aus einem großen Topf für drei Kinder, während der Vater hungrig wartete.

Er fand einen Platz in der Nähe der Straße, von dem aus er den Eingang des Gebäudes sehen konnte, und hockte sich in ein schattiges Gebüsch. Keeler drehte die Lautstärke der CB-Funk-App hoch. Es knisterte und zischte immer noch. Er sprach leise in das Mikrofon, das in seinen Ohrhörern eingebaut war.

„Flash für Spiderman, over."

Die Stimme von Karim ertönte. „Hier ist Spiderman. Ich habe Oversight auf der Rückseite. Blauer Himmel. Over."

Auf der Rückseite war also alles in Ordnung. Keeler

schaute auf die Vorderseite, die das Bild der Ruhe war. Er sagte: „Flash für Spiderman. Du bleibst auf der Rückseite und sagst mir Bescheid, wenn du etwas Pikantes siehst, ansonsten Funkstille. Es ist zu laut auf diesem Ding. Over."

„Spiderman für Flash. Verstanden. Out."

Das CB-Funkgerät machte sich als Notlösung recht gut, aber er wollte das Rauschen und Knistern während des Betriebs nicht in den Ohren haben. Keeler stellte sich auf die Mission ein, ruhig und gelassen. Eine Minute später fühlte er sich gut und ließ das Adrenalin abklingen. Er ließ fünf Minuten verstreichen, beobachtete und lauschte. Wenn es jemanden gab der eine Überwachung durchführte, konnte er sie nicht sehen.

Keeler ging die Treppe hinauf, zwei Stufen auf einmal. Die Yavuz 9mm lag sicher in seiner großen rechten Hand.

Diesmal war die Wohnung dunkel, das Mondlicht fiel durch die Fenster und tauchte die Szene in ein kaltes Licht. Er ging an der Leiche im Eingangsbereich vorbei. Es war unheimlich zu sehen, wie der Tote vollkommen bewegungslos geblieben war, wie ein Möbelstück.

Keeler durchsuchte die Wohnung erneut nach möglichen versteckten Elementen, fand aber keine. Das Lüftungsfenster der Toilette war offen. Man konnte bis zum Nachbarhaus sehen, das vielleicht drei oder vier Meter entfernt war. Er stieg auf den Sitz und hob sich so hoch, dass sein Kopf durch die kleine Öffnung ragte. Es war nicht gerade viel Platz, aber wenn es hart auf hart kam, konnte er seine Schultern hindurchzwängen. Mit dem Kopf aus dem Fenster blickte Keeler direkt nach unten, vier Stockwerke tief in eine dunkle, enge Gasse.

Er drehte seinen Körper nach rechts. Ein dickes Abflussrohr verlief senkrecht die Wand hinauf, definitiv in Reichweite des Fensters. Sich daran festzuhalten und hinaufzuklettern, wäre sicher ein akrobatischer Akt. Möglich, aber nicht einfach. Die Frage war, wenn eine vierte Person in der Wohnung auf diese Weise herausgekommen war, war sie dann nach oben oder nach unten geklettert?

Keeler ließ sich zurück in den Raum sinken und setzte sich auf den geschlossenen Toilettensitz.

Nach unten wäre die offensichtliche Fluchtrichtung für einen Laien, aber extrem riskant, weil ein kompetenter Angreifer die Fluchtwege abdecken würde. Nach oben wäre ebenfalls riskant, weil man im Grunde in der Falle säße. Er erinnerte sich an den fünften Stock, eine Baustelle. Hoch wäre besser. In den fünften Stock, und in das beste verfügbare Versteck. Vielleicht sogar ein im Voraus vorbereitetes Versteck.

Keeler nahm die Treppe in die unfertige Wohnung im fünften Stock. Dort oben gab es kein Licht, nur die Schatten von Baumaterialien und das Mondlicht, das über die harten Konturen spielte. Der Wind wehte durch die Fensteröffnungen, riss an den Plastikplanen, die einen riesigen Zementmischer abdeckten, und wirbelte feinen Staub vom Boden auf. Auf der anderen Seite konnte Keeler eine Taube sehen, die durch eine mondbeschienene Pfütze lief. Er blieb in Bewegung.

Große Plastikeimer waren am Fenster aufgereiht. An den Flaschenzügen, die er oben gesehen hatte, hingen Seile. Sie stellten den Zement hier unten im fünften Stock her und schickten ihn durch das Fenster hinauf in den sechsten Stock, um das Dach zu gießen. Keeler hatte einen Sommer lang als Dachdecker in New Hampshire gearbeitet. Er hatte etwa acht Wochen lang zehn Stunden am Tag Stapel von Dachziegeln eine Leiter hinaufgetragen. Wenigstens benutzten diese Leute ein Flaschenzugsystem.

Er drehte die Lautstärke des CB-Funkgeräts auf und lauschte auf Karims Stimme, hörte aber nur Rauschen und das stoßweise Lachen und Gespräch der türkischen Trucker. Keeler blickte aus dem unvollendeten Fenster in die Dunkelheit. Er sah nur Bäume, Gestrüpp und Gebäude. Nichts, das sich dort draußen bewegte, nichts Menschliches.

Er dachte: *Keine Nachrichten sind gute Nachrichten.*

Hinter ihm erklang ein Geräusch, etwas Lebendiges, wie Tauben. Er drehte sich um und ging an einer tragenden Säule vorbei, wobei er nach links trat und sie im Rücken behielt. Keeler starrte in die Dunkelheit und wartete, bis seine Pupillen sich vollständig geweitet hatten. Das Geräusch kam wieder aus der Dunkelheit. Er spürte, wie ihm ein kalter Schauer über den Rücken bis hoch zum Scheitel kroch.

KAPITEL 5

E r wartete darauf, das Geräusch noch einmal zu hören. Ein Schlurfen, oder vielleicht eine Art Vokalisation. Es kam wieder als eine Art Stöhnen von drüben bei dem Zementmischer. Keeler bewegte sich vorwärts, die Yavuz 9mm im Anschlag und synchron mit seinen Augen. Die Plane, die den Zementmischer abdeckte, war seltsam, sie bedeckte ihn nicht, sondern war eher in ihn hineingestopft. Er griff danach und zerrte sie heraus.

Zuerst sah er ein Paar Stiefel, oder genauer gesagt, die Sohlen von Stiefeln. Die Beine waren mit schwarzem Jeansstoff bekleidet und aneinandergepresst, Knie an Knie. An der Stellung und der geringen Größe der Stiefel konnte er sofort erkennen, dass es sich um eine Frau handelte.

Keeler sagte: „Ich bin hier, um Ihnen zu helfen. Ich bin Amerikaner."

Ein leises Stöhnen kam aus der dunklen Höhle.

Er zog die Frau aus dem großen Zementmischer, so wie man etwas aus einer riesigen klebrigen Falle herausziehen würde. Sie lebte, murmelte etwas, das er nicht verstehen konnte, war vielleicht etwas über einen Meter fünfzig groß, hatte feine Knochen und war leicht zu tragen. Keeler konnte

sie in seinen Armen halten und sie auf den nackten Beton-
boden legen. Ihr Gesicht und ihr Körper waren mit getrocknetem und verkrustetem Zement verklebt.

Es war dunkel, und er konnte sie nicht richtig sehen, also
brachte er die Frau in einen Bereich, der vom Mondlicht
beschienen wurde. Sie hatte schwarz gefärbtes Haar und ein
faltiges Gesicht, vielleicht sechzig Jahre alt. Sie atmete leise
und versuchte, etwas zu sagen. Keeler beugte sich vor, um sie
besser zu hören, konnte ihre Worte aber nicht entziffern. Ihm
wurde klar, dass sie nicht Englisch sprach.

Er beugte sich über sie. „Ich bin Amerikaner." Er suchte
nach einem Zeichen des Erkennens. Da er keines fand und
annahm, dass sie verwundet war, sagte er: „Zeig mir, wo du
verletzt bist."

Die Frau drückte sich an Keelers Hüfte. Er sah nach unten,
etwas wurde an ihn gedrückt, eine Kamera mit einem großen
Objektiv. Die Stativhalterung war noch daran befestigt. Keeler
nahm die Kamera an sich. Er fand die Speicherkarte und
nahm sie heraus. Er schob sie in die Münztasche seiner Jeans.

„Bringen wir dich hier raus." Keeler vermutete, dass sie
im Bauch oder in der Leiste verwundet worden war, aber er
konnte es nicht sehen.

Er legte die Kamera neben sich auf den Boden und griff
nach unten, um den Unterkörper der Frau abzutasten. An
seiner Hand klebte Blut. Entweder angeschossen oder mit
dem Messer verletzt, was die Frage aufwarf, wie sie ungesehen aus der Wohnung gekommen war. Mit einer Kugel im
Bauch das Abflussrohr hinaufzuklettern, war schon eine Leis-
tung, aber in den panischen Momenten nach einer Verwundung, bevor der Schock einsetzt, sind Menschen zu allen
möglichen Dingen fähig.

Von draußen ertönte ein Geräusch, als sich etwas sehr
schnell von einer Seite der Wohnung zur anderen bewegte,
das Geräusch wurde lauter, als es die Fenster passierte. Er
spürte, wie sich der Körper der Frau gegen ihn versteifte, sie

erkannte das Geräusch, ebenso wie Keeler - eine Mikro-Aufklärungsdrohne. Er blickte auf die Frau hinunter und sah den glänzenden Schimmer eines Auges, das ängstlich zur Decke blickte.

Keeler lief geduckt zum nächstgelegenen Fenster. Er stellte sich an die Seite, in den Schatten. Er blickte hinunter auf den Garten fünf Stockwerke tiefer. Niemand in Sicht, nichts bewegte sich. Eine Wohngegend beim Abendessen. Er dachte an Karim. Keine Warnung, entweder wusste Overwatch noch nichts, oder er war aufgeflogen.

Er drehte die Lautstärke des CB-Funks auf, Knistern und Rauschen und fremde Stimmen. Kein Karim. Keeler schaltete das nutzlose Ding aus.

Die Drohne war leise. Er hielt ganz still und sah, wie sie sich durch eine der Fensterhöhlen in etwa fünf Meter Entfernung bewegte, so lang wie seine Hand, vielleicht fünf Zentimeter, und mit einem verstohlenen, insektenartigen Geräusch surrte. Wäre dies nicht eine leere Baustelle bei Nacht gewesen, hätte er sie wahrscheinlich nicht hören können. Die Drohne flog langsam und scannte die Dunkelheit mit einem Infrarotsensor. Schwebezeit vielleicht zwanzig Minuten, Reichweite vielleicht eine Meile, maximal.

Der Pilot wäre näher.

Aber war er Freund oder Feind? Keeler drosselte seine Atmung, verlangsamte seinen Herzschlag und reduzierte den Adrenalinfluss. Er berechnete die Chancen. Achtzig Prozent Wahrscheinlichkeit, dass es sich um eine feindliche Truppe handelte, zwanzig Prozent, dass er es mit einem Team zu tun hatte, das von der Botschaft geschickt worden war, nachdem Calcutti sich gemeldet hatte.

Die Drohne fand die Frau zusammengerollt auf dem Boden vor, wo sie vor Angst sichtlich zitterte. Die Maschine schwebte, in der Dunkelheit schwer zu erkennen, saugte ihr vergrößertes Bild auf und schickte es über die Leitung an den Piloten und an jeden, der ihm über die Schulter schauen konnte. Ein glühender roter Punkt erschien durch den Vordereingang, überspielte die Wände, ein Laserzielgerät. Jemand kam die Treppe hinauf. Zu dem Punkt gesellte sich ein zweiter, der wie verrückt zuckte und sich vergrößerte, als sich der Pilot und seine Truppe näherten.

Keeler ging zurück, wobei er die tragende Säule zwischen sich und der Drohne hielt. Er kam am offenen Fenster an und steckte die Pistole in seine Jackentasche. Er hatte keine Möglichkeit, den Leuten, die hereinkamen, ein Zeichen zu geben, und keine Möglichkeit, sie anzugreifen, da er nicht wusste, wer sie waren. Er ergriff eines der Seile, die zum Fenster hereinkamen, und schwang sich leicht, fast träge in der Bewegung, hinaus. Er ließ seinen Stiefel das Gewicht tragen und stützte sich einen Moment lang an der Außenwand ab, um sein Gleichgewicht zu finden. Keeler kletterte das Seil hinauf, Hand über Hand, schnell und lautlos. Jeder Griff wurde von einem leisen Stiefelstoß gegen die Wand begleitet, Griff, Stiefelstoß, Griff, Stiefelstoß, bis er den Rand des sechsten Stockwerks erreichte und sich knapp darunter niederließ.

Er wickelte das Seil einmal um seinen rechten Arm und spürte, wie der stählerne Muskel reibungslos funktionierte. Er manövrierte seine Füße um das Seil, griff zuerst mit den Oberschenkeln und dann mit den Füßen, um sich festzuhalten und das Körpergewicht zu verteilen. Eine zweite Mikroaufklärungsdrohne surrte von oben und überprüfte die sechste Etage.

Es war eigentlich sehr schön da oben, er hing neben dem Gebäude und atmete leicht. Er scannte unter sich, sechs Stockwerke und vielleicht zwölf Meter Tiefe.

Karim. Was war mit dem Kerl los?

Unter ihm regte sich nichts, es war wie ein sehr ruhiger Abend in einem noblen Viertel, die Leute beendeten ihr Abendessen und lasen vielleicht ein Buch auf dem Sofa, oder sahen vielleicht eine Fernsehsendung oder einen Film. Zivilisten, Menschen, die glaubten, was sie in den Nachrichten sahen, die nichts von diesen heimlichen Operators wussten, was zumindest ein Hinweis darauf war, dass es sich wahrscheinlich nicht um Türken handelte.

Denn wenn es so wäre, bräuchten sie sich nicht zu verstecken.

KAPITEL 6

Aus der Wohnung im fünften Stock kamen gedämpfte Geräusche und eine schwache Stimme, die er für die der Frau hielt. Oben im sechsten Stock hörte Keeler das Scharren von Stiefeln. Wer auch immer dort oben war, näherte sich dem Rand. Keeler konnte das Rascheln von Kleidung hören, als die Person den Bereich durchsuchte.

In diese Geräuschkulisse mischten sich die surrenden Drohnen, die ihn auskundschafteten und ausspähten. Eines wusste Keeler: Wenn die Drohne ihn fand, würde er definitiv Probleme bekommen.

Nach aktueller Schätzung bewegten sich vier bis fünf Operators über und unter ihnen. Die Audiosignatur von unten hatte sich verändert. Ziehen, Schaben, schlurfende Geräusche und ein Stöhnen. Sie holten die Frau heraus, und es gab nichts, was er dagegen hätte tun können.

Die Drohnen wurden still. Er wartete.

Vier Minuten später waren keine Geräusche mehr zu hören, weder von oben noch von unten. Er kletterte am Seil bis zum Rand des sechsten Stocks und spähte über die niedrige Mauer. Niemand war da, nichts bewegte sich. Jetzt gab es nur noch ihn und die leblosen Baumaschinen und Materialien.

Tatsache war, dass er für die Frau verantwortlich war, eine verwundete Kameradin auf dem Schlachtfeld.

Keeler schaltete die CB-Funk-App ein und erhielt das übliche Knistern und Rauschen.

Er kam leise und schnell die Treppe nach unten, die Füße flogen die Stufen hinunter. Er verließ das Gebäude und bog rechts in die Gasse ein, die er vom Toilettenfenster aus gesehen hatte. Auf der anderen Seite des Grundstücks kletterte er über einen Maschendrahtzaun und schlich durch den Nachbarhof zur Straße, wobei er darauf achtete, dass die trockenen Blätter nicht laut unter seinen Sohlen knirschten.

Keeler blieb hinter einer niedrigen Steinmauer stehen, die den Garten von der Straße trennte. Auf der linken Seite standen Gestalten vor dem Gebäude. Er beobachtete durch das dürre Geäst eines kahlen Busches zwei schwarz gekleidete Männer mit Baseballmützen und kurzgeschnittenen Bärten, die beide auf der Straße standen. Einer von ihnen sprach in ein Funkgerät, der andere schritt hin und her. Sie warteten auf etwas.

Er wartete. Ein Auto kam aus der anderen Richtung, und beide Männer drehten sich um. Keeler nutzte die Gelegenheit, um über die Mauer zu rollen und sich in einen normalen Abendspaziergänger zu verwandeln. Wenn diese Leute Amerikaner waren, musste er Kontakt aufnehmen. Wenn nicht, war es seine Aufgabe, sie daran zu hindern, die Frau zu entführen.

Die Männer entdeckten ihn schnell und stellten sich neu auf. Einer bewegte sich auf das Gebäude zu, der andere blieb draußen auf der Straße und bildete einen Trichter, der Keeler beim Hindurchgehen in einen taktischen Nachteil zwang. Als er etwa zwei Meter entfernt war, sah er zwei weitere Männer, die tiefer in den schattigen Weg zum Gebäude eindrangen. Einer von ihnen versperrte die Sicht auf die Frau, die Keeler in dem Zementmischer gefunden hatte. Sie war kaum zu sehen, eine zusammengekauerte Gestalt, die von dem zweiten Mann gestützt wurde.

Keeler ging zwischen den nach außen gerichteten Operators hindurch. Er warf ihnen einen offenen und abschätzenden Blick zu, den sie erwiderten, Männer im militärischen Alter, mit konzentrierten Mienen und dem ruhigen Auftreten erfahrener Kämpfer.

Keiner von ihnen erkannte ihn, was bedeutete, dass er diesen Leuten nicht bekannt war. Es gab keine gute Möglichkeit, sie anzugreifen, ohne die Frau einem unzumutbaren Risiko auszusetzen.

Ein paar Schritte hinter ihnen sah Keeler, worauf sie gewartet hatten: einen Lieferwagen, der von der Hauptstraße herauffuhr, die Scheinwerfer auf Fernlicht gestellt. Er spürte Blicke in seinem Rücken und stellte sich noch Schlimmeres vor: Laservisiere zwischen den Schulterblättern. Das Bild war so lebendig, dass er tatsächlich einen Juckreiz verspürte. Er trat zwischen geparkten Autos hindurch auf die Straße vor dem Lieferwagen, so dass der Fahrer für ihn bremsen musste. Er ging auf die andere Seite.

Das Fahrzeug war ein gebrauchter weißer Renault-Kastenwagen, vielleicht zehn Jahre alt. Eine Gestalt hinter dem Lenkrad, kein Beifahrer. Der Fahrer trug eine schwarze Baseballmütze mit dem kurz geschnittenen Kinnbart, wie ihn viele junge Männer aus dem Nahen Osten trugen.

Auf dem gegenüberliegenden Gehweg drehte sich Keeler um und betrachtete den Lieferwagen. Hinten gab es keine Fenster, die Karosserie war an mehreren Stellen verbeult. Er joggte zurück, schritt das Fahrzeug ab und blieb im toten Winkel des Fahrers. Die 9mm Yavuz lag jetzt in seiner Hand und fühlte sich solide und gut an. Er näherte sich der Fahrerseite des Lieferwagens, wobei er sich vom Seitenspiegel fernhielt, aber nahe genug, dass der Lieferwagen seine Anwesenheit vor den Fahrern auf der anderen Seite verbarg.

Das Fahrerfenster war halb geöffnet, das Gesicht des Mannes war im Dreiviertel-Winkel nach hinten gerichtet und auf die Mission konzentriert. Ein kantiger Kiefer, bedeckt mit Flaum, ein dünner Schnurrbart. Er hielt den Wagen zehn Meter vor dem Haupteingang an. Keeler trat an ihn heran, griff durch das Fenster und drückte ihm die Pistole fest unter das Kinn.

Er sprach im Flüsterton. „Authentifizieren." Der Fahrer bewegte seinen Kopf leicht in Keelers Richtung. Die Augen waren bemerkenswert, grau-grün, die Pupillen winzig, angesichts des schwachen Lichts. Es war unheimlich. Es verlieh dem Fahrer einen harten, raubtierhaften Blick, irgendwo zwischen Fuchs und Wolf. Keeler stieß die Waffe tief in die weiche Stelle unter dem Kiefer des Mannes. „Authentifizieren. Zwei Sekunden."

Wenn der Fahrer zu einem amerikanischen Team gehörte, würde er das verstehen. Er würde etwas sagen, wie einen Kurzcode oder ein anderes Mittel, um sich gegenüber einem verbündeten Kämpfer zu authentifizieren. Keeler war sich seiner Lage bewusst, der Schwäche seiner Position. Er war nur eine Sekunde davon entfernt, einem Verbündeten auf einem feindlichen Schlachtfeld den Kopf wegzublasen. Das war eine Möglichkeit, ebenso wie das Gegenteil, nämlich dass ein feindliches Team einen amerikanischen Agenten im Feld gefangen nahm.

Er dachte: *Du verlierst so oder so, aber es geht nicht um dich.*

Zwei Dinge geschahen gleichzeitig, die in mehrere Teilvorgänge unterteilt waren, welche alle zusammen ein drittes großes Ereignis auslösten.

Der Fahrer hielt seinen Kopf ganz still, aber Keeler bemerkte, wie sich sein linker Augapfel in der Augenhöhle nach rechts bewegte. Er folgte dem Blick und stellte Augenkontakt mit einem Operator auf der anderen Seite her, der ihn direkt ansah. Der Fahrer trat das Gaspedal durch, und der Lieferwagen sprang vorwärts. Der Fensterrahmen schlug

Keelers Arm zurück, und er verlor fast den Griff um die Waffe.

Als der Fahrer auf das Pedal getreten hatte, stürmten zwei Operators aus der Einfahrt, die Frau zwischen sich, an den Armen gepackt. Ihr Gesicht tauchte kurz im Scheinwerferlicht des Lieferwagens auf, blass, gezeichnet und unglücklich, aber lebendig, mit offenen Augen, die hektisch zuckten. Dann setzte sie sich in Bewegung und wurde von den Männern auf das entgegenkommende Fahrzeug zugeschoben.

Keeler sah den Aufprall als eine Abfolge von sehr schnellen Stroboskopbildern. Ein Schopf gefärbten Haares fächelte auf, als die Front des Vans bündig in das Gesicht der Frau krachte. Der Aufprall erzeugte ein solides Geräusch, wie ein dumpfer Schlag, der auf einen knochenbrechenden Aufprall trifft. Der Körper hob sich kurz und verschwand unter dem Fahrzeug. Der Lieferwagen fuhr weiter über sie hinweg, bevor er anhielt. Die ganze Sache war einfach und schnell.

Die Tür des Lieferwagens glitt auf der anderen Seite auf. Keeler sprintete auf den Fahrer zu und beobachtete, wie sich das Fenster schloss, als er mit erhobener Pistole ankam. Der Fahrer bewegte seinen Kopf ein wenig und sah ihn an. Wieder diese Augen, grau-grün und scheinbar durchsichtig. Es waren nicht die Augen eines Wolfes, eher wachsam und vorsichtig wie die eines Schakals.

Keeler spannte sich an und drückte drei 9-mm-Munition in die Scheibe, wobei er auf das Gesicht des Fahrers durch die Scheibe des Fensters zielte. Das Glas sprang und beschlug, aber die Kugeln drangen nicht durch. Der Fahrer sah ihn einen Moment lang ruhig an, bevor er auf das Gaspedal trat und davonfuhr. Der Hinterreifen sprang über die Leiche, und Keeler war mit der Frau allein in einer ruhigen Wohnstraße.

KAPITEL 7

Sie lag zusammengekrümmt, die Straße dunkel unter ihrer blassen Haut. Die Frau hustete einmal, und ihre Augen öffneten sich zu Schlitzen. Er beugte sich hinunter und hörte sie drei Worte sagen: „Hilf dem Mädchen."

Als ob es das Ende eines Satzes wäre.

Er beugte sich noch weiter vor und spürte ihren Atem an seinem Ohr. „Welches Mädchen?"

„Hilf dem Mädchen." Der nahöstliche Akzent war jetzt deutlich zu hören. Die Frau hustete erneut und rollte sich leicht, ihre Augen trafen plötzlich seine, hart und verletzt. „Du gelobst." Keeler zog sich zurück. Eine dünne, harte Hand fuhr aus und griff nach seiner Jacke. Die Augen, nicht so sehr flehend als anklagend. Ihr ganzer Körper schien sich bei der Anstrengung des Sprechens anzustrengen, die Halsvenen pochten. „Du gelobst, ihr zu helfen."

Keeler war nicht sentimental, wenn es um den Tod ging. Bei jeder anderen Person im Zustand dieser Frau wäre er weggegangen. Aber dies war eine Mitkämpferin, die auf dem Schlachtfeld im Sterben lag. Sie war wahrscheinlich ein Teammitglied, und man lässt niemanden aus seinem Team im Stich. Er hatte keine Ahnung, wovon sie gesprochen hatte.

Ihre Finger zogen sich zusammen, griffen ins Leere, ihre Augen flehten. Keeler legte seine Hand sanft über ihre, und sie löste ihren Griff. Er sah ihr in die Augen. „Sicher, Ma'am, ich werde dem Mädchen helfen, wenn ich kann."

Nicht, dass er wusste, wer das Mädchen war.

Die Augen der Frau veränderten sich nicht, sie wurden einfach tot. Er hatte es oft genug gesehen, die Augen verloren den Glanz des Lebens und wurden zu einfachen reflektierenden Objekten, wie Glasmurmeln. In diesem Fall wurde das Glitzern einer Straßenlaterne in der konvexen Wölbung zwischen den Augenlidern schlaff wie abgenutztes Papier, deutlich.

Keeler hatte noch etwas anderes bemerkt. Die Bluse der Frau war aufgeknöpft, ebenso wie ihre Jeans. Sie hatten sie kurzerhand durchsucht, ohne Rücksicht auf sie, schnell und grob und effizient, vermutlich auf der Suche nach der Speicherkarte aus der Kamera. Keeler drückte seinen Daumen gegen die Kleingeldtasche seiner Jeans, fühlte den starren rechteckigen Umriss durch den Jeansstoff.

Sie würden diese Karte nicht bekommen, so viel stand fest.

Er erinnerte sich an Karim und die Sache mit dem CB-Funk, die überhaupt nicht funktioniert hatte. Keeler erhöhte die Lautstärke seines Geräts und hörte statisches Knistern und Zischen, nicht einmal die Stimme eines Truckers.

„Flash für Spiderman. Over."

Nichts, nur das Geräusch einer unendlichen Weite, Radiowellen, die sich durch die Luft schoben, durch Laub und dünne Wände drangen, von anderen Wänden blockiert, von Körpern absorbiert wurden. Das Knistern und Zischen des Nichts.

Die Nachbarn standen bereits an den Fenstern. Zweifellos war die Polizei benachrichtigt worden. Zweifellos filmten ihn die Leute mit ihren Handys. Er machte sich keine Sorgen über die verwackelten, unscharfen Bilder, die sie aus der Ferne von ihm auf der Straße machen würden. Aber es war an der Zeit, zu verschwinden. Karim würde den Rückweg allein antreten müssen, was zu den Dingen gehörte, für die er ausgebildet worden war.

Keeler stand auf und betrachtete noch einmal den zerstörten und entstellten Körper der Frau. Er wurde selten wütend, aber sein Kopf fühlte sich heiß an, und er verspürte einen Anflug von Zorn.

Er überließ sich dem Protokoll. Diese Menge an feindlichen Kontakten erforderte eine SDR, eine Überwachungserkennungsroute, von dort weg. Er zerlegte die Pistole und das Telefon in ihre Einzelteile und warf sie in verschiedene Straßenrinnen und Mülltonnen. Das iPhone und die Ohrstöpsel waren zu diesem Zeitpunkt nur noch ein Risiko. Die einzigen Gegenstände, die er behielt, waren der Geldgürtel, der an der Innenseite seines Hosenbundes befestigt war, und die Speicherkarte, die in der kleinen Tasche seiner Jeans steckte.

Er musste herausfinden, was er damit anfangen sollte.

Keeler bewegte sich durch die Stadt und erstellte eine Überwachungsroute, während er unterwegs war. Er war sich kaum eines endgültigen Ziels bewusst, er brauchte nur Abstand von dem Chaos. Um Mitternacht befand er sich wieder im nordöstlichen Teil Ankaras, ohne wirklich zu wissen, warum es ihn dorthin zog.

Er sah denselben Markt, auf dem er und Karim gegessen hatten - vielleicht war es das.

Das Viertel rund um den Markt bestand aus Sozialwohnungen im türkischen Stil. Hochhäuser für Menschen, um die sich niemand scherte: Einwanderer, Asylbewerber, Flüchtlinge aus dem gegenwärtigen mörderischen Chaos der clanbasierten Gesellschaften des Nahen Ostens und Mitteleurasiens.

Er hatte das Gerät, mit dem er Calcutti hätte kontaktieren

können, weggeworfen. Auf jeden Fall war Calcutti mit den anderen verschwunden. Er hatte sich in die Botschaft zurückgezogen, was bedeutete, dass Keeler die Notrufnummer des Geheimdienstes benutzen musste. Er besorgte sich ein Wegwerf-Handy und eine SIM-Karte von einem Kiosk, der die ganze Nacht geöffnet hatte.

Der Markt schloss für die Nacht, aber er fand ein Shisha-Café, in dem reger Betrieb herrschte, in dem bernsteinfarbene Gläser mit heißem Tee, in Papier eingewickelten Zuckerwürfeln und Baklava serviert wurden. Er nahm draußen unter einer Wärmelampe Platz und bestellte, als der Mann kam. Er sah sich um, musterte die Leute, die bei dem kühlen Wetter draußen saßen. Der Laden war voll, aber keine einzige Frau in Sicht, nur Männer, die sich laut unterhielten, gestikulierten und mit brennenden Zigaretten in der Luft herumfuchtelten, als sei das Atmen aus der Mode gekommen.

Jetzt saß er im Café, nahm den Akku aus dem Wegwerf-Handy, schob die SIM-Karte ein und aktivierte das Gerät.

Es dauerte nicht lange, bis das Gerät eingeschaltet war. Keeler tippte eine Textnachricht an eine Nummer, die er auswendig kannte, mit einer lokalen gebührenfreien Vorwahl ein: *Ich muss meine Reservierung ändern.*

Einige Sekunden später piepte eine automatische Antwort. *Bitte geben Sie Ihre Buchungsnummer ein.*

Noch vor ein paar Jahren war der Dienst von Menschen bedient worden, jetzt waren es Algorithmen. Keeler gab eine zehnstellige Nummer ein. Die automatische Antwort kam ein paar Sekunden später. *Danke.*

Jetzt war es Zeit zu warten.

Er zerlegte die Situation in einzelne Abschnitte, wobei er auf die bekannten sowie die unbekannten Ereignisse achtete. Während Calcuttis JSOC-Team Trainingsübungen in Ankara durchführte, hatte jemand das Safe House Canada für eine Live-Mission genutzt. Sie hatten im wahrsten Sinne des Wortes kostenlosen Schutz erhalten, was bedeutete, dass es keine Unterlagen zum Budget, keinen Verwaltungsaufwand und keine zu verfolgenden Daten gab - perfekt, um die Sache vor der eigenen Seite geheim zu halten.

Nicht, dass der kostenlose Schutz so gut funktioniert hätte.

Keeler wollte wissen, wer sie waren und was sie gemacht hatten. Die Speicherkarte könnte Anhaltspunkte liefern.

Die andere Gruppe von Fragen bezog sich auf den Feind. Wer steckte dahinter, und warum waren sie so weit gegangen, ein ganzes Einsatzteam nicht nur zu töten, sondern ihnen die Kehle durchzuschneiden. Dieser Akt war symbolisch, da es nicht erforderlich war. Die symbolische Handlung schien als Botschaft für jemanden gedacht zu sein, der sie verstehen würde. So etwas hatte er an Orten wie Syrien, Irak und Afghanistan gesehen: Clans und Sekten, die ohne zu zögern den Einsatz erhöhten, Eskalation und Rachefeldzüge als eine seltsame Form der Kommunikation.

Nach Keelers zweitem Tee gab das Telefon ein Zwitschern von sich wie ein kleiner Vogel. Die Antwort auf seine SMS lautete: *Wir freuen uns, Ihre Reservierung im Holiday Inn Kavaklıdere, Zimmer 405, zu bestätigen. Gärten.* Er bezahlte die Rechnung und entledigte sich des Telefons, wobei er die verschiedenen Teile in Mülltonnen und Gullys entsorgte, als er das Viertel verließ.

KAPITEL 8

Das Holiday Inn lag in der Innenstadt.

Ein seltsamer Ort, der in einen Hügel eingelassen war und an dem eine Autobahn entlang-
führte. Es war kurz nach zwei Uhr morgens, und die Autos
rasten immer noch um die Kurve, aus einem Tunnel den
steilen Hügel hinunter, vorbei am Hotel, und verschwanden
mit einem metallischen Echo in einem anderen. Keeler
musterte die Rückseite des Gebäudes, ein paar Lieferanten-
eingänge, alle geschlossen, alle von mehreren Kameras
überwacht.

Was Keeler erwartete: ein Begrüßungskomitee für die
erste Nachbesprechung, keine JSOC-Leute, eher ein Team von
Geheimdienstmitarbeitern aus der Botschaft. Die andere
Sache, die er wollte, von der er aber wusste, dass es zu viel
verlangt sein würde, war eine operative Unterstützung und
ein Plan für den Umgang mit der üblen Scheiße da oben in
Çankaya. Angesichts der Tatsache, dass sie das JSOC-Team
zurück in die Botschaft geholt hatten, war Keeler nicht allzu
hoffnungsvoll.

Er drehte sich um und ging den Hügel hinauf, weg vom
Hotel. Enge urbane Gassen, gespickt mit Herbergen, Kebab-

Buden und Telefonläden, die die ganze Nacht geöffnet haben. Die klaustrophobischen Seitenstraßen öffneten sich zu einer riesigen Moschee, deren Gebäude und Gelände vielleicht zehn Häuserblocks einnahm und deren Minarette von Scheinwerfern beleuchtet wurden. Alles sah sauber und gut gepflegt aus - oder vielleicht war *„gediegen"* ein besseres Wort.

Es dauerte eine Weile, bis Keeler einen Telefonladen fand, der alles hatte, was er brauchte. Das Geld, das er bei sich trug, reichte für einen gebrauchten Laptop, einen Satz Juwelierwerkzeuge für Computertechniker und einen USB-Speicherkartenleser.

Er wollte sich die Speicherkarte aus der Kamera der Frau ansehen, bevor er sie jemandem aushändigte.

Keeler näherte sich dem Hotel von der anderen Straßenseite und betrachtete den Haupteingang. Eine Drehtür mit einem Pförtner und einem Sicherheitsbeamten, der neben einem Metalldetektor stand. Dahinter befand sich ein Gepäckscanner, an dessen Konsole ein zweiter Wachmann saß und auf sein Handy schaute. Keeler überquerte die Straße und zog damit die Aufmerksamkeit des Pförtners auf sich, der zur Tür ging und einen Schritt hinaustrat. Die Textnachricht hatte das Wort *Gärten* enthalten.

Der Pförtner kam auf ihn zu und Keeler lächelte breit. „Der botanische Garten schließt heute spät."

Der Pförtner nickte, aber das Lächeln verschwand. „Ja, Sir."

Die Lobby war groß, mit auf Hochglanz poliertem Marmorboden und einem Empfangstresen etwa 13 Meter entfernt, hinter dem die Empfangsdame in einer adretten Holiday Inn-Uniform mit islamischer Kopfbedeckung saß. Sie lehnte sich zurück und schaute auf ihr Telefon.

Als Keeler sich ihr näherte, schaltete sie sich ein. „Guten Abend, Sir."

Keeler sagte: „Ich wohne in Zimmer 405. Ich habe meine Schlüsselkarte auf dem Weg nach draußen hier abgegeben."

Er nannte ihr keinen Namen, weil er sehen wollte, ob das reichte.

„Einen Moment, Sir."

Die Empfangsdame tippte eifrig auf ihrer Tastatur herum und schaute auf den Computer. Keeler sah sich um, sah die Lounge und die Bar. Viertel vor drei am Morgen, zwei korpulente Männer in Anzügen an der Bar, die sich unterhielten und tranken, während sie dem Eingang den Rücken zuwandten. Ein Barkeeper war damit beschäftigt, ein Glas abzuwaschen.

Die Empfangsdame griff in eine Schublade und holte einen kleinen Umschlag hervor. „Entschuldigen Sie, Sir, das ist für Sie."

Keeler nahm den Umschlag entgegen, während die Empfangsdame ihn beobachtete und darauf wartete, dass er den Umschlag öffnete. Er steckte ihn in seine Tasche, und sie wandte ihren Blick auf den Computer. Ein paar Tastenklicks später zogen ihre langen Finger eine leere Schlüsselkarte aus einem Stapel. Sie zog sie zweimal durch einen Scanner und schob sie über den Tresen.

„Danke, Sir."

„Danke." Er nahm die Karte.

Der Aufzug hatte auf drei Seiten verspiegelte Wände. Keeler sah sich selbst an und spürte, wie sich die Kabine an Stahlseilen fast lautlos nach oben bewegte. Er trug eine Plastiktüte mit dem Laptop, den er gekauft hatte, und den verschiedenen Geräten.

Im vierten Stock warfen Wandlampen ein bernsteinfarbenes Licht auf den flauschigen, beigen Teppich. Im Wartebereich vor dem Aufzug standen ein paar Lederbänke. Schilder zeigten an, in welche Richtung die Zimmer zu finden waren, entweder links oder rechts den Flur entlang.

Zimmer 405 lag rechts. Manchmal ist der letzte Ort, an den man gehen möchte, der Ort, an dem man eigentlich sein sollte. Keeler setzte sich auf eine Bank neben dem Aufzug.

Im vierten Stock herrschte eine tiefe Stille, wie bei der Beerdigung für eine unbeliebte Person. Ein Ausgangsschild wies nach links, in die entgegengesetzte Richtung des Zimmers. Etwas, das Keeler sicher nicht tun würde, war, zum Zimmer 405 zu gehen. Er hatte es sich auf dem Weg zum Hotel ausgemalt. Die stillen Gänge und die gedämpften Schritte, die Tür, die hinter ihm zuschlug. Sobald sich die Tür des Hotelzimmers hinter ihm schloss, wäre er ein potenzieller Gefangener.

Er war schon wenig begeistert, überhaupt im Holiday Inn zu sein. Der Ort fühlte sich bizarr an. Er vermittelte ein Gefühl von Ruhe und Sicherheit, dem er nicht traute. Und wenn nun einer oder mehrere der achtzehn oder zwanzig der verschiedenen US-Geheimdienste, oder wie viele es auch immer gab, das Holiday Inn kontrollierten und es für ihre Zwecke nutzten? Das Hotel würde niemals das sein, was Keeler als sicher ansah.

Der Umschlag, den er beim Empfang erhalten hatte, steckte steif in seiner Tasche. Er nahm ihn heraus, drehte ihn um und betrachtete ihn. Darin befand sich eine Gutschein-karte für das Frühstücksbuffet. Die andere Seite der Karte war leer, keine Notiz oder Anweisung. Das Buffet öffnete um 6 Uhr morgens. Keeler musste innerlich lachen. Er hatte etwas Direktes und Operatives erwartet. Vielleicht ein Team von hartgesottenen Agenten in einem Safe House, die bereit waren, ihn zu befragen und ihm notfalls übel mitzuspielen.

Was er bekam, war das volle Unternehmenserlebnis, einschließlich eines Frühstücksbuffets. Es kam ihm verdächtig vor, als ob sie ihm eine Falle stellen wollten. Die Antwort könnte aber auch ganz banal sein. Seit der ersten Nachricht an den Notruf des Geheimdienstes hatte er die übliche auto-matische Antwort erhalten, kein Hinweis darauf, dass sich ein Mensch seiner Situation bewusst war.

Zahlen. Er wurde von einem Computer verwaltet, wie ein Mitglied der Laptop-Klasse.

Keeler saß sieben Minuten lang neben dem Aufzug. Er steckte den Umschlag ein und stand auf. Dann ging er in die entgegengesetzte Richtung, weg von dem Zimmer, folgte dem Ausgangsschild und stieg die Stufen hinunter.

Die Treppe war funktional und endete in einem recht-eckigen Vorraum aus Beton mit einer Tür zur Lobby und einem weiteren Bereich mit einer weiteren Tür zu einem anderen Raum, vielleicht einer Küche oder einer Parkgarage. Die Tür zur Lobby hatte ein achteckiges Fenster, das den Blick auf die Bar und die Lounge freigab. Drinnen, an der gegen-überliegenden Wand stand ein Ledersessel, über der Fußleiste an der Wand war eine Steckdose, und ein kniehoher Couch-tisch stand daneben. Niemand sah Keeler an. Die wenigen Leute, die sich noch in der Lobby befanden, waren zumindest diskret. Die beiden Männer von der Bar waren verschwun-den. Der Barkeeper saß auf einem Hocker am Tresen und schaute auf ein Telefon.

Perfekt.

Keeler betrat die Lobby und setzte sich in den Sessel. Die Plastiktüte mit seinen Einkäufen stellte er auf den Couchtisch. Der Barkeeper kam herüber, jung mit einem Goldzahn und dichtem schwarzen Haar, das zu einem Seitenscheitel gekämmt war.

„Kann ich Ihnen helfen, Sir?"

„Orangenlimonade, bitte."

„Fanta?"

„Ja."

Der Barkeeper ging, um das Getränk zu holen, seine Lederschuhe machten auf dem tiefen Teppich der Lounge kaum ein Geräusch. Keeler schloss den Laptop an und schal-tete ihn ein. Auf dem Laptop war höchstwahrscheinlich Malware installiert, wenn man bedachte, wo er ihn gekauft hatte.

Es dauerte fast eine Stunde, um die für die Nutzung des Computers erforderliche Software herunterzuladen und zu installieren. Hauptsächlich Anwendungen zur Erkennung von Malware, aber auch Anwendungen zur korrekten Verschlüsselung von Nachrichten und Dateien. In dieser Zeit hatte er die Hälfte der Fanta durch einen Strohhalm getrunken. Er mochte Fanta in Asien und im Nahen Osten. Zu Hause hätte er Cola getrunken. Nachdem die Software installiert war, drehte Keeler den Laptop um und schraubte die Rückseite ab.

Die Wi-Fi-Karte war nicht mit dem Motherboard verlötet. Er konnte die Clips mit dem Juwelierschraubendreher vorsichtig abziehen. Die kleine Karte erfüllte mehrere Funktionen, war sowohl für Wi-Fi als auch für Bluetooth zuständig. Selbst wenn sich noch Malware auf dem Computer befand, gab es keine einfache Möglichkeit, die Luftlücke zwischen diesem Gerät und einem Netzwerk zu überbrücken.

Keeler wollte gerade das Speicherkartenlesegerät einstecken und sich endlich ansehen, was die Kamera aufgenommen hatte. Er hatte das Ding schon in der Hand und wollte es gerade in den USB-Port stecken, als sich die Drehtür am Eingang bewegte. Zwei Personen traten aus der Kälte herein. Keeler beobachtete sie und bemerkte vor allem, dass sie ihn nicht bemerkt hatten.

Der Erste, der eintrat, war ein gut gebauter Mann in den Vierzigern. Er hatte einen Bürstenhaarschnitt und trug einen beigen Mantel. Keeler konnte sich den Lebenslauf bildlich vorstellen. Der Typ war Linebacker auf dem College gewesen. Hatte einen Abschluss in den Problemen des Lebens gemacht, dann einen Job in einem multinationalen Unternehmen bekommen, Häkchen in einer Tabelle machen, oder aber, er arbeitete für die CIA.

Ein paar Sekunden später kam eine viel jüngere Frau durch die Drehtür.

Die beiden waren zusammen, und der Abstand zwischen ihrem Eintreten ließ es für Keeler so aussehen, als hätten sie sich gestritten. Er stellte sich die beiden vor dem Hotel vor, wie sie über irgendetwas diskutierten, vielleicht in einem großen schwarzen Geländewagen. Er stellte sich vor, wie der Mann ungeduldig wurde und zum Hoteleingang stürmte, und wie die Frau sich erst sammelte und ihm dann folgte.

Die beiden hätten nicht amerikanischer aussehen können. Das lag an den Frisuren und der Kleidung, aber vor allem an ihrer Haltung und ihrem Auftreten, als hätten sie ein Recht auf eine Antwort.

Sie war schlank, hatte asiatische Gesichtszüge und war mindestens ein Jahrzehnt jünger als der große Mann, der bereits an der Rezeption stand und wie ein Arschloch gestikulierte. Keeler beobachtete, wie sie sich zum Aufzug aufmachten. Der Mann holte ein Telefon heraus und begann, damit zu hantieren. Die Frau war still, ihre Augen studierten die Reflexionen in der polierten Bronzetür des Aufzugs, als wäre sie eine Spionin.

Das brachte Keeler zum Lächeln. Eines der Dinge, die man durch Erfahrung lernt: Wenn man sich wie ein Spion verhält, macht man sich bei anderen verdächtig, die einen beobachten könnten. Die Frau war nicht gerade ein Anfänger, aber auch noch kein Veteran.

Der Aufzug kam, der Mann trat hinein und streckte den Arm aus, um auf die Knöpfe zu drücken. Die Frau gesellte sich zu ihm und lehnte sich an das Geländer. Sie war geschmeidig. Ihre Augen wanderten nach oben und trafen eine Sekunde, bevor sich die Türen schlossen, auf die von Keeler. Die Anzeige über dem Aufzug fuhr hoch. Er fuhr schnell, erst eins, dann zwei, und hielt nach nicht einmal einer halben Minute im vierten Stock an.

KAPITEL 9

Tina Choi blieb im Aufzug still. Nicht, weil sie nichts zu sagen hatte, sondern weil sie nichts sagen wollte.

Der Typ von der CIA machte genug Lärm für sie beide, er beschäftigte sich mit seinem Telefon und vergaß dabei, seine Atmung zu kontrollieren. Folglich schnaufte er laut durch den Mund.

Choi hatte es vor langer Zeit geschafft, ihre allgemeine Abscheu zu kontrollieren und sie in Gedanken zu kanalisieren.

Sie dachte an den Mann in der Lounge, der ihren Blick erwidert hatte, als sich die Aufzugstüren geschlossen hatten. Eine Sache, die sie gerne tat, war, Geschichten für Leute zu erfinden, die sie sah. Dieser Typ mit den ungepflegten Haaren und dem Stoppelbart im Gesicht. Was machte er in Ankara? Die Türken kamen in ihre Hauptstadt, um sich bei der Regierung einzuschmeicheln. Unternehmen verhandelten in Istanbul miteinander, Unternehmen mit der Regierung wurden in Ankara ausgehandelt.

Aber der Typ war kein Türke gewesen.

Das bedeutete, dass er in die zweite Kategorie fallen könnte, nämlich diejenigen, die Sicherheit oder Verteidigung an das türkische Militär verkauften. Aber er sah nicht wie ein Verkäufer aus. Überhaupt nicht. Seltsam. Ebenfalls neugierig, hatte sie plötzlich einen Ohrwurm. Eine Melodie tauchte in ihrem Kopf auf und lief in einer Endlosschleife. Sie fand heraus, was es war, kurz bevor der Aufzug bei vier ankam.

Tom Waits. Mist, Choi lachte leise vor sich hin, als ihr klar wurde, um welches Lied es sich genau handelte, nämlich das über einen Mann und ein Mädchen in einer Bar, und der Mann hofft, dass er sich nicht in sie verliebt. Es kam ihr auch in den Sinn, dass der Typ in der Lobby der JSOC-Operator sein könnte, den sie oben in Zimmer Nummer 405 befragen sollten.

Da ihre Rolle hier rein passiv war, beschloss Choi, sich zurückzulehnen und die Sache auf sich beruhen zu lassen. Anderson von der CIA konnte das erledigen.

Der Aufzug hielt sanft an, auf dem Bildschirm erschien die Nummer vier. Die Tür öffnete sich und der CIA-Typ blickte auf sie herab. „Genug gelacht?"

Choi ignorierte ihn, folgte ihm zur Tür hinaus und den Korridor entlang. Zimmer 405 lag in der Mitte des Gebäudes. Der Mann blieb plötzlich stehen und drehte sich zu ihr um. Sie hatte die Bewegung vorausgesehen, denn sie war flink und geschmeidig und trainierte jeden Tag. Sie hielt inne, bevor er sich umdrehte, um dem scharfen Gestank seines Mundgeruchs zu entgehen.

Er beugte sich zu ihr hinunter und flüsterte eindringlich. „Was ich draußen gesagt habe, gilt auch hier. Ich führe das Gespräch. Du mischst dich erst ein, wenn ich dir ein Zeichen gebe. Verstanden?"

Sie sagte nichts, schaute in sein errötetes Gesicht und hielt den Atem an, was sie mit der richtigen Vorbereitung vier Minuten lang tun konnte, und selbst ohne für zwei Minuten.

Die Augen des Mannes wirkten, als wollten sie aus dem Gesicht hervortreten. Anderson war sein Deckname in der Botschaft, aber sie hatte nachgeforscht und wusste über ihn

Bescheid. Er drehte sich um und stolzierte davon, bis er kurz vor dem Zimmer 405 stehenblieb. Sie ging langsam hinter ihm her und beobachtete, wie er die Schlüsselkarte aus der Tasche seines Mantels zog. Sie betrachtete ihn genau. Der Mantel war aus Kamelhaar, was für einen Regierungsangestellten eine seltsam teure Wahl war.

Das bedeutete höchstwahrscheinlich, dass er ein gut bezahlter Mitarbeiter einer Fremdfirma war.

Er klopfte an die Tür und wartete. Er klopfte ein zweites Mal und wartete weiter. Nichts geschah, und Anderson tippte die Schlüsselkarte gegen das Schloss. Der Mechanismus klickte und surrte, und er stieß die Tür auf. Choi wartete noch ein wenig, um zu sehen, ob er erschossen wurde oder so, dann folgte sie Anderson in den Raum und schloss die Tür.

Der Raum war leer. Es gab keine Anzeichen dafür, dass jemand hier gewesen war, seit er gereinigt worden war. Das war seltsam, denn sie hatten erwartet, dass der JSOC-Typ nervös auf sie warten würde, bereit für seine Nachbesprechung und seine Exfiltration.

Das war die Fantasie der CIA. Aber Choi gehörte nicht zur CIA, sondern zur Defense Intelligence Agency, und die DIA ging anders vor. Zumindest hatte Choi das von ihren Kollegen in Anacostia-Bolling in Washington gehört.

Der Typ unten in der Lobby. Sie vermutete, dass er es war, ein Soldat der Sondereinsatztruppe, der mit einem australischen Pass auf den Namen Dixon reiste. Er war aufmerksam gewesen, hatte auf sie gewartet. Choi fragte sich, was er vorhatte, verwarf diesen Gedanken aber sofort wieder und ermahnte sich selbst, stillzubleiben. Der JSOC-Typ hatte gar nichts vor, er war ein erfahrener Agent, der einfach umsichtig vorging. Sie sah wieder die Augen, die sie beobachtet hatten, als sich die Aufzugstür schloss. Er war immer noch der *Agent vor Ort*, was bedeutete, dass die Entscheidung bei ihm lag, nicht bei ihr und nicht bei Anderson.

Anderson war aufgebracht, tigerte durch das Zimmer, zog

die Vorhänge zu und öffnete die Schiebetür zum Balkon. Draußen war nichts außer einem klappbaren Metalltisch und zwei Stühlen, auch drinnen gab es nichts. Das Zimmer war schick, wie eine Junior-Suite. Ein Schlafzimmer mit einer großen Sitzecke mit einem Sofa, einem Sessel und einem Couchtisch. Ein minimalistischer, in die Wand eingelassener Schreibtisch mit einem Steckdosenbereich inklusive USB-Steckern.

Sie setzte sich auf den minimalistischen Schreibtischstuhl und beobachtete Anderson, dem man die Nervosität ansah.

Er drehte sich zu ihr um und machte ein ungläubiges Gesicht. „Was soll das?"

Sie zuckte nicht einmal mit den Schultern, sondern schenkte ihm nur einen trägen, eiskalten Blick. Sie wollte sehen, wie der Typ die Nerven verlor.

Die Feindseligkeit zwischen ihnen hatte mit dem Machtspiel begonnen, das er draußen angezettelt hatte.

———

Um zwei Uhr morgens lag sie im Bett, als das iPad sein bestimmtes Geräusch machte, wie ein Bambusglockenspiel auf einem tibetischen Berg. Sie war mit einem klaren Kopf aufgewacht, voll bewusst, wach und aufmerksam und gut ausgeruht. In ein paar Sekunden hatte sie das Nötige eingegeben, und das Gerät ging in den heimlichen Servicemodus über, nicht länger ein iPad.

Als Erstes wurde ein dringender Live-Anruf vom Botschafter angefordert, der sich derzeit mit den türkischen und bulgarischen Verbindungsoffizieren des NATO-Geheimdienstes in Bodrum auf einem Treffen befand, das nur reine Zeit- und Geldverschwendung versprach. Das Gespräch war kurz gewesen: „Die Kacke ist am Dampfen, Choi, informiere dich über die neuesten Entwicklungen, und sorge dafür, dass die DIA mitmischt."

Sie war kaum ihr *Yessir* losgeworden, bevor sie die verschlüsselten Feeds auf dem aufgemotzten iPad überprüft hatte.

Laut den neuen Regeln nach dem 11. September, war der Botschafter der Koordinator für alle geheimen Aktivitäten in seinem Zuständigkeitsbereich, eine Maßnahme, die eingeführt worden war, um Streitigkeiten zwischen den Behörden zu vermeiden. Es war nicht ganz einfach, herauszufinden, wo genau wessen Kacke am Dampfen war, aber Choi war fleißig und hatte sich alle Akronyme und Pseudonyme der Geheimdienstbürokratie eingeprägt.

Was sie wusste: Der Leiter einer Unterstützungseinheit des Joint Special Operations Command in der Innenstadt hatte sich gemeldet und berichtet, dass sie in einem Safe House der CIA Special Operations Group drei tote Agenten gefunden hatten. Choi hatte an dieser Stelle kurz innegehalten, da sie nicht gewusst hatte, dass die CIA im Moment hier eine laufende Mission ausführte.

Der Botschafter hatte das JSOC-Team zur sofortigen Exfiltration in die Botschaft zurückbeordert. Es ging dabei um reine Schadensbegrenzung.

Sie ließ ihre Gedanken über die komplizierten Akronyme spielen und erinnerte sich an die Unterscheidungen. Joint Special Operations Command und Special Operations Group waren nicht dasselbe, auch wenn sie oft zusammenarbeiteten. Der Unterschied lag in der Befehlskette, aber verwirrenderweise spielte das vor Ort keine Rolle, wenn die Botschaft involviert war, weil der Botschafter alle Entscheidungen traf.

Sie konzentrierte sich wieder auf die eingehenden Informationen.

Der Kommandeur der JSOC-Einheit sagte nun, dass ein vierter Mitarbeiter in dem kompromittierten Safe House als vermisst galt. Außerdem befand sich ein Mitglied des JSOC-Teams noch immer in der Stadt und hatte das Notfallkontaktsystem des Geheimdienstes aktiviert, das die DIA kürzlich eingerichtet hatte.

Eine totale FUBAR-Situation.

Choi hatte sich im Bett zurückgelehnt und ihre Gedanken über die komplizierte Buchstabensuppe der Joint Operations schweifen lassen. Die Mischung von Agenturen im Geheimdienst führte zu einer Situation mit intensiven territorialen Konflikten. Es war nicht einfach, den Überblick zu behalten, wer wo wie agierte.

Sie stand auf, zog sich an und ging ins Büro, um bei der Nachbesprechung zu erscheinen. Dann ging alles sehr schnell, und bevor sie sich versah, hatte Anderson sie im Fuhrpark überfallen. Er behauptete, die Operation fiele ausschließlich Langleys Aufgabenbereich. Aber Choi hatte ihre eigenen Befehle.

Am Ende hatten sie den Botschafter in Bodrum angerufen und ihn wieder aus dem Bett geholt. Er war nicht erfreut gewesen. Er sagte: „Rufen Sie mich in zehn Minuten wieder an." Choi und Anderson musterten einander eisern in der Tiefgarage und warteten auf das Gespräch der Chefs. Fünf Minuten später rief der Botschafter zurück. Er klang müde und genervt.

In der Tiefgarage hatten sie das Telefon auf Lautsprecher gestellt. Er sprach mit leiser Stimme, und Choi und Anderson beugten sich vor, um ihn zu hören.

„Das ist heikel. Ich bin seit gestern Abend nach Kabul versetzt worden. In Wirklichkeit bin ich schon hier und nicht in Bodrum. Das war eine Geschichte, die wir an die Presse weitergegeben haben." Er hustete und räusperte sich. „Ich habe in Washington angerufen und versucht, zu verlängern, aber da geht nichts. Seit dem Wahltag ist jeder in DC in Aufruhr. So etwas habe ich nicht mehr erlebt, seit Giancana Kennedy geholfen hat, Nixon Illinois zu klauen." Er hielt für ein paar Sekunden inne, als ob er es sacken lassen wollte.

Choi und Anderson sahen einander stumm und mit

leerem Blick an. Keiner von ihnen kümmerte sich besonders darum, wer der Präsident der Vereinigten Staaten war oder welches Team von politischen Opportunisten er mit ins Weiße Haus gebracht hatte. Der Botschafter fuhr fort. „Wie dem auch sei, Jim Miller wird übergangsweise zum Missionsleiter aufsteigen, bis das neue Team sich für einen Kandidaten entscheidet. Sie beide kennen ihn. Miller ist mit uns in der Leitung. Jim, ich übergebe jetzt an Sie, Kumpel."

James Miller, stellvertretender Gesandter, Stellvertreter des Botschafters. Choi und Anderson sahen sich an. In einer Sache waren sie sich einig: Miller war im Vergleich zum Botschafter definitiv ein Rückschritt.

Miller meldete sich. Choi stellte ihn sich im Situationsraum der Botschaft oben in Çankaya vor. Miller war ein Arschloch. Er hielt eine kurze aufmunternde Rede, bei der sowohl Choi als auch Anderson die Augen verdrehten. Choi musste die Frage der Zuständigkeit neu formulieren und auf die Beteiligung der DIA bestehen. Miller hatte auf den Botschafter verwiesen, der immer noch in der Leitung war, aber keinen Einfluss auf die Entscheidung nehmen wollte.

„Jim, du bist jetzt am Zug."

Miller brauchte einen Moment, aber schließlich hatte er es geschafft, eine Meinung zu äußern.

Der stellvertretende Gesandte Miller wandte sich an Anderson: „CIA-Priorität, behördenübergreifende Verantwortung. Sie haben das Sagen."

Zu Choi sagte er: „Fahren Sie mit Anderson, vertreten Sie Ihre Leute und erstatten Sie dem Hauptquartier Bericht. Sagen Sie ihnen, dass Sie auf Botschafts- und Agenturebene Unterstützung erhalten haben."

———

Jetzt befanden sie sich in einem leeren Hotelzimmer im

Holiday Inn. Anderson sagte etwas, das eine Frage enthielt, als ob er Choi nach ihrer Meinung fragte, was sie tun sollte.

Choi sagte: „Nun, Anderson, ich schätze, dass unser Mann im Gebäude ist. Vielleicht wartet er auf das kostenlose Frühstücksbuffet in" - sie schaute auf ihre Uhr - „weniger als zwei Stunden."

Anderson wollte etwas sagen, als es an der Tür klopfte. Drei Mal, um genau zu sein. Klopf, klopf, klopf. Bei dem Geräusch sprang er auf, stapfte zur Tür und strahlte Erleichterung aus. Er erinnerte sie an einen Mann, der erleichtert war, dass sein Date ihn nicht versetzt hatte.

Was Choi sich zur gleichen Zeit fragte, als Anderson die Tür öffnete: Sie waren informiert worden, dass der JSOC-Typ seine Schlüsselkarte von der Rezeption erhalten hatte, warum also sollte jemand klopfen, wenn er die Schlüsselkarte hatte?

Choi öffnete den Mund, um etwas zu sagen, aber die Tür schwang bereits herein.

Sie blickte auf Andersons breiten Rücken, der Eingangsbereich des Zimmers war schmal für die Statur des großen Mannes. Er öffnete die Tür und ließ sie einen Blick auf jemanden auf der anderen Seite erhaschen. Choi hörte einen lauten Knall, und Andersons Körperhaltung änderte sich. Ein weiterer Knall, und sein Hinterkopf explodierte. In einem heißen, feuchten und stechenden Schwall spritzten ihr Schädelfragmente und Blut ins Gesicht.

KAPITEL 10

Umstrittene Meinung: Es gibt nur ein wirklich wesentliches Element des Spezialaktiktrainings - und zwar, den Fluchtinstinkt auszuschalten und einen gegenintuitiven Instinkt zu entwickeln, sich zur Gefahrenquelle hin zu bewegen. Alles andere ist wie ein Menü à la carte. Ein bisschen Fallschirmspringen, vielleicht etwas Bergsteigen. Dann noch Unterwasser-Sprengungen und Navigation auf hoher See. Vielleicht wäre auch etwas Waffentraining nicht schlecht.

Choi war eine gute Schülerin gewesen, eifrig und zu allem bereit. In der Ausbildung hatte sie sehr aggressive Instinkte entwickelt, die sie aber noch nicht unter Beweis hatte stellen können, da dies ihr erster Einsatz war.

Als die Kugel in Andersons Hirnschale einschlug, wich sie nicht vor der Gewalt zurück, sondern bewegte sich auf sie zu. Der Körper des großen Mannes fiel, und in diesem Moment gab es nur ein Spiel, eine wichtige Sache auf der Welt: den Raum versiegeln. Die offene Tür war eine Schwachstelle, und sie war in unmittelbarer Gefahr, getötet zu werden. Choi griff Anderson von hinten und nutzte die geballte Kraft in ihren Beinen, um ihn in den Schützen zu stoßen.

Der CIA-Mann war bereits nur noch ein Leichnam auf Beinen. Sein Körper taumelte auf den Mann im Korridor zu. Sie trat die Tür zu und bekam nicht mit, wie der schwere Tote gegen seinen Mörder zusammenbrach. Als die Tür zuschlug, war Choi schon in Bewegung und zählte im Kopf die Sekunden, denn sie wusste, dass sie nur noch eine Minute oder weniger hatte, um zu entkommen.

Es gab keine zwei Ausgänge, sondern nur den Balkon.

Vierter Stock. Der Wind peitschte ihr ins Gesicht, frisch und lebhaft. Das Geräusch des Verkehrs unter ihr war wie ein kalter Aufschrei. Choi schaute nach oben und unten, nach links und rechts, vier schnelle Kopfdrehungen. Die einfachste und schnellste Möglichkeit war ein benachbarter Balkon. Sie kletterte auf das Geländer und hielt sich mit einer Hand an der Trennwand fest, während die andere ihr beim Balancieren half.

Es gab einen kurzen heiklen Moment, in dem sie blindes Vertrauen aufbringen musste, um sich über die Kluft zu schwingen und auf der anderen Seite wieder Halt zu finden. Sie blickte nicht nach unten. Eine Sekunde später war sie auf dem anderen Balkon, wahrscheinlich Zimmer 406. Die Vorhänge waren zugezogen. Choi traf eine Entscheidung und machte den Sprung zum zweiten Mal. Sie kletterte auf das nächste Balkongeländer und schwang sich hinaus. Sie hörte das Geräusch einer Schiebetür aus Zimmer 405. Sie schaute nicht nach rechts, sondern ging davon aus, dass der Mörder sie gesehen hatte.

Auch im Zimmer nebenan waren die Vorhänge zugezogen. Choi hatte die Vision eines schlafenden Paares mittleren Alters auf der anderen Seite der Schiebetür. Sie spähte über den Balkon nach rechts. Keine Spur von dem Schützen oder sonst jemandem. Was sie sich vorstellte: ein Team von Attentätern, die sich mobilisierten, kommunizierten und ihre Position triangulierten. Sie sprang zum nächsten Balkon und gelangte so an die Ecke des Gebäudes.

Endstation, von hier aus ging es nicht weiter.

Sie musste davon ausgehen, dass der Feind sich ihr von oben näherte. Sie hatte zwei Möglichkeiten: in den fünften Stock klettern, oder sich in den dritten Stock fallen lassen. Sich fallen zu lassen, wäre einfacher.

Sie rollte über den Balkon und rutschte kontrolliert kopfüber an den senkrechten Stahlstangen hinunter, bis ihre Hände den Beton berührten. Dabei befand sie sich in einer sehr ungünstigen Position, die Füße in der Luft, leicht balancierend, die Hände am harten Stahl und am Beton reibend.

Choi ignorierte den Schmerz und ließ sich sanft ausschwingen, wobei sie die Bewegung kontrollierte. Sie baute Schwung auf, vier Mal hin und her, und dann ein letztes Mal, sie schwang bis zum Anschlag aus, um auf der Höhe des Schwungs zurück loszulassen. Ihr Körper koordinierte sich wie ein einziger wohlgeformter Muskel, der sich in der Luft bewegte und das Geländer im dritten Stock überwand. Womit sie nicht gerechnet hatte, war die Kollision mit einem klappbaren Metalltisch.

Von dort, wo sie gehangen hatte, hatte sie ihn nicht sehen können. Die Juniorsuiten hatten einen Tisch und Stühle, die normalen Zimmer nur einen einfachen Balkon. Ihr Fuß schlug zuerst auf und rutschte über die Metalloberfläche des Tisches, gefolgt von ihrem restlichen Körper. Sie rutschte, der Tisch krachte zusammen und landete in einem Haufen auf dem Balkon im dritten Stock.

Es war nichts gebrochen, aber sie hatte sich den Ellbogen und das Knie angeschlagen und aufgeschürft.

Der Sturz war laut gewesen, aber das Hotel war schallisoliert. Angesichts des Verkehrslärms unten würde niemand sie hören. Sie schaute auf die Schiebetür. Die Vorhänge waren nicht geschlossen. Choi hielt ihr Gesicht an das Glas und blendete das Licht von außen mit einer Hand aus. Das Bett im Inneren war ordentlich gemacht und unberührt.

Sie versuchte, die Schiebetür zu öffnen, aber sie war verschlossen.

Es führte kein Weg daran vorbei. Choi hob den Klapptisch hoch und schwang ihn an den Beinen gegen die Glastür, wobei sie so viel Kraft wie möglich in den Aufprall steckte. Die Kante traf auf das Glas und das Fenster implodierte. Sie trat von dem Chaos zurück und ließ die Scherben fallen.

Choi trat über die Schwelle zum Bett. Sie setzte sich und nahm das Telefon in die Hand, um die Rezeption anzurufen, legte es dann aber wieder weg. Wenn sie dort anrief, würden sie sehen, in welchem Zimmer sie war. Sie benutzte ihr eigenes Telefon, um die Nummer zu finden und die Rezeption anzurufen.

Eine Frau antwortete.

Choi sagte: „Da sitzt ein Mann in der Lounge. Sehen Sie ihn?"

Die Empfangsdame hielt einen Moment inne. „Wie bitte?"

„Ein Mann in der Lounge sitzt in einem Sessel mit einem Laptop. Sehen Sie ihn?"

„Ja."

„Ich muss sofort mit ihm sprechen. Es ist sehr wichtig."

Eine halbe Minute später meldete sich die Stimme des Mannes. „Ja."

Choi sagte: „Sie haben gesehen, wie ich in den Aufzug gestiegen bin. Der Typ, der bei mir war, ist tot."

„Wo sind Sie?"

„Dritter Stock. Südseite des Hotels an der Ecke. Es muss das letzte Zimmer vom Aufzug aus sein, wenn Sie nach rechts gehen."

„Hervorragend."

Er legte auf. Choi saß da und brachte ihre Atmung unter Kontrolle. *Hervorragend?* Sie fragte sich, was oben mit dem Schützen passiert war, und ob es einen Komplizen gegeben hatte. Ein paar Minuten später klopfte es an der Tür.

Choi schaute durch das Guckloch auf den Mann, der dort

stand. Es war ein beruhigender Anblick. Sie öffnete die Tür und sah ihm in die Augen. Er blickte an ihr vorbei auf das zerbrochene Glas. Mit einer neugierig hochgezogenen Augenbraue sah er sie wieder an, als sei er interessiert. Sie sah an sich herunter. Das Kinn des Mannes zeigte auf ihren Ellbogen. Die Jacke, die sie trug, war dort zerrissen, aber sonst war sie in Ordnung.

Er sagte: „Sollen wir von hier verschwinden?"

KAPITEL 11

urz zuvor, unten in der Lobby, nachdem er gesehen hatte, wie die beiden Amerikaner den Aufzug in den vierten Stock genommen hatten, war Keeler im Begriff gewesen, die Speicherkarte in den Computer zu stecken. Er dachte sich, dass die Spione ihn irgendwann finden würden. Bis dahin wollte er wissen, was auf der Speicherkarte war. Aber dazu kam es nicht.

Zwei schwarze Muscle-Cars hielten vor der Tür an, hochwertige Mercedes-Modelle, zivile Fahrzeuge mit blauen Blinkern auf dem Armaturenbrett, mit einer ernsthaften, wir-verstehen-keinen-Spaß Ausstrahlung. Insgesamt sieben Männer stiegen aus den Fahrzeugen aus. Drei von ihnen kamen durch die Eingangstür, alle in Zivil mit Sturmhauben, die ihre Gesichtszüge verdeckten. Jeder von ihnen trug eine rote Polis-Armbinde um den linken Bizeps.

Keeler vermutete türkische Sicherheitsdienste, vielleicht auch interner Geheimdienst.

Er beobachtete, wie sie mit dem Pförtner und den beiden, die die Sicherheitstechnik bedienten, umgingen. Zwei der Polizisten näherten sich dem Schalter und riefen der Empfangsdame barsches Türkisch zu. Sie nickte und ging nach hinten, vielleicht um den diensthabenden Manager zu wecken.

Keeler fuhr mit einem Finger unter die Sitzfläche seines Stuhls. Als er die Naht fand, zog er daran und kratzte mit einem Fingernagel einen Riss hinein. Er schob die Speicherkarte in das Loch, das er gemacht hatte. Gerade noch rechtzeitig, denn zwei der vermummten Sicherheitsleute standen vor ihm und musterten ihn sorgfältig. Offensichtlich hatten sie es nicht auf sein Gesicht abgesehen.

Er sagte: „Hallo."

Das wurde ignoriert.

Die Männer kehrten zur Aufzugsbank zurück, wobei einer von ihnen auf den Knopf drückte, während die anderen ihren Rücken sicherten. Keine offensichtlichen Waffen, keine weiteren Worte. Alles relativ ruhig und schnell.

Draußen hatten vier Männer in denselben Klamotten Stellung bezogen und bewachten den Außenbereich. Sie erinnerten Keeler an die Männer, die er vor Canada gesehen hatte, kurz bevor sie die Frau vor den Lieferwagen geworfen und getötet hatten. Sie hatten die gleiche Wesensart. Er verspürte ein Kribbeln im Nacken, bei dem Gedanken, dass es sich um dieselben Leute handeln könnte.

Wenn ja, dann waren sie Teil der Kommunikation der US-Geheimdienste. Sie hatten keine Beschreibung von Keeler, also wonach suchten sie?

Die Frau am Schalter sah erschüttert aus. Wäre die undichte Stelle ein Mensch gewesen, hätten sie gewusst, dass Keeler derjenige war, der aufgetaucht war. Das Notfallkontaktsystem war mittlerweile automatisiert, kein Mensch mehr in der Kette. Er hatte angerufen, die Codes eingegeben und die Zimmernummer erhalten. Vermutlich wurde alles von einem Computer mit ausgeklügelten Algorithmen und solchem Zeug organisiert.

Eine Sache, die der Computer nicht hatte, war sein Name, sein Gesicht, seine Identität.

Ein paar Minuten später klingelte das Telefon am Empfang. Dann wurde er von der Empfangsdame herangerufen. Das Gespräch war kurz gewesen. Er ging zurück, um seine Sachen zu holen, und machte sich dann auf den Weg zur Treppe.

Jetzt stand er bei offener Zimmertür auf dem Flur und musterte die Frau, die er unten am Aufzug gesehen hatte, die den Blickkontakt hergestellt hatte und sich wie ein Spook, ein Spion frisch von der Ausbildung benahm. Aus der Nähe sah sie ziemlich grimmig aus. Klein und jung, aber fokussiert und konzentriert und entschlossen. Die andere Sache war, dass sie aussah, als wäre ihr gerade etwas Schlimmes passiert, als hätte ein paar Runden mit einem Eisbären ausgefochten.

Er drehte ihr den Rücken zu und ging in normalem Tempo den leeren Hotelkorridor entlang. Er hörte, wie sich die Tür schloss und blickte hinter sich. Sie folgte ihm und holte ihn auf halbem Weg zur Aufzugsbank ein. „Wohin gehen Sie?"

Keeler sagte: „Wie soll ich Sie nennen?"

„Tina Choi."

„Ich bin Keeler."

Keeler war die Treppe von der Lobby heraufgekommen. Er dachte sich, dass Hotelgäste normalerweise keine Treppen benutzen. Sein Plan war nicht kompliziert. Rauskommen, am besten durch die Hintertür. Er ging davon aus, dass sich im Erdgeschoss eine Küche befand, und wo eine Küche war, gab es normalerweise auch eine Tür nach draußen. Er warf einen Blick auf Choi. „Sind Sie bewaffnet?"

„Nein."

Sie waren am Ende des Korridors angekommen.

Keeler drehte sich um und musterte sie. „Sie haben sich gut geschlagen, wenn Sie jetzt noch am Leben sind. Das muss eine hektische Situation gewesen sein. Wie sind Sie in den dritten Stock gekommen?"

„Ich war in der High School gut im Turnen."

Zwei Aufzüge, von denen jeder derzeit auf einem anderen Stockwerk war, wie die Anzeige über den Türen verriet. Der Aufzug auf der linken Seite fuhr in den vierten Stock, der auf der rechten Seite in die Lobby. Keeler führte sie zur Zugangstür zum Treppenhaus.

„Wir müssen jede Person, die wir antreffen, als feindlichen Kämpfer betrachten. Verstehen Sie, was das bedeutet?"

Sie blinzelte einmal und verstand die Bedeutung seiner Aussage. „Ja, natürlich."

„Sehr gut. Überleben ist nicht immer schön."

Die schwere Brandschutztür öffnete sich nach innen. Das Treppenhaus war aus hell erleuchtetem, glänzendem grauem Beton mit dicken weißen Linien auf den Stufen. Keeler stand dort, lauschte und beobachtete. Er glaubte, von oben etwas gehört zu haben, und gab Choi mit einer Handbewegung zu verstehen, dass sie warten sollte. Er ging zum Treppenschacht und schaute nach oben. Nichts zu sehen. Er wartete drei Sekunden, geduldig und ohne ein Geräusch zu machen.

Sie mussten in Bewegung bleiben.

Choi war gut darin, sich leise zu bewegen. Sie erreichten das Erdgeschoss ohne Zwischenfälle.

Er war sich nicht sicher, ob er nicht tatsächlich etwas über ihnen gehört hatte. Am unteren Ende der Treppe befand sich die Tür zur Lobby. Keeler erkundete den Vorraum auf der rechten Seite und fand eine weitere Tür mit einem P-Schild für Parkplätze, eine Tiefgarage.

Keine Küche.

An das Parkhaus hatte er vorher nicht gedacht, aber jetzt erschien es ihm als ein guter Ausweg. Aber noch nicht sofort, denn er wollte wissen, ob da oben im Treppenhaus jemand war, schließlich war er ein kontaktfreudiger Mensch.

Keeler öffnete die Tür zur Garage und ließ Choi den Vortritt. Er folgte ihr und schloss die Tür lautstark, wie bei einer Aufführung. Choi beobachtete ihn. Er gab ihr mit Gesten zu verstehen, dass sie warten sollte, bevor er die Tür so leise wie möglich wieder öffnete, wobei er sie einen halben Zentimeter vor dem Pfosten offenhielt.

Er ging in die Hocke, das Ohr auf den Türspalt gerichtet.

Sie flüsterte. „Was soll das?"

Er sah sie an. „Ich möchte wissen, wer diese Leute sind."

Sie war drauf und dran gewesen, etwas zu sagen. Keeler hielt ihr die Tasche mit seinem Laptop und anderen Dingen hin. Choi schloss den Mund und nahm sie. Die Speicherkarte steckte wieder in der Münztasche seiner Jeans, ganz in der Nähe. Er dachte sich, dass es letztendlich nur darum ging. Was auch immer diese Frau in Canada fotografiert hatte, jemand hielt es für ziemlich wichtig.

Eine Minute später hörte er eine Bewegung auf der Treppe. Die Schritte waren leise, nur das Rascheln der Kleidung verriet den Mann, ein sich näherndes Geräusch, das immer lauter wurde. Chois Augen waren groß geworden, wachsam, sie spürte etwas in Keeler, vielleicht eine Unruhe, die kaum unterdrückten gewalttätigen Tendenzen. Keeler nickte ihr zu und bemerkte, dass sein Kiefer verkrampft war. Er lockerte ihn und bereitete sich auf einen schnellen Einsatz vor.

Jeder, der die Treppe benutzte, war nach den Regeln, die er bereits aufgestellt hatte, Freiwild. Choi schien Bedenken zu haben, hielt sie aber im Zaum.

Er öffnete die Tür und ging zügig hindurch. Ein Mann kam von der letzten Stufe herunter und geriet dadurch leicht aus dem Gleichgewicht. Seine Hände waren leer, und er trug eine glänzende schwarze Jacke. Keeler kam lächelnd auf den Mann zu, gab sich albern, wie ein halb betrunkener Hotelgast, der gerade an ihm vorbei die Treppe hinaufgehen wollte.

Er bemerkte weiße Ohrstöpsel. Die Augen des Mannes musterten ihn, von oben bis unten und schnell. Sein Mund öffnete sich, um etwas zu sagen.

Keeler wollte dem Mann keine Zeit lassen, sich mit Kollegen zu verständigen. Er timte seine Bewegung und ließ den rechten Fuß des Mannes auf dem festen Boden landen. In diesem Moment wurde Keeler aktiv und trat dem Mann mit einem schweren Stiefel gegen das Knie. Der Tritt landete schräg, prallte ab und ersparte dem Mann schlimmeren Schaden an Knorpel, Bändern und Knochen. Die Zielperson verlor das Gleichgewicht und fiel mit dem Rücken gegen die Wand, wobei sie sich mit beiden Händen aufrecht hielt.

Keeler sah, wie die Augen verzweifelt umherflatterten. Das Gehirn des Mannes befand sich in einem Zustand des perfekten Chaos. Zustand Schwarz, zu panisch, um noch zu sprechen.

Doch Keeler war nicht bereit, ihn vom Haken zu lassen.

Er stieß mit den steifen Fingern seiner linken Hand in die weiche Stelle einer freigelegten Kehle. Der Mann fiel zurück gegen die Wand und würgte. Keeler drückte ihm eine harte Hand gegen die Brust und fixierte den Mann. Er durchsuchte ihn, fand das Telefon, riss Ohrhörer, Autoschlüssel und eine Brieftasche heraus und warf alles auf den Boden.

Keine Waffe.

Keeler öffnete die Brieftasche und fand einen Ausweis. Das Gesicht der Zielperson mit einem türkischen Namen. Halid Semiye Gökalp. Ein toller Name. Er reichte die Brieftasche an Choi zurück. „Ist das der Typ, den Sie gesehen haben?"

Sie untersuchte den Ausweis. „Ich konnte den Schützen nicht gut sehen." Choi trat vor, um den Mann zu untersuchen, der gerade versuchte, zu Atem zu kommen, und offensichtlich verängstigt war. „Das glaube ich nicht. Dieser Typ ist größer und dicker." Sie ging auf den Mann zu und sprach ihn auf Türkisch an. Er schüttelte verneinend den Kopf.

Keeler konnte die Sprache nicht verstehen, aber er bekam den Eindruck, dass es sich um eine Art plausibles Dementi handelte.

Choi nahm die Ohrstöpsel und das Telefon des Mannes auf. Sie hielt ihm das Gerät hin, um es mit einem Daumenabdruck zu entsperren. Keeler sah zu, wie sie darin herumsuchte.

Sie sah ihn wenig amüsiert an. „Der Typ ist ein Zivilist. Er wollte runter in die Garage, weil er nicht schlafen konnte und dachte, er wartet in der Bäckerei auf die erste Ladung frischer Backwaren, die seine Frau mag. Eine berühmte türkische Bäckerei. Sie sind im Urlaub, sind gestern aus einer Stadt am Schwarzen Meer nach Ankara gekommen."

Keeler hatte die Autoschlüssel des Mannes in der Hand. Ein BMW-Schlüsselanhänger. Er hielt ihn Choi hin. „Sagen Sie ihm, dass wir uns sein Auto ausleihen. Sagen Sie ihm, er soll wieder nach oben in sein Zimmer gehen und die Tür schließen."

Sie sagte etwas zu dem Mann, der finster dreinblickte. Er warf einen weiteren Blick auf Keeler und lehnte sich mit gesenktem Kopf gegen das Geländer.

Keeler machte eine Geste. „Geh nach oben."

Der Mann eilte die Treppe hinauf. In zwei Minuten würde er in seinem Zimmer sein. Choi hatte Blutspritzer im Gesicht. Keeler hatte es vorher nicht einmal bemerkt.

„Stillhalten."

Sie erlaubte Keeler, sie mit dem Daumen abzuwischen.

KAPITEL 12

Keeler durchstreifte die Garage. Der flache Beton war mit einer Staubschicht bedeckt. Der Wind peitschte von der Ausfahrtsrampe vor ihm herein. Nichts bewegte sich, niemand war hier unten. Er spähte in die Fahrzeuge, allesamt leer. Kalte Autos und fluoreszierendes Licht, Farbe und Tina Choi, die hinten am Eingang stand und nach dem BMW suchte, zu dem die Schlüssel gehörten, während Keeler sich umschaute.

Die Ausfahrtsrampe fiel steil ab, zwanzig Grad. Am oberen Ende war eine rechteckige Öffnung zur Straße hin. Rechts daneben befand sich die schlichte Silhouette eines Wachhäuschens. Verspiegeltes, blau gefärbtes Glas, wie man es überall in Ankara sah.

Keeler ging zurück zu Choi und brauchte nicht weit zu gehen. Die Scheinwerfer einer glänzenden schwarzen BMW-Limousine blinkten auf. Sie saß am Steuer. Der Wagen wirkte leistungsfähig, fast schon bösartig. Keeler kletterte hinein. Die Tasche mit seinen Sachen lag im Fußraum. Er schob sie zur Seite, und der Motor brummte auf.

Keeler wies auf den Ausgang. „Da oben ist ein Wachhäuschen. Fahren Sie langsam, bis Sie die Rampe erreichen, dann geben Sie Gas." Er sah sie an, sah das entschlossene Gesicht und musste lächeln. Es wirkte auf ihn, als hätte Choi ihr Training genossen. „Ich will nicht, dass jemand aus dem Wachhäuschen kommt. Wenn wir uns zu langsam nähern, dann kommen sie raus."

Sie sah mit einem entnervten Ausdruck in seine Richtung. „Verstanden." Choi fuhr los.

Sie ließ das Licht bis zum Fuß der Rampe ausgeschaltet. Das verspiegelte Äußere der Wachkabine war nicht zu erkennen. Keeler enthielt sich eines Kommentars. Choi gab Gas, raste in einem Zug die Rampe hoch und flog förmlich über den Kamm. In der Kabine rührte sich nichts, und eine Sekunde später waren sie draußen auf der Straße.

Der Hoteleingang befand sich direkt auf der linken Seite. Zuvor waren dort vier Männer und zwei Fahrzeuge gewesen, jetzt sah Keeler zwei Männer und ein einziges Fahrzeug. Sturmhauben und Polis-Armbinden. Die Männer draußen drehten sich bereits zu ihnen um.

Choi sagte: „Sie haben uns gesehen."

Keeler reagierte nicht. Einer der Männer begann, sich in ihre Richtung zu bewegen. Der andere packte ihn an der Jacke und hielt ihn auf. Er bewegte den Mund und sprach in ein Kommunikationsgerät.

Choi bog rechts von der Rampe ab, weg vom Holiday Inn. Seine Augen suchten die Umgebung ab. Das zweite Fahrzeug, das nun fehlte, beschäftigte ihn. Es war durchaus möglich, dass das zweite Team an einen anderen Ort gerufen worden war. Die Straße glich einer Art Stadtschlucht, mit großen Gebäuden auf beiden Seiten, die ihnen den Weg abschnitten. Keeler verspürte den starken Drang, von dort auszubrechen.

Choi ging vom Gaspedal und ließ den Wagen ausrollen. Auf der rechten Seite befand sich eine Gasse, auf Keelers Seite des Wagens. Auf der linken Seite das Gleiche. Auf der anderen Seite der linken Gasse befand sich ein großes

Gebäude mit einer Reihe von Laderampen für Lastwagen. Jede Laderampe besaß eine eigene schräge Einfahrt, in die die Lastwagen zurückfuhren.

Eine Bewegung erregte seine Aufmerksamkeit. Sein Kopf schwenkte nach rechts, sein scharfer Blick richtete sich auf die nächste Gasse. Choi drückte kräftig aufs Gaspedal, folgte ihrem Gespür. Keeler sah einen Schatten über die Mauer auf der anderen Seite der Gasse huschen, etwas bewegte sich dort drinnen.

Choi sagte: „Oh Mann."

Keeler sagte nichts. Als sie kurz vor dem Eingang der Gasse waren, war es zu spät. Der zweite Mercedes hatte gewartet, vielleicht auf der anderen Seite der Gasse. Sie waren herbeigerufen worden und fuhren nun mit hoher Geschwindigkeit, wirbelten Staub auf und brachen förmlich aus dem engen Eingang hervor. Keeler, der den kommenden Aufprall vorhersah, spürte, wie die Worte von seinem Gehirn zu seinem Mund wanderten, sich dann aber als seltsame Laute zwischen einem Stöhnen und einem Knurren materialisierten.

Choi drehte das Lenkrad nach links und versuchte so, dem Wagen auszuweichen und den Aufprall abzumildern. Keeler schaute durch das Beifahrerfenster auf den Mann hinter dem Lenkrad. Der Fahrer trug eine Sturmhaube wie die anderen. Das hinderte Keeler jedoch nicht daran, seine seltsamen, klaren Schakalaugen zu erkennen. Es waren dieselben Augen, die er bei dem Fahrer vom Vorabend gesehen hatte, dem Mann, der mit seinem Wagen die verletzte Frau überfahren und getötet hatte.

Deshalb hatten sie ihn in der Lobby nicht bemerkt: Der Typ mit den Schakalaugen war draußen gewesen.

Der Mercedes kam schnell näher. Chois Ausweichmanöver verhinderte einen direkten Aufprall, aber die Kollision war nicht zu vermeiden. Die beiden Fahrzeuge krachten knirschend zusammen. Choi gab Gas und drehte das Rad hart nach rechts, um Abstand zu gewinnen, aber die Stoßstangen hatten sich wie ein mechanischer Klettverschluss ineinander verhakt.

Die Zentrifugalkraft schleuderte den Mercedes in die Seite des BMW. Die Fahrzeuge kamen parallel, und Keeler blickte durch das Fenster nach rechts, direkt auf den Fahrer.

Der bemerkte den Blick jedoch nicht, voll konzentriert auf die Physik und die Mechanik dieses Katastrophenballetts mit zwei Fahrzeugen. Die Augen geradeaus in dem Versuch, den Verlauf des Unfalles zu beeinflussen. Keeler drückte den Fensterknopf. Die Scheibe fuhr herunter, und er bereitete sich darauf vor, Kontakt mit dem Feind zu suchen.

„Halten Sie den Wagen an."

Leichter gesagt als getan: Die beiden großen deutschen Autos rasten die Straßenschlucht hinunter und waren durch reißendes und funkensprühendes Metall miteinander verbunden. Choi gab vor Anstrengung einen Schrei von sich und zog das Lenkrad hart nach links, um die miteinander verhakten Fahrzeuge direkt auf die erste Laderampe zu ziehen. Das Manöver brachte sie halb auf den Bürgersteig, wobei die Fahrzeuge gegen den Bordstein knirschten. Die Senke in der Laderampe kam schnell auf sie zu, und sie fielen mit einem schwindelerregenden Ruck und einem harten Knall. Keelers Gesicht prallte gegen das Armaturenbrett. Sein Mund füllte sich mit dem mineralischen Geschmack von heißem Blut.

Choi war in Ordnung, geschützt durch das Lenkrad, und kämpfte nun mit ihrem Sicherheitsgurt. Keeler drehte seinen Kopf zum Feind. Das Fenster war offen, der Fahrer des Mercedes war direkt vor ihm und blickte sich um. Er hatte keine Möglichkeit, seine Tür zu öffnen, weil die beiden Autos ineinander verkeilt waren.

Ein langes, geflochtenes Schlüsselband mit handbestickten Borten hing an der Schlaufe des Rückspiegels vor ihm, an der das Foto eines jungen Mädchens baumelte. Das Mädchen war vielleicht acht oder zehn Jahre alt. Keeler löste das Schlüsselband vom Spiegel und hielt es als potenzielle Waffe in der

Faust, wobei er sich flüchtig bewusst war, dass es sich um ein Geschenk für den Zivilisten handelte, den er im Hotel angegriffen hatte, wahrscheinlich von seiner Tochter, etwas, das sie vielleicht in der Schule gebastelt hatte.

Die Welt war voll von kuriosen und schönen Formen, von denen viele für verschiedene Zwecke nützlich waren.

KAPITEL 13

eeler kletterte aus dem Auto, er sprang durch das Fenster, wobei er den unteren Rand als Sprungbrett benutzte. Er kletterte auf das Dach des Mercedes und fragte sich, ob der Feind in der Verwirrung und dem Chaos des Autounfalls etwas bemerkt hatte. Unter ihm flog die hintere Beifahrertür auf, ein gestiefelter Fuß hatte sie aufgetreten. Ein Mann zog sich heraus.

Keeler blickte auf den Scheitel des Kapuzenmannes und die Pistole in seiner Hand. Der Kopf des Mannes drehte sich nach links und rechts und dann wieder zurück zum BMW. Keeler wusste, was er mit seinen Raubtieraugen sah. Die Körpersprache passte sich an, wie ein Fragezeichen, das sich in ein Ausrufezeichen verwandelte. Er hatte Choi bemerkt. Vielleicht arbeitete sie immer noch daran, ihren Sicherheitsgurt zu lösen.

Die Waffe des Mannes kam hoch, und es war Zeit, ihn anzugreifen.

Keeler ließ sich vom Auto fallen und landete hinter dem Mann. Das geflochtene Schlüsselband wand sich um den Hals des Mannes und wurde mit einer schnellen Schlaufe an

Keelers Handgelenk befestigt. Der Mann war größer als erwartet, was den Winkel unangenehm machte. Es half auch nicht, dass der Nacken muskulös war und die Sturmhaube beim Kampf hochgerutscht war, so dass eine Hals-Tätowierung zum Vorschein kam, eine Art Stammesmuster.

Keeler packte das Schlüsselband fester und tastete mit der freien Hand nach der Waffe des Mannes. Der riesige Rücken und die Schultern drückten gegen Keelers Brust. Keeler drückte sein Kinn in die Vertiefung zwischen den Schulterblättern des Mannes und zog ihn von der offenen Autotür weg, um den Kumpanen seines Gegners kein leichtes Ziel zu bieten.

Die Kehle des Mannes wurde schnell heiß gegen Keelers Faust, dann fest und hart, als er den Griff des geflochtenen Würgehalsbandes immer fester zog. Er musste umdenken; der Hals des Mannes war zu stark für einen schnellen Würgegriff. Zeit für Plan B. Keeler fegte dem Mann die Füße unter den Füßen weg und drehte ihn auf den Rücken.

Die Pistole klapperte auf den Zement. Der Mann griff mit seinen riesigen Händen nach Keelers Kehle.

Das war gar nicht gut. Keeler wich den Händen aus und steckte seinen linken Daumen durch das Loch in der Sturmhaube in das rechte Auge des Mannes. Er schob seine ganze Hand hinein, tastete mit den Fingern zum Ohr des Mannes, um einen guten Halt zu finden. Der Mann grunzte, was Keeler als ein gutes Zeichen wertete. Er fuhr mit seinem muskulösen Finger in der Augenhöhle des Mannes herum und zerquetschte das weiche Innere, was Schmerzen und instinktive Angst in dessen Gehirn auslöste. Ein erstickter Laut kam ihm über die Lippen und seine Hände flogen nach oben, unfähig, etwas anderes zu tun, als sich zu verteidigen, ein rein instinktiver Drang, die Gefahr für sein Auge zu lindern.

Keeler schob seine andere Hand unter die Sturmhaube

und spannte den Stoff, während er das andere Ohr des Mannes ergriff. Er hob den großen Kopf hoch und schlug ihn zweimal hintereinander auf den Boden, um den Knochen zu brechen. Nichts, der Mann wehrte sich immer noch. Er hatte die Verteidigung seines Auges aufgegeben und ging mit den Händen wieder in die Offensive, schlug Keeler in die Nieren.

Der Kerl wollte nicht aufgeben. Keeler ergriff die Pistole und stieß sie in das Fleisch im Oberschenkel des Mannes, dann drückte er einmal ab und spürte den Ruck und den Knall der Entladung. Die Hände des Mannes gaben schließlich auf, möglicherweise vom Gehirn zur kompletten Unterwerfung verleitet.

Keeler warf einen Blick auf die Waffe, eine brandneue Heckler & Koch VP9.

Am Rande seines Blickfeldes nahm er einen zweiten Mann wahr, der auf der anderen Seite aus dem Mercedes stieg. Keeler ging gebückt um den Wagen herum und auf ihn zu. Der andere Mann, der sich schnell und wütend bewegte, rechnete nicht damit, dass ein großer Amerikaner hinter dem Auto auf ihn zukommen würde. Keeler stieß die H&K aus nächster Nähe in die Brust des Mannes und drückte ab, wobei er mit der linken Hand die Waffe des Gegners abwehrte.

Das 9-mm-Geschoss durchschlug Muskeln, Knochen und Organe. Keeler übernahm die Kontrolle über die Waffe des Mannes und nahm Choi wahr, die etwas Unverständliches schrie. Dann sah er eine verschwommene Bewegung und wusste sofort, dass der Fahrer mit erhobener Waffe auf ihn zukam. Er machte sich so klein wie möglich und zog den Mann, den er gerade erschossen hatte, dicht an sich heran. Zweimal knallte es laut, das Geräusch hallte von den engen Wänden des Ladedocks wider. Er spürte zwei deutliche Schläge, als die Kugeln des Fahrers den Mann in den Rücken trafen.

Keeler stieß die Leiche weg und machte seine Waffe bereit. Der Fahrer war auf die Laderampe gesprungen und riss eine

Tür auf. Keeler drückte den Abzug und beobachtete über das Visier, wie der erste Schuss einen Teil des Mauerwerks am Türrahmen durchschlug. Ein zweiter Schuss ging zwischen dem Türrahmen und dem Hals des Fahrers hindurch und ließ einen rosafarbenen Nebel aufsteigen, als die Kugel durch Haut und Fleisch streifte. Der Fahrer verschwand in dem Gebäude.

Keeler drehte den Mann, den er erschossen hatte, auf den Rücken. Die Augen des Mannes waren offen und blickten ihn ausdruckslos an. Er nahm das Clip-On-Holster des Mannes an sich. Choi war zur Stelle und streckte die Hand nach der Waffe des Mannes aus. Keeler drückte ihr die VP9 in die Hand und sah, wie sie losstürmte, als wolle sie den Fahrer verfolgen.

Er packte sie an der Jacke und zog sie zurück. „Nein." Choi atmete schwer und starrte ihn finster an. Er konnte in ihren Augen sehen, wie das Adrenalin durch ihren Körper raste. Keeler sagte: „Nicht jetzt."

Sie starrte ihn mit funkelnden Augen an und war ganz aufgeregt. „Hast du sie reden gehört?"

„Nein."

Choi zeigte in die Richtung, in die der Fahrer gegangen war. „Der Typ hat seinem Kumpel etwas zugerufen, während du dich um den ersten gekümmert hast."

Das erinnerte Keeler daran, dass er dem anderen Typen ins Bein geschossen hatte. Er ging hinten um den BMW herum und sah sich den Mann an, der jetzt bewusstlos war oder es zumindest vortäuschte. Die Wunde am Bein war ernst, das Blut sammelte sich unter dem Mann in einer wachsenden Lake.

Choi war ihm gefolgt. Sie zeigte wieder auf den Kerl. „Hör zu. Der Typ hat seinem Kumpel etwas zugerufen, als der in das Gebäude gerannt ist." Sie zeigte mit dem Finger auf die Stelle, an der der Fahrer in dem Gebäude verschwunden war. „Die haben kein Türkisch gesprochen."

Keeler verstand nicht ganz, worauf Choi hinauswollte. „Was haben sie gesagt?"

„Ich glaube, es war Usbekisch oder Tadschikisch." Sie sah ihn jetzt *mit diesem Blick an*, ungeduldig.

Er hatte jedoch verstanden, was Choi damit sagen wollte. Die türkischen Sicherheitsdienste würden nicht tadschikisch oder usbekisch sein. Es handelte sich um ein Killerkommando, das als türkischer Sicherheitsdienst getarnt war - eine gewagte und gefährliche Sache, wenn man bedachte, wo sie es taten.

Er sagte: „Also haben diese Kerle *Cojones*."

Choi nickte. „Ja." Sie ging in die Hocke und untersuchte den Mann mit der Beinwunde. Sie sagte etwas darüber, wie sie Informationen aus dem Mann herausbekommen konnte, und tastete seine Taschen ab. Keeler hörte Sirenen. Es war definitiv Zeit zu verschwinden.

Er packte sie an der Schulter, aber Choi schob seine Hand wütend weg. „Fass mich nicht so an."

„Wir müssen hier weg."

Sie stand auf. „Der Typ ist sauber. Er trägt nichts bei sich, nicht mal ein Taschentuch oder so."

Keeler nickte ruhig. „Gut. Lass uns gehen."

Er beobachtete sie, wie sie ihn ansah, ihr Gesicht voller Angst, Zweifel und Abscheu. Entsetzen stieg in ihren Augen auf und sie sagte: „Wir müssen das melden." Eindringlich und verwirrt.

Keeler sagte: „Das werden wir. Aber wir melden es nicht irgendwelchen türkischen Spionen in irgendeinem Kerker." Die Sirenen wurden lauter. Er wirbelte mit einem Finger in der Luft herum. „Es wird kein gutes Licht auf die Botschaft werfen, wenn sie versuchen müssen, uns aus einem türkischen Gefängnis zu befreien. Hast du jemals den Film *Midnight Express* gesehen?"

„Was?", fragte Choi verärgert und verwirrt.

Keeler setzte sich in Bewegung. Eine Minute später

schaute er hinter sich, nur um sich zu vergewissern, dass sie ihm folgte. Das tat sie und hielt Schritt. Sie bewegte sich schnell, rannte aber nicht, hielt den Kopf gesenkt. Er ließ sie zu ihm aufschließen und drosselte dann das Tempo. Es war an der Zeit, Abstand zwischen sich und das Heulen der ankommenden Sirenen zu bringen.

KAPITEL 14

Der amtierende Missionschef James Miller sah sich eine Live-Videoübertragung vom Luftwaffenstützpunkt Incirlik an. Er beobachtete, wie das JSOC-Team an Bord einer C-37 Gulfstream ging, die für ihre Abholung hergebracht worden war. Drei amerikanische Mitarbeiter gingen die Treppe von der Rollbahn hinauf. Miller sagte die Namen zu sich selbst, als würde er eine Liste abhaken: Bratton, Calcutti und Cheevers.

Calcutti war der Kommandeur des Teams, der üblichen Voodoo-Mischung aus gefährlichen Killern, mit denen die Botschaft nur selten zu tun hatte. Diese Leute bedeuteten einfach immer nur Ärger, sie liefen unter der wohlwollenden Zustimmung dieser Schamanen in Fort Bragg und Langley Amok. Der Auswärtige Dienst konnte nichts gegen sie unternehmen, da sie über das Außenministerium bis hinauf zur Exekutive privilegiert waren.

Was Miller verstand, war, dass Calcuttis Team an einer so genannten Intelligence Support Activity beteiligt war, was auch immer das bedeuten mochte. Die Befehlskette ging von Calcutti direkt in eine Art atmosphärische Zone, wo sich das Special Activities Center der CIA und das Pentagon kreuzten.

Seltsamerweise schien Calcutti ein beängstigendes Maß an Autonomie zu besitzen.

Es war nicht leicht gewesen, ihn abzuschütteln, aber Miller hatte es geschafft, ihn mit ein paar Halbwahrheiten und einer glatten Lüge ruhig zu stellen. Er hatte gelogen und gesagt, Keeler sei in der Botschaft in Sicherheit und würde innerhalb von vierundzwanzig Stunden auf dem Landweg extrahiert werden. Ein regionaler Sicherheitsbeauftragter kümmere sich um die Organisation.

Ein Teil davon war halbwegs wahr.

Dann war da noch die Frage des ausländischen Staatsangehörigen, eines privaten Unternehmers mit dem Namen Karim Hassan Ahmadi. Offensichtlich war Ahmadi in irgendeiner Funktion Calcuttis Einheit zugeteilt worden. Ahmadi war immer noch nicht auffindbar, aber Miller war bereit, darauf zu wetten, dass er auftauchen und seinen Lohn einfordern würde.

In jedem Fall war Ahmadi kein Amerikaner, also zählte er nicht.

Miller befand sich im Situationsraum der Botschaft in Ankara, am Kopfende des Tisches, an dem sonst der Botschafter saß. Normalerweise waren nur er und der Botschafter mit den Verbindungsleuten der CIA und der DIA anwesend, es sei denn, es gab etwas anderes zu erledigen, dann konnte es schon mal eng werden hier.

Jetzt war er allein, und das war gut so. Ach, fast hätte er den Kerl auf der anderen Seite des Tisches vergessen, Dinglewort, oder Dinkleworth, oder so ähnlich. Andersons Lakai im CIA-Büro der Botschaft. Der Typ war jung, Anfang dreißig, tippte auf einem Laptop herum und sah nutzlos aus.

Miller lehnte sich im Ledersessel des Botschafters zurück, die Loafers auf dem Schreibtisch. Er sah zu, wie Calcutti in die Gulfstream stieg, der Letzte von ihnen. Was für ein Arschloch. Miller konnte militärische Spinner wie Calcutti nicht ausstehen.

Auf Bildschirm Nummer zwei war Kathy Jensen, Beraterin für landwirtschaftliche Angelegenheiten, zu sehen. Seit Miller zum Missionschef aufgestiegen war, war Kathy Jensen die stellvertretende Missionschefin. Miller hielt das für einen zu großen Sprung für diese Landwirtin, die sich gerade aus Malatya meldete, wo sie eine Aprikosen-Verpackungsanlage besichtigt hatte.

Miller beobachtete sie eine Sekunde lang. Jensen war abgelenkt, saß mit einer Tasse Kaffee in einem Hotelzimmer und sah aus, als wäre sie unglücklich darüber, geweckt worden zu sein. Er hatte einen unfreundlichen Gedanken und genoss ihn. Mit ihren dreiundsechzig Jahren brauchte Kathy Jensen ihre Ruhe mehr als er. Miller vermutete, dass sie noch ein paar Jahre ausharrte, um sich ihren Ruhestand zu sichern.

„Siehst du das, Kathy? Sie sind jetzt im Flugzeug."

Jensen richtete ihren Blick langsam auf die Kamera. „Oh, okay. Verstanden, Jim. Wäre das alles?"

„Nein."

Miller verlagerte sein Gewicht mit einer ausgestreckten Hand nach vorne. Auf dem Schreibtisch stand eine Schachtel mit Pistazien Baklava von Faruk's. Der Designer-Bürostuhl katapultierte Millers Körper sanft auf den Schreibtisch, so dass er mit Daumen und Zeigefinger ein fest verschnürtes, mit Honig und Rosenwasser gefülltes Filopäckchen umschließen konnte. Er ließ sich in den Stuhl zurückfallen und führte das Gebäck mit der gleichen fließenden Geste zum Mund. Einen Bissen und eine halbe Sekunde später strömte der Zucker in seine Blutbahn.

Verdammt, war das gut. Er ließ den Stuhl wieder nach vorne springen und schnappte sich diesmal die Kaffeetasse neben der Baklava-Schachtel. Miller erlaubte der Bewegung, in ein Aufstehen aus seinem Stuhl überzugehen, und fühlte sich anmutig. Ein Schluck heißen schwarzen Kaffees verdrängte das süße Baklava, und er fühlte sich großartig.

Er sah den CIA-Mann auf der anderen Seite des Tisches an. „Wollen Sie eines?"

Der Mann sah von seinem Laptop auf und machte eine ablehnende Geste. Als ob er eine Diät machen würde, oder als ob er versuchen würde, auf Zucker zu verzichten oder irgend so ein wertender Quatsch.

Miller rief seiner neuen Assistentin im anderen Raum zu. „Schalten Sie die Staatssekretärin auf Bildschirm drei." Er warf einen Blick auf Kathy Jensen. „Wir müssen die Unter-staatssekretärin benachrichtigen, Kathy. Es wird wahrschein-lich nicht länger als eine Minute dauern. Sie ist eine vielbeschäftigte Frau."

„Darauf kannst du wetten."

Die Assistentin rief aus dem anderen Zimmer. „Staatsse-kretärin Neuman macht nur Audio, Sir."

„Gut."

Der Anruf kam gerade durch, als die Gulfstream von der Rollbahn abhob. Erledigt.

Vicky Neuman machte keine halben Sachen. Ihre Stimme war ein leises Knurren. „Ich habe drei Minuten Zeit, Miller."

Miller sagte: „Danke, Madam Undersecretary." Er warf einen kurzen Blick auf Andersons Vertreter, überlegte, ob er seine Anwesenheit erwähnen sollte, entschied dann aber, dass Personen, die nicht mitspielten, nicht zählten. „Ich bin hier mit der Beraterin für landwirtschaftliche Angelegenheiten, Ma'am. Sie ist im Moment die stellvertretende Missi-onschefin."

„Wer ist das gerade?"

„Ihr Name ist Kathy Jensen." Miller sah zu Jensen auf, die auf Bildschirm zwei lächelte. Warum lächelte sie?

„Kathy Jensen aus Kansas?"

„Ja, Ma'am."

Neumans Stimme wurde ungewohnt freundlich. „Hey, Kath. Lange nicht mehr gesehen."

Miller spürte, wie ihm ein Schauer über den Rücken lief.

Nicht nur hatte die Staatssekretärin für Politik noch nie so freundlich geklungen, sondern dies schien ein echtes und unfreiwilliges Ereignis zu sein.

Auf Bildschirm zwei blickte Jensen glücklich in die Kamera. „Guten Morgen, Madam Undersecretary. Wie geht es Ihnen?"

Miller konnte es nicht ertragen, dass die beiden sich zu kennen schienen. Er schaltete sich ein. „Wir haben gerade eine Live-Übertragung der JSOC-Männer gesehen, wie sie das Land verlassen. Damit ist alles im Reinen, Madam Undersecretary. Alles ist auf Eis gelegt, wie Sie gesagt haben."

Miller ließ den Teil über den verbleibenden Mann, Keeler, der noch im Land war, aus strategischen Gründen unerwähnt. Er würde sicher bald ausgeflogen werden.

„Die CIA-Sache wurde bereinigt?"

Miller sah den CIA-Typen an, der ihn durch eine schwarz gerahmte Brille anstarrte. Er befreite mit seiner Zunge ein Stück Baklava aus der Lücke hinter einem Backenzahn. „Die amerikanische Beteiligung beschränkte sich auf die Sache mit dem Hotel, das eine Einrichtung der DIA ist. Die CIA sagt mir, dass an der anderen Sache keine amerikanischen Staatsangehörigen beteiligt sind. Hundertprozentige Bestreitbarkeit. Wir haben uns davon ferngehalten und überlassen es den Einheimischen, sie zu finden und sich darum zu kümmern."

Der CIA-Typ nickte und wandte sich wieder seinem Laptop zu.

Neuman sagte: „Es gab also nichts von den Einheimischen. Keine Probleme von türkischer Seite?"

„Überhaupt nicht."

„Gut." Neuman hielt inne, als ob sie noch letzte Zweifel hegte, bevor sie sich entspannte. „Es gibt also keinen Grund, die Politische Abteilung einzuschalten."

Er sagte: „Nein, Madam Undersecretary, ich denke, das wird nicht notwendig sein."

Neuman sagte: „Was ist mit Ihnen, Kathy? Haben Sie irgendwelche Gedanken?"

Jensen sagte: „Um ehrlich zu sein, habe ich mich in den Aprikosenanbaugebieten der Türkei herumgetrieben." Sie lachte. „Das ist eine ganz eigene Welt. Ich werde in ein paar Stunden wieder in Ankara sein. Ich habe vor, mich während des Fluges auf den neuesten Stand zu bringen, wenn Jim mir die entsprechenden Dateien schicken kann."

Miller verschluckte sich fast. Aber ganz sicher.

„Tun Sie das, Kathy." Neuman seufzte, atmete einmal lang aus. „Scheiße, es ist das totale Chaos in DC." Sie machte ein Geräusch zwischen einem Lachen und einem Husten. „Um es vorsichtig auszudrücken, in einer Woche reden Sie wahrscheinlich mit jemand anderem, und ich werde für die nächsten vier bis acht Jahre in die Denkfabrik zurückgeschickt."

Miller wusste das bereits, und deshalb war es ihm auch völlig egal, was Vicky Neuman dachte. Es würde bald einen neuen Staatssekretär für Politik geben, und Miller wollte gar nicht erst versuchen, zu erraten, wer das sein könnte und was der neue Mann oder die neue Frau über die Welt denken könnte.

Staatssekretärin Neuman beendete das Gespräch. Miller drehte sich zu seiner neuen Assistentin mit den roten Haaren um und warf einen Blick durch die offene Tür in den Warteraum. Sie war neu für ihn, nicht für die Botschaft. Die neue Regierung würde ihn nicht zum Botschafter machen, aber wenigstens konnte er eine Zeit lang die Vorzüge genießen.

Kathy Jensen war noch immer zugeschaltet. Sie schaute in die Kamera, die Kaffeetasse vor dem Gesicht.

„Sonst noch etwas, Kathy?"

Die Kaffeetasse wurde abgestellt. Jensens Lippen waren angespannt. Sie sagte: „Sie haben wirklich keine Ahnung, wer für das, was passiert ist, verantwortlich sein könnte?"

„Äh, nein, Kathy, das weiß ich nicht. Ich bin mir ziemlich

sicher, dass wir es auch nicht herausfinden werden, da man uns gerade gesagt hat, wir sollen uns verdammt noch mal zurückhalten."

Der CIA-Typ war aufgewacht und ließ seinen Blick zwischen Miller und der Frau auf dem Bildschirm hin- und herschweifen. Jensen nickte, und für einen Moment sah Miller in ihren blauen Augen Wut aufblitzen. Es war wie ein plötzliches Aufblitzen, das ihn für eine Sekunde erschreckte.

Sie sagte: „Mmmm hmmm. Nun, wer auch immer es war hat sich einen guten Zeitpunkt dafür ausgesucht."

KAPITEL 15

Die Staatssekretärin für Politik, Vicky Neuman, lag im Bett, vollständig bekleidet, und schaute auf ihr Telefon. Es war 23:00 Uhr in Washington, DC. Ihr Mann Bob furzte laut aus dem Badezimmer.

Neuman schüttelte erstaunt den Kopf. „Mein Gott."

Bobs tiefe Stimme ertönte durch die Tür. „Danke für die Wertschätzung, Babe."

„Erinnerst du dich an Kathy Jensen?"

Bob antwortete nicht. Neuman nahm an, dass er sich nicht daran erinnerte, dass Jensen drei sehr lustige, verzweifelte und unartige Jahre lang ihre Zimmergenossin an der Brown University gewesen war.

Bob saß gerne auf der Toilette und las auf seinem Telefon. Er sagte, dass er die meisten seiner intellektuellen Arbeiten auf diese Weise erledigte, sozusagen auf dem Thron sitzend. Bob war ein großer politischer Philosoph, derzeit Mitglied der republikanischen Partei, überdachte aber angesichts der Wahlergebnisse nun seine Mitgliedschaft. Neuman war Demokratin, im Sinne einer Parteizugehörigkeit. Das politische Konzept selbst war eher verhandelbar.

Bob kam durch die Tür und stand in seinem Bademantel über ihr. „Also, worum geht's?"

Neuman schaute ihn unter trägen Wimpern an. „Miller sagt, es ist nicht passiert, hundertprozentige Bestreitbarkeit." Sie nickte vor sich hin. „Das Letzte, was ich jetzt will, ist, in etwas verwickelt zu werden." Bob sah sie eindringlich an, als hätte er einen Gedanken. Sie sagte: „Was?"

„Einige unserer Leute wurden getötet. So war es doch, oder?"

„Einer. Die anderen waren offenbar keine Amerikaner."

„Aber sie haben für uns gearbeitet."

„Bestreitbar."

Er beharrte auf seinem Punkt. „Sie haben für uns gearbeitet, Vicky."

Sie wich seinem Blick nicht aus. „Nein, Bob, sie haben nicht für uns gearbeitet. Sie haben für sich selbst gearbeitet. Einer war ein lokaler Auftragnehmer, und die anderen gehörten zu ihrem eigenen Team. Irgend so ein CIA-Hexenwerk. Die Agency hat sie zwar unterstützt, aber nichts ist offiziell, und wir sind raus aus dem Spiel, Bubbie."

Bob setzte sich auf die Kante des Bettes. „Außer dass jemand hinter deinen Leuten her war und sie ausgeschaltet hat, und du nicht weißt, wer es ist."

Neuman sah ihn mit harten Augen an. „Aber, aber, Bob. Wir wissen nicht *genau*, wer es ist, aber was soll man da machen? Es ist eine Situation mit unbekannten Unbekannten. Wir werden den Angriff auf uns wegstecken und nicht eingreifen, weil wir es können, Bob. Wir sind die Vereinigten Staaten von Amerika, und sie sind wahrscheinlich nicht einmal ein Nationalstaat, sondern wahrscheinlich ein Haufen ausländischer Abschaum. Wie nennt ihr die? *Ein Drecksloch.*" Sie zuckte mit den Schultern.

Bob deutete auf das Badezimmer. „Ich habe eine SMS bekommen, während ich auf dem Thron saß. Mein Mann in Jerusalem. Er sagt, die Israelis hätten sich deswegen mit dem

Außenministerium in Verbindung gesetzt und stellen wie immer Forderungen."

Neuman zuckte mit den Schultern. „Ja, na und? Es ist wie du immer sagst, Bobby, gib diesen Leuten den kleinen Finger, und sie wollen die ganze Hand. Wir lehnen die Forderungen am Anfang immer ab, das weißt du."

Bob sagte: „In diesem Fall wissen sie vielleicht etwas, was ihr nicht wisst."

„Genau, wie immer." Sie kratzte sich am Ohr. „Schau, diese Leute, wer auch immer sie sind, haben es geschafft, einen CIA-Mann auszuschalten, was es zu einem CIA-Problem macht, und, nebenbei bemerkt, ist die CIA sehr wohl in der Lage, mit Jerusalem zu sprechen, wenn sie das wünschen. All dies hat den zusätzlichen Vorteil, dass es nicht mein Problem ist. Wie ich höre, schließt die CIA das Buch nie ganz, also wird der Gerechtigkeit Genüge getan werden, irgendwann. Nur nicht, solange ich involviert bin."

Neuman hob ihren linken Fuß und zog einen hochhackigen Schuh aus. „Die Welt ist voller Probleme, Bobby." Der Schuh flog quer durch den Raum und der andere Schuh folgte. „Die Probleme sind endlos, und sie kommen immer wieder. Problem um Problem um Problem." Ihr entblößter Fuß bewegte sich nun, um Bobs Bademantel zu teilen und die inneren Falten unterhalb seiner Taille zu erkunden. Neuman tat überrascht. „Oh je, was haben wir denn hier für ein Problem?"

Sie war wirklich überrascht von der Hitze, die in ihrer Mitte aufstieg. Mord und Totschlag hatten sie früher, vor fünf oder zehn Jahren, immer in Wallung gebracht. Vielleicht erlebte sie gerade eine zweite Jugend. Bob legte eine fleischige Hand auf ihr Bein. Er bewegte sie vom Knie den Oberschenkel hinauf. Neuman lächelte, weil sie wusste, dass ihr Mann etwas Lustiges sagen würde.

„Was du da entdeckt hast, ist ein hartes Problem, Schätzchen", sagte er. „Harte Probleme erfordern oft weiche und zarte Lösungen."

Sie hob die Augenbrauen und ließ sich weiter zurücksinken. „Oh, Bob, du hast so eine Art, mit schwer verständlichen Konzepten umzugehen. Ich frage mich immer, wie du diese Post-Graduates in deinen Kursen überhaupt abwehren kannst."

Bob lachte und packte sie fester am Oberschenkel, drückte zu und ließ seine Hand weiter nach oben gleiten, wobei seine Fingerspitzen die Regionen darüber kitzelten. „Es ist eine Sache, Professor Bob mit einem Doktortitel zu sein, und eine ganz andere, damit Sex zu haben."

„Ja, genau!"

Neuman streckte ihre linke Hand nach der Nachttischlampe aus, fand die baumelnde Schnur, und mit einem Klicken war der Raum in ein perfektes Halbdunkel getaucht.

KAPITEL 16

Tina Choi stand als Silhouette vor dem batikverkleideten Fenster und bewegte sich hin und her. Es war fast eine wiegende Bewegung, während sie sich das Telefon ans Ohr hielt, sich mit jemandem in der Botschaft unterhielt und auf und ab ging wie ein unruhiges Tier. Keeler lag ausgestreckt auf dem Sofa. Halb lauschte er dem Gespräch von Choi, wenn sie mal zu Wort kam.

Keeler war ein wenig müde, aber ihm gefiel, was er sah. Sie zu beobachten, gab ihm ein gutes Gefühl.

Sie sagte Dinge wie: „Ja, okay. Ja, ja. Nein." Meistens ja.

Sie waren zurück in Brooklyn. Keeler war davon ausgegangen, dass das Safe House, da es verlassen war, übersehen werden würde. Der Schlüssel war hinten in einem unbenutzten Müllschacht versteckt gewesen, und er war noch da, als Keeler danach griff. Er konnte sich keinen besseren Ort vorstellen, um sich zu verstecken, da er entschieden hatte, dass Hotels, Herbergen und Pensionen tabu waren.

Die Türkei ist ein Land, in dem die Hauptaufgabe des Militärs darin besteht, die eigene Bevölkerung zu besetzen und zu unterdrücken. Fast jede zweite Person, war ein Polizeispitzel. Das würde auch auf achtzig Prozent des Hotelpersonals zutreffen.

Keeler befand sich in einem höchst meditativen Zustand und ließ die interessanten Ereignisse der letzten Zeit in seinen Gedanken zirkulieren, gefiltert durch den Anblick von Choi am Fenster, einer zierlichen und sehr schönen Frau. Sie hatte glattes schwarzes Haar, das sie immer wieder hinter ihr Ohr zurückschieben musste.

Schlank an den richtigen Stellen und stark an den richtigen Stellen. Wie eine Akrobatin oder Tänzerin.

Keeler war kein Experte, was Schmuck anging, aber der Ring an Chois linker Hand sah bedeutsam aus, in dem Sinne, dass er auf eine stattgefundene oder geplante Hochzeit hindeuten könnte. Sie trug ein silbernes Kruzifix an einer silbernen Kette. Choi hatte es unter ihrem Pullover hervorgeholt und spielte mit dem Anhänger, während sie jemandem in der Leitung zuhörte.

Eine Stunde zuvor war noch alles anders gewesen. Sie waren geduckt durch die engen Straßen der Innenstadt von Ankara gerannt und gesprungen. Es gab einen Moment, in dem Keeler merkte, dass Choi nicht mehr mithalten konnte, und er zurücklief, um sie zu finden, vornübergebeugt, wo sie ihre Eingeweide auf den Asphalt entleerte. Keeler hatte ihr die Haare gehalten, und sie hatte zu ihm aufgeschaut, das Gesicht voller Tränen, die Augen rot.

„Es ist mein erster Tag." Waren ihre genauen Worte gewesen.

Irgendwie hatte Keeler verstanden, was sie damit meinte. Sie war dem Töten noch nie persönlich begegnet. Er hatte schon eine Menge gesehen, es war nicht sein erster Tag. Mit dem Ärmel wischte er das Erbrochene an ihrem Kinn weg.

Er hatte gesagt: „Jeder hat einen ersten Tag."

Choi starrte ihn an und wandte sich wieder der Wand zu. Sie hatte den Mund aufgemacht, geschrien und geheult und alles rausgelassen, was sie hatte. Als sie fertig war, hatte

Keeler sie sanft an den Schultern gepackt und sie direkt angeschaut. Sie hatte den Blick erwidert, trotzig und verletzlich
zugleich.

Er hatte gesagt: „Gut?"

Choi hatte genickt. „Gut."

Auf dem Rücksitz eines Taxis hatten sie geschwiegen,
jeder hatte aus dem Fenster geschaut und etwas anderes gesehen. Als sie das Safe House betreten hatten, hatte Keeler sie in
die Küche geführt, sich mit ihr hingesetzt und versucht,
Kaffee zu kochen, aber es gab keinen Kaffee, nur Tee. Choi
mochte auch Tee, also war das ok, und das war das
Wichtigste.

Choi hielt eine Tasse in beiden Händen und hörte zu, wie
Keeler ihr alles erzählte, was bis zu diesem Zeitpunkt
geschehen war, und ihr eine umfassende Nachbesprechung
bot. Das war das Mindeste, was er tun konnte, da sie nun tief
in die Sache verstrickt war. Er erzählte ihr von der Szene, auf
die er in Canada gestoßen war, von der Frau im Zementmischer. Er ließ die Speicherkarte und die Kamera aus, weil er
sie zurückhalten wollte, bis sie mit ihren Leuten gesprochen
hatte, um zu sehen, welche Fragen sie ihm stellen würden.

Denn Keeler traute den Bürokraten nicht. Er wollte
wissen, was sie wussten, was sie sagen würden.

Choi erzählte ihm von der Flucht im Holiday Inn, was
passiert war, nachdem dieser CIA-Typ namens Anderson
erschossen worden war. Sie war wütend gewesen, bis hin zur
Panik, und machte sich Sorgen, wie der Feind in ihren
Kommunikationskreislauf eingedrungen war, ob es einen
Maulwurf gab.

Keeler hatte ihr von der Lobby erzählt, wie die Täter an
ihm vorbeigegangen waren, ohne sein Gesicht zu erkennen.
Chois Augen zuckten alarmiert auf.

Sie sagte: „Du meinst also, dass sie im System sind."

„Ja. Ich glaube, sie müssen sich in Ihr System gehackt
haben. Ihr müsst es abschalten."

Choi schaute mit gerötetem Gesicht weg.

Als sie den Tee ausgetrunken hatten, meldete sich Choi über ihr sicheres Telefon, ganz und gar ein Profi.

———

Sie beendete ihr Telefonat und drehte sich zu Keeler um. Er schwang seine Beine vom Sofa, um ihr Platz zu machen, und sie setzte sich, wobei ihr Gesicht vom Lampenlicht erhellt wurde. Keeler konnte sehen, dass sie vor Müdigkeit blass war.

Er sagte: „Und?"

Sie blickte ihn kurz an, lehnte sich zurück und starrte an die Decke. „Die DIA wird ein Team schicken, um das System zu überprüfen. Es ist momentan bis auf weiteres ausgeschaltet. Aber, du wirst nicht besonders glücklich sein. Erstens kommt niemand, um uns zu holen, und sie haben dein Team bereits nach Amman exfiltriert."

„Warum haben sie das getan?"

Choi wusste es nicht. „Nun, das bedeutet, dass sie sich zurückziehen, richtig?"

„Wer ist noch beteiligt?"

„Was meinst du? Von der Botschaft aus?"

„Ja."

Sie sagte: „Das hängt davon ab, wer einbezogen werden muss. Es gibt einen CIA-Mann, der mit Anderson zusammengearbeitet hat, und es gibt mich auf der Seite des Geheimdienstes. Den amtierenden Missionschef und seinen Stellvertreter, den Gesandten. Miller ist der amtierende Chef, und ich weiß nicht, wen sie als Stellvertreter bestellt haben, um ihn zu ersetzen. Er könnte die Beraterin für politische Angelegenheiten hinzuziehen, wenn die Einheimischen etwas mitbekommen. Ich denke, im Moment hängt viel davon ab, was die CIA will." Sie zuckte mit den Schultern. „Anderson gehörte zu denen. Es ist möglich, dass sie die Sache auf ihre Weise regeln wollen."

Keeler sagte: „*Amtierender* Missionschef. Was ist mit dem Botschafter passiert?"

„Sie haben ihn anscheinend nach Kabul versetzt. Ich habe es erst erfahren, als sie mich geweckt haben." Choi gestikulierte herum. „Hierfür."

Keeler sagte nichts und wartete auf die eigentliche Information.

Choi sagte: „Und das war's. Unterm Strich werden sie wegen der Exfiltration auf mich zurückkommen. Ich denke, sie wollen dich einfach nur aus dem Land haben und fertig."

„Auf dich zurückkommen?"

„Ja, er sagte maximal vier Stunden."

Unbefriedigend. „Und Canada, was ist da oben passiert? Was haben die vor, deswegen zu unternehmen?"

Choi war müde. „Deine Rolle in dieser Sache ist vorbei, Keeler. Ich weiß, dass ihr Jungs normalerweise gerne Cowboys spielt, aber ihr arbeitet hier für das Außenministerium, was bedeutet, dass der Missionschef letztendlich das Sagen hat. Unsere Aufgabe ist es, zu beraten und Vorschläge zu machen. Die Entscheidung liegt bei ihm."

Ein dünnes Lächeln kroch über Keelers Gesicht. „Die Chance, dass ich exfiltriere, liegt bei null Prozent. Ich werde nirgendwo hingehen. Ich brauche Informationen darüber, was letzte Nacht passiert ist. Ruf' deinen Kontakt noch einmal an und lass mich mit ihm sprechen. Es ist mir scheißegal, wer er glaubt, dass er ist. Wir sind hier nicht in Maryland."

Choi sah ihn seltsam an, als ob sie ihm etwas vorenthalten hätte.

„Spuck es aus, Choi."

Sie wandte den Blick ab und rollte mit den Augen. „Miller hat mir gerade erzählt, dass der Leiter deiner Einheit das Schlachtfeld nicht verlassen wollte, als ob das für euch so eine

Art Tabu wäre. Miller hat mich vor dir gewarnt. Willst du die Sache kompliziert machen, Keeler?"

„Es ist schon kompliziert." Keeler lächelte - nicht weil es kompliziert war, sondern weil er daran dachte, dass Calcutti es denen da oben schwermachte. Er sah Choi an und setzte einen harten, ernsten Ausdruck auf. „Ich werde nicht gehen, Choi. Sag deinem Chefschauspieler, oder wie auch immer dieser Sesselfurzer heißt, er soll aufwachen. Sie haben nichts über den anderen Kerl, Karim Ahmadi, gesagt. Hat er sich schon gemeldet? Denn wenn nicht, würde ich das sehr ernst nehmen."

Keeler hatte halb erwartet, dass Choi negativ auf seine unverblümte Art reagieren würde, aber das tat sie nicht. Ganz im Gegenteil, Choi sah ihn eine Sekunde lang an, und dann wurde ihr Gesicht offener, als würde sie ihm tatsächlich glauben.

Choi sagte: „Verstanden. Ich höre, was du sagst." Sie hielt inne und dachte nach. „Aber ich möchte dich etwas fragen: Da ist noch etwas anderes, nicht wahr? Irgendetwas macht das hier besonders oder anders für dich. Richtig?"

Keeler zögerte nicht. „Richtig. Die Frau, von der ich dir erzählt habe, die ich aus einem Zementmischer gezogen und dann vor meinen Augen habe sterben sehen, wir haben ein paar Worte ausgetauscht - nicht gerade ein Gespräch, aber es wurden Worte gewechselt. Sie nahm mir ein Versprechen ab. Um ehrlich zu sein hat sie das Wort *geloben* benutzt."

Choi sah ihn komisch an. „Geloben. Das ist ja niedlich. Was hast du gelobt?"

Keeler war sich bewusst, wie altmodisch der Ausdruck klang, aber er schämte sich nicht dafür, er stand zu seinem Gelöbnis. Er sagte: „Ich weiß es nicht genau, aber es hat etwas mit *dem Mädchen* zu tun. Was sie da oben gesagt hat, als sie auf der Straße starb und zu mir aufschaute. ,*Hilf dem Mädchen*', sagte sie."

„Wer ist das Mädchen?"

Keeler zuckte mit den Schultern. „Ich weiß es wirklich nicht. Aber wir werden es herausfinden müssen."

Er war zufrieden, weil er wusste, dass es keinen Unterschied machte, ob er wusste, wer das Mädchen war. Er war weder glücklich noch unglücklich über das Gelöbnis, das er impulsiv gegeben hatte. Ein solches Versprechen war eine bereits vollbrachte Tat, keine verhandelbare Variable in irgendeiner komplizierten Gleichung.

Choi drehte den Kopf und blickte auf das mit Batikstoff bedeckte Fenster. „Ich weiß nicht, was ich von deinem *Gelöbnis* halten soll. Das ist nicht sehr professionell."

„Denk daran, dass es dein erster Tag ist, Choi. Heute ist mein viertausendster Tag, oder sowas in dem Dreh. Ich habe nicht mitgezählt. Im Moment könnte ich deine Hilfe gebrauchen. Ich schätze, du hast mindestens zwei Hochschulabschlüsse." Er richtete sich auf. „Und wir haben noch vier Stunden Zeit, oder?"

Sie wich nicht zurück, sondern wandte sich ihm zu. Neugierig, wovon er sprach. Das war der Moment, in dem er wirklich etwas für sie empfand und verstand, dass Choi nicht einfach nur ein weiterer Anzugträger aus der Botschaft war. Er hatte es bereits an ihrem Verhalten im Holiday Inn gesehen. Er sah es wieder in der Art und Weise, wie sie sich um das kümmerte, was er zu tun versuchte, die Kombination aus Neugier und Professionalität, die so selten ist.

Keeler hob die Tasche vom Boden auf und ließ sie perfekt auf dem Couchtisch landen.

„Habe ich recht?"

„Worüber?"

„Die Hochschulabschlüsse."

„Fast, ich meine, ja, ich habe zwei oder drei Abschlüsse, je nachdem, wie man zählen will. Ich habe einen Doppel-Master in Chemie und internationalen Beziehungen an der Johns Hopkins gemacht." Sie zuckte mit den Schultern. „Und, na ja, du weißt schon."

Der Laptop rutschte aus der Tasche. Keeler nahm die Speicherkarte aus der Kleingeldtasche seiner Jeans und steckte sie in einen Schlitz des Computers.

„Ich möchte, dass du dir etwas mit mir ansiehst."

Er spürte ihre körperliche Präsenz, als sie näherkam, Wärme und den Geruch von getrocknetem Schweiß.

Choi fragte: „Was ist das?"

Der Bildschirm erwachte zum Leben, und Keeler gab das erforderliche Passwort ein. Die Speicherkarte war mit Bilddateien gefüllt. Er benutzte seinen dicken Zeigefinger auf einem Trackpad, um die Dateien auszuwählen und sie zu öffnen. Er lehnte sich zurück, während sich der Bildschirm mit Kästchen füllte, die animiert und geöffnet, geladen und gerendert wurden.

KAPITEL 17

C hoi lehnte vorwärts, zum Laptop-Bildschirm hin, und betrachtete ein Foto von einem Mann, der eine Zigarette rauchte. Dies war die letzte von insgesamt 682 Bilddateien.

Sie wandte sich Keeler zu und musterte ihn. Ihr Blick enthielt etwas Leidenschaftsloses, als würde er beurteilt werden. „Warum hast du das hier nicht früher erwähnt?"

Er hatte die Frage vorausgesehen. „Ich nahm an, dass du mich danach fragen würdest, aber das hast du nicht."

Sie verstand nicht und war damit beschäftigt, den Inhalt der Speicherkarte auf die Festplatte des Laptops zu kopieren. „Wie kommst du darauf, dass ich danach fragen würde? Es war anscheinend eine CIA-Operation."

„Und ich dachte, du wärst CIA."

Choi blickte finster drein. „Ich arbeite für die DIA."

Defense Intelligence Agency. Er sagte: „Oh."

Sie sah ihn wieder an. „Ich habe einen Doppelposten in Ankara. MASINT plus DIA-Vertreterin in der Botschaft. Wir koordinieren die Proliferationsarbeit, und die DIA betreibt die technischen Netzwerke, wie das, das dich ins Holiday Inn geschickt hat."

MASINT macht Sinn, dachte er und sah Choi an. Measure-ment and Signature Intelligence, die Agentur, die unter anderem Sensoren an verschiedenen vorteilhaften Stellen in der ganzen Welt abwirft. Sie erfassen chemische und nukleare Substanzen, Dinge, die in Häfen ein- und auslaufen, und den Handel mit verschiedenen Arten von Gütern.

Er sagte: „Bist du akkreditiert?"

„Ja."

Keeler nickte. *Akkreditiert* bedeutete, dass sie bei den türki-schen Behörden als US-Geheimdienstmitarbeiterin registriert war, die aus der Botschaft heraus arbeitete. Das konnte von Vorteil sein, zumindest in dem Sinne, dass es ihr diplomati-sche Deckung gab. Weitere Fragen konnten vorerst warten.

Choi wandte sich erneut dem Computer zu und begann wieder von vorne. Sie klickte sich langsam durch die Bilder. Die Fotos zeigten drei Orte, die alle mit einem leistungs-starken Teleobjektiv von dem Wohnzimmer in Çankaya aus aufgenommen worden waren. Alle drei fotografierten Orte befanden sich in demselben Gebäude, mit der gleichen glän-zend weißen Außenverkleidung, die eine Hightech-Atmo-sphäre ausstrahlte.

Keeler erinnerte sich an das Stativ, das hoch in der Mitte des Raumes aufgestellt war. Nach der Abfolge der Aufnahmen und den wiederholten Standorten zu urteilen, war das Team in Çankaya bereits seit mehr als einer Woche im Einsatz gewesen.

Eine CIA-Operation, in der Tat.

Wenn er sich an die Leichen und die Zahnbehandlung erinnerte und an die Tatsache, dass niemand zu wissen schien, wer sie waren, konnte Keeler nicht umhin, den komö-diantischen Aspekt, die grundlegende Wahrheit zu sehen. Achtzehn Geheimdienste und zehnmal so viele Unterneh-men, die sich alle an der Zitze des Staates labten, erzeugten einen so heftigen Shitstorm, dass niemand wusste, was sie taten, geschweige denn, was irgendjemand anderes vorhatte.

Das erste Foto zeigte einen Innenhof, aufgenommen aus einem sehr steilen Winkel. Es handelte sich um den Raucherbereich auf der Rückseite eines Gebäudes, einen Innenhof mit Schieferplatten, Pflanzenbeeten und einem stehenden Aschenbecher. Eine ganze Reihe von Menschen bewegte sich auf dem Bild, schnippte Asche, trank Kaffee, drückte Kippen aus, schaute auf Telefone und schwatzte miteinander. Viele von ihnen trugen medizinische Uniformen. Diese waren farblich aufeinander abgestimmt, rosa für die weiblichen Krankenschwestern und dunkelblau für die männlichen Chirurgen.

Also, eine Art medizinische Einrichtung. Vielleicht eine Privatklinik.

Keeler sah die Krankenschwestern an und stellte sich vor, wie es sein würde, auf dem Operationstisch zu liegen, während die Opioide in den Blutkreislauf eindringen, während rosa gekleidete Frauen herumhuschten und einem Dinge in den Arm steckten. Das brachte ihn zum Lachen.

Auf etwa der Hälfte der Außenaufnahmen war ein bärtiger Mann in einer Lederjacke zu sehen. Er war nicht nur ein starker Raucher, sondern auch ein klassischer Mann im Militäralter, mit vollem Haar und schwarzem Vollbart. Keeler beugte sich vor und schaute sich den Mann genau an. Niemals lächelnd, wachsame Augen, athletische Statur. Ein Kerl, der aussah, als hätte er schon Skalps geholt. Keeler vermutete, dass er das Hauptziel bei der Überwachung dieses Ortes war. Die andere Hälfte der Bilder aus dem Raucherbereich schien eine reine Datensammlung zu sein, um für den Fall der Fälle brauchbare Gesichtsaufnahmen von Leuten zu bekommen, die mit dem Ort in Verbindung standen.

Ein anderer Ort war ein Raum, der durch ein Fenster im Winkel von etwa dreißig Grad zur Kameraposition fotografiert wurde. Es sah aus wie ein schickes Wartezimmer oder eine Lobby. Die Bilder zeigten die Hälfte eines cremefarbenen Ledersessels, ein Ledersofa und einen Couchtisch. Im Vordergrund befand sich eine Bodenfläche. Über dem Couchtisch befand sich eine gerahmte Illustration einer rosafarbenen Landschaft.

Der bärtige Mann war auf vielen dieser Aufnahmen zu sehen, meist im Ledersessel sitzend und wach, manchmal aber auch am Fenster stehend und hinausschauend, als ob er bereits nach einer Zigarette lechzte. Neben dem Bärtigen waren noch andere Personen auf den Bildern zu sehen, zwei von ihnen wurden wiederholt fotografiert: eine junge Frau in ihren späten Teenagerjahren oder frühen Zwanzigern, und ein älterer Mann um die sechzig. Der ältere Mann war groß und schlank und war meist glattrasiert. Manchmal trug er Anzug und Krawatte, manchmal einen marineblauen Operationskittel.

Die junge Frau hatte eine große Hakennase.

Der dritte Standort befand sich vor demselben Gebäude. Auf einem großen beleuchteten Schild stand *Zaros Aesthetica*, offensichtlich der Name der Klinik. Das Logo war in Hellblau gehalten und vermittelte eine beruhigende medizinische Ausstrahlung. Die Aufnahmen waren durch die Windschutzscheibe und das Seitenfenster eines Fahrzeugs gemacht worden. Sie zeigten sowohl die Klinik als auch einen Teil eines angrenzenden Gebäudes.

Diese Aufnahmen waren klassisches Überwachungsmaterial. Keeler machte sich Gedanken über die Fahrzeuge. Was würde in die Umgebung passen und nicht auffallen? Ein Taxi, oder vielleicht hatten sie die Mietwagen vor der Tür geparkt und so rotiert, dass sie auf den Überwachungsbildern kein Muster ergaben.

Der erste Blickwinkel war direkt vor der Klinik. Durch die Vordertür gingen Menschen ein und aus. Meistens war es der Chirurg aus dem Wartezimmer, der seinen schnittigen Anzug trug und eine schmale Aktentasche bei sich hatte. Der gut gekleidete Chirurg hatte einen klaren Tagesablauf: Er stieg im

Morgengrauen aus einem brandneuen Land Rover und übergab die Schlüssel an einen Angestellten. Später, meist nach Einbruch der Dunkelheit, verließ er das Gebäude und stieg wieder in sein Auto.

Keeler sagte: „Fleißiger Mann und vielleicht ein Familienmensch. Verlässt die Arbeit, geht nach Hause und erwartet sein Abendessen. Kommt am nächsten Tag wieder zur Arbeit."

Choi klickte auf eine Nahaufnahme seines Nummernschildes. „Meinst du, er hat schon Besuch von unseren toten Freunden bekommen?"

Keeler hob die Augenbrauen und stellte sich einen Einbruch in ein Haus in einem schicken Vorort von Ankara vor, wahrscheinlich in einer bewachten Wohnanlage. Er sagte: „Ich habe keine Ahnung."

Der zweite Winkel der Klinik umfasste ein angrenzendes Haus und einen Durchgang zwischen den beiden Gebäuden. Der Durchgang war verdeckt, und es war klar, dass die beiden Gebäude miteinander verbunden waren. Die Aufnahmen zeigen alle das junge Mädchen von vorhin, wie sie das Nebengebäude verließ und die Klinik durch einen Seiteneingang betrat. Der bärtige Mann war allgegenwärtig.

Auf den letzten Bildern hatte die Frau einen Verband um ihre Nase.

Keeler und Choi hatten es unisono gesagt, als sie das Foto zum ersten Mal sahen: „Nasenkorrektur."

Choi kicherte. „Was ist mit dem Nachbargebäude?"

Keeler nannte es. „Unterkunft. Die Patienten wohnen während des Eingriffs und während der Genesung dort."

„Das ergibt Sinn."

Keeler musterte den bärtigen Mann, der die junge Frau ständig begleitete, genau. Er war wachsam und aufmerksam, öffnete Türen und ließ ihr den Vortritt. Er folgte ihr auf Schritt und Tritt und überprüfte die Umgebung um sich herum.

Keeler legte einen Finger auf das Bild des Mannes. „Leib-
wächter oder Entführer?"

Choi fragte: „Warum Entführer?"

Er zuckte mit den Schultern und wusste nicht, warum. Es
war nur ein Gedanke, der ihm gekommen war. Vielleicht lag
es daran, dass der Mann so aufmerksam und räuberisch war.
Er revidierte diesen Gedanken. Die Schwingungen, die von
der jungen Frau ausgingen, waren aussagekräftiger, selbst in
den Standbildern. Es war ihre Haltung, die Art und Weise,
wie sich ihr Körper zu dem Mann hin orientierte, als ob sie
Angst vor ihm hätte. Choi gähnte tief, lehnte sich zurück
gegen die Sofakissen und schloss die Augen.

Keeler setzte sich an den Computer und zoomte ein Bild
heran, auf dem das Gesicht der jungen Frau vor der Operation zu sehen war. Er brachte es schön groß auf den
Bildschirm.

Die Frau stirbt in Canada. *Hilf dem Mädchen.*

Das war das Mädchen.

Choi hatte sich auf die Seite gedreht und lehnte sich gegen
die Armlehne des Sofas. Sie murmelte schläfrig. „Mein Gott.
Ich frage mich, ob die CIA überhaupt von diesen Fotos weiß."

Das war eine verdammt gute Frage.

Keeler betrachtete noch immer das Gesicht des Mädchens
und speicherte es fest in seinem Gedächtnis ab. Er dachte
daran, dass er sie vielleicht mit chirurgisch veränderten
Gesichtszügen wiedererkennen müsste. Vielleicht war die
Operation nicht freiwillig. Choi gähnte.

Keeler sagte: „Geh ins Schlafzimmer und ruh dich ein
bisschen aus."

Sie stand steif auf. „Okay. Weckst du mich in einer
Stunde?"

Keeler gab ein gemurmeltes Geräusch von sich, das
entweder als etwas oder als nichts interpretiert werden
konnte, da er keine weiteren Versprechen oder Zusagen
machen wollte.

Als Choi weg war, drehte er den Laptop, um an die Rückseite zu gelangen, und benutzte das Juvelierswerkzeug, um in das Innere des Geräts zu gelangen und die Wi-Fi-Karte wieder mit der Hauptplatine zu verbinden. Es dauerte eine Minute, bis der Laptop neu gestartet war. Cheevers hatte das Wi-Fi-Passwort des Nachbarn geknackt. Keeler stellte eine Verbindung her und suchte im Internet nach der Klinik.

Zaros Aesthetica verfügte über eine Website mit englischer Sprachoption. Keeler las das Menü mit den Angeboten der Klinik. Haartransplantation und Zahnchirurgie schienen klar. Brustvergrößerungen machten Sinn, ebenso wie Botox, Facelifting und Fettabsaugung. Aber Dinge wie Blepharoplastik, Brachioplastik und Vaginalverjüngung blieben rätselhaft.

Im Abschnitt „*Über uns*" der Website wurde er fündig. Eine Liste ihrer Top-Chirurgen mit kurzen biografischen Daten und einem Portrait. Dr. Fatih Erkin war der Mann auf den Fotos, die sie gesehen hatten. Er war achtundfünfzig Jahre alt und einer der Mitbegründer der Klinik. Keeler prägte sich das Gesicht von Erkin ein und löschte dann die Browser-Chronik. Er nahm die Speicherkarte aus dem Computer und steckte sie zurück in seine Jeans.

Choi schlief tief und fest im Hinterzimmer und schnurrte wie eine Katze. Die Heckler & Koch VP9 lag auf dem Nachttisch neben ihrem Telefon.

Keeler verließ leise die Wohnung und ging hinunter auf die Straße. Die Stadt war voller Leben, und er fühlte sich befreit, da draußen zu sein und sich unter die Zivilbevölkerung zu mischen. Besser noch: Er fühlte sich wie ein Jäger.

Er kaufte im Laden an der Ecke ein neues Wegwerf-Handy und eine SIM-Karte. Er schaltete es ein, nur für den Fall.

Keeler war kurz davor loszuziehen, aber etwas hielt ihn zurück. Er dachte an Choi, die da so süß schlief, mit ihrem

Ehering oder Verlobungsring oder was auch immer. Er ging wieder in die Wohnung und trat ein, so leise wie möglich. Die SIM-Karte, die er gerade gekauft hatte, war in einer Plastik-karte gewesen. Die Telefonnummer stand auf der Rückseite.

Keeler ließ die Karte auf dem Tisch liegen, nur für den Fall, dass Choi Kontakt aufnehmen wollte.

KAPITEL 18

Tina Choi war in der Kirche. Das war seltsam. Nein, nicht in einer Kirche, sondern bei einer Segnungszeremonie mit etwa fünftausend anderen Menschen. Alle sangen die gleichen Worte, aber aus irgendeinem Grund konnte sich Choi nicht erinnern, was sie sagen sollte.

Wir, als Familie, geloben, die kosmische Familie zu schaffen, die Himmel und Erde umfasst, und die Welt der Freiheit, des Friedens, der Vereinigung und des Glücks zu verwirklichen, die auf wahrer Liebe gegründet ist.

Worte, die eigentlich Freude bringen sollten, aber für Choi, die nicht wusste, dass sie träumte, klangen sie bedrohlich und fremd.

Sie wurde unsanft aus dem Traum gerissen und war verwirrt. Ihr Telefon klingelte leise und vibrierte mit einem leisen Summen auf dem Nachttisch. Daneben lag die 9-mm-Pistole, die Keeler dem toten Mann abgenommen und ihr gereicht hatte.

Der amtierende Missionschef Miller war in der Leitung. „Wir haben einen Wagen geschickt, um Sie abzuholen. Seien Sie in fünf Minuten unten."

Aus irgendeinem Grund überraschte sie das, obwohl es das eigentlich nicht hätte tun sollen. Sie fragte: „Wohin?"

„Zurück zur Botschaft. Wir können die Logistik von hier aus regeln. Fünf Minuten."

Sie rollte sich aus dem Bett, ein wenig groggy. Vielleicht hatte der Anruf einen dieser neunzigminütigen Schlafzyklen unterbrochen, von denen sie gehört hatte. Vielleicht war das aber auch alles Blödsinn, und sie war einfach nur müde. Sie schaute auf die Uhr: zehn. Sie hatte eineinhalb Stunden geschlafen.

Choi ging aus dem Zimmer, um Keeler zu suchen und ihm zu sagen, dass er sich bereitmachen sollte.

Der Laptop lag auf dem Couchtisch, und daneben lag eine neue SIM-Karte. Nein, nicht die SIM-Karte, nur die Karte, auf der eine Telefonnummer stand. Keeler war nicht im Safe House, was bedeutete, dass er auf eigene Faust losgezogen war. Choi war nicht überrascht, was interessant war. Sie steckte die Telefonkarte ein und überlegte, was sie mit der Pistole im Schlafzimmer machen sollte. Sie wollte sie nicht mitnehmen, also legte sie sie einfach auf den Couchtisch für Keeler.

Einige Minuten später kletterte sie auf den Rücksitz eines Geländewagens mit verdunkelten Scheiben. Die beiden Männer vorne waren Marinesoldaten in Zivil und trugen Ohrstöpsel mit Spiralkabel, die in den Kragen führten. Ihre identischen Stiernacken erinnerten sie an Elefantenbeine, die sie einmal bei einem Familienausflug in den Zoo gesehen hatte.

Sie war auf den Rücksitz gerutscht, der Beifahrer sah sie an. Er hatte harte Augen.

„Ma'am, Staff Sergeant Leonard, ich bin der Marine Detachment Commander hier in Ankara. Wir haben zwei von Ihnen erwartet."

„Der andere Typ ist nicht hier." Der Mann sah sie an und erwartete offenbar mehr. Sie sagte: „Ist Staff Sergeant nicht ein bisschen zu niedrig, um hier Abteilungskommandant zu sein?"

Leonard neigte leicht sein Kinn. „Ja, Ma'am."

Mehr bot er ihr nicht. Er schaute sie einfach weiter an. Der Fahrer blickte nicht zurück, sein Kopf schwenkte zwischen Spiegeln und Fenstern hin und her.

Sie sagte: „Ich weiß nicht, wo er ist."

Leonard sagte: „Inoffiziell, Ma'am, ist es wahr, dass er ein PJler ist, Captain, mit Namen Keeler? Das haben wir von dem Team gehört, das gerade exfiltriert wurde."

„Sie kennen ihn?"

„Ich habe ihn nicht persönlich kennengelernt, Ma'am." Er korrigierte sich. „Ich meine, ich habe ihm nicht die Hand geschüttelt oder so."

„Nun, er kommt nicht, also fahren wir los."

Leonard rief jemanden auf dem Handy an, sagte ein paar Worte in monotonem Tonfall und reichte ihr ein Telefon.

Miller war stinksauer. „Wie konnten Sie es zulassen, dass er das Safe House verlässt?"

Sie hatte keine Ausrede, also versuchte sie auch nicht, eine zu geben. Tatsache war, dass Choi jetzt, da Anderson tot war, der ranghöchste Geheimdienstler in Ankara war. Der Missionschef hatte immer das Sagen, aber weder Miller noch der Botschafter gehörten dem Geheimdienst an.

Der Fahrer sah sie im Rückspiegel an, sein Ausdruck hinter der Sonnenbrille war unmöglich zu erkennen. Sie legte auf, als Miller mitten im Satz war, weil ihr die Art, wie er mit ihr sprach, nicht gefiel. Sie reichte das Telefon nach vorne weiter. Choi sagte: „Okay, los geht's."

Die Marinesoldaten waren froh, einen Befehl zu erhalten. Sie kurbelten ihre Fenster hoch und bewegten das Fahrzeug durch die engen Straßen Ankaras. Raus aus dem Stadtzentrum und den Hügel hinauf zum Diplomatenviertel in Çankaya.

Choi nahm ihr Telefon und die SIM-Karte heraus, die

Keeler auf dem Couchtisch hatte liegen gelassen. Sie wählte die Nummer.

Keeler nahm nach einem einzigen Klingeln ab. „Ja."

„Ich bin in einem Auto auf dem Weg zur Botschaft. Warum hast du die Wohnung verlassen?"

„Ich wollte mir die Klinik ansehen."

„Und?"

„Ich bin auf dem Weg dorthin. Ich dachte, die sagten etwas von vier Stunden?"

„Nun, jetzt haben sie ein Auto geschickt. Es ist, wie es ist."

Keeler sagte nichts, was Choi sehr ärgerlich fand. Sie sagte: „Ich brauche das Passwort für den Laptop. Ich muss die Fotos den Leuten in der Botschaft zeigen und versuchen, die Dinge ins Rollen zu bringen."

Er gab ihr das Passwort, legte auf und beendete so das Gespräch abrupt. Sie wählte erneut seine Nummer, aber er ging nicht ran. Eine Minute später kam eine SMS-Nachricht. „Mach du dein Ding in der Botschaft. Ich brauche mein Team zurück in Ankara. Sag ihnen das."

Choi atmete tief durch. Hier war ein Typ, der nicht verstand, wie die Dinge wirklich funktionieren. Er lebte in seiner eigenen Seifenblasenwelt der Special Ops. Die DIA war militärisch, wenn auch nicht streng genommen Teil der Befehlskette. Dennoch hatte sie genug mit Militärs zu tun, um zu wissen, was sie hier sah.

Eine amerikanische Botschaft im Ausland ist dazu da, echte Macht in der Welt zu demonstrieren. Die Botschaft in Ankara war da keine Ausnahme. Selbst wenn sie jeden Tag zur Arbeit kam, war Choi immer beeindruckt von dem Gebäude, einer gedrungenen, weitläufigen zweistöckigen Festung hinter Eisentoren und Betonblöcken, die Bombenanschläge verhindern sollten. Vor ein paar Jahren hatte ein Mann mit einer Selbstmordweste sich selbst und zwei türkische Wachleute direkt vor der Botschaft getötet und ein Loch in die Wand gesprengt.

Danach waren die Sicherheitsvorkehrungen angepasst worden.

Sie kamen durch den Hintereingang, ein eisernes Tor, hinter dem sich ein Bombenschutz befand, der Trucks aufhalten sollte und der wie das Innere eines Alligatorenmauls aussah. Zwei türkische Wachen mit Sturmgewehren und Schutzwesten waren vor dem Eingang postiert. Sie wären diejenigen, die in die Luft gesprengt würden, wenn ein weiterer Selbstmordattentäter auftauchen würde. Vier Marinesoldaten waren innerhalb der Tore postiert: zwei vorne und zwei weitere, etwa zwanzig Meter zurück.

Der Geländewagen kam durch, und der Marine auf dem Beifahrersitz sagte laut. „Wir sind drin."

Sie erklommen einen Hügel, und das Parkhaus öffnete sich wie ein dunkler Schlund, verschlang den Geländewagen und schloss sich hinter ihnen.

Der Marinesoldat an der Front drehte seinen Kopf um zehn Grad. „Man erwartet Sie oben im Situationsraum, Ma'am."

KAPITEL 19

m Situationsraum herrschte eine seltsame Mischung aus Geschäftigkeit und Ruhe. Geschäftig, weil die Bildschirme mit besorgten Gesichtern gefüllt waren. Ruhig, weil außer den drei Personen, die sich aus der Ferne hineinbeamten, nur der amtierende Missionschef und Andersons CIA-Helfer anwesend waren, dessen Name Choi entfallen war, Dinklebat oder Dilbert oder so ähnlich.

Choi stand eine Sekunde lang in der Tür, bevor jemand ihre Anwesenheit zur Kenntnis nahm. Sie war kein völliger Neuling, aber sie war jung. Bislang war sie sechs Monate in Ankara und musste sich erst noch an die Abläufe hier gewöhnen. Die meiste Zeit der sechs Monate hatte sie entweder damit verbracht, sich mit den bestehenden MASINT-Operationen vertraut zu machen oder sich über künftige potenzielle Projekte zu informieren, von denen noch keines über das Planungsstadium hinausgekommen war.

Ihr Mentor hatte ihr immer gesagt, sie solle den Raum lesen.

Fünf Personen, wenn man die Zugeschalteten mitzählte, die Bildschirme eins, zwei und drei bevölkerten. Miller, der andere Mann und die drei Zugeschalteten hielten Geräte in der Hand, starrten auf die kleinen Bildschirme und hatten Zugang zu virtuellen Welten, die auf komplizierte Weise zugleich sehr öffentlich als auch besonders privat waren.

Sie zählte die Männer im Raum und die Frauen, sie selbst eingeschlossen. Vier zu zwei.

Zwei weitere Bildschirme waren der Datenanzeige gewidmet. Derzeit wurde eine Echtzeit-Wärmekarte des Planeten angezeigt, oben in großer weißer Schrift *Weltfreiheitsindex*. Teile der Welt waren blauer als andere, andere waren rot. Russland und China waren rot. Die Türkei war orange. Die Vereinigten Staaten und Kanada waren tiefblau, ebenso wie einige Teile Europas und Australiens.

Beim Lesen des Raums stellte Choi fest, dass kein Vertreter der Politischen Abteilung, niemand mit einem Titel wie *Referent für Regionale Sicherheit* oder dergleichen anwesend war, was darauf hindeutete, dass sich niemand um die Sicherheit Sorgen machte, und der Konsens herrschte, dass dieses Thema unter Kontrolle war.

Die andere Sache, die ihr Mentor immer gesagt hatte, war, dass wann immer man in einen Raum voller Leute tritt, die auf einen warten, diese Leute die Macht haben. Man muss etwas tun, um sie aufzurütteln.

Der Situationsraum war gegen elektronische Überwachung gesichert. Ein SCIF-Raum, eine Abkürzung für Sensitive Compartmented Information Facility, ein Ort an dem sensible, abgeteilte Informationen besprochen wurden. Choi drückte die schwere Tür auf, und sie schloss sich mit einem saugenden Geräusch. Der Luftdruck passte sich an, als ob eine neue Höhe erreicht worden wäre.

Die Gesichter wandten sich ihr zu. Sie blickte Miller in die Augen und schritt zum Konferenztisch, dem am meisten unterschätzten Revier des Auslandsdienstes.

„Ich bin bereit für die Nachbesprechung. Ich sehe den stellvertretenden Missionschef nicht." Sie nahm Blickkontakt mit den Gesichtern auf den Monitoren auf. Dann schaute sie wieder zu Miller. „Ich will das nicht zweimal machen müssen, Leute, können wir loslegen?" Sie schnippte zweimal mit den Fingern.

Miller rüttelte sich wach. „Falls Sie nach dem neuen stellvertretenden Missionschef fragen, das ist Kathy Jensen, unsere Beraterin für landwirtschaftliche Angelegenheiten." Er deutete auf die Bildschirme, zwei Männer mittleren Alters und eine jüngere Frau, von denen Choi keinen kannte. „Wir denken, dass es gut wäre, dies in kleinem Rahmen zu halten, sozusagen auf einer Need-to-know-Basis." Er brachte ein Husten hervor, das vielleicht als Lachen gemeint war. „Das Letzte, was ich gehört habe, war, dass Kathy Jensen da draußen Haselnussbäume inspiziert oder Geschmackstests von der Aprikosenernte erhält." Er sah auf und hoffte, dass Choi zufrieden sein würde.

Sie sagte nur: „Nein" und beobachtete, wie Millers Gesicht rot wurde, und sie wusste, dass ihr Mentor zufrieden mit ihr gewesen wäre.

Choi war auch nicht leichtsinnig, sie ging einfach wie ein Profi vor. Gerade in solchen Momenten war das Protokoll wichtig. Es war für panische Idioten wie Miller gedacht. Sie ging zur Telekonferenzkonsole in der Mitte des Tisches und drückte die Taste für die Assistenz des Missionschefs.

Choi sagte: „Können Sie bitte die Beraterin für landwirtschaftliche Angelegenheiten herschicken? Kathy Jensen."

Eine weibliche Stimme gab von der anderen Seite der Elektronik zustimmende Töne von sich.

Choi warf einen Blick auf Miller, der wie der Tod selbst aussah. Schweißperlen auf seiner Stirn, das Gesicht blass wie Kreide. „Was ist mit Ihnen passiert? Sie sehen furchtbar aus."

Miller blinzelte. „Muss etwas gewesen sein, das ich gegessen habe."

Die Stimme der Assistentin zischte und knisterte. „Mrs. Jensen kommt gerade aus ihrem Büro hoch."

Der Mann auf Bildschirm zwei hustete und sprach. „Miller, wollen Sie anfangen?"

Miller zeigte auf die Gesichter auf den Bildschirmen und stellte sie vor. Die Bildschirme eins und drei waren von der CIA. Auf Bildschirm eins saß ein leitender Angestellter eines Subunternehmers, und auf Bildschirm drei ein Rechtsberater aus Langley. Auf dem Bildschirm in der Mitte war ein Mann vom Außenministerium zu sehen, der sagte, dass er nur als Beobachter dabei sei, nicht als Teilnehmer.

Choi sagte: „Während wir auf Jensen warten, habe ich mich gefragt, ob wir die Akte von Keeler haben." Sie konnte sehen, dass der Name Miller nichts sagte. „Das ist der JSOC-Agent, den Anderson im Holiday Inn befragen sollte. Der Typ, mit dem ich vorhin zusammen war."

Miller sah den CIA-Mann im Raum an, der mit den Schultern zuckte und Choi ansah.

Miller sagte: „Äh, sowas kommt aus Fort Bragg, Choi. Wir müssen uns an das Verteidigungsministerium wenden, wenn wir die Akte von diesem Kerl haben wollen. Warum besprechen Sie nicht mit uns, was passiert ist, und wir kümmern uns dann offline darum."

Der Beobachter des Außenministeriums beugte sich vor und aktivierte ein Mikrofon. Er sagte: „Ich wüsste nicht, warum das notwendig wäre, Miller. Vorsicht ist hier das Gebot der Stunde, um Rückschläge zu minimieren, wozu auch gehört, die Menge des anfallenden Papierkrams zu begrenzen."

Miller nickte energisch. „Choi, haben Sie eine Ahnung, was in Washington los ist? Es ist das totale Chaos."

Choi verstand nicht ganz, wovon diese Leute sprachen.

Sie versuchte, höflich zu sein. „Es tut mir leid wegen der Schwierigkeiten in DC. Hier in Ankara wurden Amerikaner ermordet. Ich hatte Glück, dass ich aus dem Hotel entkommen konnte. Danach wurde ich noch einmal angegriffen. Wäre dieser JSOC-Mitarbeiter nicht in der Nähe gewesen, wäre ich jetzt auch eine Leiche."

Miller hielt seine Hand hoch, als könnte ihn das irgendwie beschützen. „Hören Sie, wir haben Anweisungen erhalten, direkt von der Staatssekretärin für Politik. Wir sollen uns zurückhalten. Neuman will, dass wir uns komplett zurückziehen."

Choi hatte eine Art Flashback zu dem, was nur wenige Stunden zuvor geschehen war. Die schiere physische Realität der Geschichte. Sie spürte, wie ihre Wut aufstieg.

„Was genau meinen Sie mit zurückziehen?"

Miller schluckte. Choi beobachtete, wie er zu den Bildschirmen hinaufschaute und sich scheinbar in Vernunft als rhetorische Taktik versuchte. „Gehen wir das langsam an. Da drüben in DC herrscht Aufruhr. Die neue Regierung hat bereits die Übergangsteams zusammengestellt, und sie gehen sehr aggressiv vor. Das Gefühl, das aus Washington kommt, ist, dass dies keine gute Zeit für irgendwelche … na ja …. signifikanten Entwicklungen ist."

Als ob signifikante Entwicklungen sich an einen Zeitplan halten würden.

Choi sagte: „Was bedeutet das genau für mich?"

Die Tür ging auf, und der Luftdruck passte sich erneut an. Eine ältere Dame in einem roten Geschäftsanzug stand in der Tür, das weiße Haar ordentlich hochgesteckt. „Entschuldigung, störe ich?"

Als sich die Tür schloss, steckte Andersons Assistent diesmal die Finger in die Ohren. Er murmelte. „Ich hasse dieses Gefühl."

Miller winkte mit der Hand. „Kommen Sie rein, Kathy. Vielleicht können Sie Ms. Choi über die seltsamen Machenschaften unserer politischen Herren in Washington aufklären."

Jensen trat an den Tisch. „Ich glaube, ich weiß nicht, was Sie meinen, Jim." Sie sah Choi an. „Hi, wir kennen uns noch nicht. Ich bin Kathy Jensen. Beraterin für landwirtschaftliche Angelegenheiten." Sie bewegte eine Hand um den Tisch und lächelte knapp. „Und, ähm, stellvertretende Missionschefin, ab sofort."

Jensen hielt ihr höflich die Hand hin und stellte den Augenkontakt her. Die Hand war kalt und weich. Die Augen waren vielversprechender und enthielten einen Rest Ehrgeiz.

„Tina Choi. Defense Intelligence Agency Liaison."

„Ich habe Sie noch nie getroffen, sind Sie neu?"

„Seit sechs Monaten hier, also ja, ich schätze, ich bin neu." Jensen sah sie immer noch an, als hätte sie mehr Informationen erwartet. Choi sagte: „Ich bin eine MASINT-Spezialistin."

Die Frau nickte mit Augen, die vor Intelligenz funkelten. „Ah, Sie sind Wissenschaftlerin, jemand, der tatsächlich etwas weiß. Ich bin in der Landwirtschaft tätig, wir haben auch mit der realen Welt zu tun." Ein aufblitzendes Lächeln. „Wie Boden und Regen und Dünger und Dürre und so. Wenn die Pflanzen nicht wachsen, ist das ein echtes Problem, kein theoretisches."

Choi bemerkte, dass Miller Jensen feindselig anstarrte, als hätte er ein Problem mit ihr, was lächerlich war, da Choi auf Anhieb viel an ihr fand, das ihr gefiel.

KAPITEL 20

Kathy Jensen nahm Platz. Sie sah Miller an. „Geht es Ihnen gut, Jim? Sie sehen krank aus."

Miller wurde rot im Gesicht. „Wenn mir das noch einmal jemand sagt, könnte ich ausrasten. Mir geht's gut, danke. Irgendetwas, das ich gegessen habe, ist mir nicht bekommen." Er schaute Choi direkt an. „Sie haben Kathy jetzt hier oben, also können Sie uns, ohne noch mehr Zeit zu verschwenden, sagen, was genau passiert ist?"

Choi hatte die Tasche mit dem Laptop und den Bildern, die Keeler von der toten Frau in Çankaya erhalten hatte. Würde jemand von ihnen nach den Dateien fragen? Sie legte die Tasche auf den Tisch und erzählte ihnen, was geschehen war, von Anfang bis Ende, wobei sie den Teil mit dem Laptop und den Bildern ausließ.

Als sie fertig war, legte Choi beide Hände flach auf den Tisch und sah auf, um die Reaktionen zu beobachten.

Miller schaute auf die Bildschirme und wandte sich an jemanden dort oben. Die beiden CIA-Leute nickten. Der Mann vom Außenministerium stützte das Kinn in der Hand und kratzte sich mit der anderen Hand an einem Ohr.

Miller schien zu merken, dass alle darauf warteten, dass er

sprach. „Okay, wow, danke, Tina." Als wäre dies ein Treffen der Anonymen Alkoholiker. Choi rechnete halb mit Applaus.

Falls sie mehr von Miller erwartet hatte, so sollten sie es nicht bekommen. Der Beobachter des Außenministeriums füllte die Stille. „Können wir ein Update über den Gefallenen bekommen, den Mann namens Anderson?"

Der CIA-Mann auf Bildschirm eins schaute auf etwas außerhalb der Kamera. Er zog das erste Wort etwas hinaus: „Ja." Er schaute durch eine rechteckige Brille auf. „Anderson war bei Booz Allen angestellt, nicht direkt bei uns. Die Konsequenzen werden also von seinen legalen Arbeitgebern getragen und sind nichts, worüber wir uns Sorgen machen müssen. Booz Allen bietet immer ein großzügiges Paket für die nächsten Angehörigen." Er blickte auf. „Simon?"

Andersons Assistent hatte jetzt einen Vornamen. Er sagte: „Das Unternehmen hält sich außerhalb des Firmengeländes in einer Warteschleife, überwacht die Situation und bereitet sich darauf vor, bei Bedarf mit den örtlichen Behörden zu verhandeln. Die örtlichen Strafverfolgungsbehörden gehen der Sache nach. Und sobald das erledigt ist, wird die Leiche überführt."

„Okay, das ist also alles Firmensache und nicht unser Problem", sagte Miller und wedelte mit der Hand, als wäre sie ein Lasso, das nur Personal des Auslandsdienstes einfangen sollte.

„Korrekt."

Der Mann vom Außenministerium schien zufrieden. „Großartig."

Dann sprach Kathy Jensen. „Ms. Choi, das muss eine höllische Erfahrung gewesen sein, ich bin froh, dass Sie es überstanden haben. Ich habe ein paar Fragen." Sie sah Miller an.

„Äh, dann mal los, Kathy."

Jensen sagte: „Ich war ein bisschen überrascht, als ich mich im Flugzeug eingelesen habe." Sie zählte an ihren

Fingern. „Ein Amerikaner, der im Holiday Inn getötet wurde, und ein Einsatzteam, das zu hundert Prozent ausgelöscht wurde? Ich meine, Herrgott nochmal!" Sie sah sich im Raum um und betrachtete die Gesichter, die eindeutig unzufrieden waren. „Wird es eine Antwort auf diese Sache geben? Sie sagten, Sie hätten vor, sich zurückzuziehen. Was war das für eine Operation? Das gesamte Team wurde hingerichtet. Ich bin die Erste, die zugibt, dass mir die Fachkenntnis fehlt, aber es muss einen Grund geben, warum jemand das für nötig gehalten hat." Sie suchte nach Worten. „Ich meine, was passiert *normalerweise* in so einer Situation?"

Miller wedelte mit den Händen in der Luft vor den Gesichtern auf den Bildschirmen herum. „Diese Frage kann ich wahrscheinlich beantworten." Er machte wieder ein vernünftiges Gesicht und sprach bedächtig, als ob er sich mit einem Kind unterhalten würde. „Kathy, das sind. alles gute Fragen. Wenn es um geheime Operationen in einem Gebiet geht, das von einer Botschaft kontrolliert wird, gibt es keine *normalen* Situationen. Der Zweck dieses Treffens war, dass unsere DIA-Verbindungsperson, Miss Choi, uns darüber informiert, was da draußen gerade passiert ist. Danach ist es unsere Aufgabe, eine nüchterne Einschätzung der politischen, diplomatischen und sicherheitspolitischen Auswirkungen auf die Mission der Vereinigten Staaten in der Türkei vorzunehmen. Das ist unsere Hauptaufgabe." Er nickte dem Mann vom Außenministerium zu.

Der Beobachter des Außenministeriums erkannte, dass er angesprochen wurde. „Ja. Von meinem Standpunkt aus kann diese unglückliche Kette von Ereignissen abgeschlossen werden. Sie müssen den verbleibende JSOC-Mitarbeiter exfiltrieren, Jim. Haben Sie eine ungefähre Zeitangabe dafür?"

Miller sagte: „Er ist in Sicherheit und liegt im Moment auf Eis." Er blickte zu Choi. „Der Plan sieht vor, dass er in ein oder zwei Tagen außer Landes gebracht wird. Ich denke, es ist ratsam, die Ereignisse abzuwarten."

Der Mann vom Außenministerium starrte in die Kamera. „Benötigen Sie zusätzliche Ressourcen?"

„Nein, Sir, deshalb halte ich es für das Beste, wenn wir ihn sich abkühlen lassen."

Choi lief ein kalter Schauer vom Kopf bis zu den Zehen. Dieser Miller war ein Feigling, der ihnen nur sagte, was sie seiner Meinung nach hören wollten.

Der Mann vom Außenministerium nickte einmal kurz. „Nun gut. Wenn das erledigt ist, sollten wir alle einen Schritt zurücktreten und dort drüben reinen Tisch machen. Manchmal ist das das Beste. Wir können von vorne anfangen, wenn die neue Regierung soweit ist, um sich die Finger schmutzig zu machen." Er lachte heiser.

Choi schob den Laptop aus der Tasche. „Ich habe hier Bilder, die der JSOC-Agent von dem Einsatzteam in Çankaya gesichert hat. Sie waren mit der statischen Überwachung eines Ziels beschäftigt, weshalb sie sich vermutlich überhaupt im Safe House aufhielten."

Sie nahm Blickkontakt mit Jensen auf. „Wem soll ich das geben?"

Miller sah überrascht aus, aber er hatte eine Antwort. Er deutete auf Andersons Mann von Booz Allen, einem weiteren CIA-Auftragnehmer. „Äh, ich denke, das sollte an Sie gehen, ja?"

Der Mann nickte. „Ich nehme das, danke."

Choi beobachtete, wie er den Laptop in die Hand nahm und ihn zu sich heranzog, ihn dann vorsichtig vom Tisch hob und in eine große Aktentasche steckte. Würden sie sich die Fotos ansehen? Das war eine lehrreiche Erfahrung für sie, es öffnete ihr die Augen. Sie sah Jensen an, die dasselbe beobachtet hatte. Die ältere Frau wirkte entnervt.

Jensen hob tatsächlich die Hand, als ob sie eine Erlaubnis zum Sprechen bräuchte. Sie sagte: „Nur damit ich das richtig verstehe." Sie deutete auf Andersons CIA-Assistenten. „Es gibt hier keine tatsächliche Agenturpräsenz; Sie sind ein Subunternehmer. Korrekt?"

„Korrekt, Ma'am."

„Okay, ich verstehe." Sie zeigte nach oben auf den Bildschirm. „Und Sie dort oben. Bildschirm eins. Sind Sie in Langley, oder gehören Sie auch zu einem Auftragnehmer?"

Der CIA-Mann lächelte breit. „Mein Büro ist in Fairfax, aber in Langley kennt man mich sehr gut."

Die Frau auf Bildschirm drei zwitscherte auf. „Ich bin in Langley, Ma'am. Wir arbeiten mit vielen Leuten zusammen, auch mit vielen aus dem privaten Sektor. Wenn Sie Fragen haben, können wir uns offline unterhalten." Es war das erste Mal, dass die Frau sprach, und jetzt lächelte sie mit sehr hellen weißen Zähnen. „Leute, ich muss los. Soweit es die Rechtslage betrifft, ist alles in Ordnung."

Choi beobachtete Kathy Jensen dabei, wie sie sich beherrschte. Sie konnte sehen, dass die ältere Dame frustriert war, und sie spürte es selbst, als sie sah, in welch alarmierendem Tempo die Dinge unter den Teppich gekehrt wurden. Diese Leute dachten, das sei in Ordnung, das sei sogar ganz normal.

Jensen nickte nur und lächelte. „Danke."

Choi blieb nach dem Ende der Sitzung auf ihrem Platz sitzen und sah zu, wie die Bildschirme blinkten, als die Leute die Online-Sitzung beendeten. Andersons Assistent packte seine Aktentasche und verließ den Raum. Er würde zu den Büros des Geheimdienstes gehen. Miller hatte sich so schnell wie möglich aus dem Staub gemacht und sah aus, als ob er dringend auf die Toilette musste.

Das Telefon in ihren Händen vibrierte, sobald sie aus dem SCIF herauskam. Eine Nachricht von Keelers Wegwerf-Handy. Choi tippte auf das Symbol, um sie zu öffnen. Die Textnachricht war wie ein militärischer Befehl. „Brauche dich in der Klinik. Komm her."

Choi starrte auf die Nachricht und dachte an Keeler, den

Teufelskerl vom JSOC, der ihr das Leben gerettet hatte. Sie hatte nicht viele dieser Spezialtaktik-Typen getroffen, und er war sicherlich etwas Besonderes. Trotzdem gab es keinen Grund, ihm die Kontrolle über die Situation zu überlassen. Das war der Standardmodus für Leute wie ihn: die Situation kontrollieren.

Sie tippte eine Nachricht zurück: „Negativ."

KAPITEL 21

Keeler kaute auf einem Zahnstocher, den er an einer Dönerbude bekommen hatte, und saß an einer Bushaltestelle, die schräg zum Vordereingang der Klinik lag. Bei Zaros Aesthetica herrschte reges Treiben, Menschen kamen und gingen. Vieles davon sah nach Kundenverkehr aus, glänzende schwarze Luxusfahrzeuge, die Patienten aus- und einluden.

Das Telefon piepte, und er las Chois Nachricht. „Negativ."

Klar, sie war ein echter Mensch, im Gegensatz zu den meisten. Der Zahnstocher wurde brüchig. Keeler knirschte ihn ganz kaputt und spuckte die Splitter auf den Bürgersteig.

Er hatte darüber nachgedacht, Choi für ein Brustimplantat anzubieten und sie als Lockvogel zu benutzen, um dort hineinzukommen und herumzustochern. Das war Plan A. Jetzt war es Zeit für Plan B, selbst einzuspringen. Das größte Problem war sein volles Haar, aber da er nicht gerade ein konventionell gutaussehender Mann war, sollte es kein Problem sein, eine geeignete kosmetische Veränderung zu finden.

Keeler betrat die Klinik direkt durch die Vordertür. Er lächelte den Sicherheitsbeamten freundlich an und gelangte zum glänzenden Empfangstresen, buchstäblich strahlend vor Gesundheit. Zwei junge Frauen in rosa Kitteln blickten ihn mit frischen Gesichtern an; hinter ihnen gähnte eine Bürotür auf.

Er lächelte breit. „Ich habe einen Termin, Martin Van Buren."

Der Name war ihm direkt aus dem Hinterkopf auf die Zunge gesprungen, bevor er einen Gedanken daran verschwendet hatte. Es dauerte eine Sekunde, bis Keeler sich daran erinnerte, wer das war. Van Buren, der achte Präsident der Vereinigten Staaten von Amerika, ein kleiner Holländer aus New York, 1,70 m groß, der das Pech hatte, sein Amt zu übernehmen, kurz bevor das Land drei Monate nach seinem Amtsantritt in eine wirtschaftliche Depression stürzte. Die Scheiße war nicht seine, aber er hatte sich trotzdem damit befassen müssen und war lächelnd wieder herausgekommen.

Dadurch wurde Van Buren zu einem Vorbild.

Eine der Frauen in Rosa kam auf sie zu. „Bitte, Ihr Name noch einmal?"

Er buchstabierte es, und sie machte eine Show daraus, auf dem Computer nachzusehen. Keeler ging nach rechts und sah in das Büro. Die Kante eines Schreibtisches und zwei Finger mit dunklem Nagellack, mehr nicht.

Sie fragte: „Mit wem war der Termin, bitte?"

„Dr. Erkin." Er berührte seine Nase. „Es ist für meine Nase."

Sie starrte auf den Bildschirm. „Sie haben eine Terminbestätigung?"

Er hielt das Wegwerf-Handy hoch. „Der Akku ist leer, sonst könnte ich Ihnen die E-Mail zeigen."

Sie sah ihn an. „Bitte warten Sie." Sie nickte ihren Kolleginnen zu und sagte etwas auf Türkisch. Die Kollegin antwortete ihr, und sie wandte sich erneut an Keeler. „Rhinoplastik." Sie schaute Keeler an, offensichtlich in der Erwartung, dass er dieses Wort kennen würde. „Für die Nase?"

„Die Nase, ja."

Sie deutete auf einen Wartebereich, der durch eine Glaswand sichtbar war. „Bitte."

Zwei blaugrüne Sofas standen in L-Formation um einen Couchtisch, der mit Blumen, Broschüren und einer Schale mit Süßigkeiten in Plastikverpackungen bedeckt war. Ein großer, stumm geschalteter Fernseher zeigte eine Schleife mit Vorher-Nachher-Videos. Keeler saß auf der Couch. Die Clips waren seltsam faszinierend. Frauen mit krummen Nasen, die gerade gemacht und an eine Art genormtes Ideal angepasst wurden. Männer mit Glatze tauchten plötzlich mit dichtem Haar auf, und die Kamera schwenkte auf ihre selbstbewussten Augen. Kämme strichen durch die dicken Locken und bewiesen, dass jede Verpflanzung erfolgreich war. Frauen reckten ihre Arme in hautengen Tanktops und Bikinis in die Höhe und träumten von Brustvergrößerungen und Fettabsaugungen. Natürliches Lächeln und strahlend weiße Zähne. Das Ganze sah unglaublich aus, als ob jeder, der dort hineinging, als Gewinner herauskommen würde.

Ein kleiner, rotgesichtiger Dandy in Tweed, mit Spitzbart und Hut erschien.

„Mr. Van Buren?" Er sprach mit einem britischen Akzent.

Keeler nickte. „Ja."

Eine Hand von der Farbe eines Rettichs wurde ausgestreckt, und der Mann stellte sich vor. Er war ein *Patientenkoordinator*, mit einem Namen, den Keeler nicht ganz mitbekam. Vermutlich war er in der Landessprache leicht zu verstehen. Keeler nickte nur, und der Mann setzte sich, wobei er eindringlichen Augenkontakt hielt. „Sie haben wohl einen Termin?"

Keeler zupfte an seiner Nase. „Ich habe es satt, dass dieses verdammte Ding mich jeden Morgen schief anschaut. Ich sollte eine Führung durch die Klinik bekommen und den Spezialisten treffen." Er deutete auf den Empfangstresen.

„Warum stand das nicht auf dem Terminplan? Ich habe vor zwei Wochen eine Bestätigung per E-Mail bekommen."

Der Mann winkte ab. „Das spielt keine Rolle. Ich schlage Folgendes vor: Ich führe Sie jetzt persönlich herum und beantworte alle Ihre Fragen. Danach können Sie in der Cafeteria zu Mittag essen, natürlich auf Kosten des Hauses, mit Kaffee und Nachtisch. Am Nachmittag haben Sie ein persönliches Beratungsgespräch mit unserem Chefarzt für Rhinoplastik, okay? Wenn Sie ihn kennengelernt haben, besprechen wir die Möglichkeiten. Hört sich das gut an?"

„Hervorragend. Ist das, äh, Dr. Erkin?"

„Ja, genau."

„Ausgezeichnet." Keeler fühlte sich vom Glück begünstigt, wusste aber, dass dem nicht so war. Harte Arbeit und Gelegenheit treffen aufeinander und führen zu Ergebnissen.

Der kleine Kerl wies den Weg: mit dem Aufzug in den dritten Stock, zu einem weiteren Warteraum, der zu Räumen führte, in denen hyperscharfe Stahlklingen und Werkzeuge in einem ungleichen Aufeinandertreffen auf Fleisch und Knochen stießen.

Der Mann sagte: „Hier führen wir die Hautoperationen durch. Der vierte Stock ist für die Haartransplantation."

Farblich gekennzeichnete Teams von Krankenschwestern und Chirurgen liefen umher und waren mit dem Tagesprogramm beschäftigt. Frauen saßen auf Stühlen, blätterten in Zeitschriften und sahen sich Vorher-Nachher-Videos an.

Sie gingen in den fünften Stock, in einen weiteren Aufenthaltsraum. „Hier führen wir einige der komplizierteren Eingriffe durch. Im Grunde das Gleiche wie unten, mit ein paar zusätzlichen Einrichtungen."

Keeler dachte an die Silikonimplantate, die die chirurgischen Oberflächen aus rostfreiem Stahl bedeckten. Er dachte an den Chirurgen, Dr. Fatih Erkin. Er freute sich auf ein Gespräch unter vier Augen mit ihm. Sie gingen wieder hinunter in die Lobby, und der Mann führte ihn durch einen

Seiteneingang, den er auf den Fotos gesehen hatte, den über-
dachten Raum zwischen dem Hauptgebäude und dem Nachbargebäude.

Der Wohnblock verfügte im dritten Stock über Hotelsuiten
und Einzelzimmer und im vierten Stock über eine Cafeteria,
die von Patienten und Mitarbeitern genutzt wurde, mit
getrennten Sitzbereichen für beide. Im zweiten Stock befand
sich eine Abteilung für kosmetische Zahnmedizin und im
obersten Stockwerk ein Veranstaltungsraum. Der Mann warb
für die Klinik und erklärte, dass Zaros Aesthetica sowohl in
der Forschung als auch in der Praxis führend sei und Konfe-
renzen und andere Branchenveranstaltungen ausrichte.

Sie betraten die Cafeteria mit ihrem strahlend weißen
Laminat und dem makellosen Marmor. Aus den raumhohen
Fenstern blickte man auf die Stadt. Der kleine Mann wollte
ihn dort zurücklassen.

„Ich hoffe, es ist nicht zu früh zum Mittagessen?"

Vier Männer waren um einen Tisch versammelt und
schaufelten sich das Essen aus der Cafeteria in den Mund,
jeder von ihnen mit einem vollständig bandagierten Kopf.
„Was haben die Typen bekommen?"

„Haartransplantationen machen etwa die Hälfte unseres
Geschäfts aus."

„Was ist die zweite Hälfte?"

Er zeigte auf Keelers Nase. „Nasenkorrekturen sind eine
Spezialität. Obwohl es bei Männern nicht so üblich ist." Sein
fleischiger Lippenmund lächelte. „Sie könnten sich von
Frauen umgeben wiederfinden, Mr. Van Buren."

Eine Frau saß allein in der Ecke, schaute aus dem Fenster
und trank eine Tasse Kaffee; nichts war sichtbar beschädigt.

„Was ist mit ihr?"

„Ich bin mir nicht sicher." Er beobachtete Keeler mit einem
kleinen Lächeln. „Haben Sie Hunger?"

„Ich habe immer Hunger."

Der Mann nickte tatsächlich. „Das sieht man Ihnen an."

Der komische Mann überließ ihn dort einer älteren Frau, die von Keelers Tisch in die Küche eilte und ihm eine Schüssel Suppe mit türkischem Brot und einen Teller mit Fleischbällchen auf Reis brachte. Keeler ließ es langsam angehen, aß methodisch und bestellte Kaffee, sobald der Teller leer war.

Kostenloses Mittagessen.

Zaros Aesthetica hatte das gesunde Ambiente einer geschäftigen und professionellen Privatklinik. Menschen kamen und gingen. Er sah niemanden, der den Personen auf den Überwachungsfotos ähnelte. Es gab zwar einige Frauen mit Nasenverbänden, aber nicht die Frau, die er suchte.

Etwas erregte seine Aufmerksamkeit, und Keeler wandte den Kopf.

Ein Mann mit einem Kopfverband saß an einem Tisch in der Nähe, vor ihm ein Tablett mit Mittagessen. Der Mann schaute woanders hin, hielt aber ein Telefon in der Hand, das er lässig, aber zu perfekt in Keelers Richtung hielt. Keeler sah den Mann und das Telefon an und vermutete, der Mann hatte gerade ein Foto von ihm gemacht. Der Mann hatte keinen Augenkontakt hergestellt, und das Telefon hatte keinen Kameraton von sich gegeben.

Interessant.

Er beobachtete, wie der Mann das Telefon auf den Tisch legte, seine Gabel nahm und in eine Gurke stach. Keeler konnte nicht sicher sein, dass der Mann sein Foto gemacht hatte, aber er hatte gelernt, seinen Instinkten zu vertrauen. Es gab zwei Möglichkeiten: es auf sich beruhen lassen oder es nicht auf sich beruhen lassen.

Keine schwere Entscheidung.

Keeler erhob sich vom Tisch. Er ging zwei Schritte auf den Mann zu, der Keeler immer noch nicht direkt ansah, aber seine Anwesenheit deutlich spürte und sich jetzt auf sein Telefon konzentrierte, wobei Daumen und Finger flogen. Keeler lächelte. Was er jetzt wusste, war, dass der Kerl das

Bild verschickte und danach löschte. Keeler ging ein paar Schritte näher und prüfte Winkel und Gegenstände, wobei sein Blick auf eine glänzende Hotel-Suite-Schlüsselkarte auf dem weißen Formica-Tisch neben dem Tablett fiel. Eine Tasse schwachen Kaffees, eine Flasche Mineralwasser, die Reste von Reis, Fleischbällchen und Salat.

Der Mann sah auf, und Keeler lächelte.

Am liebsten hätte er mit einer schnellen Hand zugegriffen und das Telefon des Mannes gesichert. Den Körper des Mannes über den Tisch gezogen und ihm gleichzeitig das Essenstablett und die Getränke in den Schoß geschoben. Keeler beobachtete die Reaktion des Mannes und überlegte, ob er weitermachen sollte: den Stuhl umstoßen, ihn auf den Boden werfen, ihm einen schnellen Doppelknöchelschlag an die Kehle verpassen.

Er würde aufstehen und vorgeben, dass es ihm leidtat. Ein Unfall, er wäre gestolpert. Die Patienten und das Personal würden nichts merken, und wenn der Typ Keeler fotografiert hätte, würde er den Mund halten. Schachmatt.

Aber das war nicht der Fall.

Keeler lächelte und sagte: „Hey, Kumpel."

Der Mann sah auf, als wäre er von seinem Telefon abgelenkt gewesen. Keeler legte eine Hand auf den weißen Formica-Tisch, über die Schlüsselkarte. Er beugte sich vor und zeigte mit einem dicken Finger auf den Kopf des Mannes, der ihn fast berührte.

„Hat es weh getan?"

Der Mann zog abwehrend den Kopf zurück. „Was?"

„Die Operation. Hat es weh getan, oder haben sie dich betäubt oder was?"

Der Mann sprach Englisch mit einem Akzent, der nicht leicht zuzuordnen war. Amerikanisch gemischt mit etwas anderem, vielleicht Türkisch. „Sie verwenden nur ein lokales Betäubungsmittel. Das tut weh, nicht der Eingriff." Er schaute kritisch auf Keelers Kopf. „Sie müssen bereits operiert worden sein."

Keeler stand auf. Die Schlüsselkarte in der Hand. „Ja, aber es war in den USA, und sie haben die Arbeit nicht beendet, also habe ich mich gefragt, wie sie es hier machen. Ich schätze, es ist billiger."

Der Mann nickte. „Viel."

„Schön, also nur die Nadeln tun weh, sonst alles gut."

Der Mann hatte ein angenehm gebräuntes Gesicht. Er lächelte Keeler an, nahm eine Olive in die Hand, steckte sie sich in den Mund und sprach um sie herum, wobei die Anspannung in seinen Augen sichtbar war. „In der Tat."

Keeler hielt den Blickkontakt und grinste. „Unglaublich." Er deutete auf das Tablett. „Gehst du nach dem Mittagessen wieder rein?"

Der Mann spuckte den Olivenkern von seinem Mund in seine Hand und legte ihn auf das Tablett. „Eine letzte Runde, bevor ich fertig bin, ja."

„Viel Glück dabei."

Der Mann lächelte steif, schuldbewusst, dachte Keeler.

Zurück an seinem Tisch war noch Zeit für ein türkisches Milchdessert und eine weitere Tasse Kaffee, bevor der Patientenkoordinator kam, um ihn wieder ins Hauptgebäude zu bringen.

KAPITEL 22

Fatih Erkin war ein verdammt gutaussehender Mann.

Das war der erste Gedanke, der Keeler kam, als er die ausgestreckte Hand nahm, die sich stark, trocken und erfahren anfühlte. Die Haut war weich und die Finger feingliedrig, aber mit Muskeln durchzogen. Die Augen des Mannes waren blau, blass und intelligent, unter einer edlen Stirn und einem Kopf mit graumelierten Haaren, die schwer zu entwirren waren.

Keelers Meinung: Ein Mann mit tollen Genen, der Produkte an genetisch Behinderte verkauft.

Erkin sagte: „Mr. Van Buren."

Er ging hinter eine Eichenholzplatte zurück, die Art von stilvollem Arztschreibtisch, auf dem man nicht in einer Million Jahren einen Computer finden würde. Keeler musste fast kichern. Der Schreibtisch war aus poliertem dunklem Holz, mit einer ledernen Schreibunterlage und einem linierten gelben Notizbuch. Der Stift war Klasse pur, ein schwarzer Bic, fein gespitzt.

Erkin streckte eine Hand aus und zeigte auf einen Stuhl. „Setzen Sie sich dorthin. Das ist bequemer."

Keeler setzte sich.

Erkin ließ sich in seinen Stuhl fallen, legte die Füße hoch und atmete tief durch.

„Harter Tag?", fragte Keeler.

„Das kann man so sagen. Es hat heute Morgen um sechs Uhr mit meiner Tochter angefangen, in Tränen aufgelöst, die pure Verzweiflung." Er beugte sich vor. „Sehen Sie, es war ihr erster Versuch, amerikanische Pfannkuchen zu machen, und sie hat völlig versagt." Erkin lächelte und lehnte sich mit wackelnden Füßen auf dem Stuhl zurück. „Sie hat die Eier vergessen. Nur Milch und Mehl, was die Pfannkuchen fast ungenießbar machte."

„Sie haben sie nicht gegessen?"

„Natürlich habe ich sie gegessen. Zum Glück bin ich Türke, und wir sind in der Türkei. Hier sind wir in zwei Dingen weltweit führend, neben der Schönheitschirurgie: Aprikosen und Haselnüsse. Im Sommer gehe ich auf den Bauernhof meiner Familie und helfe den Pflückern in den Obstgärten. Aus den reifsten Früchten der Ernte mache ich eine Marmelade." Er starrte Keeler ernst an. „Diese Marmelade, verstrichen und bestreut mit gerösteten Haselnüssen, wertet einfach alles auf, was sie berührt. Wenn Sie sie auf die nächste Stufe bringen wollen, beträufeln Sie sie mit Olivenöl und fügen Sie eine Prise Meersalz hinzu."

Keeler lief fast das Wasser im Munde zusammen. „Verdammt, Doktor, das klingt wirklich lecker."

„Das ist es." Der Chirurg gluckste, zog am Ärmel seiner marineblauen Uniform. „Also, was haben Sie sich überlegt?"

„Die Nasenoperation?"

„Wir nennen es Rhinoplastik." Erkin erhob sich von seinem Stuhl, ging auf die andere Seite des Schreibtischs und nahm Platz. „Lehnen Sie sich nach vorne, damit ich mich mit Ihrem Gesicht vertraut machen kann."

Keeler beugte sich vor. Er hielt dem Doktor sein Gesicht zur Untersuchung hin. Erkins Finger fuhren über beide Wangenknochen. Sie bahnten sich ihren Weg zur Außenseite seiner Nasenlöcher. Keeler betrachtete Erkins Augen, die geschlossen waren, als ob der Sehsinn etwas Reinerem in die Quere käme. Die Finger trafen sich auf dem Nasenrücken, fuhren über die Beule und begannen dann zu tasten und zu drücken.

„Sehr guter Knorpel, mit einer erheblichen Ansammlung von Narbengewebe in einigen Bereichen. Ihre Nase wurde mehrmals gebrochen. Sie sind ein Kämpfer?"

„Ich bin einfach nur ungeschickt, das ist alles."

„Mmmm hmmm." Erkin lehnte sich zurück, rutschte vom Schreibtisch und schwang sich auf den Stuhl. „Sie hatten also etwas im Sinn, eine Nase, die Sie lieber im Gesicht hätten?"

„Ich dachte an Brad Pitts Nase."

Erkin nahm seinen Stift in die Hand und drehte ihn hin und her. „Aha. Wie würden Sie die Nase von Brad Pitt beschreiben?"

Keeler hatte keine Ahnung. Er nahm an, dass sie hübsch aussah. „Gutaussehende Nase, an der alles gerade ist."

„Ja, Brad Pitts Nase ist eine sehr durchschnittliche Nase, sie ist auch mittelgroß für seinen Kopf, der eigentlich ziemlich klein ist, wenn man seine Schultern bedenkt. Die Nase sitzt gut zwischen der relativ starken Stirn und den vollen Lippen darunter. Wie Sie schon sagten, es ist eine sehr gute Nase." Der Arzt nickte und zeigte auf ihn. „Sie sagen mir, Sie wollen die Nase von Brad Pitt, und ich gebe Ihnen die Nase von Brad Pitt."

Keeler lehnte sich in seinem eigenen Stuhl zurück und lächelte.

„Nun, das wäre eine gute Nase, Doktor, aber leider ist es nicht meine eigene Nase, die ich mit Ihnen besprechen möchte."

„Oh?", sagte er mit hochgezogenen Augenbrauen.

„Ja, ich habe Sie damit etwas auf den Holzweg geführt. Ich vertrete eine dritte Partei. Mein Klient hat von Ihrer Arbeit gehört und möchte vielleicht etwas mehr als nur eine bessere Nase haben, er ist ziemlich besorgt um seine Privatsphäre."

„Mehr als nur eine Nase." Erkins Gesicht hatte sich verfinstert. Er sagte: „Ich weiß nicht genau, was Sie meinen, Mr. Van Buren. Sie drücken sich absichtlich unklar aus, was in Ordnung ist. In meinem Geschäft ist merkwürdigerweise nicht viel Platz für Zweideutigkeiten." Er klopfte auf den Eichenschreibtisch. „Sie müssen schon ehrlich mit mir sein, also werde ich direkt sein. Es gibt zwei Arten von Verfahren, die wir hier durchführen. Die erste Art garantiert keine Veränderung Ihres Gesichtserkennungsprofils, die andere schon. Die Russen haben ein Gerät erfunden, das Ihren Schädel mithilfe einfacher digitaler Bilder und künstlicher Intelligenz dreidimensional abbilden kann. Davor kann Sie keine noch so gute Haut schützen, wenn die Maschine direkt in Ihr Skelett sieht. Dafür müssen wir die Knochenstruktur verändern. Die Genesungszeit muss natürlich mit eingerechnet werden."

„Und das würden Sie hier machen?"

„Wir haben eine Komplettlösung. Private Suiten nebenan und ein privater Operationssaal hier in der Klinik."

„Was ist mit dem Personal?"

„Für die besonderen Projekte habe ich mein eigenes Team. Handverlesene Leute, die besten der Türkei. Sie werden wie Führungskräfte bezahlt. Wir haben vollständige Dossiers über alle Mitarbeiter, die sieben Jahre zurückreichen, falls Ihr Auftraggeber eine Überprüfung wünscht."

„Wie hoch sind die ungefähren Kosten für den Eingriff?"

Erkin lachte. „Das kann ich nicht wissen. Ich muss den Patienten gründlich untersuchen und sehen, welche Erwartungen er hat."

„Aber so etwa der gleiche Preis wie ein Haus? In dem Dreh?"

Der Arzt lächelte nur.

Keeler hatte ein breites Grinsen im Gesicht. „Richtig, Doktor, wie ein Haus?"

Das Lächeln des Arztes blieb, seine Augen zögerten. „Wenn Sie es sagen."

Keeler setzte sich auf die Kante seines Stuhls. „Ja, das sage ich. Mein Auftraggeber wollte herausfinden, in was für einem Haus der Typ wohnt."

Erkins Lächeln wurde schwächer. „Wie bitte?"

„Ihr Haus, Herr Doktor. Mein Chef hat mich gebeten, einen Chirurgen zu finden, der in einem Haus wohnt, das so viel kostet, wie die OP. Er sagte, er würde keinem Arzt trauen, der den Preis entweder zu hoch oder zu niedrig ansetzt. In seinen Worten: Ich möchte von einem Mann operiert werden, der in einem Haus wohnt, das so viel kostet wie ein gutes Gesicht."

Erkin war amüsiert. „Ihr Chef scheint ein Mann mit Sinn für Humor zu sein."

„Oh, so würde ich das nicht ausdrücken, Doktor. Ich würde sagen, der Chef ist exzentrisch. Denn manchmal findet der Chef das, was man für witzig hält, nicht witzig, und dann, wenn man denkt, etwas sei todernst, kann der Chef plötzlich laut loslachen."

„Das lässt ihn tatsächlich verrückt klingen." Der Arzt musterte Keeler einen Moment lang, als ob er über eine Bewertung nachdenken würde. Er schaute auf seine Uhr. „Ich muss zurück. Dies ist ein seltsamer Beruf, Mr. Van Buren. Die Art von Job, die Hingabe erfordert. Da Sie sich gerade sehr kunstvoll selbst in mein Haus eingeladen haben, machen wir doch ein Abendessen daraus?"

„Das passt."

Der Arzt schrieb seine Adresse auf die Rückseite einer Visitenkarte. Er schob sie über den Schreibtisch. „Kommen Sie um sieben. Sie haben doch nicht vor, Fotos zu machen, oder?"

Keeler tippte sich an den Kopf. „Ich habe ein mörderisches Gedächtnis für visuelle Eindrücke, Dr. Erkin."

Erkin stand auf und begleitete Keeler zum Aufzug. Der Arzt beugte sich vor und drückte den Knopf für die Lobby. Nachdem sich die Tür geschlossen hatte, drückte Keeler den Knopf für den vierten Stock, wo die Haartransplantationen durchgeführt wurden. Er verließ den Aufzug und ging in ein anderes Wartezimmer. Zwei Männer blickten vom Sofa aus zu ihm auf, vertieft in Zeitschriften, die Köpfe bandagiert. Keiner von ihnen war der Mann aus der Cafeteria.

Er ging zurück in den chirurgischen Bereich und steckte seinen Kopf durch die Tür. Dort gab es vier Räume, jeder mit einer großen Glastür. Der Raum war gut beleuchtet und belüftet. In jedem Raum stand ein chirurgisches Bett. Auf jedem der Betten lag ein Mann, der in ein OP-Tuch gehüllt war und seinen kahlgeschorenen Kopf dem Chirurgen entgegenstreckte, der hinter ihm saß und mit einem scharfen Gegenstand darauf herumstocherte. Die Patienten sahen alle gleich verletzlich aus, aber die Köpfe mussten unterschiedlich sein.

Keelers Ziel war es, den Mann aus der Cafeteria zu identifizieren, sich zu vergewissern, dass er aus dem Weg war, und dann mit der Schlüsselkarte, die er in der Hand hatte, in das Zimmer des Mannes zu gehen und es zu durchsuchen. Das Problem war, dass die Patienten alle rasierte Köpfe hatten. Von den vieren hatte einer einen Bart und einer sehr blasse Haut, was zwei mögliche Kandidaten übrigließ. Keeler blieb eine Weile stehen und starrte den Kopf eines Mannes durch das Glas an. Er sah, wie er auf dem Rücken auf dem OP-Bett lag und von einem blau gekleideten Chirurgen, der ein binokulares Lupen-Headset trug, mit irgendeinem Gerät in den Schädel gestochen wurde.

Unterm Strich war es zu schwer zu sagen. Aber was war das Schlimmste, was passieren konnte?

KAPITEL 23

Keeler ging zurück in die Lobby der Klinik und durch den Seiteneingang zum Nachbargebäude. Keine der rosa Damen sah ihn zweimal an, da sie ihn bereits gesehen hatten. Als er zwischen den Gebäuden hindurchging, lag ein kalter Hauch in der Luft. Die Leute hielten sich in dem Raucherbereich zu seiner Rechten auf, dem Ort, der auf vielen der Überwachungsfotos zu sehen war, die er und Choi gesehen hatten.

Dort waren zwei bärtige Männer in einfarbiger Kleidung, einer in Rosa, der andere in Blau, die Tabak pafften und Kaffee tranken. Eine Hand am Mund, die andere hielt eine kleine Tasse.

Keeler betrat das zweite Gebäude. Die ältere Dame, die das Mittagessen serviert hatte, ging an ihm vorbei die Treppe hinauf, lächelte und sagte etwas auf Türkisch. Er antwortete murmelnd. Im Hotelbereich gab es eine Rezeption und dahinter ein Büro. Am Bürotisch saß eine Frau, die mit Stäbchen aß und etwas auf ihrem Telefon beobachtete, das sie an den Sockel einer Lampe gelehnt hatte.

Sie blickte ihn an, er murmelte einen Gruß und ging

weiter, um eine Sekunde später ihre Antwort zu hören. Er hielt die weiße Schlüsselkarte in der Hand, bereit, auf ein passendes elektronisches Schloss zu treffen.

Er bahnte sich seinen Weg durch den Korridor und hielt die Schlüsselkarte an jedes Schloss, das er passierte. Keeler versuchte es nur in den Zimmern auf der rechten Seite, denn er war sich der an der Decke montierten Kameras an beiden Enden des Flurs bewusst. Er würde auf den Überwachungs- bildern auftauchen, eine Gestalt, die sich den Korridor entlang bewegt. Nur wer genau hinsah, konnte seinen Arm erkennen, der sich an jeder Tür ausstreckte.

Was Keeler sah, war ein Haufen Teppich und identische elektronische Schlösser, die ihn beim Vorbeigehen rot anblink- ten. Er kam zurück und versuchte es auf der anderen Seite des Ganges. Das Gleiche, rotes Blinken und kein surrendes Klicken eines sich öffnenden Schlosses.

Die Frau, die er im hinteren Büro beim Sushi-Essen gesehen hatte, saß jetzt vorne an der Rezeption, rechtwinklig zum Gang, was bedeutete, dass sie nicht in seine Richtung schaute, sondern auf etwas vor ihr konzentriert war. Ein weiterer Raum auf der rechten Seite, bevor der Korridor zur Treppe und einem Aufzugsvorraum abzweigte.

Keeler zog die Schlüsselkarte heraus, und das Licht blinkte grün. Das Schloss surrte und klickte, als sich der Riegel zurückzog. Er wartete nicht ab, ob die Frau es bemerkte, sondern drückte einfach auf die Klinke, schob die Tür auf und trat hindurch, wobei er sie hinter sich zufallen ließ.

———

Als Keeler das Zimmer betrat, saß ein älterer Mann auf dem Bett. Der Blick des Mannes blieb sofort an ihm hängen und wanderte zum Badezimmer und zurück. Er hatte stahlgraues

Haar und eine Brille mit Drahtgestell. Die Augen hatten die gleiche Farbe wie sein Freizeitanzug, blassblau.

Der Mann war sehr ruhig. „Kann ich Ihnen helfen?"

„Ich weiß nicht."

Keeler scannte den Raum und registrierte die verstreuten Gegenstände. Es gab nicht viele davon, abgesehen von der Ausrüstung, die zum Hotel gehörte. Eine braune Reisetasche aus Leder lag auf dem Bett, offen und vollgepackt mit Kleidung.

Der Mann lächelte. „Sagen Sie mir einfach Bescheid, wenn Sie sich entschieden haben." Er hielt ein Telefon in der Hand. „Man hat Ihnen wohl das falsche Zimmer gegeben."

Keeler machte einen Schritt auf ihn zu und zeigte auf den Seesack. „Sie reisen ab?"

„Nein, ich bin gerade erst angekommen."

Was mehr Sinn machte. Der Mann sah in keiner Weise beschädigt aus, keine postoperativen Blutergüsse oder Verbände. Das silberne Haar war nicht gerade dicht, aber es war auch nichts, was man mit einem Lappen hätte polieren können. Der Mann stand auf und gähnte.

„Ich habe die Rezeption angerufen. Vielleicht können sie Ihnen helfen." Er hielt das Telefon hoch, um Keeler die Nummer zu zeigen. „Ausgezeichneter Service hier, übrigens. Ich gratuliere Ihnen zu Ihrer Wahl. Ich denke, wir sind in guten Händen." Wieder ein entwaffnendes Lächeln. „Ich meine, Sie sind wohl auch gerade erst angekommen, oder?"

Es klopfte an der Tür.

„Das ist sie wahrscheinlich." Der Mann war zu einem ehrlichen Ausdruck des Mitgefühls fähig. Er hielt eine vollkommen weiße Schlüsselkarte hoch. „Diese Dinger sehen alle gleich aus, man kann die Zimmer leicht verwechseln."

Keeler ging einen Schritt weiter und trat neben den Mann mit dem silbernen Haar. Er blickte an ihm vorbei in das Badezimmer. Die Tür war größtenteils geschlossen; ein kleiner

Spalt gab den Blick frei auf eine gefliese Duschkabine und wenig mehr.

Der Mann war nicht verängstigt genug. Ein Fremder hatte sein Hotelzimmer betreten und war nicht sofort wieder gegangen, und er blieb cool, ruhig und gelassen?

Der Mann schaute Keeler an, ging an ihm vorbei zur Tür und öffnete sie. Er sagte etwas auf Türkisch. Der Empfangsdame in der Tür stand die Sorge ins Gesicht geschrieben. Sie antwortete dem Mann, und beide drehten sich um und sahen Keeler an. Der Mann hatte dasselbe Lächeln im Gesicht.

Keeler zeigte die Schlüsselkarte. „Das habe ich beim Mittagessen auf meinem Tisch gefunden."

Sie nahm ihm die Karte ab und untersuchte sie, als ob sie auf dem leeren weißen Plastik etwas erkennen könnte. Ihre Sorge schien sich in Fragen zu verwandeln. Zeit zu gehen.

Er nickte dem Mann mit den silbernen Haaren zu. „Alles Gute, Kumpel."

Der Mann grinste und täuschte einen amerikanischen Akzent vor. „Ich nehme es, wie es kommt."

Keeler erwiderte das Lächeln. „Ziemlich gut."

„Sie sind in Ordnung. Ich würde Ihnen eine Drei geben."

Die Empfangsdame stand immer noch in der Tür.

Keeler sagte: „Note 3 ist was, zufriedenstellend?"

„Es ist eine gute Note, die besser ist als eine schlechte."

Die Konstellation war amüsant, wie zwei Raubtiere, die sich um ein ahnungsloses Rehkitz herum unterhalten. Die Empfangsdame hatte immer noch keine Ahnung, was vor sich ging.

Keeler war noch nicht ganz fertig. „Warum ist er hier drin?", fragte er und deutete auf den Mann.

Die Frau zückte ein Telefon und rief eine Übersetzungs-App auf. „Bitte bleiben Sie hier. Ich verstehe nicht."

Der Mann schüttelte den Kopf, als ob er enttäuscht wäre. Er sagte etwas auf Türkisch zu der Empfangsdame. Sie lachte und legte ihr Telefon weg. Die Augen des Mannes wandten sich Keeler zu, strahlend vor Humor.

„Netter Versuch, mein Freund. Leider war es ein langer Tag, und ich muss jetzt duschen. Tut mir wirklich leid." Er sagte noch etwas auf Türkisch zu der Frau, ein Wirrwarr aus Vokalen und Konsonanten und einigen Kehllauten, die irgendwo dazwischenlagen.

Die Frau sprang zurück und entschuldigte sich augenblicklich. Sie sagte etwas zu ihm und zerrte Keeler förmlich aus dem Zimmer. Die Tür schloss sich, und sie standen auf dem Korridor. Die Empfangsdame tippte auf ihr Telefon und schüttelte den Kopf. Sie sah zu Keeler auf und sprach in das Gerät. Jemand sagte etwas zu ihr, und sie nickte und reichte das Telefon an Keeler weiter.

Sie sagte ein unaussprechliches Wort auf Türkisch.

Er nahm den Hörer ab. Es war der Dandy mit dem britischen Akzent, der Patientenkoordinator. Die Stimme war fröhlich wie immer. „Wir scheinen Sie aus den Augen verloren zu haben, Mr. Van Buren. Wenn Sie nach unten kommen, werde ich dort sein, und wir können bei einem Kaffee die Optionen besprechen."

Keeler reichte das Telefon an die Empfangsdame zurück, die es dankbar entgegennahm. Er ging die Treppe hinunter und dachte über den Mann da oben im Zimmer nach. Ihm war nicht ganz klar, was gerade geschehen war. Er hatte nur die starke Intuition, dass er gerade auf jemanden getroffen war, der mit allen Wassern gewaschen war, einen Spionageprofi.

Unten rief er Choi an, als der Patientenkoordinator aus der Klinik kam, mit einem Verkäuferlächeln im Gesicht. Keeler ignorierte ihn und wandte sich ab, als Choi abnahm.

Er sagte: „Choi, wir sind heute Abend zum Essen eingeladen."

„Oh." Gefolgt von einer längeren Pause. Ihre Stimme war gedämpft, als ob noch jemand im Raum war und sie nicht frei sprechen konnte. „Ich muss dich zurückrufen. In fünfzehn Minuten, okay?"

„Sicher." Keeler grinste. Ihm gefiel die Tatsache, dass er Choi aus dem Konzept gebracht hatte.

Der Patientenkoordinator kam lächelnd auf ihn zu, weil er offensichtlich dachte, das Grinsen gelte ihm, aber er irrte sich.

KAPITEL 24

Tina Choi nahm den Hörer vom Ohr.

Wir sind heute Abend zum Essen eingeladen.

Was sollte das bedeuten, wollte der Typ mit ihr ausgehen?

Sie befand sich in Kathy Jensens Büro unten in der Abteilung für Handel und Landwirtschaft, und Jensen sah sie irgendwie komisch an. Choi lächelte und atmete, in der Hoffnung, dass es ein beruhigendes Lächeln war, das die innere Anspannung nicht verriet.

Zuvor, nach der Sitzung, hatte Jensen sie in der Cafeteria angesprochen.

Sie stellte ein Tablett ab und sagte: „Ich denke, wir sollten uns unterhalten."

Choi erwiderte: „Sicher."

„Lassen Sie uns zu Mittag essen und dann runter in mein Büro gehen."

Es stellte sich heraus, dass keiner von ihnen mit dem Verlauf des Treffens zufrieden war. Choi hatte kein ausreichendes Druckmittel. Ihre Beteiligung hatte sich zunächst darauf beschränkt, Anderson als DIA-Vertreterin und stille Beobachterin auf einem CIA/JSOC-Auftrag zu begleiten.

Damals ging es um eine behördenübergreifende Zusammenarbeit. Auch Jensen fehlte es an Einflussmöglichkeiten. Sie war Beraterin für landwirtschaftliche Angelegenheiten und nur durch einen seltsamen bürokratischen Zufall stellvertretende Missionschefin.

„Das liegt daran, dass ich alt bin, Choi", sagte sie. „Das ist die Hierarchie im Auslandsdienst."

Choi sagte: „Was mich hier deprimiert, ist, dass alle sich um ihren eigenen Arsch sorgen, trotz allem, was hier passiert."

Jensen hatte zugestimmt, ohne auch nur die Spur eines Lächelns zu zeigen. „Es ist hässlich. Sie rennen in Deckung wie ein Haufen Kaninchen." Sie sah auf, mit grimmigem Mundwinkel. „Also, was denken Sie, Choi, was würden Sie vorschlagen, wenn es jemanden interessieren würde?"

Choi sagte: „Schauen wir uns das Problem an. Die betreffenden Operationen fallen in die Zuständigkeit der CIA. Sie sind aus dem Schneider, weil die Opfer entweder Auftragnehmer oder Ausländer sind. Wir müssen zugeben, dass es technisch funktioniert, und sie es deshalb so machen können, sich einfach zurückziehen."

Jensen sagte: „Die Schadensbegrenzung ist in das System eingebaut, Choi. Das ist eine einfache Tatsache."

„Ja, das lerne ich gerade. Nur so können sie ihre Karriere fortsetzen und sich nicht in Schwierigkeiten verstricken." Sie blickte auf und sah, wie Jensen ihr zunickte und den Gedankengang verfolgte. „Es geht um die Karriere, richtig?"

Jensen sagte: „Das ist richtig, Choi. Aber?"

„Aber manchmal sollte es keine Rolle spielen."

„Ich stimme zu."

„Es gibt größere Dinge, höhere Dinge als die Karriere." Choi hörte selbst, wie sie klang, eine Idealistin, die mit Leidenschaft sprach. Es interessierte sie nicht mehr.

Jensen lächelte, schüttelte erstaunt den Kopf und hob die Augenbrauen. „Fahren Sie fort."

„Ich sehe zwei Probleme. Das eine ist der operative Status der Vereinigten Staaten. Jemand ist gerade auf die Toilette gegangen und hat sich mit unserer Flagge den Arsch abgewischt. Entschuldigen Sie meine Ausdrucksweise, aber das sollte man nicht durchgehen lassen. Der zweite Punkt ist, dass wir für die Leute, mit denen wir ins Bett gehen, Verantwortung übernehmen müssen, ohne Wenn und Aber. Wenn man einen Ausländer wie diesen Karim Ahmadi ins Spiel bringt, dann muss man zeigen, dass man sich kümmert. Man wirft ihn nicht einfach dem ersten Wolf vor, der kommt, um das Haus umzupusten."

Jensen sah aus, als könnte sie es nicht besser sagen. „Also gut, was schlagen Sie vor?"

„Ich möchte das Überwachungsmaterial, das Keeler von den Agenten in Canada gesichert hat, weiterverfolgen. Und sei es nur, um zu verstehen, was zum Teufel da oben los war. Ich habe die Bilder gesehen, aber mir fehlt der Kontext. Wir müssen die Grundzüge der Arbeit kennen, die die US-Geheimdienste unterstützt haben." Sie spürte, wie ihr heiß wurde. „Haben Sie gesehen, wie dieser seltsame CIA-Unternehmer den Laptop genommen und ihn in seine Aktentasche gesteckt hat? Wird das Ding jemals untersucht werden, oder werden sie einfach alle Beweise für eine Verbindung löschen?"

Jensen stand von ihrem Schreibtisch auf. „Lassen Sie uns nach oben gehen und Miller die Hölle heiß machen." Sie zeigte auf Choi. „Ich bin ein Niemand, aber Sie sind der ranghöchste Geheimdienstler in der Botschaft, jetzt wo Anderson tot ist. Ihre Empfehlung muss gehört werden."

———

Oben sah Millers Assistentin schwach zu ihnen auf. „Er ist schon seit einer halben Stunde im Bad. Er muss etwas gegessen haben, was er nicht vertragen hat." Sie stützte ihren Kopf in die Hände. „Mir geht es auch nicht so gut."

Ein halb aufgegessenes Baklava-Gebäck lag auf einer Papierserviette, und die Zahnabdrücke der Assistentin waren in der geronnenen Butter, dem Filoteig und dem Honig zu sehen. Ein Geräusch zwischen einem Rülpser und etwas Schlimmerem kam aus der Toilette im hinteren Teil des Büros.

Jensen sah Choi an, zog die Augenbrauen hoch und wurde rot im Gesicht. Sie schritt durch das Büro und schlug zweimal gegen die Badezimmertür. „Jim. Ich bin's, Kathy Jensen. Ich muss mit Ihnen reden."

Von drinnen kam ein dumpfes Grunzen und Stöhnen. Irgendein anderes Geräusch, und dann lief die Spülung. Eine Minute später kam Miller mit nassgeschrubbtem Gesicht und frisch frisiertem und gekämmtem Haar heraus. Er sah Jensen und Choi mit roten Augen an.

„Was gibt es?"

Er tat tatsächlich so, als wäre er einsatzbereit. Miller ließ sich in den Ledersessel hinter seinem Schreibtisch fallen, ohne seinen stehenden Besuchern einen Stuhl anzubieten. Er war kaum in der Lage, Augenkontakt herzustellen. Miller sah nicht nur schlecht aus, er wirkte geradezu, als ginge es ihm schrecklich.

Choi trat vor und schilderte ihm ihren Fall. Sie legte alles in einer logischen Abfolge von Gründen und Fakten dar. Die Erzählung war spontan strukturiert, ein Gefälle, das von der kalten Logik bis zur warmen Moral reichte. Sie beendete ihren Vortrag mit einer ethischen Bewertung der Situation, gefiltert durch die Linse amerikanischer Werte und dessen, was sie in Ankara fördern wollten: *Jim*.

Zuerst hatte Miller sie angeschaut, sie beobachtet, Choi hatte das Gefühl, dass er nicht wirklich erwartet hatte, dass sie sprechen würde. Nach einer halben Minute war sein Kopf auf die Brust gesunken, und wippte dort ab und zu. Gelegentlich blickte er auf und senkte dann den Kopf wieder in eine energieeffizientere Position. Als Choi zu Ende gesprochen hatte, lehnte sich Miller in seinem Stuhl zurück und fand offenbar ein wenig Linderung.

Es sah so aus, als ob er sich dabei schwertun würde, von dem Stuhl wieder aufzustehen.

Miller sagte: „Sie meinen also, ich sollte mir das Überwachungsmaterial von Andersons Mann, wie auch immer er heißt, zurückholen." Er warf einen Blick auf Choi. „Wie heißt er noch mal?"

„Dingleworth, glaube ich."

„Nein, es ist etwas anderes. Wie auch immer, okay, nehmen wir an, wir bekommen den Laptop von ihm. Was dann?"

Jensen meldete sich zu Wort. „Als amtierender Missionschef können Sie verlangen, dass Langley Sie umfassend über das Material unterrichtet. Sie müssen erklären, was sie in Ihrem Gebiet gemacht haben, Miller. Sie können ihnen nicht einfach einen Freibrief ausstellen." Sie tat, als sei sie schockiert. „Ich meine, Jim, das ist meine Meinung. Ich bin nur die Frau aus Kansas, die keine Ahnung von geheimen Operationen hat."

Miller nickte mit dem Kopf, als stimme er Jensens Unwissenheit und Begrenztheit zu, was Chois Abneigung gegen ihn nur noch verstärkte. Als er aufblickte, waren seine Augen blutunterlaufen, die Pupillen zu Nadelstichen verengt.

„Das wird nicht passieren. Ich glaube, sie haben den Computer bereits mit ihrer Maschine zerstört. Jetzt geht es nur noch um die Bestreitbarkeit." Er schauderte. „Wie auch immer, Sie haben den Kerl vom Außenministerium gehört. Diese Episode wird auf Eis gelegt. Wenn jemand vom Außenministerium so etwas sagt, dann passiert das auch so."

Miller fluchte und kämpfte sich auf, wobei er sich auf dem Schreibtisch abstützte. „Tut mir leid." Er taumelte gegen die Wand und schaffte es bis zur Badezimmertür.

Jensen sah Choi an. „Von welcher Maschine spricht er?"

„Nach Teheran im Jahr '79. Die Iraner brachen in die Botschaft ein und fanden geschredderte CIA-Dokumente. Sie verbrachten etwa eine Million Arbeitsstunden damit, sie wieder zusammenzusetzen, wie eine Art Puzzle. Jetzt haben wir also bessere Schredder. Niemand wird mehr irgendetwas wieder zusammensetzen. Jetzt ist es nicht mehr nur Papier - sie können auch Hardware schreddern."

„Verstehe. Also, haben sie den Laptop geschreddert." Jensens Gesicht war etwas schlaff geworden.

Choi sagte: „Miller ist nicht kooperativ. Ihm geht es offensichtlich nicht gut, und er ist in Panik wegen dieses Tyrannen vom Staat."

Jensen sagte: „Und aller anderen Anrufe, die er möglicherweise von DC bekommen hat."

„Genau. Wir könnten etwas schriftlich festhalten."

„Keine gute Idee." Jensen knabberte an einem Daumennagel. „Ich könnte anrufen, aber ich fürchte, dass ich im Moment kein Druckmittel habe." Sie blickte zu Choi auf. „Ich bin schon lange genug dabei, um ein paar Freunde zu haben, aber Sie müssen mir etwas geben, irgendetwas."

„Und was genau?"

Jensen ballte ihre Faust und drehte sie, als ob sie ein Seil in der Hand hätte. „Etwas, das ich verwenden kann, eine Information, die jemandem Angst macht."

Choi verstand nicht. „Inwiefern Angst macht?"

„Kennen Sie den Spruch darüber, wie man Huren Angst macht?"

„Äh, nein."

Die Augen von Kathy Jensen wurden klar und hart. „Man kann eine Hure nicht mit einem Schwanz verängstigen, Choi."

Die Vulgarität lenkte sie kurzzeitig ab. Choi brauchte eine Sekunde, um zu verstehen, dass es sich nicht um einen Scherz, sondern um ein Sprichwort oder so etwas handelte. Jensen schaute sie mit einem sanften Blick an.

„Womit kann man einer Hure Angst machen?", fragte Choi.

„Wahrscheinlich mit einigem, nur eben nicht mit einem Penis. Sind Sie verheiratet?" Sie zeigte auf den Ring. „Mir ist der Diamant aufgefallen."

„Verlobt."

„Wie schön."

Choi drehte den Ring an ihrem Finger und nickte, weil man das normalerweise tat. Sie dachte an Keeler und daran, wie man einer Hure Angst einjagen könnte.

KAPITEL 25

K eeler entledigte sich des Patientenkoordinators und
ging von der Klinik weg, den Hügel hinunter in
Richtung Kuğulu-Park und dann wieder hinauf
durch die engeren Straßen um das Sheraton-Hotel. An einem
Kiosk besorgte er sich eine gefälschte Gucci-Baseballmütze
und eine Sonnenbrille und versuchte, sein Aussehen anzupassen. Wie jemand in der Ausbildung ihm einmal gesagt
hatte: Ein bisschen kann viel bewirken. Eine halbe Stunde
später war er wieder auf der anderen Straßenseite der Klinik
und genoss ein weiteres zuckergetränktes Baklava mit einem
weiteren schwarzen Kaffee.

Der Typ in dem Hotelzimmer mit den silbernen Haaren
hatte etwas an sich, das Keeler einerseits mochte, das ihn
andererseits aber misstrauisch machte. Als ob der Mann mit
halber Geschwindigkeit spielte, als ob er jemand wäre, der
mit einem Fingerschnippen ein paar Gänge höher schalten
könnte als man selbst. Irgendwie erinnerte er Keeler an einen
mittleren Linebacker, mit dem er damals in der High-School
gespielt hatte, als seine Familie anderthalb Jahre in Oklahoma
gelebt hatte. Keeler war der Neue, spielte Running Back und
trainierte mit dem Team. Dieser Linebacker war träge und

entspannt, aber wenn man es am wenigsten erwartete, war er auf einmal da und brachte einen zu Fall.

Das Wegwerf-Handy summte, Choi war in der Leitung, gestresst und unglücklich, sie sprach lauter, als er es ihr zugetraut hatte, vielleicht ließ sie ihren Frust an ihm aus. „A, Ich gehe nicht mit dir zum Essen. B: Ich brauche Schlaf. C: Du musst zurück in die Botschaft."

Keeler musste das Telefon vom Ohr weghalten, bis sie fertig war.

„Choi, das Essen ist nichts Persönliches. Ich habe das mit dem Typen auf den Fotos, dem Chirurgen, arrangiert. Wir sind eingeladen, aber ich bin mir nicht einmal sicher, ob wir essen werden, also solltest du vielleicht etwas schlafen, dir einen guten Snack gönnen und mich gegen halb sieben am Safe House treffen."

Es gab eine längere Pause, und er dachte an Choi am anderen Ende der Leitung, wie sie über neue Informationen nachdachte.

„Ich verstehe das nicht", sagte sie. „Wie hast du es geschafft, dass wir in das Haus des Chirurgen eingeladen wurden?"

„Ich habe meinen Charme spielen lassen."

„Und warum werden wir nicht essen?"

„Weil wir vielleicht Informationen aus dem Chirurgen herausholen müssen, vielleicht hat er da oben ein paar Werkzeuge, die wir benutzen können, wie in diesem alten Film mit Dustin Hoffman über den Nazi-Zahnarzt."

„Das ist nicht lustig, Keeler."

„Nein."

Sie wollte mehr Informationen, aber er sagte nichts weiter. Es war besser, sie unvoreingenommen dort oben zu haben. Er beendete das Gespräch.

Er behielt ein Auge auf den Eingang der Klinik. Ein paar glänzende schwarze Geländewagen kamen und gingen, die Stadt bewegte sich langsam, bis eine Stunde später der Mann mit den silbernen Haaren aus dem Wohnblock kam und dieselbe braune Reisetasche trug, die Keeler auf dem Bett im Zimmer gesehen hatte.

Das Erste, was Keeler spürte, war eine Art Sieg. Er hatte Recht gehabt: Mit dem Kerl stimmte etwas nicht. Dann unterdrückte er dieses Gefühl und überlegte, für wen der Mann arbeiten könnte, welche Rolle er in diesem Spiel spielte. Der Kerl ging hinaus, als ob er keine Bedenken hätte, als ob es sich um ein normales Hotel handelte und nicht um eine High-End-Klinik für plastische Chirurgie, in der jeder, der einen Koffer voller Geld hatte, seine Wünsche erfüllt bekam.

Außerdem war der silberhaarige Mann nicht operiert worden, es gab keine Verbände oder andere sichtbare Anzeichen für durchgeführte Arbeiten, was machte er also dort? Anstatt sich von einem Privatwagen abholen zu lassen, wie Keeler erwartet hatte, kam der Mann vor die Tür und ging auf einem schmalen Bürgersteig entlang der viel befahrenen Straße in Richtung Westen.

Auf den Bürgersteigen zu gehen, schien dort oben in Çankaya keine beliebte Aktivität zu sein. Hier wurde eher mit dem Auto gefahren, was vielleicht an den steilen Hügeln lag. Keeler gab dem Mann einen guten Vorsprung, bevor er die Verfolgung aufnahm. Der Mann führte ihn eine halbe Stunde lang durch das Viertel, bevor er in einer Tiefgarage am Fuße des Atakule-Einkaufszentrums verschwand, wo Keeler am Tag zuvor bei der letzten SDR mit Karim gewesen war.

Der Typ war definitiv ein Profi.

Die Garage hatte sechs Ebenen und mehrere Ein- und Ausgänge. Ausgänge nach draußen und ins Innere des Einkaufszentrums sowie in den Park, zu Fuß und mit dem Auto, über Aufzüge, Treppen oder Fahrzeugrampen. Ein Albtraumszenario für die Überwachung. Der Mann könnte ein Auto hier geparkt haben, oder auch nicht. Und selbst wenn, könnte ihn ein Komplize erwarten, der den silberhaarigen Mann auf dem Rücksitz versteckte. Dies war die Art von Ort, die ein großes Team von Beobachtern erforderte.

Ein Team von geschulten einheimischen Agenten wie Karim Ahmadi, über die Keeler im Moment nicht verfügte.

Was bedeutete, dass er im Moment nichts tun konnte.

Keeler saß auf einer Bank und blickte auf den Park hinaus. Er fühlte sich nicht wirklich einsam, aber ein wenig leer, als würde er das Spiel mit zu wenigen Karten spielen. Das Herbstlaub war golden und die Luft leicht und angenehm. Seine Vermutung: Der silberhaarige Mann hatte den Wohnbereich von Zaros Aesthetica betreten, um die Sachen seines Kollegen abzuholen, des Mannes mit dem Kopfverband, dem Keeler in der Cafeteria begegnet war. Das bedeutete zweierlei: dass diese Leute professionell genug waren, um geordnet zu evakuieren, und dass der Mann mit dem Verband irgendwo da draußen war, möglicherweise mit einer unvollendeten Haartransplantation, was ihn zu einem sehr unglücklichen Mitarbeiter machen würde.

Er schaute sich um, denn er wusste, dass er nicht bemerken würde, wenn ein erfahrener Operator ihn beobachtete, was eine weitere lange SDR-Strecke erforderte.

Zurück im Safe House streckte sich Keeler auf dem Sofa aus und schaute an die Decke. Er döste vor sich hin, dachte über Dinge nach und versuchte, eine Perspektive zu finden. Er war mit Calcuttis JSOC-Team etwa eine Woche lang in Ankara gewesen, sechs Tage, um genau zu sein. Er hatte diesen Kerl Karim in den Boden gestampft und ihn wieder aufgebaut.

Keeler hatte den Ruf, dass er neue Leute gut einarbeiten konnte. Jungs, die vielleicht aus BUDS, dem *Basic Underwater Demolition* Seal Training, kamen, sich aber noch mit operativen Dingen schmutzig machen mussten, wie rückwärtsgehen und gleichzeitig durch die Visiere schauen, knifflige

Dinge, die sie in Coronado oder Warner Springs nicht lernten.

Er hatte schon früher mit Calcutti zusammengearbeitet und mochte ihn vor allem, weil er ein harter Kerl und ein anständiger Commander war, aber nicht jemand, mit dem er in den Urlaub fahren würde.

Eine Woche zuvor hatte er mit einem anderen JSOC-Team außerhalb von Al-Khafsah, Syrien, unweit von Aleppo, gearbeitet.

Was Keeler an der Decke sah, während er sich vom Schlaf übermannen ließ, der sich durch Diffusion im Gehirn ausbreitete, waren die Bilder seiner letzten Nacht dort unten in dieser unheimlichen syrischen Todeszone.

Gegen ein Uhr nachts kletterte er mit seiner Crew der letzten drei Monate aus dem Tal. Ihre Mission war einfach gewesen, ein mobiles Killerkommando. Vom Land leben, Schwachstellen finden und sie ausnutzen. Den Feind schikanieren und Skalps für Uncle Sam holen. Es sollte weh tun und blutig sein. Dafür sorgen, dass der Gegner Angst vor der Dunkelheit bekam. Die Nacht beherrschen.

Und zehn Extrapunkte für jeden Wagner-Skalp.

Diese spezielle Operation fand unten am Fluss statt. Eine ISIS-Bande, die sie identifiziert hatten, nachdem sie sie ein paar Wochen lang mit einer Aufklärungsdrohne verfolgt hatten. Sie hatten eine vollständige Gesichtserkennung, ein Dutzend Arschlöcher mit interessanten Lebensläufen. Diese Typen waren ausländische Kämpfer aus Frankreich und Großbritannien. Sie gingen gerne mit Mädchen ans Wasser und feierten, weit genug weg von der Stadt und den aufrichtigeren Mitgliedern des Kalifats.

Bei diesem Einsatz war Keeler dabei, einen unerfahrenen SEAL einzuarbeiten. Ihre Einheit war eine Mischung aus Spezialtaktikern, die wie ein Killersalat oder wie in einem dieser Superheldenfilme zusammengesetzt waren, in denen jeder eine besondere Fähigkeit hat. Dieser Kerl hatte den

Spießrutenlauf in Niland überstanden, ohne mehrere sehr wichtige, aber hochspezialisierte Fähigkeiten erworben zu haben.

So hatte Keeler sie ihm beigebracht, und der Junge hatte sich ganz gut geschlagen. Er hatte drei Skalps und einen Kugelsplitter im Bein abbekommen. Keeler hatte das Metall aus dem Jungen herausgeholt, unter Beschuss, mit seinem Leatherman und einem Mini-Maglite.

Fünf Stunden später hatten sie die östliche Seite des Euphrat überquert und waren zurück auf ihrem Stützpunkt, einem beschlagnahmten Supermarkt außerhalb einer Stadt namens Hulayhilah, die wie *helluva-hill-ya* ausgesprochen wurde. Der Supermarkt hatte einen verrückten Namen: Sniper Super. Etwas Besseres hätten sie sich selbst nicht ausdenken können. Syrien war zu hundert Prozent außer Kontrolle geraten.

Die Nachricht war für Keeler durchgekommen. *Du bist hier raus.* Zwölf Stunden später war er auf einem staubigen Betonplatz in der Nähe von Amman, Jordanien, gelandet. Sie hatten ihm Rasierzeug, den Geldgürtel und einen Satz Zivilkleidung ausgehändigt. Man hatte ihm gesagt, er würde nach Ankara fliegen, um sich dem Team in Brooklyn anzuschließen. Und jetzt war diese Scheiße passiert.

KAPITEL 26

Choi weckte ihn, indem sie von unten anrief. Er drückte den Summer um sie hereinzulassen und gähnte. Er hatte ausgezeichnet geschlafen und fühlte sich so gut wie schon lange nicht mehr - *a million dollars*, wie sie zu Hause sagten. Wahrscheinlich mehr, denn eine Million ist schon lange nicht mehr das, was sie einmal war, hatte ein Bekannter ihm erklärt, der ein Anwesen in einem schicken Teil von North Carolina besaß.

Während er auf sie wartete, hob er eine der schicken H&K VP9, die sie den Killern vor dem Holiday Inn abgenommen hatten, und bewunderte den kräftigen Griff und die glatte, hammerlose Rückseite einer Pistole mit Schlagbolzen. Luxus-Attentäter-Hardware. Keeler fragte sich, was mit dem Fahrer mit den seltsamen Augen passiert war, dem Schakal. Er war definitiv von einer Kugel getroffen worden, aber vielleicht nicht schlimm genug, um ihn auszuschalten.

Choi hatte sich umgezogen. Sie war offenbar in ihrer Wohnung gewesen und hatte geschlafen, geduscht, gegessen, und jetzt war sie hier, sah so gut aus wie vorher und roch wie ein schickes Badezimmer. Als sie zur Tür hereinkam, schnupperte sie und sah Keeler an.

„Oh wow, du riechst schrecklich." Das überraschte ihn, denn er hatte diesem Thema nie auch nur die geringste Bedeutung beigemessen.

Er sagte: „Na und?"

„Und das bedeutet, dass du nicht stinkend zum Abendessen gehen kannst. Geh duschen." Sie machte eine scheuchende Bewegung nach hinten.

Keeler blieb standhaft. „Wir werden nicht wirklich zu Abend essen, Choi. Verstehst du, der Besuch ist nur ein Weg, um dort hineinzukommen. Was wir suchen, sind Informationen, und ich bin nicht wählerisch, wie ich sie bekomme."

„Was genau bedeutet das?" Verwirrung und Besorgnis zeichneten sich auf ihrem Gesicht ab.

„Das bedeutet, wir tun, was auch immer funktioniert. Ihn an ein Brett zu binden und ihn kopfüber zu hängen, mit einem nassen Lappen im Gesicht und einem Krug Wasser über dem Kopf, würde sehr gut funktionieren." Er dachte eine Sekunde lang nach. „Du weißt schon, je nachdem, was im Haus verfügbar ist." Keeler hatte die Pistole immer noch in der Hand. Als er bemerkte, dass sie ihn beobachtete, sagte er: „Seiner Frau in den Kopf zu schießen, wäre wahrscheinlich kontraproduktiv, aber seinem Kind den kleinen Finger abzuschneiden, könnte funktionieren."

„Ernsthaft?"

„Hoffentlich nicht." Keeler zuckte mit den Schultern. „Wir werden sehen. Denk an die Männer heute Morgen mit ihren Sturmhaubenmasken und falschen Polizei-Armbinden. Das sind böse Kerle. Denk an die Menschen, die sie bereits getötet haben, und an die, die sie als Nächstes töten werden. Es ist eine böse Welt da draußen, und manchmal muss man das kleinste Übel wählen."

Choi beobachtete ihn, sehr ernst und errötet. „Du hast recht. Tut mir leid. Ich wollte nicht urteilen."

Das hielt er für eine interessante Aussage.

Keeler weitete das Gespräch über Ethik nicht aus. Er kam

zur Sache und informierte sie über die Ereignisse des Tages. Die Klinik, Dr. Fatih Erkin, und die Einladung zum Abendessen. Den silberhaarigen Mann ließ er aus, denn das war ein Wirrwarr, das er noch nicht entwirrt hatte.

Sie sagte: „Ziemlich schlau, wie du zum Essen eingeladen wurdest. Ich bin mir nicht sicher, ob ich daran gedacht hätte. Was hättest du vorgehabt, wenn ich zur Klinik gekommen wäre, als du mir die Nachricht geschickt hast?"

„Ich hätte dich für eine Brustvergrößerung angemeldet."

„Meinst du, ich brauche eine?"

„Niemand braucht eine, Choi, aber manchmal muss man sich für das Team und Uncle Sam opfern."

Sie sah ihn seltsam an. „Du machst Witze, oder?"

Keeler gab nichts preis. „Worüber genau?"

Sie war einfach zu leicht zu provozieren.

Das Zuhause von Dr. Erkin lag im Süden der Stadt in einem Viertel namens Gölbaşı. Keeler wollte keinen Taxifahrer riskieren, also nahmen sie den Bus, der eine Stunde und acht Minuten brauchte und bedeutete, dass sie zu spät zum Abendessen kamen. Er sagte, das mache nichts, denn reiche Leute seien immer gerne modisch spät dran. Nicht dass Choi das Konzept verstanden hätte. Sie war immer pünktlich, weil sie so erzogen worden war.

Das Haus war nicht wirklich ein Haus, sondern eher ein Anwesen, das von einer drei Meter hohen Mauer umgeben war, mit Scheinwerfern, die von einem Grünstreifen aus auf die Absperrung gerichtet waren und in Abständen von drei Metern standen. Das Tor war aus Stahl und mit einer Art verschnörkelter Bronze überzogen, und es gab kein Wachhaus, nur eine anonyme Gegensprechanlage mit einem großen Kameraauge.

Choi beobachtete Keeler, als sie von der Bushaltestelle

heraufkamen, selbstbewusst und aufmerksam. Sie sah sogar, wie er die Luft schnupperte, als hätte er irgendwelche tierischen Kräfte. Er beobachtete die Gegensprechanlage aus der Ferne und drehte sich schließlich zu ihr um.

„Mitgehangen, mitgefangen."

Er drückte den Knopf und wartete. Eine ganze Minute lang geschah nichts. Er drückte den Knopf erneut und wartete weitere zwei Minuten.

Eine Männerstimme meldete sich auf Türkisch.

Keeler sagte: „Van Buren, zum Abendessen."

„Warten Sie, bitte."

Es dauerte eine Weile, etwa anderthalb Minuten, was lang ist, wenn man vor einem Tor steht. Es war keine Stimme zu hören, nur ein Klicken, und das riesige Tor schwang gerade so weit auf, dass sie hindurchgehen konnten.

„Gehen wir."

Er trat ein, und sie folgte ihm. Das Tor surrte hinter ihnen zu und wurde mit einem weiteren lauten Klicken gesichert. Sie blickte zurück und fragte sich, ob es hier unten eine manuelle Überbrückung gab oder ob es einfach vom Haus aus gesteuert wurde. Das Hauptgebäude war riesig, ein Wirrwarr von Neunzig-Grad-Winkeln, die in alle Richtungen abgingen und strategisch von Scheinwerfern beleuchtet wurden, was die kantigen Konturen noch schärfer und unfreundlicher machte.

Sie pfiff leise. „Schönes Haus."

Er warf ihr einen Blick zu. „Ja, das Ding kostet wahrscheinlich weniger als ein Studio-Apartment in San Francisco. Ich frage mich, wie viel eine Nasenoperation kostet."

Es gab Gärten und etwas, das wie ein Obstgarten aussah, sanfte Grashügel und einen Swimmingpool, alles von starken Halogenlampen beleuchtet. Keeler wurde langsamer und blickte auf den Pool.

Sie sagte: „Was?"

„Ich weiß nicht." Er blinzelte und deutete auf sein Kinn. „Siehst du das Ding da unten auf den Fliesen?"

Choi sah etwas Rosafarbenes auf dem Schieferdeck. „Sieht aus wie eine Luftmatratze oder so ein Poolspielzeug."

Er nickte. „Oh ja."

Es war schwer zu erkennen, wo sich der Haupteingang befand, aber sie mussten nicht suchen. Eine Tür öffnete sich, als sie sich näherten, und ein junger Mann trat hindurch. Er hatte sein schwarzes Haar zu einem Seitenscheitel gegelt und trug eine Pagenweste.

„Willkommen."

Der Mann führte sie in das Haus, durch einen riesigen Eingang mit gewölbter Decke mit dem größten Kronleuchter, den sie je gesehen hatte, der wie ein obszönes Pendel von den Dachbalken hing. Keeler warf ihr einen Blick zu, und sie zog die Augenbrauen hoch. Im Haus herrschte Totenstille, die Temperatur war eher kühl. Sie wurden durch eine Reihe von Korridoren in einen Lounge-Bereich mit niedrigen Sofas geführt, alles glatt und rechteckig. Überhaupt keine runden Formen. Wer auch immer das Haus entworfen hatte, war sehr sparsam mit dem Winkelmesser umgegangen.

Der Mann wies mit der Hand auf den Couchtisch, auf dem kleine Flaschen mit Mineralwasser und Schalen mit Nüssen und Trockenfrüchten standen. „Bitte."

Keeler fragte: „Wo ist der Arzt?"

Der Mann lächelte gezwungen. „Bitte. Kein Englisch." Er warf ihnen einen letzten Blick zu, verließ den Raum und ließ sie in der Stille zurück.

Sie sagte: „Ich schätze, der Arzt macht sich bereit."

„Ich frage mich, wo der Kerl hin ist."

Wie als Antwort darauf ertönte Musik aus unsichtbaren Quellen, etwas Jazziges mit einem Beat.

Er sagte: „Genau das, was man sich in der Hölle anhören muss, gefesselt an einen Zahnarztstuhl."

„Pst, vielleicht werden wir abgehört."

Keeler sah sich um. „Wir sollten davon ausgehen, dass dem so it." Er setzte sich auf eine der Couches und öffnete eine Flasche Wasser.

Choi hatte keine Lust zu sitzen. Sie ging um die Rückseite der Couch herum, wo ein großer Flügel vor einem Panoramafenster stand, das auf das Pooldeck hinausging. Das Ding, das Keeler gesehen hatte, war da, und es war kein Poolspielzeug.

Sie sagte: „Keeler."

In einer Sekunde war er an ihrer Seite, durch ihren Tonfall aufgeschreckt. Er fragte nicht, was sie wollte, sondern schaute mit ihr durch das Fenster auf den Körper eines Kindes, das auf dem kalten Stein lag. Ein Mädchen mit langen dunklen Haaren in einem rosa Fleece-Onesie, vielleicht zehn Jahre alt. Das Blut sammelte sich unter ihrem Kopf und floss in einem dünnen Rinnsal in die Auffangrinne des Infinity-Pools.

Keeler zog eine der Pistolen aus seinem Hosenbund und ließ den Schlitten zurückschnellen. Er blickte sie an, und sie tat dasselbe mit ihrer Waffe. Choi lief ein Schauer über den Rücken, und es fühlte sich unanständig gut an.

KAPITEL 27

S ie ließ sich von Keeler auf die andere Seite des Raumes drängen. Sie fragte sich, warum er sich dorthin bewegte, doch dann wurde ihr klar, dass es an der gebotenen Deckung lag. Zuerst dachte sie, dass eine Kugel von überall herkommen könnte. Sie fragte sich, wohin der Diener gegangen war, und ob er ein Feind war. Keeler legte ihr eine große, beruhigende Hand auf die Schulter.

Er zeigte auf die Waffe, die sie in der Hand hielt. „Kennst du dich damit aus?"

Choi schluckte und atmete tief durch. „Ja, die kenne ich."

„Ich habe langsam das Gefühl, dass ich immer fünfzehn Minuten zu spät zu den Leichen komme."

Sie reagierte nicht, zu sehr damit beschäftigt, mit der Angst fertig zu werden. Das anfängliche Kribbeln im Rücken hatte sich ausgebreitet, und jetzt fühlte sie eine seltsame Taubheit.

Choi schüttelte sie ab. Sie sagte: „Was ist mit dem Kerl, dem Diener?"

„Ich weiß es nicht. Wir werden das Haus räumen und sehen, was hier los ist. Ich führe, und du bleibst bei mir, die nicht schießende Hand greift hinten in meinen Hosenbund."

Er zog daran. „Genau hier. Du brauchst nicht an mir zu ziehen, stell nur sicher, dass wir in Kontakt sind. So kann ich draußen agieren und weiß, dass du bei mir bist, ohne nach dir suchen zu müssen. Verstanden?"

„Ja."

„Sieh zu, dass du uns den Rücken deckst."

„Okay."

Sie bewegten sich schnell durch das Erdgeschoss, gingen von Raum zu Raum und folgten Keelers Methode. Sie hielt sich am Bund seiner Jeans fest und spürte mit dem Rücken ihrer Finger und Knöchel die aufgespannten Muskeln, die sich unter seiner Haut bewegten. Es war gar nicht so einfach, jemandem so den Rücken zu decken, wahrscheinlich etwas, wofür diese Jungs monatelang trainiert hatten. Sie tat ihr Bestes, hielt sich fest und bewegte sich vorwärts, während sie sich gleichzeitig umdrehte, um hinter sich zu sehen.

Nach einer Weile gewöhnte sie sich an die Bewegung. Sie passte ihre Schritte an, und sie begannen sich schneller zu bewegen.

Es gab nicht viele wirkliche Zimmer. Das Haus hatte ein modernes Konzept für offene Räume, was bedeutete, dass es Bereiche mit vielen Ecken und Winkeln und dann einen Abschnitt mit normalen Zimmern abseits der Korridore gab. Keeler bewegte sich geschmeidig und leise. Sie ließ sich auf seinen Rhythmus ein, und seltsamerweise fühlte sich die Aktion gut an, wie eine choreografierte Routine, die sich langsam einspielte.

Im Erdgeschoss war nichts zu finden. Keine Spur von dem Diener. Aber sie sahen, dass die Eingangstür einen Spalt offenstand.

Keeler sagte: „Der Kerl hat uns wahrscheinlich hierhergebracht und ist dann abgehauen."

„Warum?"

„Ich bin sicher, wir werden es herausfinden."

Eine schicke Schwebetreppe führte von dem riesigen

Wohnzimmer mit der hohen Decke zu einem Zwischenge-schoss darüber. Die zweite Leiche lag auf dem Treppenabsatz, ein Teenager, der auf dem grauen Teppichboden ausgestreckt lag. Man hatte ihm zweimal in den Rücken geschossen, ein Arm war unter den Oberkörper eingeklemmt und das rechte Bein stand in einem unmöglichen Winkel ab.

Sie bemerkte, dass Keeler sie beobachtete, um zu sehen, wie sie mit der Todesszene umging.

Choi sagte: „Keine Sorge. Heute ist schon mein zweiter Tag."

Er schnaubte, offenbar zufrieden mit dieser Antwort.

Auf der rechten Seite war ein geräumiges Badezimmer mit einer eigenen Sauna und einem Whirlpool unter einer verspiegelten Decke ausgestattet. Keine Biomasse in der Sauna, und nichts, was tot im Whirlpool schwamm. Keeler nahm Blickkontakt auf, und der Gestank traf sie wie ein Hammer, Tod und andere Dinge, beißend und falsch.

Er zögerte nicht. Er bewegte sich in das angrenzende Hauptschlafzimmer, dann zog er sich zurück und stieß sie aus der Türöffnung.

„Das willst du nicht sehen."

Sie blinzelte und blieb standhaft. „Ich muss es sehen."

———

Doktor Fatih Erkin hing in der Mitte des Raumes. Unter der Leiche hatte sich sein Blut gesammelt, dickflüssig und schwarz, es war von außen nach innen geronnen, ein Effekt, den sie aus den Lehrbüchern kannte, aber noch nie selbst gesehen hatte.

Ein Tampen war um einen Sparrenbalken geschlungen und an Hals, Hand- und Fußgelenke des Chirurgen gebunden worden. Es handelte sich um eine ausgeklügelte Anordnung von Knoten und Schlaufen, bei der sich der Mann selbst erstickt, wenn er sich wehrt. Ein Mann wird auf diese

Weise aufgehängt, und einer der Folterer hält das andere
Ende der Leine und lässt das Opfer das Gewicht auf seinen
Füßen tragen, wenn es kooperativ ist. Wenn nicht, kann das
Gewicht schnell auf die verletzlichen Handgelenke und den
Hals verlagert werden.

Zusätzlich zur Strangulierung hatte sich jemand mit
einem Messer ans Werk gemacht.

Die genauen Details waren durch das ganze Blut schwer
zu erkennen. Keeler bemerkte es sofort, aber Choi brauchte
länger. Sie zuckte mit einem unwillkürlichen Keuchen
zurück, wandte sich ab und taumelte zur Tür, um Luft in ihre
Lungen zu saugen.

Es war nicht nur eine einfache Messerarbeit, der Täter war
ein wahrer Künstler mit ernstzunehmenden Fähigkeiten
gewesen. Er hatte die Klinge zwischen Erkins Epider-
misschichten geführt und die Haut vom Rumpf abgezogen,
von den oberen Brustmuskeln abwärts, so dass durchschei-
nende Schichten über Erkins Genitalien baumelten.

Es sah so aus, als hätte sich diese Szene langsam
abgespielt.

Der Junge auf dem Treppenabsatz war auch nicht gerade
eben erst erschossen worden, Keeler schätzte, dass es vielleicht drei Stunden her war. Das ist eine lange Zeit, um
langsam erwürgt und gehäutet zu werden. Noch schlimmer
war die andere Sache, der unmenschliche Leichnam, der
Erkins Kingsize-Bett belegte. Chois Augen tränten, sie waren
bereits rot und geschwollen. Sie zwang sich, die schrecklichen
Dinge zu sehen, die diese Leute der Frau des Arztes angetan
hatten, während er vermutlich gezwungen worden war,
zuzuschauen.

Ihr nackter Leichnam war bereits starr geworden. Die
blasse Haut war mit Blut verschmiert, schwarz und geronnen.
Die Arme und Beine waren gespreizt und an den vier
Eckpfosten festgebunden. Sie sah nicht mehr ganz menschlich
aus. Keeler zwang sich, die Leiche gründlich anzusehen. Die

Täter hatten sie so brutal vergewaltigt, dass ihre Genitalien nicht mehr zu erkennen waren, was darauf schließen ließ, dass sie Werkzeuge benutzt hatten.

Eine kalte Wut überkam ihn. Er sah, dass Choi das Gleiche durchmachte und vor Wut zitterte. „Wir müssen diese Leute aufhalten."

Keeler hatte schon Schlimmeres gesehen, aber nicht viel. Er wusste auch, dass so etwas an manchen Orten und in bestimmten Situationen üblich war, ein Teil des menschlichen Verhaltens, der eigentlich nur die andere Seite der Freundlichkeit war. Wie dieser Gott Janus, mit den zwei Gesichtern.

Erst das Team in Canada, eine Überwachungsaktion, bei der Bilder des Arztes und einer jungen Patientin auftauchen. Und jetzt das. Keeler konnte sich des Verdachts nicht erwehren, dass seine eigene Beteiligung Erkin irgendwie zu diesem Schicksal verdammt hatte. Die andere Frage war, warum er und Choi überhaupt von diesem jungen Mann in das Haus eingeladen worden waren.

Vielleicht hatte ihr Auftauchen die Mörder überrascht. In diesem Fall wären Keeler und Choi in das Haus gebracht worden, und die Mörder hätten sich in der Zwischenzeit aus dem Staub gemacht. Aber das spielte jetzt keine Rolle mehr; sie mussten hier weg.

Er sagte: „Lass uns von hier verschwinden."

Als sie das Haus verließen, spielte immer noch die Musik, und es war immer noch kühl, aber das Haus wirkte nun gespenstisch. Der Gestank von Mord begann sich zu verdichten und zu verbreiten, trotz der Geräumigkeit des Hauses. Ihm kam der Gedanke, dass dieses Haus irgendwann verkauft werden würde. Es würden wieder Menschen darin wohnen, die ihr Leben weiterführen und die Vergangenheit verdrängen würden.

Sie verließen das Gebäude durch die Vordertür. Draußen war nichts los, es war eine klare und kühle Nacht in den Vororten von Ankara. Sobald er die Haustür geschlossen hatte, war die Musik von drinnen verstummt und wurde durch gelegentliche Eulenrufe und Hundegebell ersetzt. In der Ferne war das Geräusch des Verkehrs auf einer unsichtbaren Autobahn zu hören, ein nicht enden wollendes Rauschen von Reifen auf Asphalt.

Das Tor hatte einen Knopf an der rechten Steinsäule. Keeler drückte ihn und die Schranke schwang auf.

Choi sagte: „Zurück zum Bus?"

Er schüttelte den Kopf. „Nicht zum Bus. Wir gehen zu Fuß."

Die Straße war asphaltiert und hatte einen Schotterstreifen. Hunde bellten aus Vorstadthäusern, die hinter Mauern und Gärten lagen. Sie befanden sich auf einem Bergrücken und blickten über eine Ebene. Unten tauchten neue Hochhäuser vor einem flüssigen Strom von Scheinwerfern auf, Autos, die Kilometer fraßen und sich fortbewegten.

Sie hörten ein Fahrzeug, das sich von hinten näherte. Choi sah ihn besorgt an, ihr Gesicht war in der Dunkelheit so blass, als hätte ihre Haut eine innere Lichtquelle. Keelers Finger legten sich um den kräftigen Griff der VP9. Er zog sie aus dem Hosenbund, eine Patrone war bereits in der Kammer, und ließ die Hand nach unten hängen, verdeckt durch das Bein. Er gab Choi ein Zeichen, ruhig zu bleiben und weiterzugehen, während er über das Timing nachdachte. Wann der Moment kommen würde, sich umzudrehen und durch die Windschutzscheibe zu schießen.

Das Fahrzeug gab Lichtzeichen, beschleunigte und fuhr auf die beiden zu. Keeler drehte sich um. Es war ein schwarzer Mercedes, ein S-Modell. Das Fenster surrte, und auf dem Beifahrersitz saß der silberhaarige Mann aus der Klinik, der ihn durch die stählerne Pilotenbrille ansah.

„Einsteigen", sagte er. „Wir haben nicht viel Zeit."

Noch bevor er das letzte Wort ausgesprochen hatte, rammte Keeler ihm den Lauf der H&K in die Stirn. „Rede."

Der Mann hielt Augenkontakt, kein Funke von Sorge in

seinem Ausdruck. „Dort hinten liegen vier Leichen, zwei davon haben Eintrittswunden, die von einer identischen Waffe stammen, wie die, die Sie gerade in der Hand halten. Ich habe Ihnen noch mehr zu erzählen, aber wir sollten diesen Bereich so schnell wie möglich verlassen, und das nicht nur um Ihretwillen."

Der zweite Mann, der am Steuer saß, trug einen Kopfverband. Er sah nicht sehr glücklich aus.

Keeler dachte darüber nach, kam zu dem Schluss, dass der Mann recht hatte. Er dachte auch, dass, wenn er ehrlich zu sich selbst war und seine Intuition sprechen ließ, dieser Typ kein Gegner war. Nicht im strengen Sinne von Feind oder Freund.

Er warf einen Blick zurück auf Choi, die aussah, als hätte sie Fragen und Bedenken. Für ihren zweiten Tag machte sie sich gut. Er ließ die Waffe sinken und öffnete die hintere Tür des Mercedes für sie.

Sie fragte: „Was ist hier los?"

Er sagte: „Steig einfach ein."

Er beobachtete den Konflikt, der sich auf ihrem Gesicht abspielte. Sie war nicht von Natur aus unterwürfig und klug und kompetent, aber selbstbewusst genug, um schwierige Entscheidungen zu treffen, z. B. wann man jemandem vertrauen sollte. Sie nickte knapp. Sie schlüpften auf den Rücksitz, und der Mann mit dem bandagierten Kopf gab Gas, ohne auch nur zu warten, bis die Tür geschlossen war.

Choi stieß ihn mit dem Ellbogen in die Rippen und zischte ihn an. „Wer sind die?"

Er sagte: „Die Frage ist noch offen, aber ich nehme an, dass sie sich in Tel Aviv auskennen."

Der silberhaarige Mann drehte sich um und hob einmal schnell die Augenbrauen, wie ein Ausdruck von Humor. Als ob die Welt trotz all dieses Tötens und Sterbens weitergehen müsste.

Er sagte: „Ich kann das weder bestätigen noch dementieren." Er streckte eine Hand zurück und wandte sich an Choi. „Ich bin Joe."

Sie nahm ihn. „Hi, Joe."

Keeler öffnete das Fenster, um die Luft hereinströmen zu lassen, kühl und sauber da draußen in den Hügeln. Er hatte die Pistole auf dem Schoß, ließ die Patrone wieder ins Magazin klicken und verstaute die gesicherte Waffe auf dem Sitz unter seinem Oberschenkel.

2

SPARROWHAWK

KAPITEL 28

ünf Autominuten von Dr. Erkins Haus entfernt
fuhren sie von den Hügeln hinab und auf einer
Serpentine hinunter, wo sich die grellen und
flackernden Polizeilichter an der steilen Felswand spiegelten.

Joe öffnete das Handschuhfach und zog ein gefaltetes
Quadrat aus cremefarbenem Stoff heraus. Er reichte es an
Choi zurück.

„Weißt du, wie man das macht?"

Keeler beobachtete, wie sie die Hijab-Kopfbedeckung
entfaltete und das Tuch geschickt so zurechtrückte, dass es ihr
Haar und ihre Ohren locker bedeckte. Joe nickte zufrieden
und wandte sich nach vorne. Sie bogen um eine letzte Kurve,
und unter ihnen befand sich eine Kreuzung, an der es von
Sicherheitsfahrzeugen und -personal wimmelte.

Joe öffnete das Fach zwischen sich und dem Fahrer mit
dem Kopfverband. Der Hohlraum hatte einen doppelten
Boden und darunter ein zweites verstecktes Fach. Keeler
verstand und übergab die Waffe. Er gab Choi ein Zeichen,
dasselbe zu tun.

Sie reihten sich in eine Reihe von Fahrzeugen ein, die den
Kontrollpunkt passierten. Joe zündete sich eine Zigarette an

und kurbelte sein Fenster herunter. Er stützte sich mit dem Ellbogen auf die Fensterbank, sog an der Zigarette und blies eine dichte Rauchwolke aus. Keeler bemerkte, dass er Gebetsperlen in der Hand hielt und die polierten Holzkugeln wie ein Einheimischer durch die Finger gleiten ließ.

Joe sagte: „Sie werden nach zwei Personen suchen, nicht nach vier."

Ein uniformierter Polizist zeigte auf ihr Fahrzeug und winkte sie zum Anhalten. Drei Männer kamen auf den Mercedes zu, untersuchten ihn aus verschiedenen Blickwinkeln und starrten durch die Fenster. Der Mann mit dem Kopfverband brachte den Wagen zum Stehen und ließ das Fenster herunter. Der Polizist hatte ein MPT-Sturmgewehr umgehängt, türkisches Militär nach NATO-Standard. Er trat zur Seite, und ein älterer Mann in Zivilkleidung näherte sich. Der Mann trug eine Handfeuerwaffe an der Hüfte und sah aus wie jemand, der Befehle geben konnte.

Er schaute durch das offene Fenster herein und sprach mit dem Fahrer auf Türkisch.

Der Fahrer beugte sich vor, um den Kofferraum zu öffnen. Hinter ihnen waren mehrere Uniformierte mit dem Inhalt beschäftigt. Der Fahrer holte seine Ausweispapiere heraus und Joe kramte im Handschuhfach nach dem Fahrzeugschein. Der Mann in Zivil überprüfte die Papiere und reichte sie zurück.

Joe lehnte sich über den Schoß des Fahrers und sprach mit dem Sicherheitsmann. Er musste etwas Lustiges gesagt haben, denn der Mann lächelte. Joe bot eine Zigarette an, die er mit einer Geste ablehnte. Der Kofferraum wurde geschlossen, und sie wurden weitergewunken.

Der Mercedes fuhr vorwärts. Das Fahrerfenster surrte, und weder der Mann mit dem Verband noch Joe gaben eine Erklärung dazu ab, was gerade geschehen war. Als sie die Stadt erreichten, reichte Joe ihnen zwei schwarze Kapuzen nach hinten.

„Wenn es Ihnen nichts ausmacht."

Choi reichte ihm den Hijab zurück. „Ist das Ihr Ernst?"

Keeler sagte: „Zieh es an." Er wusste, dass dies eine Standardprozedur war. Ihre neuen Freunde wollten den Standort ihres Safe Houses nicht preisgeben.

Fünfzehn Minuten später wurden die Kapuzen abgenommen, und Joe gab die Waffen zurück. Inzwischen war der Mercedes in eine ummauerte Anlage irgendwo in der Stadt gefahren. Das Gelände hatte mehrere Nebengebäude, aber das Haupthaus war eine Villa mit rotem Ziegeldach. Joe führte sie hinein, wobei er leicht hinkte. Vorhin, als Keeler ihm von der Klinik zur Tiefgarage gefolgt war, war er nicht so gelaufen. Er ertappte Keeler bei seinem Blick.

„Mörsergranatsplitter in der linken Wade. Ich habe immer noch eine schöne Narbe. Jetzt können Sie meinen Körper identifizieren, falls etwas schiefgeht."

Joe öffnete die Tür, und Keeler ging hinter ihm hinein. Der Eingang war groß, aber das Erste, was ihm auffiel, war die große Frau mit kastanienbraunem Haar, Mitte dreißig, die im Torbogen zur offenen Küche stand und einen Teebeutel in eine große Tasse tauchte, ein Telefon zwischen Ohr und Schulter geklemmt, während sie Aha-Geräusche in einer anderen Sprache machte, vielleicht Türkisch. Sie sah Keeler in die Augen, dann wandte sie den Blick ab.

Die Augen waren grün, eingebettet in ein gut gebräuntes Gesicht.

Choi und Joe kamen nach ihm herein. Die Frau sagte noch etwas in das Telefon, dann ließ sie es von ihrer Schulter in ihre rechte Hand rutschen, während die linke Hand die Tasse hielt. Sie ging durch den Raum zu einer Tür und trat zweimal dagegen. Die Tür wurde von einem großen bärtigen Mann geöffnet, den sie ignorierte. Die Frau warf noch einen letzten Blick auf Keeler, bevor sie in einem Korridor auf der anderen Seite verschwand. Die Tür wurde geschlossen.

Joe verlor kein Wort über sie. Er führte Keeler und Choi in

einen Speisesaal, der in eine Mini-Einsatzzentrale umgewandelt worden war. Eine Frau und ein Mann, beide in den Zwanzigern, saßen Seite an Seite an einem Familienesstisch, schauten auf Bildschirme und tippten, wischten und murmelten sich gegenseitig etwas zu.

Keeler ließ seinen Blick über die Hardware schweifen. Laptops, große Computermonitore, eine Reihe von angeschlossenen und aufladenden Wegwerf-Handys sowie andere Objekte, die mit den Maschinen verkabelt waren: Kästen mit CPU-Kühlgebläsen, die mit speziell angefertigtem Silizium bestückte Leiterplatten, Speicherchips und Logikchips enthielten, die in Glasfaser und Kupfer eingepflanzt waren und visuell unmöglich zu identifizieren waren.

Ein dickes Stromkabel schlängelte sich über den Boden und führte durch ein weit geöffnetes Fenster hinaus. Ein superleiser Generator brummte. Diese Leute vermieden eine überschüssige Energiesignatur auf dem Grundstück, was in Anbetracht der Hardware auf Profis hindeutete.

Die beiden, die an den Tastaturen arbeiteten, sahen kurz auf, als Joe Keeler und Choi in den Raum führte, und klickten und wischten dann weiter. Joe legte der jungen Frau die Hand auf die Schulter und sprach mit ihr auf Englisch. „Zeigen Sie es ihnen."

Sie nickte und ihre Hände flogen wild über die Tastatur. Joe trat zurück und erlaubte Keeler und Choi, sich um den Bildschirm zu scharen.

Das Display zeigte mit Zeitstempeln versehene CCTV-Aufnahmen aus dem Haus von Dr. Fatih Erkin. Keeler und Choi liefen herum und folgten dem Diener, der sie ins Haus gelassen hatte. Die Frau ließ sie sich selbst beobachten, bis sie ein Nicken von Joe erhielt. Sie drückte eine Taste, und sie sahen sich die Leichen an: die beiden Kinder und dann das Schlafzimmer mit Erkin und seiner Frau. Der Zeitstempel blieb derselbe, verschiedene Kameras.

Joe sagte: „Wie Sie sehen, laufen Sie beide in Erkins Haus

herum, bei der ermordeten Familie. Ja? Es ist nicht sehr kompliziert."

Keeler sagte nichts. Das Videomaterial der Überwachungskameras brachte ihn und Choi eindeutig mit den Morden in Verbindung. Auf dem Bildschirm bewegten sich Keeler und Choi, die nun auf die erste Leiche am Pool aufmerksam geworden waren, taktisch durch das Haus und hielten ihre Waffen bereit. Aus der Sicht eines naiven Zuschauers sahen sie verdammt schuldig aus. Keeler verstand es jetzt, es war eine Falle.

„Zeigen Sie mir die Aufnahmen, bevor wir auftauchen."

Die Frau wandte sich an Keeler und zog eine Augenbraue hoch. „Sie hatten das System deaktiviert, bevor Sie aufgetaucht sind."

Joe sagte: „Wie es aussieht, hat die Gegenseite improvisiert, als sie Sie am Tor erkannte."

Keeler sagte: „Die Kamera der Gegensprechanlage." Er erinnerte sich an die ein oder zwei Minuten lange Pause, bevor sie eingelassen wurden.

Der junge Mann tippte einen Befehl ein. Auf den Bildschirmen war ein leeres Haus zu sehen, das einige Minuten vor den ersten Aufnahmen, auf denen Keeler und Choi herumliefen, aufgenommen worden war. Der Diener war auf den Aufnahmen zu sehen und bewegte sich vermutlich zur Haustür.

Choi sagte: „Und dann? Dieser Typ wird geopfert, um uns in eine Falle zu locken?"

Joe zuckte mit den Schultern. „Oder er ist bereits außer Landes, so dass ihn niemand mehr finden wird."

Keeler sagte: „Jemand aus dem roten Team ist ein Denker."

Joe sagte: „Oh, ja. Unterschätzen Sie den Feind nicht, gehen Sie davon aus, dass diejenigen auf der oberen Ebene genauso intelligent sind wie Sie." Er klopfte der Frau auf die Schulter. „Okay."

Sie griff nach der Tastatur und schnippte mit der Maus auf etwas herum.

Die gleiche Szene, Keeler und Choi bewegten sich. Mit dem Klicken einer Taste waren sie nicht mehr da, und das Haus war genau wie vorher, nur leer.

Joe sagte: „Und jetzt waren Sie nie dort."

Die Frau sah Keeler an und lächelte. „Zauberei."

Sie schaltete auf die Außenszene um, in der Keeler und Choi die Einfahrt hinaufgingen. Mit dem Klicken einer Taste waren sie verschwunden, die Szene war nun bukolisch und vorstädtisch, eine leere Einfahrt und Gärten. Der junge Mann, der neben ihr saß, verfolgte aufmerksam das Geschehen und genoss offensichtlich die Arbeit, die sie geleistet hatten.

Choi sagte: „Was, das ist nur eine Szene von vor unserer Ankunft?"

Keeler zeigte darauf. „Sieh dir den Zeitstempel an. Der gleiche wie vorher."

Die Frau sagte: „Richtig. Nicht gerade *nur eine Szene*."

Sie schnippte die Tasten hin und her, rief die Bilder von Keeler und Choi auf und ließ sie wieder verschwinden, wobei der Zeitstempel derselbe blieb.

Choi sagte: „Okay, aber wie machen Sie das?"

Die Frau sah zu Joe, der nickte. Sie sagte: „Wir sind mit dem Netzwerk verbunden, so dass wir Zugang zu früherem Filmmaterial haben. Ich habe eine Aufnahme von letzter Nacht gemacht, gleiche Zeit, ähnliches Wetter. Ich habe Sie aus der Szene gestrichen."

Der Mann neben ihr sagte: „Genau wie in Hollywood."

Was Keeler wusste: Die Technologie, mit der sie ihn und Choi von der Bildfläche verschwinden ließen, war nicht das Problem, sondern der Zugang zu den Kommunikationsnetzen. Er fragte: „Können Sie das speichern? Auf deren Servern?"

Joe sagte: „Zeigen Sie ihnen den Bus."

Sie strich über die Tastatur und die Überwachungskamera

des Busses erschien auf dem Bildschirm. Keeler und Choi auf dem Weg von der Stadt in den Vorort. Ein weiterer Tastendruck und sie waren nicht mehr da. Beeindruckend. Dieses Team war tief in die Überwachungsnetze des türkischen Sicherheitsstaates eingedrungen.

Die Frau gluckste. „Sehr gern geschehen."

Joe lächelte. „Mögen Sie türkischen Kaffee?"

KAPITEL 29

Sie saßen um den Kaffeetisch herum, und Joe bestand auf einer Art türkischer Kaffeezeremonie, bevor er zur Sache kam. Ein Teller mit Baklava und ein rundes Tablett mit dem dickflüssigen, dunklen lokalen Gebräu, das aus einer Bronzekanne in daumennagelgroße Porzellantassen gegossen wurde. Choi beobachtete, wie Keeler unbefangen drei Baklava-Gebäcke hintereinander verschlang, vielleicht mit einer Pause von zwei Sekunden zwischen jedem. Er machte Smalltalk mit Joe.

Sie beobachtete sie und wartete darauf, dass dieser Mann, der sich Joe nannte, zur Sache kam. Sie spielte mit und analysierte alles hinter einer unergründlichen Miene.

Zum Beispiel Keeler. Er war nicht der übliche Typ, den sie aus den Spezialteams kannte. Als DIA hatte sie ständig mit Militärs zu tun. Was für diese JSOC-Typen normal zu sein schien, war die Fähigkeit, etwas ohne großes Aufsehen zu bewerkstelligen. In den Situationen, in die sie gerieten, war es unerlässlich, dem Mann neben sich zu vertrauen. Niemand traut Bullshit, und wenn es hart auf hart kam, ist Vertrauen das Allerwichtigste.

Keeler war genau der Richtige dafür. Er machte keinen

Scheiß, er war ein Musterbeispiel für diese Eigenschaft. Aber es war nicht nur das, er hatte mehr Dimensionen als die meisten dieser Typen. Charisma und Charme, die aus einer breiteren Art von Intelligenz kamen. Er hatte die praktischen Fähigkeiten und die Begabung - und noch etwas anderes.

Das weckte alte Erinnerungen an ihr Studium. Sie hatte an der Johns Hopkins University einen Kurs in europäischer Philosophie belegen müssen, in dem sie den französischen Begriff *„je ne sais quoi"* gelernt hatte, was wörtlich übersetzt *„ich weiß nicht was"* bedeutet, sich aber auf dieses *„gewisse Etwas"* bezieht, von dem man weiß, dass es da ist, das man aber nicht in Worte fassen kann. Was war es, das sie an Keeler so anziehend fand? Es war mehr als körperliche Anziehung, von der sie wusste, dass er sie auch empfand. Es war eben *Je ne sais quoi.*

Sie knabberte an ihrem ersten Gebäck und nippte, der starke Kaffee schmeckte. Ein Bissen und ein Schluck waren genau das Richtige nach dem, was sie an diesem Abend bisher erlebt hatten. Joe erzählte ihnen, wie verrückt er nach türkischem Kaffee sei und dass man ihn sieben Mal aufkochen müsse. Er bluffte und erzählte Unsinn, wartete darauf, dass sie ungeduldig wurden, ein sicheres Zeichen dafür, dass er versuchte, sie zu verarschen.

Die große Frau, die vorhin telefoniert hatte, betrat den Raum und reichte Joe ein Tablet, beugte sich vor und sagte leise etwas in sein Ohr. Sie warf Choi einen halb neugierigen Blick zu und verschwand dann wieder. Sie hatte kastanienbraunes Haar, war groß, sah streng und diskret aus und hatte grimmige, hellgrüne Augen. Choi vermutete, dass sie Joes Vorgesetzte sein könnte. Es wäre eine gute Vorgehensweise, die Befehlskette vor rivalisierenden Agenten nicht preiszugeben.

Endlich war Joe bereit. Er sagte: „Gut." Dann fuhr er mit den Fingern über den Bildschirm des Tablets und hob eine Hand. Er hatte eine tiefe, knurrende Stimme, als hätte man ihm irgendwo in der Nähe des Sees Genezareth den Kehlkopf zerschossen. „Ich werde Ihnen einige Dinge von hohem Informationswert geben. Es gibt jedoch Dinge, die ich nicht preisgeben werde, zum Beispiel die Quelle der Informationen." Er zuckte mit den Schultern. „Das mag Ihnen nicht gefallen, und es tut mir leid. Sie werden selbst entscheiden müssen, was Sie mit den Informationen, die ich Ihnen geben werde, anfangen wollen."

Choi wählte einen lässigen Ton. „Nur zu, Joe. Zeigen Sie uns, was Sie für uns haben."

Er nickte und stellte das Tablet so auf den Couchtisch, dass es jeder sehen konnte. Choi rückte ihren Stuhl zurecht, spürte Keelers Blick auf sich und funkelte ihn an, bevor sie sich auf die Bilder konzentrierte.

Joe machte sich an die Arbeit, strich mit den Fingern über den Bildschirm des Tablets, drückte und spreizte Daumen und Zeigefinger und wischte dann nach links. Er landete auf einem Bild, das sie wiedererkannte: der bärtige Mann von den Überwachungsfotos in der Klinik. Der Mann, der die junge Frau mit der Nasenkorrektur begleitet hatte, wie Keeler gesagt hatte, entweder Bodyguard oder Entführer.

Joe zeigte auf das Foto des bärtigen Mannes. „Darf ich vorstellen: Amal Nizar Ezzedin, geboren in dem südlibanesischen Dorf Ain Qana, jetzt ein hochrangiger Kommandeur der Hisbollah. Er untersteht direkt Sayyid Hassan Nasrallah." Er sah Choi an. „Generalsekretär der Hisbollah, ja?"

Ein großer Name. Choi hielt ihren Ausdruck neutral. „Fahren Sie fort."

Joe leckte sich über die Lippen. „Als Mughniyeh 2008 getötet wurde, stieg Ezzedin die Leiter hinauf. Kleiner Fun Fact, er war vor zehn Jahren Meister im libanesischen Schießsportverband und trainiert offenbar immer noch gerne. Jetzt kümmert er sich um spezielle Projekte für Nasrallah." Joe sah sie an, um sicher zu sein, dass sie verstanden hatten, was das bedeutete.

Choi kannte die Politik des Nahen Ostens besser als die meisten anderen. Hisbollah, die Partei Allahs, eine libanesische schiitische militante Gruppe und der wichtigste politische Akteur in Beirut. Die Hisbollah war nicht nur eine Macht im Libanon, sondern auch ein wichtiger iranischer Stellvertreter, der vom Korps der Islamischen Revolutionsgarden (IRGC) finanziert, unterstützt und zeitweise auch befehligt wurde.

Joe wischte über den Bildschirm des Tablets zu einem Foto der jungen Frau, die im Mittelpunkt des Geschehens in der Klinik gestanden hatte und bei der eine Nasenkorrektur vorgenommen worden war.

Er sagte: „Laut den Büchern von Zaros Aesthetica ist dies Fizza Hamieh, dreiundzwanzig Jahre alt. Wir glauben, dass dies ein Deckname ist. Ihre wahre Identität ist derzeit nicht bekannt." Er wischte zwischen den beiden Bildern hin und her. Ezzedin und Hamieh, der bedrohliche Mann mit dem Bart und die junge Frau. „Im Moment ist es ein Rätsel. Auf der einen Seite haben wir Nasrallahs Mann in Ankara, auf der anderen Seite eine junge Frau, die offensichtlich von einiger Bedeutung ist. Ist sie nur für Ezzedin wichtig, oder handelt er im Auftrag seines Chefs? Darauf haben wir derzeit keine Antworten."

Choi blickte Keeler an und setzte ein Pokerface auf. Sie ahnte, was er denken mochte. Die Frau, die bei Çankaya gestorben war, hatte sicherlich das Gefühl gehabt, dass das Mädchen wichtig war, zumindest wichtig genug, um einem harten Kerl wie Keeler ein Gelübde abzuringen. Nach dem, was er ihr erzählt hatte, war dieses Gelöbnis eine persönliche Angelegenheit gewesen: Hilf dem *Mädchen*.

Joe füllte einige Lücken, aber sein Team hatte nur begrenzte Informationen. Wusste er überhaupt von dem Safe House in Çankaya? Die andere Sache war die Verbindung zur Hisbollah. Dies war eindeutig der Köder, den Joe auslegte. Nasrallah, der Anführer der Hisbollah und vielleicht der meistgesuchte Mann der Welt, lebte vermutlich seit dem Krieg zwischen Israel und der Hisbollah 2006 buchstäblich im Untergrund.

Joe lehnte sich zurück, mit einem Blick, der so viel ausdrückte wie „was sagt ihr dazu?" Er zündete sich eine Zigarette an, beugte sich vor und nahm einen Schluck von dem starken, süßen türkischen Kaffee. Das Gesicht von Kathy Jensen tauchte für einen Moment in Chois Gedanken auf, und mit ihm eine Frage: *Würde diese Information einer DC-Hure Angst machen?*

Wahrscheinlich nicht.

Choi sagte: „Halbwegs interessant. Was erhoffen Sie sich, Joe? Dass wir dort hineingehen und die Punkte miteinander verbinden? Wenn Sie etwas über dieses Mädchen wissen wollen, gehen Sie in die Klinik und entnehmen Sie etwas DNA, gleichen Sie sie mit Ihrer Datenbank ab und schicken Sie sie an die CIA. Vielleicht kommt etwas dabei heraus."

Keeler sah Joe an und tauschte einen bedeutungsvollen Blick aus, der ihr nicht gefiel.

Sie sagte: „Was?"

Keeler sagte: „Was ich dir nicht gesagt habe, ist, dass ich Joe in der Klinik getroffen habe." Er wandte sich an Joe. „Sie hat recht, warum haben Sie keine Probe von dem Mädchen genommen?"

Joe hustete und drückte die Zigarette aus. „Wir haben es versucht, aber es hat nicht funktioniert. Ezzedin und das Mädchen waren immer zusammen. Er hatte Männer, die sie immer im Auge hatten, und andere, die vor ihnen hergingen, um sie zu überwachen. Wir schätzten die Situation als heikel ein."

Choi fragte: „Was ist mit den Bioabfällen, konnten Sie die nicht erreichen?"

Er winkte mit einer Hand. „Auf keinen Fall. Deshalb haben sie diese Klinik gewählt. Alles, was bei dem Eingriff an biologischem Material anfällt - Blut, Flüssigkeiten, Zellmaterial, Haare, was auch immer - wird an Ort und Stelle in einer eigens dafür gebauten Maschine verbrannt, direkt im Operationssaal. Sie haben Personal, dessen einzige Aufgabe die Beseitigung von DNA-Spuren ist."

Keeler sagte: „Sie hätten sich für etwas Aggressiveres entscheiden können."

Joe zündete sich eine weitere Zigarette an und rauchte sozusagen Kette. Er sah zu Keeler auf. „Hören Sie, wir sind nicht in dieser Situation. Die Leute zu Hause wollen nicht, dass ich diese Operation weiterführe; sie sagen mir, ich soll mich zurückziehen. Das ist eine, wie soll ich sagen, eine Spekulation." Er nahm einen Zug und schüttelte den Kopf.

Choi lehnte sich zurück und glaubte nun zu verstehen, was Joe sich erhoffte. Er setzte darauf, dass das Mädchen von Bedeutung war, und hoffte, dass er sie benutzen konnte, um Nasrallah unter Druck zu setzen. Das Problem war nur, dass er das Mädchen nicht hatte.

Sie sagte: „Okay, Joe, Hassan Nasrallah und diese junge Dame, ich hab's kapiert. Es ist irgendwie heiß, aber belanglos wenn ich das mal so sagen darf." Sie verzog das Gesicht säuerlich. „Es hat Sexappeal, kein Zweifel. Aber es ist mehr *Vogue* als *Hustler*. Ich frage mich: Na und? Warum sollte mich das interessieren? Zeig mir das Bild zum Ausfalten, Joe. Das in der Mitte der Zeitschrift."

Sie sah das Funkeln in Keelers Augen, er mochte ihre Frage, sah sie an und bewunderte sie. Da wurde ihr ganz warm ums Herz, und sie fühlte sich gut. Sie beobachtete Keeler, der sich genüsslich auf dem Sofa zurücklehnte. Er steckte sich noch ein Baklava in den Mund.

Joe lachte und stellte die Tasse ab. Er drückte seine Zigarette im Aschenbecher aus.

„Sie klingen wie mein Chef, ein harter Hund. Ich bringe Ihnen einen Diamanten, und Sie sagen mir, es sei Scheiße. Bist du nicht deshalb zu dem guten Dr. Erkin gegangen, um das herauszufinden? Warum sonst waren Sie denn dort oben auf dem Hügel?" Er sah Keeler an. „Sie haben doch daran geglaubt. Ich war auch mal Soldat, bin aus dem gleichen Stoff. Sie haben das doch auch, oder?" Er klopfte sich auf den Bauch. „Bauchgefühl eines Soldaten."

Keeler sagte: „Sicher, aber das Problem ist, dass Sie nur die Hälfte der Informationen haben. Wie meine Begleiterin gerade sagte, es ist belanglos."

Joe sagte: „Sie wollen noch mehr?" Sowohl Choi als auch Keeler blieben still. Joe lächelte. „Ich habe noch mehr, keine Sorge, meine Freunde. Ich bin nicht mit einem halben Kasten Bier auf die Party gekommen."

Seine Finger fuhren erneut über den Bildschirm des Tablets. Joe drehte das Gerät um, damit sie das bildschirmfüllende Foto eines Mannes sehen konnten, der an den Knöcheln an einen Pfahl im Boden gekettet war. Er war schmutzig, nackt, blutig und sah aus wie aus dem Nahen Osten.

„Kennen Sie diesen Mann?"

Choi tat es nicht, aber Keeler schoss vor. „Zeigen Sie mal her."

Joe reichte ihm das Tablet. Keeler kniff seine Finger zusammen und spreizte sie, um das Bild zu vergrößern. Er bewegte das Foto vorsichtig hin und her und untersuchte etwas. Er blickte Choi an. „Blutergüsse im Bauchbereich und das linke Bein sieht gebrochen aus."

Sie verrenkte sich den Hals und betrachtete das Bild, ohne zu verstehen, warum Keeler plötzlich so aufgebracht war. Sie sah den ungünstigen Winkel des Beins und die Verfärbung der Haut.

Joe, nickend. „Stumpfes Trauma am Torso. Nach unserer Analyse haben sie ihn mit einem Fahrzeug angefahren, um ihn auszuschalten."

Choi fragte: „Wer ist das?"

Keeler warf einen Blick auf Choi. „Er gehört zu uns", sagte er, offensichtlich wollte er vor Joe nicht mehr sagen. Sie musste den Zusammenhang selbst herstellen. Es war Karim

Ahmadi, der einheimische Mann, der von der CIA für ihre Straßenteams unter Vertrag genommen worden war, der Mann, der sich nicht gemeldet hatte.

Choi spürte ein brennendes Gefühl auf ihrem Kopf, ein Alarmzeichen. Was hatte dieses Arschloch Miller gesagt? *Er wird sich melden, wenn er bezahlt werden will.* So ein Drecksack.

Keeler sah Joe kalt an und fragte: „Woher stammt dieses Bild?"

„Wir haben einige der IRGC-Kommunikationskanäle abgehört. Dieses Bild wurde als abgefangenes Signal empfangen, neben anderen Daten, die ich nicht preisgeben werde." Er leerte den letzten Schluck seines Kaffees. „Dank Ihrer energischen Aktion vor dem Holiday Inn wissen wir jetzt, dass es sich bei ihrem Einsatzkommando in Ankara um Tadschiken handelt. Zumindest wurden die von den türkischen Sicherheitsdiensten geborgenen Leichen als solche identifiziert. Wir können davon ausgehen, dass sie unter dem Kommando des IRGC oder der Hisbollah stehen."

Keeler sagte zu Joe: „Wir sind interessiert." Aber Choi spürte seinen Blick auf sich, der sich hart und heiß in sie bohrte. „Stimmt's?" Er drehte sich wieder zu Joe um. „Wo halten sie den Mann fest?"

Choi verstand den Blick und die Hitze, aber sie war sich nicht ganz sicher, ob diese Information ausreichen würde, um die politischen Akteure zum Handeln zu bewegen, wenn man bedachte, was sie im Situationsraum in der Botschaft gehört hatte. Diese Leute würden jede mögliche Ausrede finden, um Risiken zu vermeiden.

Joe nahm Keeler das Tablet ab. Er drückte und fummelte auf dem Bildschirm herum, bis er ihnen eine Karte zeigen konnte, die auf einen Ort nahe der syrischen Grenze zur Türkei zeigte. „Im Moment wissen wir, dass sie Ihren Mann in dieses Dorf gebracht haben. Wir gehen davon aus, dass sie versuchen werden, so schnell wie möglich nach Syrien zu flüchten. Von dort aus, wer weiß."

Keeler fragte: „Was hält sie auf?"

Joe zuckte mit den Schultern. „Es gibt da ein paar Theorien." Er hob den Daumen. „Die Hisbollah und das syrische Regime sind im Norden nicht sehr beliebt, um es milde auszudrücken. Und ISIS wird jeden Gefangenen, der mit dem Regime in Verbindung steht, sofort hinrichten. Es wird also schwierig sein, durch den Norden zu kommen, aber natürlich haben sie Mittel und Wege." Er hob den Zeigefinger und legte ihn auf den Daumen. „Und dann haben wir noch Ihren verwundeten Freund. Sie würden ihn für wertvoll halten, und sie würden nicht glauben, dass er kein Amerikaner ist, wie Sie wissen." Er zuckte mit den Schultern. „Es ist möglich, dass Ihr Freund im Moment zu schwer verletzt ist, um ihn zu bewegen, oder dass es zumindest schwierig ist, ihn zu behandeln. Wir wissen es wirklich nicht."

Choi sagte: „Was wollen Sie, Joe?"

Er zuckte mit den Schultern. „Was ich will? Ich möchte, dass Sie Ihren Mann holen, und während Sie das tun, hätte ich gerne eine DNA-Probe von dem Mädchen. Wir glauben, dass sie bei ihnen ist."

„Und was dann?"

„Und dann werden wir sehen. Wenn die Probe ein gutes Ergebnis liefert, sind und nach oben keine Grenzen gesetzt."

Keeler sah sie an. Sie fing den Blick auf, und er neigte den Kopf nach draußen. Er wollte unter vier Augen mit ihr sprechen.

KAPITEL 30

Durch die Flügeltüren konnte Keeler sehen, wie Joe an einem Glas Cognac nippte. Die brünette Frau, die ihm das Tablet überreicht hatte, sprach, Joe hörte zu. Es kam Keeler in den Sinn, dass sie Joes Einsatzleiterin sein könnte.

Keeler nippte an dem Schluck Cognac, den Joe ihm eingeschenkt hatte, süß und stark. Er war kein großer Fan von dem Zeug, aber seine Mutter war Französin gewesen, also was soll's. Er hatte keine Ahnung von Parfüm, aber Choi trug etwas, das seinen Geruchssinn auf angenehme Weise beeinflusste. Selbst ohne sie anzusehen, hatte er eine genaue Vorstellung von ihrer Nähe.

Er hatte sie gefragt, was sie dachte, und sie hatte die Frage noch nicht beantwortet. Sie standen neben dem Poolhaus, etwa einen Meter voneinander entfernt. Der Pool selbst war mit einer dicken Plane abgedeckt und wartete auf den Frühling. Er konnte nicht umhin, die Logistik zu analysieren.

Die Villa wäre von einem Strohmann gemietet worden, jemandem, der keinerlei Verbindung zu dem Geheimdienst hatte, dem Joe und sein Team angehörten. Wie viele solcher Villen gab es in Ankara und in jeder größeren Stadt der Welt?

Spione, die sich gegenseitig ausspionierten und überwachten, um sich einen Vorteil zu verschaffen.

Und dazwischen gab es Menschen wie das junge Mädchen Fizza Hamieh. Was war ihre Geschichte, was ging ihr durch den Kopf?

Choi sagte: „Ich denke, es ist offensichtlich, dass wir damit zur Botschaft gehen. Wir müssen denen dort von unserem Kontakt mit diesen ..." Sie winkte mit der Hand in Richtung der Villa. „Israelis oder wer auch immer sie sind, erzählen. Ich weiß nicht, ob Miller anbeißen wird. Ich kann es auf meiner Seite die Leiter hochschicken, aber die DIA ist nicht sehr schnell." Sie deutete wieder auf die Villa. „Und all das ist sehr spekulativ. Ich weiß nicht, wie weit wir kommen werden, aber was kann schlimmstenfalls schon passieren?"

Er sah sie an, und sein schiefer Blick, schien zu fragen, wie naiv sie sein konnte. „Das Schlimmste, was passieren kann, ist, dass wir zurück in die Botschaft gehen und sie mich mit einem Haufen Marinewachen in ein Quartier sperren. Niemand unternimmt etwas. und Karim stirbt oder schlimmer noch, verbringt den Rest seines Lebens in einem Kerker. Er hat hier eine Familie. Karims Kinder wachsen ohne ihren Vater auf, möglicherweise ohne zu wissen, dass ihr Vater als Krieger starb. Sie wachsen in dem Glauben auf, dass er einfach verschwunden ist, sie vielleicht sogar verlassen hat. Das ist das Schlimmste, was passieren kann." Choi grinste. Er sagte: „Findest du das witzig?"

Sie sagte: „Nein, aber ich glaube, wir kommen weiter. Wenn das der schlimmste Fall ist, was ist dann der beste?"

Es war kein Nachdenken nötig, er hatte sich bereits für die beste Vorgehensweise entschieden. „Ich rufe Calcutti an, und wir trommeln das Team wieder zusammen. Wir ziehen irgendeinen Gangsterscheiß ab und holen Karim und das Mädchen da raus. Schicken die Iraner und ihr Stellvertreter-team in den Himmel oder ins Fegefeuer, oder wo auch immer sie nach ihrem Tod hingehen. Aus und fertig."

Sie warf ihm einen „*Du weißt es ganz genau*"-Blick zu und fügte hinzu: „Und diese Fantasie muss von oben genehmigt werden."

Er zuckte mit den Schultern. „Technisch gesehen schon. Ich weiß nicht, wie lange du schon dabei bist, vielleicht lange genug, um zu wissen, was möglich ist. Wie auch immer, du hast mich nach dem besten Szenario gefragt, nicht nach dem realistischsten." Er grinste sie an und war überrascht zu sehen, wie sie ihn beobachtete, plötzlich ruhig, ihre Körpersprache in sich gekehrt.

Choi lehnte sich gegen die Wand des Poolhauses. Als ihr Kopf gegen den Stein sank, fiel das Licht einer Außenlampe auf ihr Gesicht und beleuchtete perfekt die hohen Wangenknochen und den vollen Mund. Das Haar war zu einem Bob geschnitten, die Augen leuchteten aus den Schatten.

Sie suchte seinen Blick, und er konnte sehen, dass Choi errötete. Sie sprach einen Moment lang nicht, bis es fast unangenehm wurde. Dann sagte sie: „Was guckst du so?"

„Nichts."

Sie hielt den Blickkontakt aufrecht, bis sie den Kopf abwandte und mit einer schnellen Geste ihr Haar zurückschob. Das Licht fiel auf ihren Ringfinger und Keeler wurde abgelenkt, als er ihn betrachtete.

Sie sah ihn wieder an. „Okay."

Keeler sagte: „Okay, wir gehen rein und sagen ihnen, dass wir die Unterlagen wollen, die sie haben. Wir bringen sie in die Botschaft und schieben sie die Befehlskette hoch, mal sehen, was passiert. Richtig?"

Choi sah ihn an, und ihm wurde klar, dass sie nicht das mit *„okay"* gemeint hatte.

Sie sagte: „Sicher."

Er wandte sich der Villa zu. Sie griff nach seiner Jacke. „Warte."

„Was?"

Sie zeigte auf das Glas in seiner Hand. „Gib mir einen Schluck."

Er reichte ihr das Glas und beobachtete, wie sie es in einem Zug leerte. Offensichtlich trank sie nicht oft. Choi keuchte, ihr Gesicht errötete.

Sie trat näher an ihn heran, legte ihre Hand auf seine Brust und drückte ihn hart gegen die Wand des Poolhauses. Sie brachte ihren Mund zu seinem, suchend. Sie trafen sich, warm und willkommen, ihre Lippen waren zart und schmeckten nach Cognac. Er berührte ihre Hüfte und legte seine Finger auf ihren Hosenbund. Er ließ seine Hand weiter nach oben gleiten, bis er die erste Erhebung ihrer Brust berührte. Beide Hände legten sich flach auf seine Brust, die linke schlängelte sich nach oben und legte die Finger in seinen Nacken. Ihr Körper drückte hart gegen seinen, fast rücksichtslos. Weich. Der Kuss wurde eindringlicher, bis sie ihren Kopf einen halben Zentimeter zurückzog, die Finger fest in sein Hemd gekrallt.

„Das musste sein." Ihre Augen funkelten im Licht. „Du weißt schon, ich musste es aus dem System herausbekommen. Das war's also, okay?"

Er war sich nicht sicher, ob irgendetwas aus dem System heraus war, sagte aber nichts.

Sie sagte: „Ich bin noch nicht verheiratet, falls du dich das gefragt haben solltest."

„Das habe ich."

„Nun, ich bin noch nicht verheiratet, aber ich werde es bald sein."

„Herzlichen Glückwunsch."

„Und das habe ich noch nie gemacht, einen beliebigen Typen zu küssen."

„Es hat dir anscheinend gefallen."

Sie warf ihm einen Blick zu und schob ihn weg. „Ja, es war gut. Lass uns gehen."

KAPITEL 31

Sie ging zurück zur Villa, und Keeler sah ihr nach, atmete ruhig und brachte seinen Puls unter Kontrolle. Seine Gehirnchemie spielte verrückt, und es dauerte etwa zehn Sekunden, um sie durch seinen Körper zu spülen. Er lachte in sich hinein und dachte an Tina Choi. Manchmal passierte etwas einfach, ohne dass man je erfuhr wie oder warum.

Keeler schätzte eine achtzigprozentige Wahrscheinlichkeit, dass Joe und sein Team den Poolbereich überwachen ließen. Sie hörten zu, beobachteten ihn und Choi vielleicht sogar. Keeler interessierte das nicht, nicht einmal ein bisschen. Was ihn interessierte, war, Karim aus dem Loch zu holen, in dem sie ihn festhielten.

Als er das Bild von Karim gesehen hatte, der nackt und verletzt an einen Pfahl im Dreck gekettet war, wusste er, dass die Aussichten für den Mann nicht gut waren. Seiner Erfahrung nach kamen nur eine Handvoll Menschen aus einer solchen Situation lebend heraus. Meistens endeten sie tot und manchmal auch kopflos.

Er starrte in die Dunkelheit. Die Bilder stürmten auf ihn ein, die Situation außerhalb von Al-Khafsah, eine Woche zuvor in Syrien. Die ISIS-Leute waren unten am Fluss in einer Fischerhütte gewesen. Keeler erinnerte sich daran, wie es sich anfühlte, einem Mann ein Messer in die Kehle zu stoßen.

Keeler war aus dem Fluss gekommen und hatte sich wie ein Engel des Todes gefühlt. Seine Haut und seine Kleidung glänzten von dem nassen Schlamm, mit dem sich sein Team vor dem Angriff eingerieben hatte. Der ISIS-Typ aus England hatte vor seinen Freunden geprahlt und laut in seinem Londoner Akzent darüber gesprochen, was er mit den Mädchen machen würde, die sie mitgebracht hatten. Unwahrscheinlich, dass die Mädchen Englisch sprachen. Der ISIS-Typ war vulgär, betrunken und wie eine seltsame Vorstellung von einem islamischen Fundamentalisten gekleidet, im Grunde ein Verlierer aus London, der sich als Dschihadist verkleidet hatte.

Er bettelte geradezu nach der Klinge.

Keeler sah die Mädchen in der Hütte. Die ISIS-Männer hatten eine Szene aufgebaut, inspiriert von den Tausenden von Stunden Internetpornos, die diese Leute auf ihren Handys anschauten. Er hörte, wie die anderen Männer drinnen lachten und sich lautstark unterhielten. Sie kamen aus London oder den Pariser Vorstädten, Westler, genau wie Keeler, nur anders. Sie hatten einen faulen Ausweg aus dem Leben genommen und waren hierhergekommen, um das Land eines anderen zu zerstören, das Leben der Tochter eines anderen. Sie glaubten an nichts außer an die Macht, waren im Grunde Nihilisten.

Der Engländer ging nach draußen, um zu pissen. Keelers Messer stach in seinen Nacken wie eine lange Nadel, die sich durch Pudding schiebt. Er zog den Mann vom Deck in den Schlamm. Er drückte ihm ein Knie ins Gesicht und bestätigte die Tötung mit einem Handzeichen. Der Rest des Teams kam hinter ihm aus dem Fluss, die anderen ISIS-Männer starben, und die Mädchen wurden freigelassen.

Das war einfach und simpel gewesen und hatte nach Keelers Uhr genau zweiundfünfzig Sekunden gedauert.

Und jetzt das.

Die ganze Situation war von dem Moment an, als er das Safe House in Çankaya betreten hatte, FUBAR gewesen.

Jetzt war es noch schlimmer.

Es war nicht Joe gewesen, der das Safe House in Çankaya erwähnt hatte. Keeler hatte darauf gewartet, dass das in die Erklärung einfließen würde, aber das war nicht der Fall. Es war die große Frau von vorhin gewesen, mit dem kastanienbraunen Haar und den smaragdfarbenen Augen. Sie war in den Raum gekommen und hatte einen Moment lang dagestanden und sie angeschaut. Joe war überrascht gewesen, als sie sich einmischte und damit verriet, dass sie das Gespräch von einem anderen Raum aus mitgehört hatte.

Sie stellte sich nicht vor, sondern sah sie an und wandte sich an sie, als würde sie mit Schülern sprechen. „Sie wissen gar nichts über das CIA-Safe House in Çankaya, richtig? Sie verschweigen uns die Information nicht, Sie haben einfach keine Ahnung. Habe ich recht?"

Keeler und Choi blieben stumm. Joe schaute auf die Überreste einer Kaffeetasse, die er auf der kleinen Untertasse umgedreht hatte, und suchte im Satz nach zukunftsweisenden Mustern. Es war ihm fast peinlich. Die Frau hatte mit den Augen gerollt.

„Okay, also vielleicht können Sie nicht darüber reden, oder vielleicht wissen Sie es wirklich nicht." Sie sagte: „Also sage ich es. Diese Wohnung in Çankaya war ein CIA-Safe House, in dem Ihre Kollegen ein MEK-Team beherbergten. Die Leute, denen die Kehle durchgeschnitten wurden, gehörten zur MEK. Wissen Sie, wer das ist?"

Keeler sagte: „Nein."

Choi sagte: „Mujahedin-e Khalq. Eine militante iranische Oppositionsgruppe. Sie sind eine Art seltsame Sekte, die einst von der CIA als Terroristen eingestuft wurden, aber jetzt sind sie offenbar koscher. Die Israelis arbeiten innerhalb des Irans mit ihnen zusammen, und wir vermutlich auch."

Das Kinn der Frau senkte sich, nicht gerade ein Nicken, aber eine Geste, die an Zustimmung erinnerte. Sie beobachtete Keeler. „Die Tadschiken hatten den Befehl, ihnen die Kehle durchzuschneiden, denn für die Iraner sind MEK-Agenten Verräter und verdienen daher eine Sonderbehandlung. Nur damit Sie wissen, mit wem wir es zu tun haben. Es würde mich nicht überraschen, wenn zu dem Tötungsteam auch ein IRGC-Agent gehörte, dessen einziger Zweck es war, die rituelle Hinrichtung zu überwachen."

Keeler dachte an die Frau in Çankaya, die in ihrem Todeskampf auf der Straße zu ihm aufblickte und sich an sein Hemd klammerte. *Hilf dem Mädchen.* Wenn sie eine iranische Oppositionskämpferin war, warum kümmerte sie sich dann so sehr um das Mädchen?

Die große Frau ging weg und verschwand durch die Tür auf der anderen Seite des Wohnzimmers.

Joe sah auf, und seine Müdigkeit war ihm deutlich anzusehen. Er sagte: „Der Feind deines Feindes ist dein Freund."

Keeler kümmerte das nicht. Er war zu sehr damit beschäftigt, auf seine eigenen Leute wütend zu sein. Das Gespräch mit Joe und seinem kommandierenden Offizier hätte nicht notwendig sein müssen.

———

Es war nicht Joe, der sie zurückbrachte, sondern seine Vorgesetzte, die Frau mit dem kastanienbraunen Haar, die in einem staubigen russischen Lada 4x4 auf sie wartete, dessen Motor rumpelte und dessen Auspuffrohr schwarz und grau in die Nacht blies. Keeler saß vorne, Choi hinten und dachte nach.

Sie dachte vor allem an den Kuss. Zu fünfzig Prozent strategisch, zu fünfzig Prozent, weil sie es wollte. Schwer zu entscheiden, vielleicht ein bisschen mehr auf der Seite des Wollens, wenn sie ehrlich zu sich selbst war. Der strategische Teil war der Microdot-Tracker, den sie fest in den Aufnäher am Kragen von Keelers Hemd gedrückt hatte, während sie das andere tat, das Küssen.

Sie fühlte sich zu bösen Jungs hingezogen und wusste, dass man sie genau beobachten musste. Ein kleines Lächeln wanderte über ihre Lippen, die Erinnerung kam zurück.

Choi hatte einen weiteren Mikrodot, den sie nun unter dem Fahrersitz des Lada der Frau platzierte. Bei der DIA, bei MASINT vor allem, gab es diese Dinger im Büro wie Sand am Meer. Genauer gesagt, ein Mikrodot-Partikel-Sensor mit GPS-Ortungsfunktion, der für die Überwachung der Nichtverbreitung von Massenvernichtungswaffen entwickelt wurde. Nach sechs Monaten im Job war es das erste Mal, dass sie selbst einen solchen Sensor eingesetzt hatte.

Kaum zu glauben, aber besser spät als nie.

Die Frau setzte sie in der Innenstadt von Ankara ab. Choi stieg zuerst aus dem Lada aus und sah, wie die Frau eine Hand auf Keelers Arm legte und ihn festhielt. Sie gab ihm eine Visitenkarte. Choi sah sie im Seitenspiegel neben Keelers Tür und beobachtete, wie er die Karte las.

Sie ließ die Hintertür einen Spalt offen und lauschte dem Gespräch.

Die Frau sagte: „Rufen Sie die Nummer an und fragen Sie nach Ibrahim. Wir melden uns dann bei Ihnen."

Sie beobachtete, wie die Frau den Kopf in ihre Richtung bewegte.

„Komplizierte Arbeitsbeziehung?"

Choi spürte, wie sie errötete.

Keeler sagte: „Nein."

Die Frau sagte: „Nenn mich Ruth."

„Okay."

Choi wusste, was als Nächstes kommen würde, und sie verspürte einen kurzen Moment des Widerwillens gegen die Zukunft. Jetzt mussten sie nach Mitternacht zurück in die Botschaft eilen und sich mit einer so dicken Schicht von Mist herumschlagen, dass man sie nicht einmal mit einem Kampfmesser durchschneiden konnte.

KAPITEL 32

Ein theoretischer Punkt, der vom amtierenden Missionschef James Miller konkretisiert wurde.

Miller sprach mit Choi und ignorierte Keeler völlig, was Keeler die Gelegenheit gab, den Mann zu mustern.

Miller schwitzte am ganzen Körper und sah aus, als hätte er eine Begegnung mit dem Tod gehabt und im Tausch gegen das, was ihm von seiner Seele geblieben war, ein paar Stunden Aufschub bekommen. Keeler war ihm noch nie begegnet und hatte nur aufgrund seiner Stellung in der Bürokratie angenommen, dass er ein Arschloch war. Was er hier sah, war wirklich unglaublich, jenseits der Norm.

Zum einen war er offensichtlich in einem schlechten Gesundheitszustand, als hätte man ihn irgendwie vergiftet. Die Augen des Mannes waren rot, als ob alle Blutgefäße geplatzt wären. Er schien kurzatmig und hatte offensichtlich Mühe, Sauerstoff in seine Lungen zu saugen. Der Schweiß wies unter anderem auf einen hohen Puls hin.

Miller hatte vier Stunden gebraucht, um von seiner Wohnung zur Botschaft zu gelangen. In dieser Zeit hatten sich Keeler und Choi in den Gästeräumen der Botschaft ausgeruht. Da sie Zugang zu sauberen Laken, fließendem Wasser und Seife hatten, hatte Keeler sich ausgezogen und gewaschen. Jetzt fühlte er sich gut, sogar mit denselben alten Klamotten. Sauber und bereit für das, was als Nächstes kam.

Es war sechs Uhr morgens, und Miller blätterte schon seit zehn Minuten in einem Stapel von Dokumenten auf seinem Schreibtisch, ohne etwas zu sagen.

Joe hatte ihnen das Dossier gegeben: echtes Papier und Pappe und Druckerschwärze, oder was auch immer diese Dinger heutzutage zum Drucken verwenden. Das Dossier enthielt brisante Informationen. Eines der ranghöchsten Mitglieder der Hisbollah begleitete eine junge Frau, die unter falschem Namen in eine Klinik für kosmetische Chirurgie in Ankara reiste. Die Klinik war von einem MEK-Überwachungsteam überwacht worden, das von einem CIA-Safe House aus operierte. Dieses Team war ausgelöscht und rituell abgeschlachtet worden.

Weitere Dokumente zeigten, dass ihr Mann, Karim Ahmadi, verletzt war und unter schwierigen Bedingungen gefangen gehalten wurde. Man musste kein Genie sein, um zu vermuten, dass sie ihn über die Grenze nach Syrien bringen würden, wo sie ihn auf unbestimmte Zeit als Geisel festhalten könnten.

Die Liste war mehr als überzeugend.

Ein CIA-Unterschlupf wurde aufgelöst, ein Mitglied des Einsatzteams entführt, ein CIA-Mitarbeiter im Holiday Inn erschossen. Zusammen mit den Ereignissen, die sich beinahe im Haus von Dr. Erkin zugetragen hätten, ergab sich die Schlagzeile eines koordinierten Angriffs auf die Interessen der Vereinigten Staaten in der Region.

Je mehr er darüber nachdachte, desto mehr war Keeler von einem Komplott überzeugt. Die jüngsten Wahlen in den USA hatten eine Art politischen Nebel erzeugt, der einen perfekten Zeitpunkt bot, um amerikanische Interessen anzugreifen und damit davonzukommen. Für ihn war dies ein inakzeptables Ergebnis.

Diese Leute brauchten nachts um drei Uhr Besuch von einem Team von Hooligans. Calcuttis Team würde das schon schaffen, solange Keeler der Anführer mit dem Messer sein konnte.

Das war nicht das, was Miller festgestellt hatte. Seine erste Reaktion war Unverständnis gewesen. Die Informationen über Karim hatte er völlig ignoriert, als ob das keine Rolle spielen würde. Was den Hisbollah-Mann und das Mädchen betraf, so sah er einfach keinen Nutzen darin.

Miller winkte dem uniformierten Marineinfanteristen, der Keeler in der Botschaft beschatten sollte, träge zu. „Können Sie bitte draußen warten?"

Der junge Wachmann machte eine Kehrtwende und verließ den Raum, wobei er die Tür hinter sich schloss. Keeler und Choi wandten sich an Miller.

Er sagte: „Und?"

Choi hatte versucht, es zu erklären, ohne ethische Bedenken zu erwähnen, wie etwa ein junges Mädchen vor der Barbarei zu schützen. Sie blieb rational und realistisch wie ein guter Spion. „Es geht um ein Druckmittel. Wir haben es nicht auf den Hisbollah-Mann abgesehen, das kann eine Drohne erledigen. Wir wollen das Mädchen. Wenn sie für Nasrallah wichtig genug ist, um Ezzedin zu schicken, ist sie wahrscheinlich auch wichtig genug für uns."

„Wer sagt, dass Nasrallah ihn mit dem Mädchen geschickt hat?"

„Wir wissen bereits, dass Ezzedin Befehle von Hassan Nasrallah erhält. Er ist nicht hier, um Urlaub zu machen, Miller. Meiner Einschätzung nach wurde er auf Befehl geschickt. Es gibt hier etwas Wesentliches, dem wir nach-gehen müssen."

„Aha. Um was zu tun? Ich meine, wenn Sie es irgendwie schaffen, die Identität dieser Frau herauszufinden?"

Keeler hatte schon fast erwartet, dass Choi einfach weggehen würde. Dieser Typ war eindeutig nicht hilfreich. Wie sie es erklärt hatte, hat der Missionschef das letzte Wort bei geheimen Aktivitäten. Die Idee hinter diesem Protokoll war es, interne Streitigkeiten zwischen den Agenturen in Übersee, außerhalb von DC, zu vermeiden.

Die Lösung, zu der man gekommen war, bestand darin, den Botschafter zum letzten Schiedsrichter für Operationen in seinem Einsatzgebiet zu machen, mit ihm als Missionschef. Aber Miller war kein Kandidat für den Botschafterposten, er war ein Arschkriecher, der sich durch eine Verkettung von Ereignissen in der Rolle des Missionschefs wiedergefunden hatte.

Choi blieb hartnäckig. Sie versuchte zu lächeln. „Haben Sie Kinder, eine Familie?"

Miller hüstelte verärgert. „Ja."

„Würden Sie nicht alles für Ihre Kinder tun, Miller, für Ihre Familie? Verstehen Sie, was das für Folgen haben könnte? Das könnte uns einen großen Hebel in die Hand geben, den wir vielleicht sogar benutzen könnten, um jemanden ganz oben in der Hisbollah aufstacheln. Wer weiß, wozu Sie ihn bringen könnten, oder was er Ihnen gibt, oder welchen Forderungen er zustimmt. Stellen Sie sich vor, Sie kommen an die Mutter dieses Mädchens heran, und sie ist die Frau eines hohen Tieres im Libanon oder im Iran. Schiitische Frauen haben keinen öffentlichen Status, aber das bedeutet nicht, dass sie keinen Status oder keine Macht haben. Wenn Sie eine Familie haben, wissen Sie, wie das funktioniert."

Keeler betrachtete Chois linke Hand, den Verlobungsring. Sie hatte sicherlich konkrete Vorstellungen von Familie.

Miller hatte endlich eine annehmbare Sitzposition gefunden, die ihm vorübergehend Erleichterung verschaffte: hinter dem Schreibtisch auf dem ergonomischen Stuhl, leicht zurückgelehnt, um den Schein zu wahren und die aufkommende Übelkeit zu unterdrücken. Keeler und Choi standen auf dem Teppich vor ihm.

„Sie werden mich nicht auf einer rein geheimdienstlichen Basis überzeugen. Das ist nicht meine Aufgabe, das ist Ihre. Ich bin der Mission verpflichtet, und uns wurde klar gesagt, dass wir uns zurückhalten sollen. Wenn Sie das weiterverfolgen wollen, nur zu. Sie müssen durch die entsprechenden Kanäle gehen. Schicken Sie es durch die Leitung zur DIA." Er legte einen Finger auf das Dossier. „Anderson ist gefallen, und sein Assistent wurde gestern Abend abberufen. Ich werde das selbst nach Langley schicken." Er verzog das Gesicht zu einer skelettartigen Grimasse. „Mal sehen, was die sagen."

Choi stemmte eine Hand in die Hüfte, es war offensichtlich, dass sie nicht gerne bettelte.

Sie sagte: „Ich schicke es an meine Vorgesetzten, aber sie brauchen Zeit, um es zu analysieren und dann zu entscheiden. Wir werden erst in etwa achtundvierzig Stunden eine Antwort haben." Sie trat an Millers Schreibtisch heran. Stieß mit dem Finger auf das geschlossene Dossier. „Darum muss man sich sofort kümmern. Ezzedin hat das Mädchen an diesem Ort, genau jetzt. Und unseren Mann, Karim Ahmadi, in diesem Moment. Er versucht, sie nach Syrien zu bringen. Wir müssen ihn jetzt rausholen. Nicht morgen, nicht übermorgen."

Miller sagte: „Nicht *wirklich* unser Mann."

Keeler überlegte, ob er ihm den Kopf abreißen sollte, dachte aber, dass sich dies zwar unmittelbar gut anfühlen könnte, aber mittel- bis langfristig kontraproduktiv ausfallen würde.

Er wandte sich an Choi. „Lass uns gehen."

Choi warf ihm einen wütenden Blick zu, mit rotem Gesicht und glänzender Stirn. Sie drehte sich wieder zu Miller um.

„Ich berufe eine Dringlichkeitssitzung ein. Ich will Jensen

dabeihaben, den regionalen Sicherheitsbeauftragten und den Berater für politische Angelegenheiten."

Miller verbarg seine Gefühle, so gut er konnte. „Der Berater für politische Angelegenheiten ist in Istanbul. Wir können ihn aus der Ferne erreichen, aber er wird nicht in der Lage sein, sicher auf diese Dokumente zuzugreifen, bis er morgen wieder in der Botschaft ist. Es gibt einen Grund, warum wir den politischen Berater noch nicht hinzugezogen haben: Auf Wunsch der Unterstaatssekretärin für Politik haben wir diese Angelegenheit unter Verschluss gehalten. Kein Berater für Politik, kein regionaler Sicherheitsbeauftragter." Er öffnete seine Augen weit und breitete seine Hände wie ein Verkäufer aus. „Ich habe mir das nicht ausgedacht, Choi, okay? Das kommt direkt aus DC. Wenn Sie die Sache weiterverfolgen wollen, werde ich für Sie ein Treffen mit der Staatssekretärin arrangieren."

„Okay, tun Sie das."

Miller lächelte. „Gut. Ich werde sehen, wann sie verfügbar ist."

Falls Choi erwartet hatte, dass Miller in diesem Moment anrufen würde, hatte sie sich getäuscht. Er sagte: „Ich gebe Ihnen Bescheid." Und stand unsicher auf. „Wenn Sie mich entschuldigen würden." Er bewegte sich um den Schreibtisch herum in Richtung Badezimmer, wobei er sich mit einer Hand an den Möbeln und an der Wand abstützte.

Miller stieß die Tür auf und verschwand. Der Marinesoldat wartete draußen, die Hände auf dem Rücken, kerzengerade, aber entspannt, und stellte Augenkontakt mit Keeler her, der ihm zuzwinkerte. Keine Reaktion.

Choi zog an ihm. „Lass uns gehen."

Er folgte ihr durch die Tür. Der Marinesoldat stand aufrecht und hochgewachsen, sah aber dennoch entspannt aus.

Keeler wandte sich an Choi. „Als ich dir vorhin gesagt habe, wir sollten gehen, hast du fast geflucht, stimmt's?"

Sie sah verwirrt aus. „Nein. Das habe ich nicht."

Er nickte ihr zu. „Du warst aber nah dran."

Choi atmete durch die Nase aus, wie ein Schnaufer. „Du nimmst das nicht ernst."

„Oh, ich nehme es ernst genug. Mach du dein Ding. Ich hoffe aufrichtig, dass es funktioniert, aber ich habe meine Zweifel an der Fähigkeit solcher Leute, etwas Gutes in der Welt zu bewirken. Mir scheint, ein Typ wie Miller ist nur dazu da, im Weg zu stehen." Er gab Choi eine Chance, Einspruch zu erheben, aber sie nutzte sie nicht. „Die andere Sache ist, dass der Typ schwer krank ist. Er muss behandelt werden und ist derzeit nicht für den Posten geeignet, den er bekleidet. Ich habe Palpitationen beobachtet, und er ist kurzatmig." Keeler ruckte mit dem Kopf in Richtung der Toilette, in die Miller geflüchtet war. „Habt ihr Leute eine Art Protokoll für so etwas?"

„Ich weiß es nicht."

Keeler wandte sich an den Marinesoldaten. „Haben Sie hier eine Kantine, Kumpel?"

Der Marinesoldat räusperte sich. „Ich kann Sie in die Cafeteria bringen, Sir."

Er sah Choi an. „Hast du Hunger?"

Sie schüttelte den Kopf. „Nein. Ich gehe runter ins Büro. Ich muss einen Bericht an die Chefetage schicken."

Er sah den Marinesoldaten an und zuckte mit den Schultern. „Gehen wir."

KAPITEL 33

Der Marinesoldat drehte sich um und wollte vorausgehen, aber Keeler legte eine Hand auf seinen dicken Bizeps, nickte in Chois Richtung und ließ sie aus dem Blickfeld verschwinden.

Er wandte sich an den Marinesoldaten. „Ich muss einen Anruf nach Azraq machen. Können Sie mich zu einem DSN-Telefon bringen?"

Azraq war die US-Militäreinrichtung in Jordanien, wohin Calcutti und die anderen Jungs geschickt worden waren.

Die Stimme des Marines war tief und sanft. „Brauchen Sie Sprache oder Daten, Sir?"

„Nur Sprache."

„Kein Problem, Sir. Folgen Sie mir."

Der Marinesoldat führte ihn den Gang entlang und nach links. Ein weiterer Korridor mit einem gemusterten Teppich und Büros links und rechts. Am Ende befand sich ein kleiner Raum, gerade groß genug, dass sich zwei oder drei Personen hineinzwängen konnten. Der Marinesoldat öffnete die Tür für Keeler. „Gleich da drinnen, Sir."

Zwei Stühle und ein Schreibtisch mit einem Telefon

darauf, nichts allzu Kompliziertes. Keeler war noch nie in einer Botschaft gewesen und kannte weder die diplomatischen Protokolle noch wusste er, wie man ihre Geräte benutzt. Über das Defense Switched Network, ein Kommunikationsnetzwerk, das nur den Streitkräften zur Verfügung stand, kommunizierten die US-Botschaften und Militäreinrichtungen; es gab Codes und Vorwahlen und spezielle Tasten, die man drücken musste. Er hatte keine Ahnung, wie das alles funktionierte.

Aber der Marinesoldat wusste Bescheid und war sehr hilfsbereit. Er wusste, wie man mit dem Personaloffizier in Azraq in Kontakt treten konnte. Von dort aus musste man nur darauf warten, dass dieser Offizier herausfand, wo auf der Basis sich die JSOC-Mitarbeiter aufhielten.

Während sie warteten, wurde es in dem kleinen Raum ein wenig eng, denn der Marinesoldat war ein großer Mann, und Keeler auch. Beide waren muskulös wie Säcke voller Walnüsse, teilten sich den Raum und atmeten die gleiche Luft. Sie sahen sich direkt an, zwei Augenpaare, die ruhig und gelassen waren und etwa einen Meter voneinander entfernt standen. Der Marine sah aus, als hätte er Fragen.

Keeler sagte: „Spuck es aus, Marine."

„Sind Sie Captain Keeler, Sir?"

„Das bin ich. Sie brauchen nicht Sir zu mir zu sagen. Wie ist Ihr Name, Marine?"

„Thompson, Sir." Er sagte: „Tut mir leid, nur Thompson."

„Was ist Ihr Haupt-MOS, Thompson?"

„3300."

„Was bedeutet das, wenn man mit einem Nicht-Marine spricht?"

„Lebensmittelservice."

Die Dienstzeit von Marinesicherheitsleuten umfasst in der Regel drei zwölfmonatige Rotationen. Danach kehren sie zu ihrer Hauptaufgabe zurück. Thompsons Hauptaufgabe war Koch oder so etwas.

Keeler sagte: „Lohnt sich das Tamtam hier in Ankara, Thompson?"

„Ja, verdammt. Ich war ein Jahr lang in Pendleton stationiert. Sie sagten, wenn ich zur MSG gehe, könnte ich aus den Schwierigkeiten herauskommen, und ich denke, ich könnte mich für die Verstärkungseinheit entscheiden und wieder in die Spur kommen."

Das alles bedeutete, dass Thompson sich zu Hause in die Scheiße geritten hatte.

„Was ist passiert, wurdest du runtergestuft?"

„Das kann man wohl sagen. Ich wurde in Pendleton in die Küche versetzt. Ich war bei der ersten Aufklärungseinheit, der First Reconnaissance."

Keeler pfiff. Die First Recon waren eine ernstzunehmende Truppe von Kämpfern. Thompson war bei denen sicher kein Koch gewesen, sondern ein Krieger. „Warst du vor ein paar Jahren bei dem Einsatz in Helmand dabei?"

Thompson nickte. „Ich war in Helmand, bin weiter nach Trek Nawa und habe ein paar Skalps geholt."

Keeler neigte den Kopf. „Ich habe damals mit der Ersten Aufklärung viele Türen eingetreten. Ich kann mich nicht erinnern, dass wir einen Thompson getroffen haben. Ihr Jungs habt verdammt gute Arbeit geleistet. Was ist das für ein Disziplinarverfahren? Irgendein Blödsinn?"

„Ich war bei der Kompanie Charlie. Jemand dachte, wir würden eine Nazi-Flagge hissen, SS, aber es war keine Nazi-Flagge."

Thompsons Haut war reich an Melanin, aber Keeler vermied die offensichtliche Frage, warum jemand einen Schwarzen beschuldigen würde, ein Nazi zu sein, da sie irrelevant war und sowieso niemand von dem Ausmaß an Schwachsinn überrascht war, den das Kommando produzieren konnte.

Er erinnerte sich an einen Vorfall, der einige Jahre zurücklag. Jemand hatte ein Foto veröffentlicht, das von den Medien fehlinterpretiert worden war. Die Soldaten trugen keine SS-Flagge, sondern die Flagge der US-Marine Scout Snipers, die fast identisch mit dem berüchtigten *Schutzstaffel*-Symbol war.

„Das wurde bei der Untersuchung geklärt, wenn ich mich recht erinnere."

„Richtig, aber dem Kommandanten gefiel es nicht, dass ich mich mit seiner Frau auf dem Stützpunkt eingelassen hatte, also nahm er das als Vorwand, mich im Rang runter-zustufen."

„Tut mir leid, das zu hören."

Der Anruf aus Azraq kam, aber Calcutti war nicht da. Nur ein Corporal, der sich müde anhörte und sagte, Calcuttis Team habe Befehle erhalten und sei derzeit auf dem Weg nach Al-Tanf, dem wichtigsten US-Militärstützpunkt in Syrien, fast genau an der Dreiländergrenze zwischen Syrien, Jordanien und Irak.

Auf dem Weg bedeutete, ohne Möglichkeit, mit ihnen Kontakt aufzunehmen. Der Corporal war gerne bereit, die Nummer von Keelers Wegwerf-Handy zu notieren und sie an ihren Kollegen in Al-Tanf weiterzugeben. Damit Calcutti die Nachricht erhielt, müssten die Sterne schon günstig stehen. Keeler legte den Hörer auf.

Einen Moment lang stellte er sich vor, dort zu sein, mit Calcutti, Cheevers und Bratton. Vielleicht auf dem Rücksitz eines MRAP, oder noch wahrscheinlicher, in einem Hubschrauber sitzend, die Beine heraushängend und ein kaltes Bier in der Hand. Den heißen Wüstenwind im Gesicht. Die guten Zeiten.

Irgendwann würde er wieder zu ihnen stoßen.

Er sah zu Thompson auf und mochte den Kerl, auch wenn er runtergemacht worden war, weil er sich mit der Frau des Kommandanten eingelassen hatte.

Er sagte: „Dann werde ich mir wohl etwas zu essen besorgen."

Thompson hustete. „Kein Problem."

Er führte Keeler durch die labyrinthischen Gänge der Botschaft. „Mein Detachment Commander sagt, er kennt Sie."

„Tatsächlich?"

„Das hat er gesagt. Was dagegen, wenn ich ihm sage, dass Sie in die Kantine kommen? Ich glaube, er würde Ihnen gerne die Hand schütteln."

„Kein Problem."

———

Die Kantine war halb so groß wie ein Fußballfeld. Keeler und Thompson standen Seite an Seite und betrachteten sie.

Thompson sagte: „Beeindruckend, nicht wahr?"

Keeler erinnerte sich daran, dass der Mann ein Spezialist für den Lebensmittelservice war. Er sagte: „3300, was ist das, der Typ, der die Kartoffeln schält?"

„Eher der Typ, der die Schalen vom Boden auffegt und den Müll rausbringt."

„Irgendjemand muss es ja tun, oder?"

Thompson zuckte mit den Schultern. „Stimmt schon."

Keeler sagte: „Was dich nicht umbringt, macht dich nur stärker. Hast du Hunger?"

„Sehe ich so aus, als hätte ich je keinen Hunger?"

Die beiden stürzten sich auf ein vielschichtiges Buffet. Vier Reihen von Schüsseln mit fünf verschiedenen Abteilungen. Es gab viele Frühstücksvariationen, von amerikanischen Klassikern wie Pfannkuchen, Rührei und Speck bis hin zu eher zweifelhaften Optionen wie Haferflocken und Müsli. Im Mittagsbereich gab es Spezialitäten wie Hackbraten, Lasagne und Steak und sogar ein vielversprechend aussehendes Gumbo.

Es war schwer, sich festzulegen.

Thompson entschied sich für das Salatbuffet, das überraschend farbenfroh war und an ein Bild aus einem Mittelmeerland erinnerte, was angesichts der Lage der Türkei in gewisser Weise Sinn machte. Keeler folgte ihm.

Thompson sagte: „Vor diesem Posten habe ich Gemüse noch nie richtig geschmeckt, Mann."

Schließlich beschloss Keeler, nicht mit dem Salat zu beginnen, trotz dem tiefen Rot der Tomaten. Er begann mit dem Frühstück und beschloss, so viele Dinge wie möglich zu probieren, die sich auf zwei großen Tellern und einer Schüssel für das Gumbo drängten. Er dachte sich, dass er jederzeit zum Salat zurückkommen könnte, direkt vor dem Nachtisch.

Thompson stürzte sich auf seinen Salat und sah zu, wie Keeler sich an seine Portion machte. Seine Augen weiteten sich, als Keeler beide Teller systematisch, ein Stück nach dem anderen, genüsslich und mit großem Vergnügen leerte. Ihm wurde klar, dass er zuletzt in der Klinik zu Mittag gegessen hatte, aber es war nicht gehaltvoll genug gewesen. Die Portionen waren kleingehalten, für Patienten, die verschiedene Medikamente einnahmen. Das letzte Mal, dass er richtig gegessen hatte, war mit Karim auf dem Nachtmarkt gewesen. Er erinnerte sich an den Kebab und den Kaffee und das Baklava. Vor allem aber erinnerte er sich an Karim, der damals viel besser ausgesehen hatte als auf dem Bild, das Joe ihm und Choi gezeigt hatte.

Das Bild von Karim, nackt und verängstigt, blieb in seinem Kopf, vor allem anderen, wie eine primäre Schicht, die er nicht loswurde, wie ein Tinnitus oder so. Es war immer noch da, als Thompsons Detachment Commander in die Kantine kam, Keeler suchte und ihn fand und erkannte. Keeler kannte den Mann nicht, aber das hinderte ihn nicht daran, höflich zu sein.

Der Mann sagte: „Staff Sergeant Leonard. Ich freue mich, Ihnen die Hand zu schütteln."

Seine Hand war hart und schwielig. Sie zu schütteln fühlte sich an, als hielte man einen warmen, mit Sandpapier umwickelten Eichenblock fest.

„Gleichfalls. Ich bin Keeler."

Leonard hatte ein kantiges Kinn und eine dicke rechteckige Stirn. Er nickte einmal kurz. „Das weiß ich, Sir. Sie erinnern sich vielleicht nicht an mich, aber Sie haben mir das Leben gerettet."

Keeler hörte auf zu kauen. „Habe ich das?"

KAPITEL 34

Leonard nickte ernst. Er schlug sich auf einen Oberschenkel.

„Provinz Al Anbar, Sir, 2007. Ein Schütze mit einer Dragunov hat mir ins Bein geschossen. Sie wissen, wie das ist. Man spürt nichts, das Bein klappt einfach weg. Fünfundvierzig Sekunden später verblutet man und stirbt. In der einen Minute liege ich also verwirrt und betäubt im Staub. In der nächsten sehe ich in Ihr Gesicht, Sie schreien mich an und zerren mich in Deckung." Er grinste breit. „Sie haben mir Ihre grünen Stiefel auf den Hintern gesetzt, Mann, und ich hatte nie die Chance, Ihnen zu danken."

Leonard streckte seine Hand aus, und Keeler griff mit Vorsatz zu.

Er erinnerte sich vage an den Vorfall, der einer von vielen war: ein besonders brutaler Hinterhalt, eine Marineeinheit mit Verletzten. Eine feindliche Einheit, die motivierter und kompetenter war als sonst. Er und sein Team hatten einen Haufen schreiender Soldaten herausgezogen und stopften die Löcher in ihren Körpern, so gut sie konnten. Er erinnerte sich daran, dass die Medevac eine Weile brauchten, um dorthin zu gelangen, und an die schockierten Gesichter der Verwundeten. Alles an der Situation war schwül und klebrig gewesen, ein heißer und feuchter Tag. Heiß wie im Nahen Osten, etwa vierzig Grad im Schatten.

Mit anderen Worten: die übliche Hölle.

„Ist Ihr Bein gut verheilt?"

Leonard lehnte sich in seinem Sitz vor, griff nach unten und krempelte sein linkes Hosenbein hoch, so dass eine Prothese zum Vorschein kam, die in einem hochglanzpolierten Stiefel verschwand. „Kugelsicher, Sir."

Keeler erwiderte nichts.

Leonard drehte sich um und blickte zu Thompson, der neben ihm saß. „Kaffee."

Thompson holte ihnen Kaffee aus einem Automaten. Leonard beugte sich über den Tisch und rückte näher an Keeler heran. Er sprach langsam und leise. „Die sagen, die Wilden haben einen von uns entführt und niemanden kümmert es, stimmt das?"

„Sieht so aus."

Leonard nickte. Er hatte einen harten Blick. „Ich habe Ihren Chef, Calcutti, getroffen, bevor sie ihn nach Jordanien exfiltriert haben. Ich sage Ihnen was: Als sie das Safe House in der Innenstadt evakuierten, haben sie die Kampfausrüstung, die Sie alle dort hatten, mitgenommen. Die ist immer noch hier in der Botschaft. Wir sind dafür zuständig, Sir, unten in meiner Waffenkammer."

„Ist das so?" Keeler hatte die Kampfausrüstung selbst zusammengestellt. Er wusste, was sich darin befand, genug Ausrüstung, um in den richtigen Händen einen anständigen Aufruhr zu verursachen.

Leonard sagte: „Ich und Thompson hier, wir haben beide über das Wochenende frei."

Keeler wusste nicht, welcher Tag heute war. Er fragte: „Wann ist das Wochenende?"

Leonard schaute auf seine Uhr. „Beginnt in etwa einer halben Stunde, Sir."

„Sie schlagen also vor, dass ich Sie beide als Touristen auf eine Art Cowboy-Übung in ultra-gewalttätigem Hooligan-Verhalten mitnehme, Marine?"

Leonard sagte: „Das ist genau das, was ich vorschlage, Sir."

„Das ist ein unerhörter Vorschlag."

„Ja, das ist es."

„Was ist mit Ihrem Fuß?"

„Das ist ein guter Fuß, Sir, ich mag ihn."

Der Blick des Detachment Commanders blieb ruhig und erinnerte Keeler ein wenig an ein altes Rekrutierungsplakat, das er früher einmal gesehen hatte. Über dem Gesicht stand das Wort *EHRE*, groß und ganz oben. Darunter stand: *Das United States Marine Corps baut Männer auf.*

Einigen Jungs hatte das Plakat 1966 gefallen, anderen nicht. So ist das Leben eben, kompliziert.

Thompson kam mit dem Kaffee zurück. Er tauschte einen Blick mit seinem Vorgesetzten aus, der leicht nickte. Sie hatten das bereits diskutiert. Keeler nahm den schweren Kaffeebecher anerkennend entgegen. Das Gebräu war dunkel und heiß, und die Tasse lag beruhigend fest in der Hand. Er nahm einen langsamen Schluck und dachte an die Marinesoldaten, die ihm gegenübersaßen.

Thompson und Leonard sahen ihn erwartungsvoll an, als ob sie sich nach einem Abenteuer sehnten. Er dachte an seinen Freund Karim Ahmadi, der blutig und verprügelt in einem Dreckloch lag. Er dachte, dass er bereit war, was auch immer nötig war, in Betracht zu ziehen. Es musste schnell gehen, es konnte waghalsig sein, aber es sollte nicht in Panik ausarten.

Er sagte: „Ich weiß zu schätzen, was Sie sagen." Und ließ es dabei bewenden.

Thompson blinzelte und wollte etwas sagen. Leonard legte eine Hand auf Thompsons Schulter. Er sagte: „Ich verstehe, Sir. Das ist gut genug für uns." Er nickte seinem Freund zu, der sich zurücklehnte und seinen Kaffee austrank.

Keeler nahm einen weiteren Schluck Kaffee. Er war gut: stark, aber nicht schwer, schwarz und mild. „In Ordnung."

Keeler spürte, wie ihn ein elektrischer Strom durchfloss, der von Kopf bis Fuß und dann wieder zurück reichte und sich bis in die Extremitäten ausdehnte. Er fühlte sich warm in der Anwesenheit seiner neuen Kameraden, als ob er seine Arme um die beiden Jungs legen und sie fest umarmen könnte, aber seine Arme wären nicht lang genug, denn es war ziemlich klar, dass die US-Botschaft in Ankara ein verdammt gutes Fitnessstudio haben musste.

Keeler nutzte die drei Minuten und zweiundzwanzig Sekunden, die er brauchte, um von der Cafeteria zur Waffenkammer der Marinesicherheitswache zu gelangen, um Vor- und Nachteile abzuwägen. Die erste Sache, die ihm klar war: Eine nicht-sanktionierte Operation, um Karim von diesen Barbaren zurückzubekommen, würde keine Kontroverse auslösen. Die Bürohengste würden sich vielleicht beschweren, aber das Militär kümmert sich um seine eigenen Leute. Wenn sie erfolgreich waren, würde die Operation rückwirkend sanktioniert werden. Wenn sie nicht erfolgreich waren, wären sie tot.

Keine schwierige Entscheidung, eher eine Selbstverständlichkeit.

Aber dann gab es noch andere Möglichkeiten, die er zuerst ausschöpfen musste, Chois Weg und Joes Weg. Oder vielleicht eine Kombination aus beidem.

KAPITEL 35

Jensen sah Tina Choi bei ihrer Rede zu. Die Frau war brillant, jung und schön, als ob zwei von drei Bonuspunkten nicht schon genug wären. Sie hatte ihre Fühler ausgestreckt und ein paar Infos gesammelt. Choi hatte mehrere Abschlüsse in den Sprachen des Nahen Ostens und in etwas sehr Technischem, und sie hatte sich in ihrem Training für den Geheimdienst ausgezeichnet. Folglich befand sich das Mädchen auf der Karriereleiter der DIA, und die Versetzung nach Ankara war ein wichtiger Schritt nach oben. Feldarbeit, rausgehen und die Karten auf den Tisch legen. Entweder dein Team vertraute dir oder nicht. Die Hierarchie war ein Stück Scheiße, aber zumindest in der Welt des Geheimdienstes ist ein Scheißhaufen ein Scheißhaufen.

Wenn Choi am anderen Ende wie ein Diamant funkelnd herauskäme, stünde ihr jede Tür offen.

Im Moment saß die junge Frau auf der Kante von Jensens Schreibtisch, hielt einen Pappbecher Kaffee in der Hand und sagte Jensen, dass sie alles Menschenmögliche tun musste im in DC etwas zu bewegen, wobei sie Patriotismus, Ansehen und geopolitische Strategie in knappen, vollständigen Sätzen beschwor, die zusammengenommen ein ausgezeichnetes Argument ergaben.

Zum Beispiel. „Unseren Mann zurückzubekommen ist eine Sache, aber was ist, wenn dieses Mädchen ein Werkzeug ist, das wir gegen Nasrallah einsetzen können, oder vielleicht ein hohes Tier bei den iranischen Revolutionsgarden?" Sie öffnete ihre Hände weit, um Jensen etwas Großes, Schweres und Breites zu zeigen. „Das wird verdammt wertvoll sein als nachrichtendienstliches Produkt, das wir" - sie zählte an ihren Fingern auf - „tauschen, verkaufen, mit ihm drohen, zur Erpressung benutzen, es als Aktivposten einsetzen können, was immer Sie wollen, Jensen. Es wird heiß werden. Denken Sie an die interessierten Käufer."

Choi hatte natürlich recht, aber das änderte nichts an der Tatsache, dass es sich um eine riskante Situation handelte.

Eine feste Überzeugung, die für alle Intelligenzler gilt und von denjenigen mit der meisten Erfahrung am stärksten vertreten wird, lautet: Man kann Dingen, die einem jemand umsonst gibt, nicht trauen.

Sie sagte: „Ich stimme Ihnen zu, Choi, hundertprozentig, aber Sie wissen ja, dass jeder einen Walk-in hasst."

Choi verzog das Gesicht. „Ja." Sie sah müde aus.

Jensen sagte: „Ich habe ein wenig Einfluss auf die Staatssekretärin für Politik." Sie öffnete ihren Daumen und Zeigefinger einen Zentimeter. „Nur ein bisschen." Jensen tätschelte Chois Bein. „Ich werde mich bei ihr melden und Sie dann wissen lassen, wie es ausgeht." Sie machte eine scheuchende Geste. „Jetzt gehen Sie schlafen, ziehen Sie sich um und essen Sie etwas Gesundes, wie Grünkohl und Kichererbsen. Melden Sie sich gegen vierzehn Uhr wieder bei mir."

———

In DC aß die Staatssekretärin für Politik, Victoria Neuman, gerade Kuchen. Nicht irgendeinen Kuchen, sondern eine große, fluffige Torte mit Erdbeeren und Schlagsahne, weiß und rot und rosa, wobei die ersten beiden miteinander verschmolzen waren. Der Bissen war unglaublich, ein weicher und süßer Brei mit einem Hauch von säuerlichen Früchten inmitten des Glanzes der Verdickungsmittel in der Erdbeersoße.

Bob hatte einen übermäßig großen Bissen genommen. Sie beobachtete, wie er sich das Stück mit dem Zeigefinger in den Mund schob. Zum Glück waren sie in Begleitung von Freunden, von denen einer bei diesem Anblick schallend lachte. *Schallendes Gelächter* war ein Ausdruck, den Victoria Neuman sehr schätzte, und sie hatte sich vorgenommen, ihn niemals zu missbrauchen.

Es war Mitternacht, und sie hatte im Verlauf des Vier-Gänge-Menüs im Pineapple and Pearls sechs Martinis getrunken. Als Hauptgericht hatte sie sich für die Lasagne mit Hummer und Tintenfisch entschieden und Bob für das Shen-andoah-Lamm, das natürlich eine verrückte Version dessen war, was der Name vermuten ließ, wie es in einem Zwei-Sterne-Michelin-Restaurant üblich ist. Ihr Telefon klingelte; es war das Büro.

„Was?"

Ihre Assistentin klang sehr entspannt. „Es ist ein Anruf von Kathy Jensen in Ankara. Sie sagt, es sei wichtig."

„Sag ihr, dass du mich nicht erreichen konntest. Ich rufe sie morgen früh zurück." Die Martinis hatten etwa auf halber Zeit des Abendessens ihre Wirkung entfaltet, nach dem Röst-kartoffeleis mit Kaviar.

Ihre Assistentin sagte: „Ja, also, Ms. Jensen hatte eine Nachricht für Sie, falls Sie nicht erreichbar sind."

„Und die ist?"

„Ich soll Ihnen sagen, dass sie rote Socken trägt."

„Oh." Sie warf einen Blick auf Bob, der die Wendung des Gesprächs bemerkte, von einem kurzen *„Heute nicht"* zu einem Thema, mit dem er sich befassen musste. Sie sagte: „Einen Moment."

Neuman erhob sich vom Tisch, legte die Gabel auf den Kuchenteller und hielt Ausschau nach einem Teil des Restaurants, wo sie dieses Gespräch führen konnte. Sie bewegte sich zwischen den Tischen, fühlte sich immer noch wohl in dem schwarzen Kleid von Alexander McQueen, das Melania auf irgendeiner MET-Gala getragen hatte, das gleiche Kleid, nach dem jetzt jeder in DC lechzte.

Die Erinnerungen kamen klar und deutlich.

Im dritten Jahr am College war Jensen ihre Zimmergenossin im Haus der Studentinnenverbindung Alpha Chi Omega gewesen. Es war eine gemischte Party mit Sigma Chi gewesen. Sie begannen bei ihrem Verbindungshaus mit einem Vorglühen, an das sie sich nur verschwommen erinnern konnte: Tequila und billiger Margarita-Mix in einem Mixer mit Gurken, zerstoßenem Eis und Minze. Die Party war im Haus der Studentenverbindung gewesen, einem vage ekelhaften Ort, der wie die Umkleidekabine einer Fußballmannschaft roch. Woran sich Neuman wirklich erinnerte, hatte sich in ihr Gehirn eingebrannt: Sie war von zwei Studenten, die sie bereits kannte, in ein Schlafzimmer gedrängt worden, besoffen und ohnmachtsreif, aber nicht harmlos. Sie war ganz plötzlich wieder nüchtern geworden, erschrocken, weil die Jungs auf einmal gar nicht mehr nett waren.

Vielleicht war es der Alkohol, oder sie hatten zu viel Koks genommen, oder vielleicht waren sie einfach nur böse; was auch immer der Grund war, sie hatten sie aufs Bett geworfen, ihr Gesicht fest in die Laken gedrückt. Sie erinnerte sich an das Gefühl der Handfläche eines großen Mannes an ihrem Hinterkopf. Andere Finger griffen nach ihr, tasteten nach ihrem Fleisch, zerrten an ihrer Kleidung. Kathy Jensen und ein anderes Mädchen stürmten herein. Sie waren durchgedreht. Sie schlugen und schrien, hatten aber auch eine Scheißangst und wollten nur noch weg von dort.

Jensen hatte sie zurück in ihr gemeinsames Zimmer gebracht, wo Neuman zitternd auf ihrem Bett saß, ihr Kleid zerrissen. Jensen holte ihr ein Glas Wasser. Sie kam zurück ins Zimmer, und Neuman erinnerte sich wortwörtlich an den Dialog, wobei das Erste, was aus ihrem eigenen Mund kam, ein unwillkürlicher Ausbruch war.

„Ich trage rote Socken."

Was heißen sollte, dass es ihre eigene Schuld war, dass gute Jungs sich in böse Vergewaltiger verwandelten, nicht weil sie von Natur aus böse waren, sondern weil sie eine Schlampe war. Als sie das gesagt hatte, hatte sie zu Jensen aufgeschaut und gesehen, wie Kathy leicht innehielt, das Glas Wasser in der Hand zitterte, drohte zu verschütten. Jensen kniete sich hin und reichte ihr das Wasser.

„Trink."

Neuman sah immer noch doppelt. Sie trank gierig, beobachtete Kathys Gesicht. Sie sah die Geduld ihrer Freundin, die darauf wartete, dass sie das Wasser austrinken würde, die Hand ausgestreckt, um das leere Glas entgegenzunehmen. Sie nahm das Glas und stellte es ruhig auf den Nachttisch. Jensen hatte sich wieder zu ihr umgedreht und war nun rot vor Wut. Sie gab Neuman eine harte Ohrfeige, einmal auf die Wange. Der Schlag stach und demütigte sie.

Sie presste ihr Gesicht dicht an Neuman heran, fletschte die Zähne und spuckte die Worte förmlich. „Bullshit. Es ist nicht deine Schuld. Das ist eine Bande von Vergewaltiger-schweinen."

Den Möchtegern-Vergewaltigern war nichts passiert. Aber von da an war der Satz ein Ding zwischen Kathy Jensen und ihr geworden, wie ein Witz, der nicht lustig war. Etwas Gemeinsames und Einzigartiges. Ein Code des Trotzes für den Fall, zum einen, falls sich die Frauen in einer brenzligen Situation befanden und zum anderen mit der Botschaft, dass die Welt ruhig zu Asche verbrennen kann.

Sie nahm den Anruf im Gewächshaus entgegen und schnorrte sich eine Zigarette von einem Abräumer.

„Du hast also deine roten Socken an, was, Kath?"

———

Später gab Bob ihr zu Hause eine Fußmassage. Er hörte sich die ganze Sache an, ruhig und gelassen und nachdenklich, während sie erzählte, was Jensen gesagt hatte, und was sie wollte. Neuman hob die Augenbrauen, als sie die Erzählung beendet hatte.

„Verstehst du, was ich meine?"

Bob nickte ernsthaft. Seine Daumen fuhren die Plantarfaszie hoch und taten wunderbare Dinge für den seitlichen Plantarnerv. „Weißt du, was der JSOC-Mann jetzt macht?", fragte er. „Werden sie ihn auch nach Amman exfiltrieren?"

„Mein Mann in Ankara sagt, er verbrüdert sich mit den Sicherheitsleuten der Marine."

„Dein Mann?"

„Der politische Berater, ich habe ihn angerufen, nachdem ich mit Kathy gesprochen habe." Bob nickte zustimmend. „Mein Mann sagt, Miller hält alles unter Verschluss und hat ihn noch nicht einmal dazu befragt."

Bob sagte: „Miller bewegt sich auf einem schmalen Grat. Hmmm." Die Finger hatten die Außenseite ihres Fußes ergriffen. „Was sollst du Kathys Meinung nach tun, Vick?"

„Kathy möchte, dass ich auf ein sofortiges Eingreifen dränge", sagt sie.

„Starke Worte. Was glaubst du, was sie meint, Drohnen und eine JSOC-Razzia, das ganze Programm?"

Neuman sagte: „Ja. Vielleicht sollten wir die Türken einbeziehen und es zu einem NATO-Problem machen. Was meinst du dazu?"

Bobs Daumen hatten sich dem Nerv genähert und gruben sich fest ein, und es fühlte sich großartig an. Er summte ein paar Zeilen eines Ohrwurms aus dem Restaurant. „Verbrüderung mit Marines, sagst du."

„Ja. Wenn du es genau wissen willst, wurde er zuletzt gesehen, wie er mit ihnen Eis aß und sie sich amüsierten. Jetzt sag mir, was du denkst, Bob."

„Hmmm." Seine intelligenten Augen blickten auf, erinnerten ein bisschen an ein Schwein. „Hier ist ein Gedankenexperiment, Vick. Stell dir vor, du wärst im Jahr 1896: Du bist in London, im Herzen des britischen Empire. In einem Raum mit einem guten Globus. So einen, auf einem Ständer, den man drehen kann, um den Finger auf einen Ort zu legen, den man besitzen möchte. Das Gleiche passiert: Irgendwo da draußen gibt es ein Problem mit einem Mann vor Ort. Vielleicht ist es irgendwo in Indien, irgendwo, wo es heiß und staubig ist und eine Million Menschen herumlaufen, mit Tieren und so. Du kommst gerade von einem Frühstück in Mayfair, oder was auch immer, und bist dementsprechend ein Universum entfernt von dem, was vor sich geht. Trotzdem hat dein Mann vor Ort ernsthafte Probleme: Vielleicht randalieren die Einheimischen, brennen Sachen ab, vielleicht töten sie britische Beamte, was auch immer. Das ist eine schlimme Situation, und ein bisschen gesunder Menschenverstand würde dir sagen, dass du die verdammte Kavallerie hinschicken solltest. Weißt du, was die sagen würden, die Typen, die das Empire regiert haben?"

„Nein, Bob, was würden sie sagen?"

„Sie würden ein paar Gin Tonics machen. Sie würden folgendes sagen. Vicky." Jetzt setzte Bob seinen besten englischen Akzent der Oberschicht auf und riss die Augen weit auf. „*I suppose we'll just have to let our man muddle through. Muddle through,* Vicky, er müsste sich halt irgendwie durchwursteln ..."

„Sich durchwursteln, was bedeutet das genau?"

„Das ist das Geniale am britischen Empire. Durchwursteln bedeutet, dass der Mann vor Ort am besten weiß, was Sache ist, auch wenn er es nicht weiß." Bobs Augen leuchteten, sein Gesicht wurde ein wenig rot. So stellte sie sich ihren Mann im Vorlesungssaal vor. Bob, der Streber. Sie unterdrückte ein Lachen, und er hörte auf zu reden und sah sie seltsam an. „Was?"

„Nichts."

Er sagte: „Durchwursteln ist eine Strategie, um mit einer komplexen Situation umzugehen, Vick. Eine, die du noch nicht ganz im Griff hast. Anstatt eine Lösung von oben zu verordnen - wie die Kavallerie zu schicken -, überlässt man es dem Kerl da unten, selbst eine Lösung zu finden. Man *bringt* ihn dazu, eine Lösung zu finden. Man vertraut auf seine Intuition und seine Fähigkeiten. Ich meine, dafür ist er schließlich auf seinem Posten, oder? Wir haben ihn ausgewählt, wir haben ihn ausgebildet, er ist *da*."

„Er ist durch eine harte Schule gegangen, um dorthin zu gelangen, wo er jetzt ist, richtig?" Neuman spürte Bobs Daumen nicht mehr. Sie konzentrierte sich auf das, was er andeutete, und das war wie immer ein wenig unsauber, aber keine schlechte Idee. „Also sagen wir Jensen, sich gehackt zu legen. Ganz sanft, natürlich."

„Mit einem Samthandschuh. Lasse sie wissen, dass du volles Vertrauen in die Mission in Ankara hast."

Neuman gefiel das. „Und dann werden wir einfach" - sie wedelte mit den Händen in der Luft wie ein Zauberer - „sehen, was passiert!"

Bob lächelte, ein Funkeln in seinen Augen. „Genau."

KAPITEL 36

Tina Choi kam aus Jensens Büro, schloss die Tür und lehnte sich dagegen, sah Keeler an und schüttelte den Kopf.

Er sagte: „Kein Glück?"

Sie fuhr sich mit dem Finger über den Hals und legte ihn dann an die Lippen. Sie gingen durch den Korridor.

„Das ist eine unglückliche Frau da drinnen." Gemeint war Jensen.

Er sagte: „Politische Kernschmelze."

„Totale Katastophe." Choi sah ihn an und schüttelte den Kopf, als könne sie sich so etwas Schlimmes gar nicht vorstellen. „Es kommt nicht nur niemand, sie werden dich morgen früh nach Amman exfiltrieren. Ende der Geschichte."

Keeler sah sie an. Sie waren zur Treppe gekommen. Chois Büro war oben, Keeler ging nicht hinauf. Er sagte: „Du hast getan, was du konntest, Choi."

Sie stieß einen Seufzer aus. „Vielleicht bekomme ich ja eine Antwort von den Chefs zu Hause." Sie kreuzte ihre Finger und hielt sie hoch. „Die Hoffnung stirbt zuletzt, richtig?"

„Richtig."

Keeler drehte sich um und nahm die Treppe zur Lobby.

Außerhalb der Botschaft ging er ein paar Minuten lang den Hügel hinauf. Dort oben gab es einen schönen Park mit Bänken, die kreisförmig um einen Teich angeordnet waren. Er setzte sich auf eine Bank und wählte die Nummer von der Visitenkarte, die Ruth ihm gegeben hatte. Sie war weiß, mit einem Rohr und einem Schraubenschlüssel, der Rest war auf Türkisch. Ein Mann meldete sich, und er tat, was sie gesagt hatte, und bat darum, mit Ibrahim zu sprechen. Der Mann legte auf, ohne zu antworten.

Eine Minute später surrte das Handy in seiner Hand. Kein Anruf, eine Nachricht mit einem Wort: *Anıtkabirm*.

————

Anıtkabirm, das Mausoleum zur Verehrung von Atatürk, dem Vater des post-osmanisch-türkischen Staates. Der Ort war eine riesige Anlage mit Pflastersteinen, langen Wegen und Gärten. Im Zentrum stand ein monumentales Gebäude mit Säulen und vielen türkischen Flaggen, die im Wind wehten. Familien liefen umher, Frauen schützten die Integrität ihrer Kopftücher.

Weder Ruth noch Joe waren in Sicht. Keeler befand sich im Freien und prüfte den Plan aus deren Sicht. Sie würden ihn jetzt überwachen, um sicherzugehen, dass er nicht in Begleitung war, ob freundlich oder nicht. Seine Rolle bestand jetzt darin, eine Zeitlang Tourist zu sein.

Im Inneren des Mausoleums gab es Ausstellungen, die dem Leben des großen Mannes gewidmet waren, wie sein maßgefertigter Cadillac aus der Mitte der 1930er Jahre, der in einem engen Raum ausgestellt war, restauriert und auf Hochglanz gebracht. Es gab Gemälde des Mannes zu Pferd und wie er vor seinem Volk herging, umgeben von schnauzbärtigen Männern in Uniform. Der große Atatürk selbst trug einmal einen ordentlichen Schnurrbart und einen runden Hut im osmanischen Stil. Sie hatten seine Lieblingswaffen hinter Plexiglas montiert.

Er fand Ruth vor einem Diorama, das die Schlacht von Dumlupınar darstellte. Als hätte sie gewusst, dass er auf dem Weg dorthin war, und sich strategisch bewegt. Keeler gefiel dieser Stil, die Aura von Vorbereitung und Kompetenz. Sie sah ihn zunächst nicht an, also beobachtete er sie eine Weile, während sie die Tafel las.

Ruth trug Jeans und ein islamisches Kopftuch, ihr kastanienbraunes Haar lugte unter dem Kopftuch hervor und sah gut aus.

Das Diorama zeigte Soldaten in einem Schützengraben, die ein Funkgerät benutzten, und die Schlacht dahinter war wie ein Wandgemälde dargestellt. Sie drehte sich zu ihm um, keine Begrüßung, einfach nur anwesend. Ruth zeigte auf ein Porträt von Atatürk, dieses Mal, bevor er sich einen Schnurrbart hatte wachsen lassen.

„Dieser Mann sollte einen säkularen Staat für die Türkei garantieren, was es schwer verständlich macht, warum sie so schnell damit beschäftigt waren, Christen zu töten."

Keeler sagte: „Bekomme ich jetzt eine Vorlesung?"

„Ich fange lieber gar nicht erst an." Sie berührte seinen Ellbogen und wandte sich zum Gehen, ohne zu sprechen, bis sie auf den gepflasterten und windigen Hof hinaustraten. Sie blieb bei einer Statue von Atatürk stehen, der auf einem Pferd saß und einen Säbel in der Hand hielt. Sie sagte: „Meine Leute haben sich mit Ihren Leuten in Washington in Verbindung gesetzt." Sie ließ die Finger ihrer Hand auseinanderfedern. „Keine Chance, hm? Totales Chaos." Sie lächelte ihn an wie ein trauriger Clown.

„Das trifft es ziemlich genau."

Sie zuckte mit den Schultern. „Was meine Seite nachmacht, wie ein Spiegel, erbärmlich. Wir fassen es nicht an, wenn ihr es auch nicht tut. Sowas in der Art."

Er sagte: „Und doch sind Sie hier."

„Genau. Ich wurde mit dem ‚*Fick sie alle*'-Gen geboren. Habe ich wohl von meiner Großmutter geerbt." Sie sah ihn einen Moment lang an, bevor sie sprach. „Was ich außerdem habe, ist die letzte bekannte Position des Feindes und Zugang zu Satellitenbildern aus der unteren Umlaufbahn. Das ist alles, was der Geheimdienst zu bieten hat. Ich weiß nicht, wie viele Feinde dort sind, ich kenne keine Details über den Ort. Sie verstehen schon."

„Wann war der letzte Überflug?"

„Wir haben ihre Signale zusätzlich zu den Satellitenbildern aufgezeichnet. Der letzte Überflug war gestern. Leider haben wir im Moment keine Priorität für das Ziel, aber ich habe ein aktualisiertes Bild für später heute Nachmittag ausgehandelt. Wir können heute Abend loslegen." Sie befanden sich auf einem Weg mit Rosen auf beiden Seiten, die jetzt nur noch ein Gewirr von graubraunen Knorren mit Dornen waren.

Er sagte: „Ich mache das mit meinem eigenen Team."

Geheuchelte Überraschung. „Oh, Sie haben also jetzt ein Team?"

„Ich habe ein paar Jungs."

Sie lächelte und berührte erneut seinen Arm. „Sie brauchen nicht darauf zu bestehen. Ich habe kein Team, mein Freund." Wieder das traurige Lächeln. „Entweder du machst es, oder gar nichts passiert."

„Was ist mit Joe und den anderen passiert?"

Sie blies durch die zusammengepressten Lippen und schenkte ihm ein „*Du würdest es nicht glauben*"-Lächeln. „Du glaubst, du hast es schwer." Ruth blickte ihm forschend in die Augen. Sie sagte: „Mach dir keine Sorgen um Joe. Ich werde mit ein oder zwei Männern da sein. Wenn du ein Team hast, werden wir uns aufteilen. Ich kann Overwatch, Fahrzeuge und Ausrüstung zur Verfügung stellen."

Overwatch bedeutete in diesem Zusammenhang einen

Schützen und einen Aufklärer, die sowohl töten als auch kommunizieren konnten.

Er sagte: „Du willst ein Stück von dem Mädchen, stimmt's?"

„Richtig. Ich habe das DNA-Kit. Wir brauchen nur ein paar Haarfollikel, Blut, einen Finger, was auch immer. Fizza ist eine gute Wahl für einen falschen Namen, denkst du nicht?"

Keeler gefiel der Name, aber er sagte es nicht. Er sagte: „Fizza ist ein besserer Name als Ruth, meiner Meinung nach. Ruth ist ein bisschen altmodisch."

Sie stand da, nahm ihn und lächelte. „Ja, und?"

Er sah sie direkt an. „Nichts und. Lass uns das durchziehen."

Ruths Augen schienen zu funkeln. Sie hatte trotz ihres Alters von vielleicht fünfunddreißig Jahren eine erstaunlich weise Ausstrahlung.

Sie sagte: „Sababa."

KAPITEL 37

Sie kamen nach Einbruch der Dunkelheit. Keelers Team im Mercedes und Ruths Team im Lada fuhren auf unterschiedlichen Routen zum gleichen Ziel, eine achtstündige Fahrt nach Südosten in die syrische Grenzregion. Thompson saß am Steuer und Leonard auf dem Beifahrersitz, beide in Zivil gekleidet, beide sahen aus wie gefährliche Wanderer. Keeler saß auf dem Rücksitz und studierte die Satellitenbilder, die Ruth zur Verfügung gestellt hatte.

Das Ziel war ein Haus in einem Dorf namens Khirbat As-Sikkin. Es lag westlich des Euphrat, ein scheinbar flaches und unscheinbares Gelände, das in Wirklichkeit von tiefen Schluchten durchzogen war. Die Umgebung war nach dem Sommer steinig und trocken, die unwegsame Heimat von Bussarden und Schlangen.

Keeler mochte diese Art von Land, es fühlte sich sauber und hart an.

Sie waren auf etwa fünfhundert Metern Höhe, es war kalt und karg. Sein Fenster war offen, und die kühle Luft peitschte mit einem leichten Hauch von Niederschlag herein. Er mochte es, die Kälte und den Hauch von Regen. Regen machte Lärm, und die Menschen hielten sich von ihm fern, was ihn zum Freund der Angreifer machte. Das Land zog vorbei, eine graue Felsenlandschaft, in der ab und zu ein niedriges Gebäude vorbeizog.

Keeler schloss das Fenster, stellte den roten LED-Scheinwerfer ein und untersuchte das Ziel in einer Satellitenaufnahme aus großer Höhe.

Das Gebäude befand sich am Rande der Stadt, buchstäblich das letzte Gebäude, bevor die Landschaft in eine trockene Flussschlucht abfiel, die sie *Wadi* nannten. Das nächste Haus erregte sein Interesse, nur hundert Meter vom Ziel entfernt, aber durch das Wadi getrennt. Der Höhenunterschied verschaffte ihm einen leichten Vorteil, da es das Zielhaus überblickte.

Keeler gefiel es aus diesem Grund, und weil die Satellitenbilder des Ziels nichts außer einem Bauernhaus mit ein paar Nebengebäuden am Stadtrand zeigten. Von oben sah es menschenleer aus. Keine Fahrzeuge im Hof, keine Bewegung, keine Wäsche, die an der Leine trocknete. Kein Hühnerstall und keine herumlaufenden Hunde. Nur hochauflösende Bilder von Steinen, Erde, Dachziegeln und Zement.

Die Marines hatten gesagt, dass sie auf Randale gefasst waren, und vielleicht würde ihr Wunsch sich erfüllen.

Die beiden Fahrzeuge befanden sich drei Kilometer von der Stadt entfernt und fuhren in den Windschatten riesiger Felsbrocken, die auf einem Hochplateau verstreut lagen, das Keeler ausgewählt hatte. Als er dort ankam, sah er seine Intuition bestätigt. Der Ort war eine illegale Deponie für Bauschutt. Überall lag Müll herum, ausgekippt und herrenlos.

Leonard stieg aus dem Mercedes aus, streckte sich und stieß ein langes Stöhnen aus, wobei seine Wirbelsäule hörbar knackte wie Luftpolsterfolie. Keeler breitete eine Landkarte über die Motorhaube des ersten Fahrzeugs aus, das heiß vom

Motor war und nach Diesel roch. Der Lada kam mit Ruths Team an.

Sie blieb eine Minute lang im Fahrzeug und unterhielt sich mit ihren Leuten, gestikulierte, erklärte etwas oder gab Befehle. Ruth hörte auf zu sprechen, und die beiden Jungs nickten unisono. Sie stieg aus dem Auto und ging hinüber, sofort konzentriert und einsatzbereit.

„Lasst mich sehen."

Keeler zeigte ihr das erhöhte Gebäude auf dem Satellitenbild und verglich sie mit der Kartenposition.

Sie nickte. „Okay."

Er sagte: „Ich möchte dieses Haus als Beobachtungs- und Überwachungsposten nutzen. Es ist durch die Topographie von der Stadt abgeschnitten und liegt höher als das Ziel. Ich vermute, dass es ein Familienhaus ist, vielleicht Ziegenzüchter oder so. Die Leute, die hier leben, haben unsere Freunde zwar gesehen, aber nicht unbedingt mit ihnen interagiert. Verstehst du was ich meine?"

„Du willst das Haus übernehmen. Das verstehe ich."

„In meinem Koffer ist genug Morphium, um sie zu betäuben, je nachdem, wie viele Generationen da drin sind."

„Die alten Leute brauchen keine Beruhigungsmittel, nur die jungen."

„Wir werden sehen."

Ruths Leute sahen vom Fahrzeug aus zu. Es waren zwei von ihnen darin, ein dünner Kerl, den Keeler noch nie gesehen hatte, und der Mann aus der Klinik, dessen Kopf bandagiert gewesen war und der jetzt eine schwarze Wollmütze trug.

Keeler fragte: „Lässt du sie im Auto warten?"

„Ja."

Er ging hinten herum und öffnete den Kofferraum. Darin befand sich ein großer Seesack aus beigem Mil-Spec Cordura, die Kampfausrüstung. Er holte ihn heraus und stellte ihn auf den Boden. Der Seesack hatte Reißverschlüsse und Klettverschlüsse, die an Riemen mit seitlichen Schnallen befestigt waren. Er rückte die Tasche zurecht und öffnete die obere Klappe. Er stellte seine Stirnlampe so ein, dass er hineinschauen konnte.

Das Innere hatte mehrere Fächer und clevere Taschen. Das letzte Mal hatte Keeler das alles in Brooklyn gesehen, als Cheevers ihm die in Plastik verpackte Yavuz 9mm überreichte.

Er hatte ein paar Blendgranaten dabei, jede in einer eigenen Tasche, und vier zerlegte Uzi-Pro-Maschinenpistolen mit Zubehör wie Visiereinrichtungen und Schalldämpfern sowie genügend 9-mm-Munition für ein ordentliches Feuergefecht. Es gab keine Verbindung zu den Israelis, sondern nur eine praktische Waffe für verdeckte Operationen in der Türkei, da türkische Spezialeinheiten diese Plattform verwendeten. Andere Taschen enthielten drahtlose Kommunikationsgeräte für ein taktisches Kampfnetzwerk. Außerdem gab es als Bonus zwei Black Hornet PD-100 Dronen.

Keeler nahm eine der Uzi Pros heraus und nickte den Marines zu. „Nur nicht so schüchtern."

Die Uzi Pro war klein, fast wie ein Spielzeug. Eine Sache, die er an der Plattform liebte, war, dass sie sich mit der Montage des Zubehörs in eine Art Traum-Kommandowaffe mit Schaft, Schalldämpfer und Mikrometervisier verwandelte. Sie fühlte sich gut in seinen Händen an, leicht und gut ausbalanciert, mit gerade genug Gewicht, um etwas zu bewirken.

Leonard und Thompson griffen zu, und das Klicken und Schnarren gesellte sich zum Flüstern des Windes. Keeler liebte das Geräusch von mechanischen Teilen, die zusammengebaut wurden. Ruth kam mit drei Kevlar-Westen vorbei.

„Ziehen Sie das unter Ihrer Kleidung an." Sie musterte Keeler kritisch. „Sie werden passen."

Thompson sagte: „Danke, Ma'am."

Ruth warf ihm einen Blick zu. Sie zeigte auf die vierte Uzi Pro. „Darf ich?"

Keeler sagte: „Bedien' dich."

Er kannte das Waffensystem in- und auswendig, und seine Hände arbeiteten, ohne dass er sich die Mühe machen musste, hinzusehen. Die Marines waren nicht so vertraut mit der Waffe, aber Ruth war es auf jeden Fall. Sie rastete das modulare Zubehör ein, überprüfte die Batterieladung, testete die Federspannung in den Magazinen und kümmerte sich um die Munition. Sie sahen sich in die Augen, und er stellte etwas überrascht fest, dass sie glücklich wirkte.

Der Wind wehte ihr Haar ein wenig umher, rauschte durch die Spalten in den Felsen um sie herum und erzeugte seltsame flötenartige Klänge in einem Moll-Arpeggio. Aber abgesehen von dem heulenden Wind und dem Klacken und Klicken der Waffen, die vorbereitet wurden, war die Nacht ruhig, eigentlich wunderschön. Vielleicht sogar perfekt. Keeler ertappte sich dabei, wie er mit dem Wind mitsummte.

Ruth aktivierte das Laservisier und hob ihre Waffe. Sie zielte in die Dunkelheit und drückte ab. Der Schalldämpfer dämpfte das Geräusch, und das Einzige, was man hörte, war ein komprimiertes metallisches Klicken, als ob eine Gaspatrone abgefeuert würde. Messing spritzte in den Dreck, kaum sichtbar in seinem Bogen. Ruth justierte das Visier. Sie drückte ein weiteres Mal ab, und eine leere Zwei-Liter-Flasche wirbelte aus dem Dreck auf.

Sie sagte: „Gut genug für Rock'n'Roll."

Keeler wusste, dass das Visier bereits eingestellt war, aber eine Justierung war immer eine gute Idee. Die Marines beobachteten Ruth, beide drehten sich zu ihm um. Er nickte, und sie taten dasselbe, feuerten Schüsse ab und stellten ihre Visiere ein.

Ruth rief ihr Team herbei und stellte es vor. Der Mann mit der schwarzen Wollmütze lächelte, was eine Überraschung war, und forderte sie auf, ihn Roy zu nennen. Roy würde die Langwaffe bedienen, während Ruth als Aufklärer fungieren würde. Der dritte Mann sprach nicht, und niemand stellte ihn vor.

Keeler sagte: „Was ist mit ihm?"

Ruth zuckte die Achseln. „Mach dir keine Gedanken wegen ihn. Er ist der Geek, hier für die DNA-Analyse. Sobald wir ein Stück des Mädchens haben, werden wir die Probe vor Ort bearbeiten, bevor wir verschwinden."

Das bedeutete, dass die Israelis eine schnelle Lösung anstrebten, so als ob sie eine zweite Phase oder ähnliches genehmigen würden, je nach den Ergebnissen der DNA-Proben. Das machte Keeler misstrauisch. Vielleicht, weil er von seiner eigenen Befehlskette nie dasselbe erwarten könnte. Oder vielleicht spielten die Israelis das Spiel mit einem höheren Einsatz.

Für den Moment beschloss er, sich nicht darum zu kümmern. Er war in erster Linie wegen Karim da; das Mädchen war zweitrangig. Die Information und seine Gefühle darüber verschwanden in der hintersten Ecke seines Geistes, neben der seltsamen Melodie, die er immer noch summte.

KAPITEL 38

Sie verließen die Fahrzeuge und legten den Rest des Weges zu Fuß zurück. Sie gingen geradeaus nach Süden, bis sie das Wadi erreichten. Sie stiegen fünfundzwanzig Meter tief in das Wadi ein und kletterten dann leicht nach Nordosten auf einem Hirtenpfad heraus Sie bewegten sich geräuschlos, in Reihe, und ließen es ruhig angehen. Keeler ging voran, gab das Tempo vor. Er dachte: *Lieber leise als schnell.* Er überlegte, dass sie keinen einzigen Menschen gesehen hatten, nur einen einsamen Esel, der an einen Baum gebunden war und schnaufte, als sie sich näherten.

Kurz nachdem dieser Gedanke sein Bewusstsein durchdrungen hatte, schalteten sich Keelers Sinnesorgane ein. Da draußen war etwas, kein Geräusch, kein Geruch, eher ein Gefühl. Er ging in die Knie und wies das Team an, stehen zu bleiben.

Keiner hinter ihm gab einen Laut von sich, alle Teammitglieder waren still und aufmerksam und bewegten sich gemeinsam.

Das Wadi roch nach Rosmarin und etwas Feuchtem, wie

Moos auf Flusssteinen. Etwas anderes stieg aus der Tiefe auf, ein Geruch, den Keeler sofort erkannte, moschusartig, fermentiert, irgendwie wie Pisse, und notorisch ekelhaft.

Der Geruch von wildem Eber in der Brunftzeit. Er stand auf und lief weiter. Eine Minute später stürmten panische Schweine durch das Unterholz.

Keeler hielt einen halben Kilometer vor dem Ziel an, um sich zu sammeln. Das Team kniete in einem Olivenhain und nahm kleine Schlucke aus Wasserflaschen. Er hatte vier Kommunikationsgeräte mit Knochenschall im Gepäck und verteilte drei an die Marines und Ruth, eines behielt er für sich.

Die Israelis hatten ihre eigene Ausrüstung, aber Keeler und Ruth waren sich einig, dass Roy und der dünne Kerl durch sie der Befehlskette folgen mussten. Sie holte Sturm- hauben aus ihrem Rucksack und reichte sie weiter. Keeler schlüpfte in seine; das schwarze Stretchmaterial fühlte sich gut an gegen die Kälte der Nacht.

Das kleine Team war jetzt vermummt und maskiert und trug eine Kombination aus Wanderkleidung und taktischer Ausrüstung sowie hochwertige Kommandowaffen, die durch das parfümierte Waffenöl vage nach geölten Zitrusfrüchten rochen. Für Keeler sah es so aus, als hätte sich das Team von einem Haufen verdächtig aussehender Leute in eine Bande sehr gruselig aussehender Hooligans verwandelt.

Er genoss den Moment vor dem Kontakt und dachte daran, dass seine Kameraden vielleicht ähnliche Gedanken und Überlegungen hatten, manche mehr oder weniger philo- sophisch. Keeler warf den Bolzenladegriff seiner Uzi zurück und stand auf, er fühlte sich übermütig. Er testete das Kommunikationssystem. „Los geht's."

Drei Stimmen drangen an sein Ohr, affirmativ.

———

Das Haus auf dem Hügel verfügte über keine Überwachungskameras, so dass sie Plan A folgten.

Keeler und die Marines kletterten auf das Plateau auf der linken Seite des Wadis. Sie kamen aus dem Schutz eines Olivenhains in den Hof und hockten schließlich hinter einem Futtertank. Die feuchte Erde roch mineralisch, ein Hauch von Frische wurde von den Feldern weiter oben hereingetragen.

Weder Thompson noch Leonard waren aus der Puste. Sie sahen aus, als würden sie sich amüsieren, mit glasigen Augen und leichter Atmung, und warum auch nicht? Zwei junge, gut gebaute US-Marines, die bei einer geheimen Operation mit einem Haufen israelischer Spezialeinsatzkräfte die Hosen anhatten. Konnte das jemals übertroffen werden?

Keeler dachte bei sich, dass das wohl der Höhepunkt ihrer Karriere war, aber genau so lebte er jeden Tag seines Lebens.

Die Eingangstür befand sich praktischerweise auf der Nordseite des Hauses, so dass man das Zielgrundstück auf der anderen Seite des Wadis im Süden nicht sehen konnte. Ruth und ihre Männer kamen etwas später aus dem Wadi und wählten einen direkteren Weg. Sie hielten hinter einem alten Toyota Hilux an, der unter einem Carport geparkt war, und nahmen Sichtkontakt mit Keeler auf.

Auf der anderen Seite des Carports befand sich ein Holzschuppen. Er notierte das für später.

Im Haus war es dunkel und still. In der Küche war ein Licht angelassen worden. Keeler suchte die Fenster mit einem IR-Spektiv ab. Nichts bewegte sich, nichts geschah, der ganze Ort ein Bild des Schlafes.

Er sagte: „Clear."

Zwanzig Meter entfernt hörte Ruth ihn durch den Ohrhörer. Sie zog eine gefälschte türkische Polis-Armbinde an und nahm ihre Sturmhaube ab. Plan A bestand darin, Vertrauen zu den Bewohnern des Hauses aufzubauen und zu versuchen, sie vor einer Panik zu bewahren. Keeler bewegte sich über den Hof und erreichte die linke Seite der Eingangstür. Die Marines nahmen die rechte Seite. Ruth ging geradewegs auf das Haus zu, lässig, flankiert von den beiden Männern mit Sturmhauben, die ein paar Schritte hinter ihr standen. Sie läutete an der Tür und wartete geduldig. Zehn Sekunden später klingelte sie erneut, zweimal. Oben blinkte ein Licht auf. Das Geräusch von Füßen. Ein Zivilist stieg vorsichtig eine Holztreppe hinunter, um nicht die ganze Familie zu wecken.

Kein Hund und noch besser, keine Gänse.

Der Mann sagte etwas von hinter der Tür. Keeler beherrschte die Sprache nicht, wusste aber, dass es sich um etwas in der Art von *„Wer ist da"* handelte. Ruth sagte etwas auf Türkisch, das das Wort *Polizei* enthielt, und der Mann antwortete mit einer kurzen Silbe. Im türkisch-syrischen Grenzgebiet stritt man nach Mitternacht nicht mit der Polizei.

Die Schlösser wurden geöffnet, das Geräusch von Metall auf Metall. Die Tür öffnete sich, und Keeler konnte den Hausbesitzer immer noch nicht sehen. Der Mann sagte etwas zu Ruth. Sie sprach schnell, in einem rauen Ton, sagte etwas Bedrohliches mit Autorität. Der Mann riss sich zusammen und blieb ruhig. Wie ein Vater, der nichts zu verbergen hat.

Er gab eine weitere zweisilbige Antwort, und Ruth nickte in Keelers Richtung, was bedeutete, dass sie zusammenarbeiteten, das Spiel lief.

Sie zeigte auf das Haus und sagte etwas zu ihm. Der Mann wich zurück, und Ruth schritt durch die Tür. Keeler folgte zuerst, so wie es geplant war. Der Hausbesitzer war Mitte vierzig und trug einen weißen Pyjama. Er hatte einen Bart und einen Schopf grau melierten Haares. Er sah eher aus wie ein Schriftsteller als wie ein Bauer. Der Mann sah sowohl überrascht als auch unglücklich aus. Er zuckte zusammen, als er bemerkte, dass Keeler zur Tür hereinkam, vielleicht hatte er nicht mehr Leute erwartet als die drei, die er bereits gesehen hatte.

Ruth gab ihm keine Gelegenheit, es sich anders zu überlegen, und drängte ihn die Treppe hinauf, wobei sie ihn regelrecht anschubste. Der Mann hob eine Hand und sagte etwas mit resignierter Stimme. In der Zwischenzeit verteilten sich die Marines und Roy und erkundeten die untere Etage des Hauses. Keeler ging mit Ruth und dem Hauseigentümer die Treppe hinauf.

Eine Frau rief hinunter, ihre Stimme hallte die polierte Holztreppe hinauf. Die schläfrige Frau, nicht gerade in Panik, aber besorgt. Der Mann antwortete mit seiner besten Vaterstimme und versuchte, beruhigend zu wirken, was unter den gegebenen Umständen nicht einfach war. Selbst wenn die Familie in den Tod marschieren würde, dachte Keeler, dies war die Art von Mann, die immer noch versuchen würde, beruhigend zu klingen. Vielleicht funktionierte Ehe einfach so.

Er und Ruth hatten sich etwas einfallen lassen: Sie waren türkische Anti-Terror-Polizisten auf einer dringenden Mission. Etwas, das in Connecticut vielleicht seltsam klang, aber in der Türkei kein Aufsehen erregen würde. Sie hatte keine weiteren Informationen preisgegeben, sondern nur seine sofortige Kooperation gefordert.

Jetzt stand der Mann oben auf dem Treppenabsatz und sah ein wenig schäbig aus, während seine Frau aus dem Schlafzimmer kam, sich den Gürtel ihres Bademantels umband und schlaftrunken im grellen Licht von Ruths LED-Scheinwerfer blinzelte. Der Mann griff nach dem Lichtschalter, und Keeler nahm sanft sein Handgelenk, führte es weg und schüttelte den Kopf.

Weder Mann noch Frau hatten ein Telefon in der Hand. Keeler schlüpfte in das Hauptschlafzimmer, einen großen Raum mit einem Kamin, der noch Glut ausstrahlte. Auf dem Kaminsims lagen zwei Mobiltelefone zum Aufladen. Er kehrte in den Korridor zurück, wo Mann und Frau ihn ansahen und Ruth leise und beruhigend mit ihm sprach.

Keeler hielt die Telefone hoch, um sie zu zeigen und die Dinge transparent zu halten. Beiden Hausbesitzern stand der Mund offen, ihre Gehirne waren durch die Spannung verwirrt, wie gute Zivilisten.

Ruth bemühte sich sehr, sie bei der Stange zu halten, indem sie einen flachen und neutralen Ton anschlug, der zugleich offiziell und autoritär klang, hoffentlich beruhigend, die Stimme einer starken Führungspersönlichkeit. Fünf Minuten später hatten sie die Familie in das Wohnzimmer im Erdgeschoss getrieben, alles war ruhig und unter Kontrolle. Zwei Eltern und zwei kleine Jungen, vielleicht zehn bis vierzehn Jahre alt.

Keeler bereitete Morphium-Autoinjektoren vor, ohne dass die Familie sie sehen konnte. Er kam zurück in den Raum, ging von einem zum anderen und drückte das Produkt in die Muskeln, bevor sie Zeit hatten zu protestieren. Die Frau sagte etwas, und Ruth antwortete in einem sachlichen Ton. Er gab der Mutter zwanzig Milligramm Morphium, und sie hörte auf zu sprechen. Die Kinder bekamen je zehn Milligramm, und sie kauerten mit Mama auf der Couch, sanken in die Kissen und waren weg vom Fenster.

Den Vater nahm er sich als Letzten vor, indem er die Injektion mit einem Daumen auf dem schwarzen Knopf abfeuerte. Der Mann grunzte und stellte Augenkontakt her. Er sprach auf Englisch. „Sie sind ein guter Kerl, hoffe ich, wie John Wayne."

Eine Sekunde lang fragte sich Keeler, woher der Kerl wissen konnte, dass er kein Türke war. Er schaute auf den Morphininjektor, den er in der Hand hielt. Auf der Tube stand in englischer Sprache: *Morphine Sulfate Injection, 20mg, CII*. Der Kerl hatte eine fundierte Vermutung angestellt. Keeler erinnerte sich, dass es in der Türkei für Männer Wehrpflicht gab. Vielleicht war der Mann selbst Sanitäter gewesen und wusste, dass die Injektoren des türkischen Militärs anders aussahen. Er sah das Gesicht des Mannes, jetzt, da das Morphium wirkte, und alle Ängste, die er gehabt haben mochte, schwanden.

Leonard stand in der Tür und winkte ihm zu. Keeler duckte sich aus dem Zimmer. Die Marines hatten im vorderen Raum Stellung bezogen, mit Blick auf das Wadi, das Licht ausgeschaltet. Thompson stand am Fenster mit Keelers Spektiv. Er reichte das Spektiv weiter.

„Sieht aus als wäre da nichts."

Keeler richtete das Zielfernrohr auf und scannte langsam. Richtig. Das Zielhaus war grau, dunkel und mit Fensterläden versehen. Es lag genau einhundertzweiunddreißig Meter südwestlich. Das Zielfernrohr zeigte eine Höhendifferenz von zwanzig Metern an. Das Gelände war auf der Wadiseite eingezäunt und auf einem dreieckigen Steilhang mit Blick auf steile Ufer gebaut.

Keeler spürte Ruth neben sich, ihre Wärme und ihren besonderen Geruch.

Er sagte: „Was gibt's?"

Sie sagte: „Ich glaube nicht, dass der Kerl ein Hirte ist."

„Welcher Typ?"

„Der im anderen Zimmer."

„Was ist er?"

„Er sagt, er sei Professor für Philosophie an der Bilkent-Universität."

Keeler lächelte. „Das passt. Hast du dir seine Büchersammlung angesehen?"

„Sie erinnerte mich an die meines Vaters."

„Vielleicht hat er eine Idee." Keeler reichte ihr das Spektiv.

Ruth klappte das Teleskop hoch und begann zu scannen. „Du hast so ein Gefühl."

Er hatte nicht viel darüber nachgedacht, aber als sie es sagte, konnte er es nicht mehr leugnen. Der Ort sah wirklich leer aus. Er sagte: „Ja."

Ruth reichte das Endoskop zurück. Sie sagte: „Gefühle sind wichtig, zumindest wenn es nach dem Therapeuten meiner Schwester geht. Lass uns mit dem Professor sprechen."

KAPITEL 39

Der Professor fühlte sich gut, so viel war klar. Er lehnte sich in seinem ledernen Bürostuhl zurück und genoss eine Zigarette. Keeler saß auf dem Schreibtisch und sah auf den Mann hinunter. Er hatte keine Schwierigkeiten beim Sprechen, er hatte nur ein paar Probleme, sich zu artikulieren, spann einen von Drogen beeinflussten Faden, aber sein Englisch war perfekt.

„Ich glaube, schon zur Zeit meines Großvaters haben wir den Hof nicht mehr bewirtschaftet, sondern nur noch das Land, mit Pächtern. Hauptsächlich Weizen und Gerste mit etwas Obst für den Haushalt. Ich erinnere mich noch an den Geruch des Flusses, als ich ein Kind war, im Winter. Jetzt gibt es nur noch das Haus. Unsere Familie ist in den sechziger Jahren weggezogen, aber wir haben das Haus behalten, nicht das Land."

Seine Augen leuchteten und waren rot.

Keeler sagte: „Erzählen Sie mir von den Nachbarn."

Der Mann atmete ein paar Mal ein und aus, als sei dies ein emotionales Thema. Er deutete nach Süden in Richtung Syrien. „Hören Sie, seit der Krieg begonnen hat, hat sich hier alles verändert. Ich muss das Eigentum meiner Familie schützen, deshalb bin ich jetzt hier. Ich weiß genau, an wem Sie interessiert sind." Er gestikulierte in die Richtung des Zielhauses. „Was auch immer sie behaupten, dass sie es sind, Peshmerga oder Daesh, Regime oder was auch immer. Sie wissen, dass es nur die Mafia ist. Alles hier ist Clan-Mafia. Sie benutzen den Krieg, um ihre Geschäfte zu machen."

Ruth sagte: „Beschreiben Sie es einfach. Wer wohnt dort, ist es leer? Es sieht leer aus."

Der Professor nickte. „Niemand wohnt dort, aber es kommen Leute vorbei. Ich bin ihnen einmal im Dorf begegnet. Wie ich schon sagte, Mafiosi." Sein Gesicht errötete. „Was sie sagen, der Krieg, die Politik. Alles Blödsinn. Was dort passiert, ist Drogenhandel und Menschenversklavung, Mann, ernsthafte Mafia-Scheiße, ich sag's Ihnen. Die benutzen Politik und Religion als Vorwand, um Geld zu machen, wie überall, wie Don Corleone."

Keeler sagte: „Ich dachte, Don Corleone war gegen Drogen. Geht es nicht darum in dem Film?"

Der Professor lachte leise, fast nur für sich, und fixierte Keeler mit einer gedopten Eindringlichkeit. „Du verstehst natürlich, John Wayne, dass sie, wenn du sie nicht alle erwischst, hierherkommen und meine ganze Familie umbringen werden, langsam und qualvoll. So ist das hier nun mal." Er hielt seine Hand an sein Herz, als ob er Treue schwören wollte. „Mit großer Macht kommt große Verantwortung, John Wayne."

Ruth sagte: „Kommen Sie zur Sache."

Der Professor sagte: „Sie kommen zweimal in der Woche, meistens dienstags und sonntags. Ab und zu sind auch an den anderen Tagen Leute da. Meistens zwei Typen. Toyota Land Cruiser, ja? Weiß. Da wohnt niemand."

Keeler sagte: „Irgendeine Idee, warum sie zum Haus kommen?"

„Nein." Er richtete sich in seinem Stuhl auf. „Ich gehe an den Markttagen ins Dorf." Der Professor deutete in Richtung

Südwesten. „Ansonsten gibt es einen ziemlich guten Supermarkt in Sivasa."

„Wie lange kommen sie schon zum Haus?"

Der Professor sagte: „Vielleicht ein Jahr. Das Haus hat immer der Familie Yilmaz gehört, vom Çepni-Clan, sehr traditionelle Leute. Ich vermute, dass sie das Grundstück jetzt verpachtet haben, ich weiß es nicht." Er lachte wieder innerlich, das Morphium wirkte. „Ein weiterer Grund, warum ich nicht oft ins Dorf gehe, ich habe nicht viel Geduld mit diesen traditionellen Leuten." Er setzte einen professoralen Gesichtsausdruck auf und wandte sich an Keeler. „So wie ihr jetzt in den USA, Land gegen Stadt, ja?" Er klopfte sich auf die Brust. „Ich bin jetzt Stadtmensch, früher war ich Landmensch, aber jetzt bin ich ein Stadtmensch."

Keeler nickte Ruth zu, und sie gab ein Zeichen. Roy lehnte an der Türöffnung hinter ihnen. Er kam und nahm den Professor mit, um ihn zu seiner Familie zu bringen. Ruth war bereits dabei, das Haus zu verlassen und in den Vorgarten zu gehen. Sie zündete eine der Zigaretten des Professors mit seinem Feuerzeug an.

„Und?"

„Das Haus sendet Kommunikationssignale aus, und von außen sieht es unbewohnt aus. Die Leute kommen ein paar Mal pro Woche. Was auch immer da drin passiert, es muss nicht ständig verwaltet oder versorgt werden."

Sie zog an der Zigarette. „Es könnte eine einfache Erklärung geben, es ist ein Ort, an dem sie Gefangene unterbringen, was die seltenen Besuche erklärt." Sie schnippte die Asche weg. „Aber die abgefangenen Signale sagen etwas anderes, sie deuten auf mehr als nur gelegentliche Aktivitäten hin."

„Aha. Und der Professor sagt, die Besuche finden nur zweimal pro Woche statt."

„Richtig. Er sieht nicht das ganze Bild."

Keeler kehrte ins Haus zurück, betrat das vordere Zimmer

und stellte sich ans Fenster. Thompson war bei der Frau und den Kindern. Leonard reichte ihm das Zielfernrohr. Er hielt es an sein Auge und versuchte, Dinge zu finden, die ungesehen geblieben waren, übersehene Details.

Der Hof der Anlage war nass. Noch immer weder regnerisch noch trocken, sondern irgendwo dazwischen. Das, was die Briten als *Spitting* bezeichnen würden. Die Fenster waren mit hölzernen, vermutlich schweren Fensterläden verschlossen. Es sah aus wie ein Sommerhaus, das für die Saison geschlossen war. Innerhalb der Mauern befanden sich das Hauptgebäude und eine Steinscheune. Das Scheunentor stand offen, das Nachtsichtgerät konnte nicht ins Innere durchdringen und gab ein körniges, dunkelgrünes Interieur wieder.

Keeler nahm das Zielfernrohr von seinem Auge und verschaffte sich einen Überblick. Das Gelände befand sich am Rande des Dorfes, aber dahinter gab es weitere Häuser. Er begann langsam zu scannen und wählte die Peripherie aus. Die benachbarten Gebäude waren größtenteils dunkel. Ein paar Außenlichter leuchteten in der Nachtsicht auf. In einem Haus brannte ein Licht. Direkt östlich des Zielhauses befand sich ein dreistöckiges Gebäude, eine billige Konstruktion aus Gussbeton, vermutlich ein Mehrgenerationenhaus.

Irgendetwas an diesem Gebäude erregte sein Interesse, vielleicht weil es eine hervorragende taktische Position in Bezug auf das Zielhaus darstellte. Dort oben bewegte sich nichts, die Fenster waren dunkel und unzugänglich. Er scannte zurück zum Haus.

Die Fragen, die Keeler durch den Kopf gingen: War dies der Ort, an dem Karim festgehalten wurde, und was war mit dem Mädchen? Das Mädchen hatte auf den Fotos aus der Klinik nicht glücklich ausgesehen, aber auch nicht wie eine Gefangene, die man in einen Kerker werfen würde. Die andere offensichtliche Sache: Nasenoperationen waren normalerweise Luxuskäufe.

Als er das Zielfernrohr wieder herunterließ, stand Ruth neben ihm.

Sie fragte: „Was willst du tun?"

Er gab ihr das Zielfernrohr. „Wir gehen jetzt rein."

Roy tauchte hinter ihr auf. Sie drehte sich um und sagte leise etwas zu ihm. Roy drehte seinen Rucksack um und begann, Hardware herauszuholen.

Keeler fragte: „Was ist mit der Familie?"

Sie sagte: „Unter Kontrolle."

Roy baute gerade etwas zusammen, das wie ein Sako TRG-Scharfschützengewehr aussah. Keeler warf einen flüchtigen Blick darauf: .308 Winchester, NATO-Munition, hergestellt in Finnland, verwendet von einer Reihe von Spezialeinheiten auf der ganzen Welt - nicht in den USA oder Israel, soweit er wusste, wahrscheinlich etwas, das die Türken benutzten, etwas, das Bestreitbarkeit unterstützte.

Staff Sergeant Leonard sah ihn an, zwei eindringliche Augen in dem abgerundeten Rechteck der Balaclava-Maske. Keeler überprüfte seine Waffe und vergewisserte sich, dass sie geladen und gesichert war, und erwartete, dass die Marines dasselbe taten. Von der Seite des Hauses aus hatten sie einen guten Blick über das Wadi auf das Zielhaus, das im Neumond flach wie eine Raubpflanze dalag.

Das Wegwerf-Handy in Keelers Tasche surrte. Er zog es heraus und sah es an. Tina Choi.

Er lehnte den Anruf ab, schaltete das Telefon aus und ließ es in die Tasche zurückgleiten, dann schob er eine Klettverschlussklappe an ihren Platz und bereitete seinen Kopf auf das vor, was gleich passieren würde. Choi lebte in der Welt der Botschaften und der Politik. Keeler hatte dem Ganzen eine Chance gegeben, aber wie immer war das Ergebnis enttäuschend ausgefallen.

KAPITEL 40

Keeler kletterte die letzten paar Meter den Rand des Wadis hinauf und stellte sich hinter die Mauer. Er setzte sich und lehnte sich mit dem Rücken an den Stein. Der Wind hatte etwas zugenommen und peitschte kalte Luft aus dem feuchten Tal herauf. Die beiden Marines schlossen sich ihm an. Etwas anderes, Gutes und Unerwartetes: Ein kleiner Wasserfall floss durch das Dorf in das Wadi. Das Rauschen reichte aus, um alle Geräusche zu übertönen, die sie machten, einschließlich der Minidrohnen.

Keeler nahm den taktischen Koffer aus seinem Rucksack. Der Bildschirm war in den Deckel integriert, die Steuerung wurde mit einer Hand bedient. Er klappte eines der Drohnenfächer auf. Das Ding sah genau wie ein Hubschrauber aus, so klein, dass man es mit einer Hand umschließen konnte. Ein Druck auf die Steuerung, und die Rotoren begannen leise zu surren. Die Drohne hob ab, flog bis knapp über die Mauer und schwebte.

Thompson beobachtete den Bildschirm. Keeler warf ihm einen Blick zu, und der Marinesoldat erinnerte sich an den Plan und kroch zur Ecke der Mauer des Geländes hinüber, wo er eine Verteidigungsposition mit guter Sicht auf das Wadi und den Beginn des Dorfes im Nordosten einnahm. Leonard nahm die andere Seite ein. Sobald die Marines in Position waren, richtete Keeler seine Aufmerksamkeit auf den Bildschirm.

Die Drohne war schnell und legte die Strecke von ihrer Basis bis zur Steinscheune in ein paar Sekunden zurück. Die Kamera durchdrang die Dunkelheit, das Infrarotbild war körnig und zeigte landwirtschaftliche Werkzeuge, eine Schubkarre und einen Haufen zusammengestapelter Plastikeimer. Stapel von Pappkartons und rostige Fahrräder, die in einer Ecke mit einer zerknitterten Plane und Behältern mit etwas, das er für Düngemittel hielt, gestapelt waren.

Keeler steuerte das Gerät aus der Scheune heraus und begann mit einer seitlichen Observierung der Außenbereiche des Hauptgebäudes. Die Fensterläden waren geschlossen, und die empfindliche Kamera registrierte kein elektrisches Licht. Die Eingangstür war von außen mit einem Vorhängeschloss gesichert. Es sah wirklich nicht so aus, als wäre jemand zu Hause. Nachdem er die andere Seite des Gebäudes hinter sich gelassen hatte, drehte Keeler die Drohne um hundertachtzig Grad und richtete die Weitwinkelkamera auf das darüberliegende Nachbargebäude.

Drei Stockwerke, verdunkelte Fenster, die ihm zugewandt waren, etwas Seltsames.

Ein dreistöckiges Haus entsprach in diesem Teil der Welt gewöhnlich drei Generationen einer Familie. Die Großeltern unten, die Eltern in der Mitte, darüber das jüngere Paar, in der Regel die Familie des ältesten Sohnes, meist mit kleinen Kindern. Nach der dritten Generation bauten sie ein weiteres Haus.

Aber kein einziges Licht war im Haus an. Nichts vergessen, kein Badezimmerlicht angelassen, kein Schlafloser, der in einem Wohnzimmer saß und mit den Zähnen knirschte.

Keeler bewegte die Drohne vorwärts, ließ sie zum dritten Stock aufsteigen und versuchte, sich dem Fenster zu nähern.

Auch dort war nichts zu sehen, nur die Reflexion des gerade aufgegangenen Mondes. Unter den gegebenen Umständen war das wenig hilfreich, da er durch das Glas nicht klar sehen konnte. Er überprüfte ein weiteres Stockwerk und bewegte die Drohne seitlich über das Gebäude.

Da war nichts außer Reflexion und Dunkelheit, körnig und mit leichtem Grünstich vom IR-Sensor.

Er brachte die Drohne zurück über das Gelände und flog sie niedrig über den Boden. Er hatte einen Steinvorsprung mit etwas, das wie ein Kellereingang aussah, an der Nordostseite übersehen, etwas, das er noch nie gesehen hatte. Eine Treppe führte hinunter in die Dunkelheit. Er steuerte die Drohne hinunter und ließ sie vor einer Stahltür schweben, die in der körnigen Düsternis wie eine verschlossene und von außen mit einem normalen Zylinderschloss versehene Tür aussah.

Es hatte etwas Seltsames an sich, das er zunächst nicht verstand. Das Schloss sah neu aus, der Stahl glänzte im Mondlicht. Ein neues Schloss bedeutete, dass man sich um die Instandhaltung kümmerte und wahrscheinlich auch, dass der Eingang in Betrieb war. Wurde er bewacht?

Er kippte die Drohne nach oben, um über die Tür zu schauen. Ein einzelnes Kameraauge blickte zu ihm zurück. Irgendetwas geschah an diesem Ort. Keeler schickte die Drohne erneut auf das Haus zu, ließ sie in Ecken hinein und an Markisen entlangfliegen und achtete mehr auf die Details. Das Haus war mit ausgeklügelter Überwachungsausrüstung ausgestattet, alles in Mikrogröße und diskret getarnt, in vertieften Hohlräumen untergebracht. Drei Türen, jede von ihnen mit einer kleinen schwarzen Kamera überwacht. Drei weitere Kameras überwachten den Hof.

Eine neue Frage: Überwachte jemand aktiv die Kamerabilder, oder würden sie sich auf eine Art Erkennungsalgorithmus verlassen, um Bewegungen zu erkennen und einen Alarm auszulösen? Vielleicht waren im Hof Druckplatten vergraben.

Keeler drückte einen Knopf an der Steuerung und wartete, bis die Drohne zurückkehrte und sich in ihrem Fach niederließ, wie ein Tier, das sich für die Nacht in sein Nest vergrub. Das Fach klappte zurück, und er schaltete das Gerät aus. Der Koffer wanderte in seinen Rucksack, und er war bereit, wobei er einen Blick auf die Marines warf, die ihn eifrig beobachteten.

Er winkte Leonard und Thompson zu sich heran.

„Der Ort hat ein Sicherheitssystem, Kameras, und ich weiß nicht, was noch." Thompson und Leonard sahen ihn nur an. Er sagte: „Wir müssen über den Hof, um zum Haus zu gelangen. Es ist ein offenes Gelände, und alles könnte passieren. Wenn sie ein richtiges System haben, werden sie uns dort abfangen. Wenn sie wirklich ein echtes System haben, haben sie uns schon im Auge."

Leonard sagte: „Was willst du jetzt von uns?"

„Entweder wir gehen über die Mauer oder nicht."

Leonard sagte: „Und wenn nicht, gehen wir einen anderen Weg?"

„Nein, wir brechen ab. Wir gehen zurück und überdenken den Ansatz."

„Vielleicht auf der anderen Seite?"

Keeler sagte: „Das würde nichts ändern. Wenn sie ein aktives Defensivnetz haben, wird die Front gleichmäßig abgedeckt sein. Drei von uns würden nicht ausreichen, egal wie man es dreht und wendet, Leonard."

„Aha."

Thompson sagte: „Aber der Mann ist da drin, oder? Unser Mann ist da drin?"

Er sagte: „Laut unseren Freunden ist er das."

Thompson nickte. „Sie werden nichts sehen. Wer sichtet schon Überwachungskameras?"

Keeler sagte nichts und wartete darauf, dass der andere Marine seine Meinung sagte.

Leonard beobachtete seinen Freund genau, mit einem

eindringlichen Blick aus den Augen, die vom Schlitz der Sturmhaube eingerahmt waren. Er nickte ebenfalls und knurrte: „Semper Fi."

Hohe Motivation. Keeler beobachtete sie kurz und packte dann die Drohnenausrüstung ein.

Er sagte: „Was kann schon passieren, oder?"

Thompson sagte: „Wir sterben."

Leonard sagte: „Wir sterben sowieso, irgendwann."

Keeler setzte sich den Rucksack auf den Rücken, die Gurte rasteten ein und saßen fest.

„Sterben ist nicht das Schlimmste, was passieren kann. Und jetzt haltet die Klappe und hebt mich über die Mauer."

KAPITEL 41

E r ließ sich auf das Gelände fallen und bewegte sich auf das Gebäude zu, alle Gelenke und Muskeln funktionierten einwandfrei. Auf den entscheidenden zehn Metern war er sowohl dem Blick der Kameras ausgesetzt, als auch von der Position im benachbarten dreistöckigen Haus aus sichtbar. Keeler rannte, so schnell er konnte, stellte sich mit dem Rücken zur Wand und hielt Ausschau nach den anderen. Leonard schloss sich ihm fünf Sekunden später an. Thompson ließ sich über die Mauer fallen und verstauchte sich den Knöchel.

Der Marine sackte zu Boden, stand sofort wieder auf und setzte sich in einem langsamen Joggen in Bewegung, wobei er den linken Fuß bevorzugte. Er lief von der Ecke des Hofes aus, eine größere Entfernung als Keeler oder Leonard zurückgelegt hatten. Thompsons Weg hatte etwas Unvermeidliches, ja Tragisches an sich. Keeler beobachtete ihn, sah, wie sich die Augen des Marines verengten, konzentriert auf das Ziel.

Er war etwa auf halber Strecke, als sich etwas in der Luft bewegte wie eine Wärmespiegelung. Keeler sah es, bevor er es hörte, die verschwommene Verzerrung. Thompson bekam es ins Gesicht, die Form saugte sich nach innen, als ob ein

Punkt auf seiner Wange von einem kräftigen Finger einge-
drückt worden wäre. Es wurde mit großer Geschwindigkeit
durch sein Gesicht gestoßen, bis aus Thompsons Hinterkopf
Knochen und Blut spritzten. Der Körper des Marines sackte
wie eine ausrangierte Stoffpuppe in den nassen Dreck und
verlor augenblicklich alles Leben.

Das Geräusch kam eine Millisekunde später. Der Aufprall
der Kugel, als sie Thompson traf, ein Klatschen, ein Knacken
durch Knochen und Fleisch, ein Verzerren, ein Wegschleudern,
als das Projektil sich mit hoher Geschwindigkeit und einem
Klicken an der Steinwand entlud. Sie hörten den ersten Schuss
nicht einmal. Eine Sekunde nach Thompsons Tod herrschte
absolute Stille, sogar der Wind hatte aufgehört zu wehen.

Dem Winkel des Schusses nach zu urteilen, befand sich
der Schütze in dem dreistöckigen Gebäude, das nun außer
Sichtweite war. Keelers Augen wurden durch ein scharfes
Flackern von Licht aus dem Haus auf der anderen Seite des
Wadis angezogen. Es war Roy, der zurückschoss, das unter-
drückte Mündungsfeuer war nur ein Funke in der Nacht,
unhörbar aus dieser Entfernung. Der Aufprall war das
Klirren von Glas auf der anderen Seite des Geländes.

Leonards Augen funkelten, die sichtbare Haut glänzte
und errötete. „Scheiße."

Keeler legte eine Hand auf die muskulöse Schulter des
Marines, fühlte, wie sie heiß und angespannt war, und hörte
Ruths kühle Stimme in seinem Ohr. „Schütze im dritten Stock
des Gebäudes, auf der anderen Seite des Hauses von Ihrer
Position aus. Neutralisiert."

Er fragte: „Gibt es noch andere Bewegungen?"

„Negativ."

Leonard hyperventilierte, bekam es aber unter Kontrolle.
Er spuckte in den Dreck. Keeler warf einen Blick auf Thompsons Leiche. Es war keine Zeit für Reue oder Trauer; sie
hatten die Mission angefangen und mussten weitermachen.

Er nahm einen Satz Bolzenschneider aus seinem Rucksack. Der Fensterladen direkt neben seinem Kopf war aus schwerem Eichenholz, das kürzlich dunkelgrün gestrichen worden war. Er klemmte die Klingen des Werkzeugs unter das Holz und wackelte gegen den engen Sitz und den ungünstigen Winkel an. Er fand Halt und knackte den ersten Bolzen. Die restlichen drei waren einfacher. Leonard ließ den Fensterladen auf den Boden fallen und lehnte ihn gegen das Haus.

Keeler sprach in das Mikrofon mit Knocheninduktion. „Ich bin drin. Was sehen Sie?"

Ruth sagte: „Im Moment nichts. Ich glaube, du hast nicht viel Zeit."

„Warum."

„Nennen wir es *mehr als ein Gefühl.*"

Lustig.

Leonard kniete sich hin, bereit, Keeler einen weiteren Schub zu geben. Er trat grob auf das Knie des Marines, stieg auf dessen Schulter und zerschlug mit der Uzi die Fensterscheibe. Ein Fuß auf dem Sims, und er drückte sich mit der Schulter zuerst durch die Glas- und Holzreste in das dunkle Haus. Keeler griff nach unten, ergriff die Hand des Marines und zog ihn hoch.

Er und Leonard standen sich Auge in Auge gegenüber, als der industrielle Schlag eines schweren Maschinengewehrs die Nacht durchbrach.

Keeler war bereits in Richtung des Hauses des Professors unterwegs. Als er aus dem Fenster sah, das vielleicht hundert Meter entfernt auf der anderen Seite des Wadis lag, sah er, dass die Fassade des Hauses unter Beschuss genommen wurde. Innerhalb weniger Sekunden war die Sicht von einer Wolke aus zertrümmertem Glas, Steinstaub und Holzsplittern verdeckt, die von der langen Salve schwerkalibriger Geschosse stammte.

Sobald die Schießerei aufhörte, war Ruth wieder an seinem Ohr. „Na also, sag ich doch."

Keeler sagte: „MG-Waffe. Haben wir die Position?"

Ein weiteres Flackern von Licht kam aus dem Haus. Kein Geräusch, weder vom Schuss noch vom Aufprall.

Ruth sagte: „Wir sind mobil." Cool und ohne Aufregung.

„Verstanden."

Keeler schaltete seinen LED-Scheinwerfer ein und sah sich zum ersten Mal um. Der Raum war leer, die Tür offen, das Haus dunkel. Er verließ den Raum, Leonard an seiner Schulter. Sie standen vor einem kahlen Wohnzimmer mit zwei fachmännisch aufgestellten Tapeziertischen. Die LED-Leuchten beleuchteten drahtlose Internet-Router, die auf den Tischen aufgereiht waren, mit Verbindungskabeln und rechteckigen Kästen, vielleicht Netzwerk-Router und Strom, oder etwas anderes. Er wusste es nicht.

Leonard stieß einen leisen Pfiff aus und zeigte auf die Tür. Er hatte eine Stahltür gefunden. Was er damit sagen wollte: Die Tür sah aus, als ginge sie in einen Keller hinunter. Als Keeler näherkam, sah er, warum Leonard so aufgeregt war. Das Haus war völlig dunkel, aber durch den Spalt in der Kellertür schimmerte elektrisches Licht.

Er ging von der Kellertür weg, in den anderen Raum und sprach zu Ruths Gunsten laut. „Das Haus ist leer, bis auf die Kommunikationsgeräte auf dem Tisch, die den Satellitenempfang erklären. Das Kabel läuft in einen Keller."

Ruth brauchte nicht lange, um diese Information zu verarbeiten. Sie sagte: „Verstanden."

Das bedeutet: Aktivität unten im Keller; Leute, die die Geräte oben benutzten, um mit der Außenwelt zu kommunizieren. Es war eine Menge Ausrüstung. Es war schwer zu sagen, was das bedeutete.

Sie sagte: „Nordöstlich von eurer Position, auf der Dorfseite des Hauses, gibt es Bewegung. Ich habe mindestens zwei Personen gesehen, unklar, was sie taten. Entweder gingen sie weg oder kamen auf euch zu. Ich weiß es nicht."

„Verstanden", sagte Keeler. „Ich gehe runter in den Keller. Wir werden wahrscheinlich keinen Kontakt haben."

Das schwere MG-Geschütz begann wieder zu tuckern. Er konnte sich vorstellen, wie sich die Kugeln durch Erde, Felsen, Zement und Bäume fraßen, wohin auch immer es Ruth und Roy verschlagen hatte. Nach einer Weile meldete sie sich wieder in der Leitung und klang nicht allzu besorgt.

„Ich bin mir nicht sicher, ob es klug ist, Keeler, da runter zu gehen. Wir werden bald noch mehr Gesellschaft haben. Du willst dann nicht unter der Erde festsitzen."

Da hatte sie recht - und deshalb dachte Keeler, dass es besser wäre, eher früher als später dort hineinzugehen. Er schaute zu Leonard, der ihn anschaute. Die Kellertür war nicht verschlossen. Keeler holte eine Blendgranate hervor und machte sie scharf.

Er sagte: „Semper Fi."

Leonard öffnete eine Seite der Tür und Keeler warf die Granate hindurch. Leonard ließ die Stahltür fallen, und sie drehten sich weg und hielten sich die Ohren zu.

KAPITEL 42

Keeler ging hinein, sobald der Blitzknall ertönte.

Er stürzte sich die Treppe hinunter und nutzte das Überraschungsmoment. Nackte Glühbirnen hingen an einer weiß getünchten Steinwand. Der Vorraum war von der Granate vernebelt, Chemikalien brannten in seiner Nase.

Auf halbem Weg nach unten bewegte sich eine Gestalt geradeaus. Er drehte das Gewehr, hielt es tief und schoss dreimal in schneller Folge. Die Uzi war für den Nahkampf gemacht. Eine Sekunde später war er weiter unten und konnte das Gewehr auf Augenhöhe bringen, sich tief hinhocken und nach Bewegungen Ausschau halten.

Von der Treppe aus wandte er sich nach links und suchte nach Zielen, wobei er sich gleichzeitig bewegte und zielte, beide Augen offen, die Welt eine sensorische Synthese aus dem Zielfernrohr und seinem organischen Sehvermögen. Der Adrenalinstoß war stark, und Keeler war bereit dafür, er nutzte ihn für die Furchtlosigkeit, für die er gut war.

Er stellte die Waffe auf Triple Burst.

Eine flackernde Bewegung zu seiner Linken, eine verschwommene Silhouette, die an ihm vorbeirauschte, eingerahmt von einer beleuchteten Tür. Jemand rief aus einem anderen Teil des Kellers. Die Gestalt hielt für den Bruchteil einer Sekunde inne. Keeler drückte einmal ab, während er näherkam, und die Gestalt wurde scharf, als drei Kugeln in das Gesicht des Mannes prasselten, es zerfetzten und ihn neben der Tür zu Boden warfen.

Der Marine grunzte etwas, das wie ein Wort klang, vielleicht zwei Silben. Keeler drehte sich um, sah mehr Bewegung und das Zischen von Geschossen, die an ihm vorbeizogen und in die Wand zu seiner Linken einschlugen. Ein Steinsplitter durchschlug das dünne Material der Sturmhaube und brannte gegen sein Ohr.

Leonard hatte sich hingekniet und schoss kontrollierte Salven durch eine Tür auf der rechten Seite. Keeler sah dort drinnen die vage Gestalt einer männlichen Figur im Dunst. Ganz rechts nahm er eine Bewegung in seinem peripheren Blickfeld wahr. Die Zeit schien langsamer zu vergehen, als sich der Feind näherte, ein Aufblitzen von Entschlossenheit und weißäugiger Angst in einem bärtigen Gesicht.

Keeler wich aus, um Abstand zwischen sich und den entgegenkommenden Mann zu bringen, um aus dem Nebel herauszukommen und Klarheit zu gewinnen. Der Kerl feuerte eine Pistole ab, vielleicht drei Schüsse bis jetzt, die alle ihr Ziel verfehlt hatten. Eine große Handfeuerwaffe, die die dünnen Handgelenke zucken ließ. Keeler richtete die Uzi aus und gab einen Schuss in die Brust des Mannes ab. Die 9-mm-Kugeln mit Vollmetallmantel durchschlugen das schwere Flanellhemd und richteten ein Chaos aus Fleisch, Knochen und Organen an, so dass der Mann stehen blieb.

Leonard war immer noch auf den anderen Raum konzentriert. Keeler tippte ihm auf die Schulter und ging nach links. Neben der Tür lag die Leiche des ersten Mannes, den er niedergestreckt hatte, schlaff und seltsam in seiner Todesposition. Keeler stellte den Selektor wieder auf Einzelbild.

Der Rauch lichtete sich bereits. Eine weitere Gestalt

bewegte sich, jemand rannte davon, einen schmalen Gang hinauf. Keeler feuerte einen Schuss in das Loch, der den Mann an der linken Wade erwischte und ihn zu Boden brachte. Ein zweiter Schuss traf den Kopf des Mannes, so dass Blut und Knochensplitter gegen die Wand hinter dem Leichnam klatschten.

Der Feind war auf der Flucht, desorientiert und leistete Widerstand, aber noch nicht effektiv. Er schätzte ihn in Zustand Orange, in dem er sich der Bedrohung bewusst war, aber nicht in der Lage, eine effektive Verteidigung aufzubauen. Das Überraschungsmoment hatte funktioniert, auch wenn es nicht lange anhalten würde. Jeder Vorteil, den Keeler hatte, war kurzlebig und verflüchtigte sich schnell.

Die Leiche lag verdreht an einer scharfen Biegung. Der Mund des Toten stand weit offen und offenbarte geschwärzte und kaputte Zähne und eine ungesunde Zunge. Der Tunnel bog nach rechts ab und war mit Industrieglühbirnen, die gleichmäßig entlang eines dicken schwarzen Stromkabels verlegt waren, hell erleuchtet. Die niedrigen Decken befanden sich knapp über Kopfhöhe, und Feuchtigkeit tropfte von dem grob behauenen Stein. Ein Kabelkanal verlief über die gesamte Länge des Korridors, ein Kanal für die Kommunikationsleitungen, die zum drahtlosen Netzwerk im Obergeschoss führten.

Er rief Leonards Namen, und die beiden Silben hallten in dem engen Gang wider.

Was er erkannte: Der Tunnel reichte über das Haus hinaus. Es handelte sich um ein unterirdisches Netzwerk, das sich unter das Dorf grub. Das ergab eine Menge Sinn. Sie befanden sich nicht in einem vorübergehenden Versteck, sondern in einem etablierten Operationszentrum irgendeiner Art. Der Korridor öffnete sich zu einem größeren Raum, vielleicht fünfzig Meter entfernt.

Leonard reagierte nicht sofort. Für einen langen Moment dachte Keeler, dass er tot sei, was sehr schade wäre. Die

Stimme des Marine drang durch den Ohrhörer. „Ich komme jetzt zu deiner Position." Leonard schloss zu ihm auf. „Der andere Raum ist eine Sackgasse."

„Hast du ihn durchsucht?"

„Jawohl."

Keeler fragte: „Hast du sorgfältig gesucht?"

Der Marine hielt inne. „Nicht sorgfältig, nein."

Keeler holte tief Luft und berechnete die Wahrscheinlichkeit, dass der Feind von hinten an sie heranschleichen würde, und hielt es für möglich. Er zeigte auf sie und sprach so ruhig, wie er konnte. „Du musst mir in dem Loch Deckung geben. Halt deine Kugeln auf die rechte Seite des Korridors. Ich gehe auf der linken Seite. Schieß mir nicht in den Rücken."

Der Marine nickte. „Hooah."

Leonard hatte keinen Sinn für Humor, aber das war in Ordnung.

Keeler klopfte ihm aufmunternd auf die Schulter und sprintete den Korridor hinunter, wobei er den methodischen Knall von Leonards Uzi hörte, die einzelne Kugeln neben ihm abfeuerte, die verdammt dicht an seinem Kopf vorbeizischten. Er kam am Ende des Ganges an, kein Feind. Keeler hob eine Faust, und das Schießen hörte auf.

Leonards unregelmäßige Schritte ertönten auf dem Korridor. Sie standen zusammen und blickten in ein unbeleuchtetes Foyer. Auf der linken Seite befand sich ein großer Arbeitsraum. Keeler ging näher heran und benutzte den LED-Scheinwerfer, um etwas zu sehen. Er versuchte zu erkennen, was er da sah. Tapeziertische, wie sie auch oben standen, sechs insgesamt, einige beladen mit Pappschachteln für Süßigkeiten, zusammengebaut und flach verpackt, andere mit blauen Industriebehältern, gefüllt mit pillengroßen, bunten Süßigkeiten.

Der Marinesoldat griff mit einer Hand in einen der Behälter, nahm eine Handvoll Bonbons und ließ sie durch seine

Finger gleiten. Er hob eine der flachen Schachteln auf. „Eine Süßwarenfabrik oder so."

Keeler sagte: „Es ist Captagon."

Leonard sagte: „Capta-was?"

„Drogen. Dreckiges Amphetamin-Zeug, wie Speed auf Steroiden. Das nehmen die ISIS-Leute alle vor dem Kampf. Das hilft ihnen, sich in die Luft zu sprengen oder Gefangene zu enthaupten. Jetzt nimmt jeder im Nahen Osten diese Drogen und macht verrückte Sachen. Das meiste davon kommt aus Syrien; es ist ihr größter Exportartikel. Damit wird das Regime von Assad und die Hisbollah im Libanon finanziert." Er strich mit einer Hand über den Verpackungs-bereich. „Sie verpacken es für den Transport als türkische Bonbons."

Die andere Seite des Raumes war als eine Art Wohn-zimmer eingerichtet. Sofas und ein Fernseher und eine gläserne Teekanne mit gläsernen Teetassen. Eine Wasserpfeife auf dem Boden neben einem Stuhl mit einem mit rotem Samt bezogenen Kissen. Ein Walkie-Talkie lag auf dem Couchtisch, daneben eine Tüte mit Sonnenblumenkernen und ein Haufen Schalen, die in einem Aschenbecher aus Messing ausgespuckt wurden.

Keeler betastete die Samenschalen, die noch feucht waren von der Spucke eines anderen.

Er stellte sich die Situation vor: Auf der einen Seite des Raumes arbeiteten die Menschen, auf der anderen Seite war ein Platz zum Ausruhen oder zur Beaufsichtigung der Arbei-ter. Am äußersten Ende des Wohnzimmers waren zwei kleine Zellen in den Stein gehauen worden. Die vergitterte Tür der einen stand offen. Keeler spürte, wie sich die Härchen in seinem Nacken aufstellten. Die Zelle war leer, mit einer rot-grünen, Decke mit Weihnachtsmuster und dunklen Flecken auf dem festgestampften Erdboden. Eine dicke Kette war durch einen in die Steinwand eingelassenen Ring gezogen.

Die Enden der Kette waren in ein Paar schweißfleckige Lederfesseln mit Stahlbeschlägen eingehängt.

Karim war hier festgehalten worden. Sie hatten ihn in den letzten ein oder zwei Minuten weggebracht.

Keeler ging in die Hocke und legte eine Hand auf den Fleck: Blut, frisch genug, um seinen Finger zu röten. Ruth hatte ihm vier kleine Probenbehälter und eine Pinzette mitgegeben. Er grub mit dem scharfen Ende in den festgestampften Boden und schaufelte die Probe in eines der Gefäße. Nichts war selbstverständlich, alles musste bestätigt werden.

Leonards Stimme ertönte durch den Ohrhörer des Kommunikationsgeräts. „Sieh dir das an."

Keeler versiegelte den Behälter und steckte ihn weg. Er stand auf und ging aus der Zelle in den Hauptraum. Leonard hielt einen Trennvorhang auf und deutete auf eine in Stein geschraubte Stahlleiter. Er deutete nach oben. Keeler konnte den Luftzug spüren, das war der Weg nach draußen.

Er kletterte den größten Teil der Leiter hinauf und warf eine weitere Blendgranate durch das Loch. Die Verzögerung betrug anderthalb Sekunden, genug Zeit für ihn, um noch anderthalb Gedanken zu fassen.

Thompson war tot, was nicht gut war, aber der Feind war aus seiner Komfortzone vertrieben. Bis jetzt hielt er den Kompromiss für akzeptabel. Keine Spur von dem Mädchen hier unten. Er fragte sich, wie sie Karim so schnell die Leiter hinaufgebracht hatten, wenn er schwer verletzt war. Die Antwort lag auf der Hand: Sie hatten es nicht getan.

Leonard hatte es versäumt, den anderen Raum gründlich zu durchsuchen, dort hinten musste es einen Ausweg geben. Die Blendgranate explodierte, aber er folgte ihr nicht. Er musste wieder nach unten gehen, um dieses mögliche Schlupfloch zu schließen.

KAPITEL 43

Keeler kletterte die Leiter hinunter. Leonard war gezwungen, einen Schritt zurückzutreten und verlor fast das Gleichgewicht.

„Was ist los?"

Eine Polizeisirene begann zu heulen, vielleicht eine halbe Meile entfernt. Er schlug dem Marine fest auf die Brust und wies den Weg zurück, den sie gekommen waren.

„Wir müssen die restlichen Zimmer räumen."

Ruths Stimme klang in seinem Ohr. „Warst du das? Die Blendgranate."

Leonard, der ebenfalls mit dem Kommunikationsnetz verbunden war, warf ihm einen Blick zu.

„Wir befinden uns unter der Erde in einer Art Tunnelnetz", sagte Keeler, der sich bewusst war, dass er mit Ruth in einem anderen Ton sprach als mit Leonard. Er nahm an, dass die Kommunikation jetzt funktionierte, weil ihr Team in der Nähe war, was eine gute Sache war. „Wie ist eure Position?"

„Ich sehe den Rauch von deiner Granate. Ist das das Haus?"

Das bedeutete, dass Ruth oben war.

„Verstanden. Das Haus ist mit dem Tunnelnetzwerk

verbunden. Wir sind immer noch hier unten, wir müssen es erst räumen. Du solltest die Leiter finden."

Er drehte sich um, gab Leonard ein Zeichen, ihm zu folgen, und sprach währenddessen mit Ruth.

„Halt mich auf dem Laufenden. Ich habe drei oder vier feindliche KIA in den Tunneln. Einer meiner Leute ist KIA draußen." Er schaute den Gang hinauf zu der Leiche an der Biegung. „Ich bewege mich von eurer Position weg, zurück zum Zielhaus."

Ruth sagte: „Roy hat hier oben drei neutralisiert, darunter den Schützen. Wir haben ein Fahrzeug abgefangen, drei KIA sind drin. Hier oben sind keine Menschen zu sehen, aber die Inneneinrichtung ist beeindruckend." Sie verfiel in einen Singsang und zählte die Luxusartikel auf. „Cremefarbene Ledersofas. Marmorregale. Verschnörkelte, goldgerahmte Spiegel. Oh, großer Wandteppich an der Wand. Sieht aus wie die Schlacht von Karbala. Kennst du das?"

Keeler war bei der Leiche und überprüfte sie auf Angaben zur Identität, fand aber keine.

Leonard sagte: „Ich kenne es nicht."

Keeler war schon lange genug dabei, um zu wissen, wovon sie redete. Für schiitische Muslime war das eine große symbolische Sache. Er sagte: „Wo der Enkel des Propheten Mohammed, Hussein, getötet wurde. Jetzt wisst ihr, dass ihr am richtigen Ort seid."

Sie sagte: „Okay, ich schaue auf die offene Tür zu einem schicken Schlafzimmer. Die Tür hat ein biometrisches Schloss an der Außenseite. Das Zimmer innen ist rosa und rot mit Blümchentapete und ohne Fenster. Die Laken sind zerzaust und benutzt. Ich blicke auf das Bett des Mädchens, das noch warm ist. Wie heißt sie noch mal?"

„Fizza Hamieh."

„Ja, der Deckname reicht fürs Erste aus." Ihre Stimme knackte über den Funk, als die Entfernung größer wurde.

„Also gut, sie hat Haare auf dem Kissen hinterlassen, und es sieht so aus, als hätten wir Speichelspuren."

Keeler sagte: „Also, sie haben Fizza oben und Karim hier unten im Kerker festgehalten. Du solltest mal sehen, was hier unten los ist."

„Verstanden."

Keeler und Leonard waren in dem Raum angekommen, den der Marine *nicht gründlich* geräumt hatte. Leonard stöberte herum, alles war still. Nichts im Raum außer zwei feindlichen Leichen auf dem Boden und einem großen Eichenschrank, der die Wand gegenüber der Tür einnahm.

Ruth sagte: „Wir haben die Leiter gefunden und kommen jetzt runter. Erschießt uns nicht. Verstanden?"

Keeler tippte zweimal auf seinen Ohrhörer. *Klick, klick,* eine Bestätigung auf Ruths Ansage.

Er hatte seine Waffe erhoben, den Schrank im Visier und war bereit zu schießen. Leonard stand an einer Seite des großen Möbelstücks und streckte eine Hand aus, um den Verschluss zu lösen. Die Tür flog auf und enthüllte keinen Kleiderständer. Der Innenraum war mit Gerümpel vollgestapelt. Ein altes Monopoly-Spiel, Zeitschriften, eine Fahrradpumpe - alles, was man in einem Keller zu finden erwarten würde.

Leonard trat zurück, zuckte mit den Schultern und warf ihm einen Blick zu der soviel aussagte wie *nichts Besonderes*.

Keeler schob ihn zur Seite und begann, Dinge aus den Regalen zu nehmen. Als das Gerümpel weggeräumt war, blickte er auf die Rückwand des Schranks. Er fuhr mit den Fingern an den Kanten entlang und fand einen unauffälligen Metallverschluss. Mit dem Fingernagel ertastete er ihn und prüfte, ob er aufsprang und sich öffnen ließ. Es war eine falsche Rückwand.

Er trat zur Seite und nickte Leonard bedeutungsvoll zu. Die Uzi Pro trieb Kugeln in die Rückwand und zerfetzte das Sperrholz. Keeler trat hindurch und entdeckte einen dunklen

Tunnel auf der anderen Seite. Er aktivierte den Scheinwerfer und trat hinein. Vor ihm befand sich eine Betontreppe, die mit roten LED-Lichtstreifen markiert war.

Das kurze Treppenhaus führte zu einer unverschlossenen Tür. Keeler ging hindurch und stieg die Steintreppe hinauf, die ins Erdgeschoss führte, das gleiche Treppenhaus, das er mit der Drohne gesehen hatte und wo er die Überwachungs-kameras entdeckt hatte. Dieselbe Kamera beobachtete ihn, als er jetzt herauskam, und musterte ihn wie ein strenger Polizist.

Deadeye, dachte Keeler und blickte in die Kamera, nur dass ihn vielleicht eine lebende Person beobachtete. Ihm gefiel die Situation nicht. Pflastersteine führten in einer halben Spirale nach draußen, bis er auf die Außenwand an der Seite des Hauses stieß.

Ein schmaler Fußweg führte zur Außenmauer. Draußen war es dunkel, aber ein Teil der Mauer lag in tieferem Schwarz als der Rest. Er sprintete über den Hof, der an der Seite des Hauses schmal war, und blickte dann durch eine Lücke in der Mauer auf ein anderes Wadi, wo sich eine kleine und schmale Landzunge vom Hauptkanal abzweigte. Der Fußweg führte nach rechts und folgte der Mauer des Geländes am Rande des Wadis.

Die erste Polizeisirene, die er gehört hatte, war vorhin verstummt, jetzt ertönte eine zweite Sirene von der anderen Seite des Wadis. Er konnte die Blaulichter sehen, vermutlich fuhr das Fahrzeug in ihre Richtung.

Keeler holte das Zielfernrohr heraus und nutzte einen Felsbrocken zur Stabilisierung, um den Rand des Wadis anzu-visieren und zu beobachten, wie sich der Fußweg nach unten bog, bevor er auf die andere Seite zurückkehrte. Er konnte eine Gruppe menschlicher Gestalten ausmachen, fünf oder sechs Personen, die sich schnell bewegten. Sie waren weit genug entfernt, verschwanden hinter geografischen Merk-malen und tauchten dann als Silhouetten wieder auf. Der Feind befand sich fünfhundert Meter weiter unten auf dem

Weg, wie die Stadienlinien im Fadenkreuz des Zielfernrohrs zeigten.

Er ließ das Zielfernrohr sinken; es war zu weit, um sie von hier aus zu erwischen.

Roy holte ihn ein, der Israeli verstand die Situation, legte seine Langwaffe auf die Steinmauer und zielte.

Keeler sagte: „Sie sind weg."

Roy nahm seinen Blick vom Zielfernrohr. „Der Wind ist jetzt stärker."

Keeler sagte: „Wahrscheinlich gibt es da unten eine Straße mit einem Fahrzeug. Gehen wir rein."

Roy sagte: „Eine Sekunde."

Er betrachtete etwas auf dem Weg. Keeler entfernte sich von der Mauer und sah, was der Israeli bemerkt hatte. Eine Gestalt lehnte an der Rückseite der Steinmauer, vielleicht zwanzig Meter entfernt, auf der anderen Seite einer Ansammlung von Felsbrocken und hohem Gras.

Roy sprintete bereits den Pfad hinunter. Keeler folgte ihm und holte ihn in zehn Metern Entfernung ein, da er nun sah, dass es sich um eine menschliche Gestalt handelte. Der Israeli wurde langsamer und näherte sich vorsichtig mit einer gezogenen Pistole, die Langwaffe hatte er sich über den Rücken gehängt. Die Pistole erhoben, die Arme ausgestreckt. Es war Karim, und Keeler erkannte an der Körperhaltung, dass sein Kumpel tot war.

Roy sagte: „Schusswunde im Kopf, linke Schläfe."

Keeler hatte ein ungutes Gefühl. Er sagte: „Zurück."

Der israelische Operator sah ihn an und verstand sofort. Er wich zwei Schritte zurück, aber es war zu spät. Der Sprengsatz war eine Hohlladung, wahrscheinlich für den Einsatz gegen gepanzerte Fahrzeuge gedacht. Sie hatten sie unter Karims Leiche platziert, um Keeler und sein Team zu treffen, wenn sie emotional am verwundbarsten waren, und die Leiche mit einer Sprengfalle versehen.

Die Detonation erfolgte in mehreren Phasen, die alle mit

extrem hoher Geschwindigkeit abliefen, während Keeler sie in einer Art traumhafter Zeitlupe erlebte.

Die Auslösephase, in der die Bombe gezündet wurde, die Funkwelle, die auf den Zünder traf und ein Transistor-Gate für das elektrische Signal öffnete, das die erste Explosion auslöste. Die Hauptdetonationsphase, als die Schockwellen begannen, sich durch den Sprengkörper selbst auszubreiten. Zum Zeitpunkt der Fragmentierung waren sowohl Keeler als auch Roy außer Reichweite, sie wanden sich im Dreck und versuchten, sich tiefer einzugraben, die Ohren mit den Fingern verstopft.

In Echtzeit geschah es in einer halben Sekunde oder weniger, Kugellager und Metallsplitter sprühten in einem Halbkreis und zerfetzten Karims Leiche bis zur Unkenntlichkeit.

Keeler war am weitesten weg, erschüttert, aber unversehrt. Vor allem war er wütend, was ihm nicht oft passierte. Dem Israeli ging es nicht so gut, er war benommen und konnte nicht selbständig gehen. Keeler hob ihn sich über die Schulter und wandte sich wieder dem Gelände zu, wohl wissend, dass sie ein gutes Ziel für einen nachfolgenden Scharfschützen darstellten, falls einer so positioniert gewesen wäre.

KAPITEL 44

eonard half Keeler, den israelischen Operator abzusetzen. Roy erholte sich langsam wieder, relativ unversehrt. Er sah nicht gut aus, aber er war nicht tot, und es gab keine unmittelbaren Anzeichen für innere Verletzungen durch die Erschütterung. Roy nickte ihm zu und machte sich auf den Weg ins Haus, zurück zu seinem Team.

Thompsons Leiche lag ausgestreckt da, wo er gefallen war. Keeler pfiff mit zwei Fingern, um Leonards Aufmerksamkeit zu erregen, und deutete auf den Körper ihres Kameraden. Er musste geborgen werden.

Der große Marinesoldat stöhnte und schnaufte, als er die Leiche seines Freundes über seine Schulter hob, ohne sich mit der umgehangenen Uzi Pro ins Gesicht zu schlagen. Keeler half ihm beim Heben, und sie brachten die Leiche näher an das Haus heran. Sie setzten den toten Marine vorsichtig auf den Boden und versuchten, nicht in die Überreste seines Gehirns zu treten.

Als Keeler in Leonards Gesicht sah, konnte er erkennen, wie sehr der Mann darunter litt, seinen Freund so zu sehen. Das Gesicht des Marines war schweißgebadet, und das nicht nur wegen der körperlichen Anstrengung. Keeler genoss die Erfahrung nicht, aber Leonard sah aus, als wäre er um hundert Jahre gealtert. Keeler ließ ihn draußen stehen und ging über die Außentreppe, die Ezzedins Team benutzt hatte, um zu entkommen, ins Haus.

Entweder Roy oder Leonard hatten die Überwachungskamera zerschlagen. Das Gerät mit den toten Augen war jetzt nur noch ein Trümmerhaufen aus Plastik.

Oben bewegten sich Ruth und der Geek um die Tische mit den Kommunikationsgeräten, deren dicke Kabel sich über den nackten Boden schlängelten und zu den unterirdischen Captagon-Verpackungsanlagen hinunterführten. Ruth war gerade dabei, die Ausrüstung mit ihrem Handy zu fotografieren. Roy saß und rauchte eine Zigarette, die Schachtel, die Ruth im Haus des Professors gefunden hatte, lag auf dem Tisch.

Roy musste ihnen von Karim erzählt haben, denn sowohl Ruth als auch der Geek unterbrachen ihre Arbeit, als Keeler hereinkam.

Ruth sagte: „Es tut mir leid, das mit deinem Freund zu hören."

Der Geek sagte: „Möge sein Andenken ein Segen sein."

Keeler sah ihn an und dachte, dass dies so ziemlich das Erste war, das der Mann gesagt hatte. Der Geek hielt den Blickkontakt, bevor er sich wieder seiner Arbeit zuwandte und die Geräte, die Ruth dokumentiert hatte, abbaute.

Keeler fragte: „Was macht er da?"

Ruth sagte: „Ich suche nach den Speicherchips in jeder Einheit. Sie können Pufferdaten der letzten Übertragungen enthalten. Das Ziel ist es, Metadaten oder was auch immer wir im Puffer finden können, abzugreifen, da die Kommunikation Ende-zu-Ende verschlüsselt wurde."

Der Geek hatte alles zusammengetragen, was er finden konnte, und war damit beschäftigt, einen Laptop mit einem DNA-Sequenzierungsgerät von der Größe eines USB-Sticks einzurichten. Er hatte einen Probenbehälter mit den Haaren und den getrockneten Speichelproben, die sie oben auf dem Kopfkissen gefunden hatten. Keeler entfernte den Probenbehälter mit Karims Blut und Schmutz, den er gesammelt hatte. Karim weilte nicht länger unter den Lebenden, also hatte es keinen Sinn, seine Überreste zu sequenzieren.

Keeler trat aus dem Hauptbereich heraus und ging in den kleinen Raum, den er und Leonard als ersten betreten hatten. Er öffnete den Probenbehälter und betrachtete den Inhalt, einen kläglichen Haufen sandigen Schmutzes, der von Karims Blut gerötet war. Er ging zum Fenster und schüttete den Inhalt auf den Boden darunter, ein kleines Ritual für einen Mann, den er kurz als Waffenbruder gekannt hatte.

„Ruhe in Frieden, Bruder."

Als er zurückkam, hatte Leonard gerade den Raum betreten.

Der Marine suchte ihn, die Augen blitzten und klagten ihn an. Wütend und knurrend wie eine geifernde Bestie. „Wir haben also Mist gebaut, und das war's? Sie werden entkommen?"

Keeler trat direkt in den persönlichen Raum des Marines. Er legte ihm eine Hand auf die Schulter, drückte sie und sah ihm in die Augen. „Sie werden nicht entkommen, Leonard. Hab Vertrauen. Sie werden ein wenig die Straße hochkommen, aber wir werden sie einholen und dann stellen wir sie."

„Wie?"

Er lockerte seinen Griff um Leonards Schulter nicht, sondern hielt ihn nur fester. „Nur weil einem die optimale Lösung nicht ins Gesicht lacht, heißt das nicht, dass sie nicht da draußen ist, Marine."

Der Geek rief aus dem größeren Raum. „Ich bin gerade dabei, die Sequenzierung durchzuführen. Es wird eine Viertelstunde dauern, dann kann ich hochladen." Er sagte etwas auf Arabisch zu Roy und reichte dem großen Mann ein Gerät, das etwa doppelt so groß war wie ein Smartphone. Roy tippte

auf Knöpfe und drückte auf Schalter, um das Gerät einzuschalten. Er begann, sich durch den Raum zu bewegen, hielt
das Gerät hoch und scannte Wände und Oberflächen.

Ruth sah, dass Keeler sie beobachtete. Sie sagte: „Ich
scanne nach Sensoren und Wanzen. Manchmal spionieren die
Iraner ihre syrischen und libanesischen Kunden aus. Es ist
immer gut zu wissen, was der Feind vorhat."

Keeler hatte keine Einwände. Die Polizeisirene heulte
jetzt, lauter und näher.

Leonard sagte: „Was ist mit der Polizei?"

Roy lachte.

Ruth sagte: „Sie werden nicht herkommen."

„Warum nicht?"

Keeler sagte: „Weil sie Angst vor uns haben, Leonard.
Nach allem, was sie wissen, könnten wir eine Gruppe von
Kopfabschneidern sein, die aus Syrien gekommen sind."

Ruth sagte: „Es gibt Schlimmeres, als sich den Kopf abha-
cken zu lassen."

Das Gerät in Roys Hand gab einen leisen elektronischen
Ton von sich, subtil und nuanciert, fast intelligent. Die Pieptöne kamen näher, und Keeler merkte, dass der israelische
Operator näher an ihn herantrat. Sie nahmen Augenkontakt
auf. Ruth und der Geek hörten auf zu arbeiten. Alle Augen
drehten sich in ihre Richtung und landeten auf Keeler, als Roy
sich ihm näherte, ohne etwas zu sagen.

Keeler spürte ein Summen, das von seinem Schädel bis zu
seinem Unterleib drang. Der Israeli fuchtelte mit dem Gerät
über ihm herum, die Pieptöne spielten jetzt verrückt, kamen
ununterbrochen, während Roy den Sensor auf Keelers
Nacken ausrichtete. Ruth näherte sich und zog den hinteren
Kragen von Keelers Hemd herunter.

„Zieh es aus."

Er zog das Hemd aus und reichte es dem Geek. Der Geek
holte eine Juwelierlupe aus seinem Kasten und untersuchte
das auf dem Tisch liegende Hemd. Er griff direkt unter den

hinteren Teil des Kragens, wo der Anhänger in die Baumwolle eingenäht war, und stocherte mit einer Pinzette darin herum. Er blickte auf und nickte der wachsamen Ruth zu, die sich mit einer Hand durch ihr kastanienbraunes Haar fuhr.

Keeler fragte: „Was ist es?"

Der Geek gab ein gackerndes Geräusch von sich. Er sagte: „Ein Sensor, der auf der Rückseite des Etiketts angebracht ist. Kein normales Überwachungsgerät." Er sah Ruth wieder an und sagte etwas auf Arabisch.

Ruth sagte: „Sprich Englisch."

Der Geek sagte: „Ich glaube, es ist ein Partikelsensor. Wir benutzen sie ständig, um nach nuklearen Materialien zu suchen. Soll ich ihn entfernen?"

Keeler sagte: „Nein."

Ruth sagte: „Warum nicht?"

Er registrierte, dass alle Augen auf ihn gerichtet waren, aber der Sensor beunruhigte ihn nicht; er hatte einen Verdacht und vertraute dem ersten Gedanken, der ihm in den Sinn kam. Es war ein Gedanke, der mit einer sehr positiven Erinnerung verbunden war, weich und süß und warm. Eine Erinnerung, die noch nicht lange zurücklag, wenn auch gleichzeitig weit entfernt war. Das Parfüm, das Tina Choi getragen hatte, als sie ihn so unerwartet geküsst hatte. Die Art und Weise, wie sich ihre Finger angefühlt hatten, als sie in seinen Nacken gestrichen waren.

Schließlich arbeitete sie hauptberuflich als MASINT-Mitarbeiterin für den Verteidigungsnachrichtendienst, wo sie Partikelsensoren zu Nichtverbreitungszwecken einsetzte.

Er sagte: „Eine Sekunde."

Keeler zog sein Handy heraus und schaltete es ein. Choi hatte mehrmals angerufen. Er drückte die Tasten und bekam einen Ton. Nach ein paar Mal klingeln nahm sie ab, ihre Stimme wirkte verzweifelt.

„Endlich, ich habe schon ewig versucht, dich zu erreichen."

„Ich war ein bisschen beschäftigt." Keeler blickte zu den Gesichtern um ihn herum auf und hob eine Hand zur Geduld. „Einen Moment." Er trat in den Raum, in den er und Leonard ursprünglich hineingeplatzt waren. Er sagte: „Und ich dachte tatsächlich, der Kuss wäre echt gewesen."

Stille in der Leitung, Wind, der aus der Dunkelheit kam. Durch das zerbrochene Fenster blickte er auf das Wadi hinaus. Er konnte das Haus des Professors oben auf der Klippe sehen, auf der anderen Seite des Abgrunds. Das Haus war jetzt dunkel und sah plötzlich verlassen aus, ausgeweidet von den Schüssen, die das MG-Geschütz darauf abgefeuert hatte.

Choi sagte: „Ich musste dich im Auge behalten, Keeler, für den Fall, dass du etwas Wildes tust."

„Ich mache immer wilde Sachen, Choi." Unten im Wadi, in Richtung Syrien, war der Horizont nichts als ein Feld der Dunkelheit. Er sagte: „Aber du hast vielleicht etwas sehr Kluges getan, auch wenn deine Absichten ein wenig kontrollierend waren, was ich normalerweise nicht so sehr schätze."

„Okay, wie auch immer. Was meinst du mit klug?"

„Du hast einen deiner MASINT-Partikel-Sensoren auf mich angesetzt, weil er die Fähigkeit hat, meine Position zu bestimmen, richtig?"

„Richtig."

Er spürte, wie Erleichterung und Freude durch seinen Körper fluteten. Die Dopaminproduktion lief plötzlich auf Hochtouren und spülte ernsthafte, erhebende Schwingungen durch sein System. Mit einem Wort: Euphorie. Ein Partikelsensor der Defense Intelligence Agency, der positiv auf Spuren anschlug, auf dem Weg nach Süden über die syrische Grenze, war möglicherweise etwas, das einen Staatssekretär aus dem Whirlpool bewegen würde.

Das einzige Problem bestand darin, den Sensor auszulösen, um ein positives Signal zu senden.

„Und jetzt erklärst du mir, wie ich den Sensor auslösen kann, um einen positiven Messwert zu erhalten."

Chois nächste Worte kamen langsam, jedes einzelne mit einer langen Pause dazwischen, als ob sie es nicht wirklich sagen wollte. „Und würdest du so etwas tun wollen, Keeler?"

„Ich bin neugierig auf die politische Reaktion, wenn einer deiner MASINT-Chemiewaffensensoren eine positive Meldung ausschickt, die von der Türkei über die Grenze nach Syrien geht. Was meinst du, Choi, glaubst du, das würde einigen Donut-Essern in DC eine Heidenangst einjagen?"

„Oh, mein Gott. Ich glaube, das könnte selbst einer DC-Hure aus Washington Angst einjagen, keine Frage." Er hörte, wie sie ein erschrockenes Lachen unterdrückte, und wusste, dass er an etwas dran war. Sie sagte: „Du bist ein böser Junge, Tom Keeler. Warte einen Moment."

Keeler stellte einen Fuß auf das zerbrochene Fensterbrett und blickte hinunter zu der Stelle, an der Thompson kurz zuvor getötet worden war. Die Überreste des zertrümmerten Kopfes des großen Marines lagen noch immer im Dreck verstreut, ein Teil davon war an die Wand hinter der Stelle gespritzt, an der der Leichnam gefallen war. Er fühlte sich relativ geduldig, nun wo er zuversichtlich war, dass der Tod von Karim und Thompson gerächt werden würde.

Er war mehr als erleichtert, er freute sich darauf, wie ein Feinschmecker, der sich auf ein besonderes Menü freut.

KAPITEL 45

C hoi erklärte ihm den Vorgang genau, direkt am Telefon. Sie listete eine Reihe von Zutaten und Verfahren auf, die notwendig waren, um ein falsches positives Signal in dem speziellen Mikropunktsensor auszulösen, den sie auf seinem Hemd angebracht hatte.

Während die Israelis ihre Arbeit beendeten, suchte Keeler in den verfügbaren Küchen und Badezimmern nach der Liste mit den Dingen, die Choi ihm aufgelistet. Isopropylalkohol, eine Schachtel Streichhölzer und einen Topf, in dem er alles aufkochen konnte. Er fand einen Topf, aber keines der beiden anderen Dinge. Anscheinend waren Feuerzeuge bei den vorhandenen Rauchern der letzte Schrei, und niemand benutzte mehr Franzbranntwein.

In der Zwischenzeit beendete der Geek die Sequenzierung der DNA-Proben von Fizza Hamieh. Das musste er tun, bevor er die Daten ins Netz hochlud, damit ein Team zu Hause mit einer schnellen Analyse beginnen konnte.

Keeler und Leonard hatten eine selbstgebaute Bahre aus Vorhängen und Stangen aus dem Obergeschoss gebaut, die sie mit der Rolle Klebeband, die Keeler in seinem Rucksack hatte, zusammengefügt hatten. Sie hatten es geschafft,

Thompsons Leiche auf die improvisierte Bahre zu legen und sie bereit für den Rücktransport zum Haus des Professors zu machen, wo ein israelisches Team Leonard und Roy für den Rücktransport nach Ankara abholen würde.

Karims Überreste waren zu weit verstreut, als dass eine Bergung möglich gewesen wäre.

Ruth und der Geek unterhielten sich angeregt. Sie flüsterte etwas Hartes, schob ihn auf Keeler zu.

Der Geek kam auf sie zu, wirkte etwas aufgedreht. Er sagte: „Darf ich Ihnen eine Frage stellen?"

„Sicher."

„Ich habe gehört, dass Sie nach Isopropylalkohol gesucht haben. Ist das richtig? Ruth hat mich gefragt, ob ich welchen habe."

„Stimmt."

„Weil Sie versuchen, ein falsches Positiv im Partikelsensor auszulösen."

„Richtig."

Der Mann beobachtete ihn, das Spiegelbild des Mondes in seiner Brille. „Okay, Ihre Idee war also, das Material der Streichholzköpfe zu verwenden und es in Alkohol aufzulösen, um es auf eine hohe Temperatur zu bringen?"

„So hat sie es beschrieben. Weißt du, wie man das macht?"

„Kaliumchlorat plus Schwefel plus Phosphor, mit Franzbranntwein auf hohe Temperatur gebracht, sicher. Die Chance, den Sensor zu aktivieren, ist so groß wie die Chance, uns alle in die Luft zu jagen."

Leonard sagte: „Man lebt nur einmal."

„Darf ich eine andere Lösung vorschlagen?"

Keeler beobachtete ihn. „Bitte."

Der Geek sagte: „Benzindampf." Er deutete zurück auf das Haus, durch das sie gekommen waren. „Wir können den Tank eines der Fahrzeuge dort oben öffnen und den Sensor den Dämpfen aussetzen. Ich wette eine Million Dollar, dass er innerhalb von ein paar Minuten sendet."

„Hast du eine Million Dollar?"

„Nein, aber Sie verstehen, was ich meine."

Leonard sagte: „So einfach ist das?"

„Ich denke, es wird so einfach sein. Bei Mikrosensoren gibt es auf diese Weise eine Menge falsch positiver Meldungen. Sie sind nervig, und sie müssen immer überprüft werden."

Keeler zog sein Hemd aus und reichte es dem Mann. „Dann mach mal."

Der Geek lächelte und nickte. „Okay."

Leonard entsicherte seine Uzi Pro. „Ich gehe mit dir da hoch."

Keeler sah zu, wie sie sich entfernten. Er ging wieder nach draußen, hinüber zu der Stelle, an der Karims Leiche explodiert war. Die kühle Nachtluft fühlte sich gut an auf seiner ungeschützten Haut. Ruth kam hoch und stellte sich neben ihn. Eine Weile standen sie schweigend zusammen und schauten auf das Wadi hinaus.

Er sah, wie sie ihn verstohlen anschaute. Keeler sagte: „Was?"

Sie sagte: „Du blutest."

Keeler legte einen Finger auf seine Wange und fühlte, wie die Wunde verschorfte und noch immer blutig war. Er erinnerte sich daran, dass er vorhin unter der Erde mit Gesteinstrümmern bespritzt worden war. Die Ebene im Süden war ein Feld der Finsternis, vielleicht tausend Meter tiefer gelegen. Es war, als ob ein schwarzes Loch das Licht dort unten verschluckte. Ruth deutete auf das flache Land.

„Schau."

In der Ferne waren Blitze zu sehen und die verzögerten Geräusche von Waffenfeuer.

Sie sagte: „Da kommt meine Familie her."

„Syrien?"

Ruth nickte. „Aleppo. Meine Großmutter hat meinen Vater zweiundsechzig über die Türkei rausgeholt, und mein Großvater sollte ihm folgen, aber er hat es nicht geschafft. Er und mehrere Freunde starben auf dem Weg über die Grenze. Die beiden Mädchen, die sie dabei hatten, wurden vergewaltigt, bevor sie getötet wurden. Es hätte ganz in der Nähe passieren können." Sie stand ihm direkt gegenüber, hochgewachsen mit ihrem kastanienbraunen Haar, das sie zu einem wilden Pferdeschwanz gebunden hatte. Sie sah aus wie eine Kriegerin. „Das syrische Regime hat die Leichen zerstückelt, in Säcke gestopft und vor die Tür der Hauptsynagoge in Aleppo gelegt."

Keeler pfiff. „Netter Ort."

Sie nickte. „Hat sich kein bisschen verändert."

Sie blickten beide nach Süden, in die Ebene unter ihnen. Was ihm auffiel, war die Dunkelheit, und da wurde ihm klar, dass er nicht nur in die Wildnis blickte. Dort unten lebten Menschen in Städten und Dörfern; sie hatten nur keinen Strom. Die Lichter waren aus. Ein Geräusch kam aus dem tiefen Wadi vor ihnen, ein dumpfer Schrei, wie von einem alten Mann, der Schmerzen hat. Der Schrei verwandelte sich in ein Stöhnen, bei dem sich die feinen Härchen auf Keelers Armrücken kräuselten.

Die Geräusche waren schrecklich, als ob etwas sterben würde.

Ruth flüsterte ein Wort auf Arabisch.

Er sagte: „Was ist das?"

„Hyäne."

Die Hyäne begann zu lachen, das hohe Jaulen verspottete die tödliche Dunkelheit, die selbst im Mondlicht schwarz war. Keeler war im Geiste schon dort, dachte darüber nach, über die einhüllenden Badlands, einen Ort ohne Regeln. Er nahm Blickkontakt mit Ruth auf, die ähnlich aufgeregt wirkte und einen grimmigen Mund verzog. Die anderen würden sich um die Aufräumarbeiten kümmern. Sie würde mit ihm über die Grenze gehen, um den Feind zu treffen.

KAPITEL 46

Kathy Jensen betrat den Situationsraum in der Botschaft von Ankara. Zurzeit war nur Jim Miller, der amtierende Missionschef, anwesend.

Sie sagte: „Hey, Jim."

Und bekam keine Antwort.

Jensen ging näher heran, ging zu einem Platz an der Seite, zögerte aber, sich zu setzen. Als sie noch näherkam, konnte sie Miller besser sehen. Er hatte seinen Kopf auf den Konferenztisch gestützt, genauer gesagt auf sein Notizbuch. Unter ihm hatte sich eine Schweißlache gebildet, und das Notizbuch sah durchnässt aus.

Jensen kam um den Tisch herum. Miller hechelte wie ein Hund.

„Jim, was ist hier los?"

Sie drehte sich um und sah nun sein Gesicht. Seine Augen waren offen und starrten ins Leere, glänzend, die Pupillen Stecknadelköpfe, fast unsichtbar.

Eine Stimme ertönte aus einem der Lautsprecher des audiovisuellen Systems. „Hallo?"

Jensen lehnte sich zurück und blickte auf. Der Mann vom Außenministerium hatte sich per Fernzugriff in die Besprechung eingeschaltet, Kopf und Schultern füllten Bildschirm Nummer eins. Sie ignorierte ihn, griff nach dem Konferenztelefon in der Mitte des Tisches und drückte die Taste für die Assistenz des Missionschefs.

Das Gerät antwortete innerhalb von drei Sekunden. „Ja."

Jensen hielt ihre Stimme ruhig und verständlich und verlangsamte sie. „Können Sie bitte so schnell wie möglich den diensthabenden medizinischen Offizier hochschicken, Jen?"

„Was soll ich ihm sagen?"

„Er muss sofort hochkommen. Überprüfen Sie bitte auch, ob die regionale Amtsärztin in der Stadt ist. Wenn sie aus Istanbul zurück ist, holen Sie sie ebenfalls her. Haben Sie das alles verstanden?"

„Ja."

„Danke." Jensen beendete das Gespräch.

Eine Stimme kam von dem Kerl vom Staat, der aus der Ferne sprach. „Würden Sie mir bitte erklären, was hier los ist?" Er konnte Miller über die Webcam nicht sehen, hatte aber das Telefongespräch mitgehört. Sie ignorierte ihn.

Miller sah aus, als läge er im Sterben. Jensen ging zu ihm und tastete nach seinem Puls. Sie war zwar keine Ärztin, aber sein Herzschlag schien sehr schnell zu sein, wie der eines Kaninchens. Miller gab einen hohen, pfeifenden Ton von sich. Die Flüssigkeit, die sich unter ihm sammelte, war Schweiß. Er floss nur so aus ihm heraus. Der Geruch war merkwürdig.

Jensen trat zurück, so dass der Mann vom Außenministerium sie sehen konnte. Sie sagte: „Es handelt sich um eine Botschaftsangelegenheit. Ich rufe Sie so schnell wie möglich zurück."

Die juristische Kontaktperson in Langley war jetzt auf Bildschirm zwei zu sehen. Der CIA-Subunternehmer hatte es noch nicht geschafft. Der diensthabende medizinische Offizier betrat den Situationsraum und sah sie an. Sie zeigte auf Miller, und er eilte herbei.

Der Mann vom Außenministerium hustete, um Aufmerksamkeit zu erregen. Er sah verärgert aus. „Offensichtlich handelt es sich um eine Situation in der Botschaft. Sie sind in der Botschaft. Was genau ist da los?"

Jensen beobachtete, wie der diensthabende medizinische Offizier Millers Vitalfunktionen überprüfte und den Hals des Mannes mit behandschuhten Zeigefingern abtastete. Sie musste den Mann vom Außenministerium loswerden.

„Ich meinte eine Botschaftssituation in dem Sinne, dass wir Moment einen Notfall haben, um den sich die Botschaft vorrangig kümmern wird. Ich werde Ihnen Bescheid geben, wenn wir Ihnen eine Rückmeldung geben können."

„Und in welcher Eigenschaft treffen Sie diese Entscheidung, Ma'am?"

„Als stellvertretende Missionschefin."

———

Zwanzig Minuten später sah Jensen, wie Choi durch die Tür kam, und der Blick der jüngeren Frau fiel sofort auf Miller, der in einem Stuhl am Kopfende des Konferenztisches zusammengesackt war.

In Anbetracht der Situation, in der sich Miller befand, war das verständlich. Jetzt waren drei Ärzte um den ehemaligen stellvertretenden Missionschef versammelt, einer von ihnen der regionale Amtsarzt, ein siebenundvierzigjähriger internationaler Experte für Hygiene und öffentliche Gesundheit. Jensen hatte jetzt das Sagen, und niemand bestritt, dass Miller nicht mehr zu retten war.

Der Amtsarzt wandte sich an sie. „Wir werden ihn in die Klinik im Erdgeschoss verlegen. Ich habe gerade eine Trage angefordert, es wird also nur ein oder zwei Minuten dauern."

„Okay." Sie holte tief Luft. „Was ist es, eine Lebensmittelvergiftung?"

Der Amtsarzt sagte: „Behalten Sie das für sich, aber ich

glaube nicht, dass es so etwas ist. So wie er schwitzt, die erhöhte Herzfrequenz plus flache Atmung." Er zog die Augenbrauen hoch. „Ich glaube, wir müssen sein Büro durchsuchen."

„Auf was?"

Er zuckte mit den Schultern. „Ich weiß es nicht. Vielleicht eine Art Gift. Wenn es da ist, werden wir es finden."

Jensen warf Choi einen Blick zu und hielt ihn eine Sekunde lang fest. Sie sagte: „Das werden wir in zehn Minuten tun. Ich habe eine dringende Besprechung mit der Staatssekretärin, die nicht warten kann, und dies ist der einzige sichere Raum in der Botschaft."

Wie aufs Stichwort erschien die Staatssekretärin für Politik, Victoria Neuman, auf Bildschirm eins. Ihre Augen huschten bereits umher und suchten nach sofortigen visuellen Informationen, um den Raum zu interpretieren. Das bedeutete, dass sie in Panik war. Zweifellos hatte der Mann vom Außenministerium ihr Feuer unterm Hintern gemacht. Jensen ließ zu, dass ihre alte Freundin ihren Blick fand, und ihre Augen blieben an ihr hängen.

Sie sagte: „Guten Morgen, Madame Undersecretary."

Neuman blinzelte und starrte Jensen direkt an. „Was ist denn da drüben los?"

Die Sanitäter legten Miller auf eine Rollbahre. „Geben Sie uns eine Minute, dann erklären wir Ihnen alles."

Sie nahm Blickkontakt mit Choi auf, die den Blick abwandte. Choi würde die Lage schildern, was Jensen ermöglichte, neutraler zu erscheinen. Die DIA-Spezialistin würde erklären, wie einer ihrer Partikelsensoren Spuren von chemischen Waffen entdeckt hatte, die sich von der Türkei aus über die Grenze in Richtung Süden in die syrischen Weiten bewegten.

Das würde Neuman einen solchen Schrecken einjagen, dass sie Mühe haben würde, das Dessert, was auch immer sie sich für einen Leckerbissen kürzlich ins Gesicht gestopft hatte, nicht gleich wieder hochzubringen. Die Staatssekretärin wirkte beunruhigt, als sie sah, wie die Mediziner herumliefen und Miller aus dem Situationsraum brachten. Jensen kam der Gedanke, dass sie den Verdacht äußern könnte, Jim Miller sei mit einer Art Nervengift vergiftet worden - das würde den Fuchs unter die Hühner treiben.

Sie wandte sich an den regionalen Amtsarzt. „Sie müssen noch ein paar Minuten hierbleiben."

Der Mann nickte und gab Anweisungen an sein Team. Die Trage wurde herausgerollt, und die Tür schloss sich in einem ruhigen und feierlichen Situationsraum. Jensen hatte das Gefühl, alles unter Kontrolle zu haben, als sie Choi und den regionalen Amtsarzt ansah, zwei kompetente Menschen auf höchstem Niveau. Choi begann mit ihrer Schilderung. Jensen beobachtete den Gesichtsausdruck ihrer alten Freundin Vicky und entschied: Ja, Neuman war verängstigt. Sobald der RMO sich damit befasste, würde sie eine Scheißangst bekommen.

Choi gab alles, was sie hatte, und sprach in dem sachlichen Tonfall eines Profis, der keine persönlichen oder emotionalen Interessen an dieser Sache hatte. Choi würde das schon schaffen. Sie könnte es sogar weit bringen, da sie jetzt gelernt hatte, wie man Huren Angst machte.

3
BADLANDS

KAPITEL 47

Keeler zog das Kinn des Mannes hoch und zog die Klinge über die straff gespannte Haut. Der Stahl trennte die Haut auf unnatürliche Weise und färbte den Dreck mit Blut, das in einem dicken arteriellen Sprühnebel herausspritzte. Er hielt den Körper von sich weg. Der Mann hatte durch den vergeblichen Kampf angefangen zu schwitzen und zitterte und bebte, als er starb. Ruth half, den Leichnam hinter einer verlassenen Polizeistation auf den Boden zu legen.

Das Töten hatte nur eine Minute gedauert, der Freund des Mannes stand immer noch in einem weißen Hyundai vor der Tür und wartete darauf, dass der Fahrer vom Pinkeln zurückkam.

Keeler ging verstohlen um das Gebäude herum. Ruth, die in der Dunkelheit von einem dichten Mandelbaumhain aus zusah, ging in Position und legte ihre Waffe auf den Sims eines verkohlten Fensters an der Vorderseite des Polizeireviers. Er tippte zweimal auf den Hörer, um ein Signal zu geben. Sie feuerte einen gedämpften Triple Tap aus der Uzi Pro ab, der so laut war, als würde jemand ein kurzes Wort auf einer alten Schreibmaschine tippen, und dieses

Bild kam Keeler in den Sinn, als er aus der Dunkelheit zusah.

Es war ein guter Schuss. Ruth hatte es geschafft, das Auto nicht zu treffen, alle drei Kugeln drangen durch das offene Fenster ein. Zwei trafen den Mann, die dritte flog auf der anderen Seite wieder hinaus und schlug irgendwo in den nordsyrischen Badlands in den Dreck.

Keeler zog den toten Mann aus dem Fahrzeug, zerrte ihn an den Füßen hinter die alte Polizeistation und legte ihn neben seinen Freund. Beide Toten trugen ungarische Kalaschnikow-Varianten, vermutlich von der syrischen Armee erbeutet. In dem Hyundai fanden sie weitere Munition, außerdem zwei Zwanzig-Liter-Kanister mit Benzin im Kofferraum. Ebenso wichtig waren die zehn Liter Wasser in Flaschen, zwei Dosen Bohnen und ein Sack Reis mit einem Butantank und einem rudimentären Campingkocher, der daran angeschraubt war.

Im Handschuhfach lag eine Sandwichtüte voller Captagon-Pillen. Keeler hatte es ein Jahr zuvor mit ein paar anderen Jungs aus seinem Team ausprobiert. Damals war die Droge auf dem Schlachtfeld noch relativ neu gewesen. Es fühlte sich an, als würde man sein Gehirn durch ein Spaghetti-Sieb drücken, zumindest hatte es einer seiner Kumpel so beschrieben.

Jedenfalls brauchten sie es nicht, denn das US-Militär gab ihnen bessere Kampfdrogen, wie Modafinil, die sich im Vergleich dazu sauber anfühlten, solange man nicht vorhatte zu schlafen.

Die beiden ISIS-Männer hatten allein im Hyundai gesessen, geplaudert und Zigaretten geraucht, wahrscheinlich high von den Pillen, mit den Zähnen geknirscht und endlos gequatscht. Ruth und Keeler hatten darauf gewartet, dass einer von ihnen unweigerlich pinkeln musste. Jetzt hatten sie sich Waffen und ein Fahrzeug besorgt, und die Männer waren tot.

Ruth saß auf dem Fahrersitz und prüfte die Personalien.

„ISIS. Sie stellen jetzt ihre eigenen Personalausweise aus. Diese beiden haben ihren Sitz in Aleppo." Ruth zeigte in Richtung Südwesten. „Gleich da unten." Sie las die Namen auf den Karten vor. „Sie sind eigentlich Einheimische."

Sie gingen nach draußen und vergruben die Uzi-Pros, ohne sich die Mühe zu machen, das Gleiche für die Leichen zu tun. Von nun an würden sie vom Land leben, und dies war das Land der Kalaschnikow. Die Munition, die sie erbeuteten, war 7,62 x 39 mm mit Vollmantelgeschoss.

Ruth stand an der Seite, während Keeler das Graben über-nahm. Sie konzentrierte sich darauf, in gedämpftem Arabisch zu sprechen, nicht mit Keeler oder zu sich selbst, sondern mit jemandem in Tel Aviv, wenn er hätte raten sollen. Es sah so aus, als ob die israelischen Operators hinter den feindlichen Linien ausschließlich die lokale Sprache benutzten. Keeler vermutete, dass Ruth unter anderem wegen des Hintergrunds ihrer Familie ausgewählt worden war. Sie könnte wahrschein-lich einen überzeugenden syrischen Dialekt sprechen, nicht, dass er ihn verstehen würde.

Die Dinge hatten sich ziemlich schnell entwickelt, seit Choi den Politikern in DC einen Schrecken eingejagt hatte, das war verdammt sicher. Sie sprach mit ihm, während er das Wadi hinunter und über die türkische Grenze nach Syrien fuhr, überwachte den Partikelsensor und hatte ihm Bescheid gesagt, als die Grenzüberschreitung im System registriert wurde.

Nun war aus ihrer abtrünnigen Mission eine genehmigte kombinierte Operation mit JSOC- und israelischen Spezialein-satzkräften geworden. Die US-amerikanische und die israeli-sche Kommunikationsausrüstung waren kompatibel, aber sie hatten ein mehrkanaliges Gefechtsnetzwerk abgeschottet. Keelers altes Team, Calcutti, Cheevers und Bratton, war offenbar auf dem Weg von Al Tanf, ein paar hundert Kilo-meter entfernt an der jordanischen Grenze. Der Plan war, sich südlich von Aleppo, nördlich eines großen Salzsees, zu treffen.

Eines musste Keeler zugeben: Wenn sich die Anzugträger vor Angst in die Hose machten, brachte sie das zumindest dazu, ihren Hintern in Bewegung zu setzen.

Eine Folge der neuen Situation war, dass er eine Stimme im Ohr hatte, irgendeine Gefreite aus Al Tanf, die mit der Aufrechterhaltung einer Kommunikationslinie beauftragt war. Sie leistete gute Arbeit, indem sie sich ruhig verhielt. Was ein Segen war, denn Ruth hatte selbst Leute im Ohr, die eine andere Sprache sprachen. Die Israelis hatten in diesem Fall das taktische Kommando, zumindest bis Keeler den Treffpunkt mit seinem Team erreicht hatte.

Niemand würde das taktische Kommando über sein Team übernehmen.

Chois Chemiewaffen-Trick hatte ihnen auch eine einzelne Hermes-Drohne eingebracht, die von der israelischen Air Force zur Verfügung gestellt wurde. Die Drohne war bereits bei einer anderen Mission im Einsatz gewesen und wurde auf dem Rückweg kurz umgeleitet, um die voraussichtliche Route nach Süden zu erkunden. Die Drohne war mit einer Reihe von Sensoren ausgestattet, die sowohl menschliche Körper als auch ein breites Spektrum an elektronischen Signalen aufspüren konnten.

Das Problem war nicht das Aufspüren der Menschen, sondern das Aufspüren der feindlichen Menschen.

Die Hermes hatte die fliehende feindliche Formation aufgespürt, die die Grenze zur Türkei überquerte. Sie hatten zwei Toyota Land Cruiser identifiziert, die vermutlich versuchten, sich in Damaskus in Sicherheit zu bringen, wo Assads Leute die absolute Kontrolle hatten.

Das waren wohl Ezzedin mit seinem Team und dem Mädchen, Fizza Hamieh.

Der Nordosten Syriens war ein dynamisches Kampfgebiet, in dem die Kontrolle oft wechselte und das zum großen Teil aus ISIS-Territorium bestand, aber die Situation war fließend, und der Einfluss vor Ort schwankte ständig.

In diesem Moment teilte die Stimme in Ruths Ohr mit, dass Ezzedins Land Cruiser kurz vor Aleppo, nicht weit von ihrer Position entfernt, angehalten hatte. Sie gab die Information weiter, sobald sie eintraf, und sagte, dass niemand genau wisse, warum Ezzedin angehalten habe, dass es aber Spekulationen gebe. Vielleicht wollten sie schlafen oder sich um die Verwundeten kümmern. Vielleicht mussten sie aber auch vorsichtig und langsam sein, da sie sich in feindlichem Gebiet bewegten.

Sowohl Keeler als auch Ruth gingen davon aus, dass der Hisbollah-Mann sich mit einer Formation des syrischen Regimes oder der Hisbollah zusammentun und Verstärkung suchen wollte. Keeler hoffte, sie früher zu erreichen, weshalb das Fahrzeug wichtig war. Unter normalen Bedingungen wären sie mit dem Auto in einer halben Stunde an der feindlichen Position, aber dies waren keine normalen Bedingungen. Es würde Straßensperren geben, bei denen man, wenn man sich im falschen Stamm befand, aus dem Auto gezogen und in den Nacken geschossen wurde, während man im Dreck kniete.

Keeler und Ruth waren im falschen Stamm, egal wer an der Straßensperre stand.

Die israelische Drohne hatte eine Karte mit den Straßensperren auf Ruths Handy geschickt. Sie war damit beschäftigt, mit den Fingern über den Bildschirm zu streichen und zu tippen und die Finger zu spreizen. Keeler sah sich die alte Polizeistation an. Er stellte sich einen Polizisten vor, der dort in friedlicheren Zeiten Nüsse kaute und Kaffee trank, telefonierte und mit Freunden und Kollegen sprach.

Keeler kannte Syrien inzwischen, wusste, was es war: eine Höllenlandschaft des Todes und der Enthauptung für Kämpfer, des Hungers, des politischen Chaos und der Versklavung für jeden Zivilisten, der nicht schnell genug von dort wegkam. Obwohl die ISIS einen Großteil des Gebiets kontrollierte, war es genauso wahrscheinlich, dass sie auf eine ISIS-Einheit trafen wie auf Truppen der syrischen Armee oder auf russische Söldner, die mit einer Tötungsliste herumliefen.

Aber zumindest verschaffte die Situation etwas Klarheit. Es würde nicht viele Freunde auf dem Weg geben, nur Feinde.

Derzeit befanden sie sich am Rande eines zerstörten Dorfes. Soweit Keeler erkennen konnte, war der Ort unbewohnt, die Häuser waren größtenteils zerbombte Hüllen aus Beton und verbogenen Stangen. Ein Rudel Hunde hatte am Ende der Straße zu heulen und zu bellen begonnen. Wahrscheinlich würden sie sich über die Leichen der ISIS-Männer hermachen, sobald Keeler und Ruth weg waren.

Wie fand er das? Gab es hier eine Art moralisches Problem? Ruth gab ihm ein Zeichen, als hätte sie die Route schon genau geplant und wäre bereit zum Aufbruch.

Wie fand er es, dass die Hunde die Leichen fraßen? Gar nicht so schlecht. Irgendetwas mussten sie ja fressen, und wenn diese Männer sich schon nicht um die Hunde gekümmert hatten, als sie noch lebten, dann würden sie ihnen wenigstens tot nützlich sein.

KAPITEL 48

Sie fuhren im Dunkeln, ohne Licht. Ruth fuhr, ließ es ruhig angehen, nahm die Kurven langsam und wich den Schlaglöchern aus. Er fühlte sich wohl mit der Kalaschnikow, die er bereithielt, und hatte scharfe Augen für Details und Bewegungen. Die ungarische AMD-65-Variante, alt und schwer, aber ziemlich schön, kürzerer Lauf als üblich, mit einem Klappschaft.

Ruth sagte, dass die erste Straßensperre fünf Kilometer weiter die Straße entlang lag, und gab die Informationen, die sie über ihren Ohrhörer erhielt, weiter.

„Betonblöcke auf der Straße, das bedeutet entweder die örtliche Dorfmiliz oder die Verrückten." Damit meinte sie die unter Drogen stehenden Verrückten von ISIS. Sie warf ihm einen Blick zu. „Was ich meine, ist, dass es sich nicht um eine vorübergehende Straßensperre handelt."

Ruth wendete den Hyundai einen halben Kilometer vor dem Kontrollpunkt. Sie steuerte einen unbefestigten Weg hinauf, der in niedrige, mit Kiefern und hohem Gras bewachsene Hügel führte, und lenkte das Fahrzeug im schwindenden Mondlicht aggressiv die Steigung hinauf, während sich der Himmel bewölkte.

Die Straße begann, einem niedrigen Bergrücken zu folgen. Zu Keelers Rechten befanden sich nur flache Felder, die jetzt nur eine andere Intensität von Dunkelheit aufwiesen. Der Weg führte durch ein Tor, das durch Sprengstoff aufgesprengt worden war; seine Eisenkonstruktion lag verbogen im Kies, wie weggeworfener Schrott. Sie betraten etwas, das wie eine Wasseraufbereitungsanlage aussah.

Diese entpuppte sich als eine stillgelegte Fischzucht.

An der Bürotür waren Abziehbilder von Forellen angebracht. Das Logo auf den Betontanks war ein illustrierter springender Fisch mit Text in arabischer Sprache. Vor ihnen lag ein Maschendrahtzaun mit einem verschlossenen Tor, das über die unbefestigte Straße führte. Ruth hielt den Wagen an. Keeler kam mit dem Bolzenschneider aus dem Auto. Mit langen Hebeln schnitt er das stählerne Vorhängeschloss durch. Ruth fuhr weiter, und er ging zum Auto, genoss den Fahrtwind und warf den Bolzenschneider durch das offene Fenster auf den Rücksitz.

Ruth steckte ihren Kopf zur Fahrerseite hinaus. „Das könnte lästig werden", sagte sie, und ihre Stimme hallte ungewollt zwischen dem Bürogebäude und den Aquakulturbecken aus Beton wider.

Er hatte gelernt, dass Ruths Aussagen manchmal interpretiert werden mussten. Diese spezielle Äußerung bezog sich auf die vier Straßensperren, die die israelische Drohne bei ihrem Überflug über das Gebiet ausgemacht hatte. Hindernisse, die sie umgehen mussten, um Reibungen zu vermeiden und nicht gleich den Dritten Weltkrieg auszulösen.

Keeler hatte schon viele aggressive Operators kennen gelernt, ihn selbst eingeschlossen. Ruth stand den besten von ihnen in nichts nach, was die allgemeine Ungeduld und den höllischen Kampfgeist betraf. Er war sich ziemlich sicher, dass er sie in einem Kampf besiegen würde, aber er wollte sich nicht freiwillig auf diese Erfahrung einlassen. Keeler drehte sich um, um in den Wagen zu steigen, und hörte etwas, das ihn innehalten ließ.

Ein Husten.

Gedämpft, aber nah, vielleicht direkt vor dem kleinen Büro der Fischzucht. Keeler erstarrte an Ort und Stelle und lauschte.

Ruth sagte: „Was?"

Er reagierte nicht, sondern hob seine Waffe, visierte und ging schnell zurück durch das Tor. Ruth stellte den Motor ab. Die Fahrertür knarrte auf. Ihre Gestalt glitt seitlich in einen kleinen Bestand von Granatapfelbäumen, die zwischen dem Gebäude und dem Zaun gepflanzt waren. Er hörte ein weiteres Husten, wieder gedämpft, deutlicher außerhalb des Gebäudes und in der Nähe.

Ruth bewegte sich in seinem peripheren Blickfeld, ein weicher Schatten in der Dunkelheit, der die Winkel abdeckte und seine Position je nach Keelers Vorgehen improvisierte. Er näherte sich dem Büro und hielt dabei die Obstbäume zwischen sich und dem Gebäude. Die Stämme zeichneten sich als knorrige Silhouetten gegen die Betonwand ab.

Keeler ging vorne herum. Das Atemgeräusch war jetzt ausgeprägt, schnelles und zitterndes Ein- und Ausatmen, ein nervöser Mensch. Er kam um die Ecke, eine Hand an der Waffe, mit der anderen schaltete er den Scheinwerfer ein, um die Person zu blenden, die dort wartete, und zielte mit der Waffe auf Brusthöhe.

Eine Sekunde lang bemerkte er nicht, was er da sah, dann bewegte sich die Frau leicht. Sie trug eine schwarze Abaya und eine Niqab, so dass das Einzige, was man sehen konnte, ihre Augen waren, die durch den rechteckigen Schlitz lugten, und ihre Hände, die ihm etwas entgegenhielten. Sie keuchte vor Angst. Ruth befand sich an seiner rechten Schulter und senkte ihre Waffe. Die Frau hielt ihm einen Granatapfel entgegen.

Ruth drängte sich an ihm vorbei und sagte etwas mit

leiser Stimme. Die Antwort der Frau war kaum hörbar, es fehlte ihr jegliche Energie. Ruth nickte, legte ihr eine Hand auf die Schulter und versuchte, sie zu beruhigen. Nach ein oder zwei Minuten eindringlichen Flüsterns wandte sich Ruth mit einem bedeutungsvollen Blick an Keeler. Er ließ sich um die Seite des Gebäudes führen und wartete auf eine Erklärung.

„Sie hat ein Kind da drinnen, das medizinische Hilfe braucht. Sie wollte uns Granatäpfel und getrocknete Feigen anbieten, die sie angebaut haben, wenn wir uns bereit erklären zu helfen." Er wollte etwas Abweisendes zu dieser Idee sagen, aber Ruth legte ihm eine Hand auf den Arm. „Warte. Sie haben Kleidung. Ich habe sie gefragt. Wahrscheinlich die Kleidung von Leuten, die jetzt tot sind, aber schau mal, wie *wir* angezogen sind."

Keeler gefiel, wie sie angezogen waren, hochwertige zivile Wanderkleidung, angepasst an ihre militärischen Zwecke, aber sie hatte nicht ganz Unrecht. Sie sahen ein wenig deplatziert aus, wie zwei Leute, die auf der falschen Party waren. Der Sonnenaufgang war nicht mehr weit entfernt, eine erste Spur von Licht kitzelte die schwebenden Wolken über einem flachen Horizont. Ruths Augen leuchteten in einem gedämpften Grün, eine Nuance heller als die sie umhüllende Dunkelheit.

KAPITEL 49

Die Frau führte sie eine schmale, enge Treppe hinunter, die Art von Gang, in der sich niemand wohlfühlt, ein Ort, den man am liebsten vermeiden würde. Wenn er dort erschossen werden sollte, dachte Keeler, würde Ruth Hilfe brauchen, um die Leiche herauszuholen. Im Keller selbst war es eiskalt, einige Grad kälter als draußen, als ob die Wände die Kälte in sich aufsaugten und festhielten. Eine Öllampe leuchtete aus der Ecke, in der sich ein halbes Dutzend Menschen mit dem Wenigen zusammenkauerten, was sie hatten: billige Decken, Mützen und Handschuhe.

Der verwundete Junge lag etwas abseits und war bereits halb in einem schmutzigen Militärschlafsack versunken. Der Mann war eigentlich kein Kind, sondern in seinen Zwanzigern und offensichtlich ein Kämpfer, der bei einem Feuergefecht auf der falschen Seite gestanden hatte.

Er war der einzige Mann im militärischen Alter in diesem Raum. Die anderen waren Frauen und Kinder, die schweigend an der Wand lehnten und die Neuankömmlinge anstarrten, das Weiße ihrer Augen gelb im Schein der Öllampe. Die Frauen waren in bodenlange Abayas gehüllt. Es roch nach menschlichen Ausscheidungen und verfaultem Fleisch, so dass das Atmen schwerfiel.

Keeler machte sich an die Arbeit, während Ruth das Angebot an Kleidung durchwühlte. Er musste den Schlafsack vorsichtig zurückschieben, um an die Quelle des Unbehagens zu gelangen. Der Mann befand sich in einem benommenen Zustand, irgendwo zwischen Wachtraum und Tod.

Die ursprüngliche Wunde befand sich in der Wade, aber die Kugel war nicht sauber ausgetreten. Das Bleigeschoss hatte sich verformt, war im Bein herumgeflogen, hatte es aufgerissen und war im Oberschenkel stecken geblieben. Zumindest war das Keelers beste Vermutung, nachdem er das Hosenbein an der Naht aufgeschnitten und den Quadrizeps des Mannes vor dem Oberschenkel freigelegt hatte und die Verletzung und die Infektion sah, die sich wie ein dicker Tennisball ausbreitete.

Die Wunde stank nach Fäulnis und Vernachlässigung. Hier würde es kein Happy End geben. Im besten Fall würde er sein Bein verlieren, und er musste es innerhalb der nächsten vier Stunden zu einer medizinischen Einrichtung schaffen, schätzte Keeler, sonst wäre er bis zum Mittag tot.

Ruth kauerte mit den Frauen und Kindern zusammen, sprach im Flüsterton, stellte Fragen und erhielt Antworten in leisem Murmeln. Er konnte nichts für den Mann tun, aber Keeler reinigte die Wunde und legte einen frischen Verband an. Er zog den Schlafsack zu und nahm zum ersten Mal Augenkontakt mit seinem Patienten auf. Der Blick des Sterbenden war seltsam intelligent und klar, als hätte sich für einen Moment der Dunst der Resignation gelegt.

Die Frau von vorhin blickte mit flehend erhobenen Händen auf den Boden und wiederholte immer wieder denselben Satz in einem gedämpften Mantra. *Allah ykhalik, allah ykhalik.* Vielleicht eine Art Segen. Ruth sah ihn an, eine Bedeutung in ihrer Haltung. Sie drehte sich um und sprach im Flüsterton.

„In der Ecke, wo der Geruch herkommt."

Er sah es, eine kleine Gestalt in der Dunkelheit. Keeler schaltete den LED-Scheinwerfer ein und erkannte genau, was er sah: die kleine Gestalt eines verstorbenen Kindes, eingewickelt in eine Fleecedecke mit Minions-Bildern. Er fing Ruths Blick wieder ein und verstand, was sie sagte: Sie mussten die Leiche begraben.

Eine Frau begann zu weinen, sie wurde von zwei anderen gehalten und schluchzte leise.

Rut sagte: „Sie wollte, dass wir ihren Sohn unter einem Granatapfelbaum begraben."

Das war das Letzte, was Keeler in seinen alten Kleidern und mit einer Hacke, die er in dem alten Bürogebäude gefunden hatte, tat. Es dauerte nicht lange, ein kleines Loch zu graben und die zusammengerollte Leiche hineinzulegen. Er tat es so schnell er konnte, zum einen, weil er wütend war, zum anderen, weil sie weitermussten.

Die neue Garderobe bestand aus einer schwarzen Abaya für Ruth und einer Jogginghose für ihn, einer Adidas-Jacke mit Reißverschluss und einem leichten Wollpullover. Die Morgendämmerung kam, das erste Licht zog sich wie eine blaue Linie über den Horizont. Er trug immer noch das Hemd, das er getragen hatte, als Choi in Ankara ihren kleinen Trick angewandt und den Partikelsensor an das Etikett geklebt hatte.

Wenn er den Sensor jetzt ausschaltete, würde die Verfolgung aufhören. Irgendjemand irgendwo in einem Raum voller Computer könnte einen kleinen Herzinfarkt bekommen. Er dachte sich, dass der Trick funktioniert hatte. Es gab keine chemischen Waffen zu orten, also war alles, was das Ding jetzt tat, seinen Standort zu verraten.

Sie zogen sich im Halbdunkel um und warfen anschließend die alten Kleider auf einen Haufen, den Keeler mit Butan tränkte und in einer schnellen und heftigen Explosion verbrannte. Das Feuer war wie ein Reset, beide kauerten darum herum und betrachteten sich in ihren neuen Kleidern. Ruth sah in der Abaya gut aus. Er sagte: „Du siehst aus wie eine Killernonne."

Sie lachte. „Du siehst aus wie der kriminelle kleine Bruder von jemandem." Mit den Zähnen zog sie eine Zigarette aus der Packung, die sie im Hyundai gefunden hatte, und zündete sie mit einem Zweig an, den sie an die brennenden Kleider gehalten hatte.

Keeler sagte: „Eine ganz schlimme Nonne."

Ruth grunzte und funkelte ihn mit ihren Augen an. „Diese Frau sagte, sie seien aus einem Dorf südlich von hier geflohen. Einem Ort namens Qassen Shata. Vielleicht ein Ort, den wir durchqueren müssen."

„Was soll das heißen, *entkommen*? Wenn man es hier über eine Straße schafft, ist man etwas entkommen."

„Na ja, ich bin mir nicht sicher." Sie deutete auf das Gebäude. „Ihre Lage ist wirklich erbärmlich, aber das ist die neue Normalität, der Versuch, am Leben zu bleiben. Ursprünglich stammen sie nicht aus diesem Ort Qassen Shata; diese Leute versuchen, in die Türkei zu gelangen. Es war nicht ganz klar, was passiert ist, aber sie sind in Schwierigkeiten geraten, wurden inhaftiert oder als Geiseln gehalten." Ruth zog an der Zigarette. „Sie sagte, *Yad Al-Shaytan*, die Hand des Teufels. Das bedeutet, glaube ich, dass man in der Hand des Teufels gefangen ist. *Yumsik* war das Wort, das sie benutzte, gefangen oder ergriffen."

Keeler hatte keine Ahnung, wovon Ruth sprach. Sicher, es gab einen schlechten Ort. Soweit es ihn betraf, war alles schlecht.

Er fühlte sich gut, fast wie neugeboren, sah zu, wie die Kleider verbrannten, ließ die Glut zu Asche zerfallen und trat gegen den kleinen schwelenden Haufen, der sich im Dreck ausbreitete. Er war hungrig, aber er dachte auch über das nach, was Ruth gesagt hatte. Sie hatten es nicht nötig, sich in ein zusätzliches Drama verwickeln zu lassen, das war verdammt sicher.

Sie fuhren die unbefestigte Straße hinunter, als die Sonne über der kontourlosen Landschaft zu ihrer Linken aufging. Der Hügel fiel nur leicht ab, und der Schatten des Hyundai ging ihnen voraus, als sie durch einen Olivenbaumhain auf beiden Seiten des Weges fuhren. In einer Kurve befand sich ein weiß getünchtes einstöckiges Gebäude. Aus irgendeinem Grund war Keeler von der Silhouette einer Palme vor dem Himmel abgelenkt.

Aus dem Augenwinkel sah er, dass etwas nicht stimmte. Ruth hatte bereits auf die Bremse getreten und legte schnell den Rückwärtsgang ein, um den Hyundai hinter dem Gebäude wieder in Deckung zu bringen.

In dem verbleibenden Bruchteil einer Sekunde sah Keeler die Straßensperre deutlich, wo zwei mattbeige lackierte Toyota Hilux mit montierten schweren Maschinengewehren keilförmig auf beiden Seiten der Straße geparkt waren. Die Hermes-Drohne hatte das nicht bemerkt.

Sie waren vielleicht vier Sekunden lang sichtbar gewesen. Die Sonne stand hinter ihnen, so dass ihre Chancen mäßig waren, entdeckt worden zu sein.

KAPITEL 50

Ruth wendete den Hyundai, und sie fuhren den Hügel hinauf, wobei sich der Schotterweg entlang des Bergrückens nach Südosten schlängelte. Sie wurden weder von Scharfschützen noch von Panzerfäusten beschossen, und das war auch gut so. Sie hielt das Fahrzeug in einem Wäldchen mit Olivenbäumen an. Keeler stieg aus und suchte sich einen Aussichtspunkt, um das Zielfernrohr an einem niedrigen Ast zu stabilisieren. Die Straßensperre war nach dem Fadenkreuz des Entfernungsmessers fünfhundert Meter entfernt, vergrößert und flach im Teleobjektiv. Zwei Männer in wüstenbeiger taktischer Kleidung rauchten Zigaretten, und mindestens ein weiterer Mann saß in einem der Lastwagen. Die langen Haare und Bärte identifizierten sie als ISIS.

Keeler ging zurück und lehnte sich in das Fenster.

„Es ist ein Zombie-Kontrollpunkt. Aber sie scheinen nicht aufgeregt zu sein. Lasst uns irgendwo etwas zu essen suchen."

Ruth saß in ihrer schwarzen Abaya da und sah ihn durch den Augenschlitz ihrer Niqab an. Sie zog eine Augenbraue hoch, weil ihr die beiläufige Andeutung eines Frühstücks im

Angesicht des Todes gefiel. Umso mehr mochte er sie, als er sah, dass ihr Vergnügen auf beängstigende Weise dem seinen entsprach.

Er stieg in das Fahrzeug ein und spürte ein Gefühl der Erleichterung, ein leichtes Gefühl der Ruhe, der Begeisterung.

Sie fragte: „Nennt ihr sie so, Zombies?"

Keeler schloss leise die Tür. „Das hab' ich mir gerade ausgedacht."

„Mir gefällt's."

Zombies wegen der Ideologie, der Verrücktheit des ISIS-Todeskultes, Captagon-Süchtigen, die von den sozialen Medien besessen waren, LARP als religiöse Fanatiker, die im Grunde einen Snuff-Film in der Realität auslebten. Was Keeler wusste: Die Führung war nicht so, sie bestand ursprünglich aus ehemaligen baathistischen Sicherheitsbeamten aus Saddams Regime nebenan im Irak, die die Armut und Unwissenheit verlorener junger Männer als Waffe benutzten.

Sie in Zombies verwandelte.

Ruth fuhr und dachte laut darüber nach, wie sie den Reis und die Bohnen aus der Dose verbessern könnten. Da Keeler weder ein großer Koch noch ein Feinschmecker war, schätzte er jede Mahlzeit, wie auch immer sie aussah. Sie lenkte den Wagen in eine Farm und parkte hinter einem einstöckigen Haus mit zerbrochenen Fenstern. Aus irgendeinem Grund dachte er an Hühner, die auf dem Hof herumstolzieren sollten. Hühner hätten gut zu dem Reis und den Bohnen gepasst. Aber in diesem verwüsteten Land gackerten keine Hühner frei herum.

Keeler fing an, den Reis zu kochen, und Ruth machte einen Spaziergang. Sie kam mit einer Zitrone und einer Handvoll gesammelter Kräuter zurück und gab sie in den Topf. In den Dosen befanden sich Saubohnen nach levantinischer Art in Tomatensoße. Mit den Kräutern und einem Spritzer Zitrone unter den Reis gemischt, schmeckte das Frühstück ganz gut.

Sie benutzten Löffel, hockten dicht beieinander und aßen hungrig, während heißer Dampf aus ihren Mündern aufstieg. Der Himmel war klar und blau und leer. Keeler griff nach einem weiteren Löffel und dachte, dass ein wenig Tabasco-Sauce das Frühstück perfekt gemacht hätte.

Ruth lehnte sich zurück, den Löffel in der Hand, das Telefon in der Hand.

„Gefunden. Qassen Shata." Sie zeigte ihm den Bildschirm. „Es ist ganz in der Nähe."

Keeler trank einen Schluck aus und kratzte den Topf aus, was er finden konnte. „Wir fahren nicht dorthin, Ruth, das steht nicht auf dem Plan."

Ein rumpelndes Geräusch unterbrach das Gespräch: herannahende Fahrzeuge. Keiner von ihnen rührte sich, lauschte aufmerksam, blieb aber ruhig, als ein kleiner Konvoi von Pickups vor dem Bauernhaus vorbeifuhr. Keeler konnte sie ausmachen, wie sie hinter einem Schirm aus Oliven-bäumen am Rande des Feldwegs den Abhang hinunter-rauschten. Er zählte fünf Fahrzeuge, jedes mit zwei Personen in der Fahrerkabine und einem Schützen, der mit einem schweren Maschinengewehr auf der Ladefläche des Lkw stand.

Es waren bereits zwei Lastwagen an der Straßensperre gewesen, jetzt waren es insgesamt sieben, was für ISIS-Verhältnisse eine ziemlich starke Formation war. Er dachte über den Schutz der Truppen nach, ob sie mobile Trupps an der Absperrung haben würden. Vielleicht, vielleicht auch nicht. So oder so war es an der Zeit zu handeln.

Ruth beugte sich vor, um an den Topf zu gelangen. Sie kratzte einen Löffel heraus und warf Keeler einen Blick zu.

Er sagte: „Hast du schon Spaß?"

Sie schnaubte ein wenig, kaute mit geschlossenem Mund und nickte mit einem heimlichen Lächeln.

Er sagte: „Bist du verheiratet?"

Ruth beendete ihren Bissen und funkelte ihn mit ihren hellen Augen an. „Warum? Willst du mich heiraten?"

„Nein, ich habe mich nur gefragt, wer bei euch zu Hause den Abwasch macht."

„Er natürlich."

„Natürlich."

Sie packten das Kochgeschirr zusammen und stiegen wieder in den Hyundai. Keeler nahm einen Schluck aus einer Literflasche Wasser und ließ sich auf dem Fahrersitz nieder. Ruth rückte ihre Abaya zurecht, hob die Niqab an, um ihr Gesicht zu bedecken, und richtete sie so aus, dass der Verbindungsfaden bündig zwischen ihren Augen lag, dann legte sie die Falten des Kleides um sich, um es bequemer zu haben, und legte ihre verkürzte Kalaschnikow unter dem Stoff auf den Schoß.

Ihr Telefon gab ein interessantes Piepsgeräusch von sich, wie ein Roboter. Ruth schaute darauf hinunter und las etwas auf dem Bildschirm.

„Die DNA-Ergebnisse des Mädchens sind eingetroffen." Sie las einen Moment lang auf dem Bildschirm. „Verdammt. Es gibt Übereinstimmungen mit Hassan Nasrallah." Sie blickte ihn an. „Das ist Wahnsinn. Wir glauben, es ist Nasrallahs heimliche Tochter."

Keeler fragte: „Wer ist die Mutter?"

„Das sagen sie nicht. Vielleicht wissen sie es nicht." Sie sog Luft durch die Zähne ein. „Aber sie würden es uns auch nicht sagen, selbst wenn sie es wüssten." Ruth lachte kurz auf. „Sie geben uns gerade genug Informationen, um uns zu motivieren."

Er sagte: „Nasrallahs Tochter ist eine große Sache." Er dachte an das Gelöbnis. Es würde schwer werden, das Mädchen in Sicherheit zu bringen. Die Mission war nun, sie in Gewahrsam zu nehmen. Die Israelis würden sie höchstwahrscheinlich mit der CIA teilen. Sie würden mit anderen Agenturen konkurrierten. Jeder würde ein Stück von Hassan

Nasrallahs heimlicher Tochter haben wollen, vor allem, wenn sie ihm wichtig war. Sie wäre die Schwachstelle, nach der sie alle gesucht hatten, ein Weg, an den Führer der Hisbollah heranzukommen.

Ruth las immer noch die Nachricht, die sie erhalten hatte, oder vielleicht eine neue Nachricht.

„Die operative Vermutung ist, dass Ezzedin versucht, das Mädchen aus Syrien zurück in den Libanon zu bringen, wo sie unter ihren eigenen Leuten in Sicherheit wären." Sie sah zu ihm auf.

Keeler sagte: „Was ich nicht verstehe, ist, warum sich das Mädchen in Ankara einer Nasenoperation unterziehen wollte. Das erscheint mir leichtsinnig und dumm."

Er sah, wie Ruth in seinem Blickfeld mit den Augen rollte. „Als ob sie das erste Teenagermädchen wäre, das ihren Vater dazu drängt, etwas Leichtsinniges und Dummes zu tun."

Er schnaubte. Im wirklichen Leben wurden die Dinge immer seltsam.

Keeler ließ die Kupplung los und brachte den Hyundai um das Haus herum zurück auf den Feldweg. Zu beiden Seiten des Fahrzeugs lagen Felder mit Ackerland, und die Brise, die durch das Fenster wehte, war trocken und warm von der Sonne. Eine weitere verlassene Farm tauchte auf der Beifahrerseite des Fahrzeugs auf. Das Haupthaus sah aus, als wäre es schon immer arm gewesen. Jetzt war es eine ausgebrannte Hülle, die Olivenhaine drum herum waren geschwärzt.

Er blickte über Ruth hinweg zum Haus und sah eine hagere Gestalt unter einem verbrannten Olivenbaum sitzen. Der Mann trug eine rot-weiße Kufiya um den Kopf gewickelt, sein Gesicht war eine Ansammlung von eingesunkenen Schatten in dem spärlichen weißen Bart.

Keeler wandte sich der Straße zu. Der Hyundai erreichte die Kuppe des Hügels, fuhr die Anhöhe hinauf und neigte sich wieder nach unten. Ruth atmete scharf ein, unwillkürlich. Zwanzig Meter entfernt kreuzten zwei gepanzerte Pickups die Straße. Drei bärtige Männer lehnten an den Fahrzeugen und beobachteten, wie sie sich ihnen näherten. Einer von ihnen machte mit der linken Hand eine Geste zum Abbremsen, während die rechte den Pistolengriff einer AK-47 hielt.

Keeler sagte: „Eine überraschende ISIS-Straßensperre, ist das nicht toll?" Er schaute Ruth an und sah nur ihre Augen durch den Schlitz der Niqab. Er legte seine Hände dorthin, wo man sie gut sehen konnte.

Über den Fahrerkabinen waren zwei schwere Maschinengewehre angebracht, hinter denen jeweils ein Mann stand, der die Waffe direkt auf sie richtete. Es war definitiv zu spät, um den Kurs zu ändern; es gab nur noch eine Option: geradeaus.

Ruth sagte: „Du solltest mir das Reden überlassen."

„Ich bin mir nicht sicher, ob wir es bis zum Reden schaffen. Deine Drohnenleute haben da wirklich Scheiße gebaut."

Sie fluchte leise vor sich hin, ein Wort in einer Sprache, die er nicht kannte, aber dennoch verstand. Unter ihrer Abaya ertönte das unverwechselbare Knacken, Knistern und Knallen eines Kalaschnikow-Bolzens, der zurückgespannt wurde. Keelers Waffe lag unter dem Fahrersitz, vielleicht einen Meter von seinen Händen entfernt, ein paar Sekunden, um sie hochzuziehen und bereit zu machen.

Das wären zweifellos ein paar sehr heiße Sekunden.

KAPITEL 51

Trotz des lauten Tock Tock der Rotoren genoss Tina Choi den Flug im Black Hawk, das körperliche Gefühl der Bewegung und das Dröhnen und Vibrieren des Motors. Das Geräusch war dumpf, aber allumfassend, ein Bass, der den Körper durchdrang. Als sie Calcutti ansah, sah sie das Gesicht des Mannes wie eine felsige Landschaft mit Dornen, während er Tabak kaute und den Saft in eine leere Colaflasche ausspuckte. Die Augen unsichtbar hinter einer Ray-Ban-Sonnenbrille.

All dieser Lärm, das Schaukeln und Rollen des Hubschraubers, dabei sollte das Ganze doch ein heimlicher Angriff werden. Calcutti hatte ihr erklärt, dass es bei der Heimlichkeit darum ginge, dass der Hubschrauber für das Radar schwer zu entdecken war, nicht darum, dass er für einen Beobachter am Boden zu leise war. Sie flogen gefährlich niedrig, was aufregend war, wie eine Achterbahnfahrt.

Cheevers hatte sich zu Wort gemeldet. „Wenn sie dich hören, ist es zu spät."

Calcutti sagte: „Es ist sowieso zu spät."

Sie nannten das *Contour hugging*, ein Tiefflug, der sie so nah an das Gelände brachte, dass man eine Radarerfassung vermied, indem der Hubschrauber quasi mit dem Boden verschmolz. Choi war schon öfter mit dem Hubschrauber unterwegs gewesen, aber nicht so. Sie waren noch vor der Morgendämmerung aufgebrochen. Jetzt war die Sonne aufgegangen, das Licht war orange und warf lange Schatten auf Olivenbäume und Gebäude.

Sie wurde in den brummenden Black Hawk gepfercht, zusammen mit drei großen Männern und der gesamten Ausrüstung, die für ein paar Tage schwerer Kämpfe in den Badlands notwendig war. Der Name des dritten Soldaten war Bratton. Sie hatte ihn noch nicht sprechen hören, da er größtenteils schlief. Bratton, der als Letzter in den Hubschrauber gestiegen war, hatte lange Spinnenbeine, sein Körper lässig, wie ein Gummiband. Er war in die Kabine gekommen, hatte sich in einen Sitz fallen lassen und sofort die Augen geschlossen.

Choi schaute auf ihre Uhr: Es war noch nicht einmal sieben Uhr morgens, und schon fühlte es sich an wie der längste Tag ihres Lebens.

In der Nacht zuvor hatte sie Keeler am Telefon durch die Anleitung der Chemiewaffentäuschung geführt und dabei die digitale Darstellung seines Partikelsensors beobachtet, der nach Süden, über die Grenze, verfolgt wurde. Aus irgendeinem seltsamen Grund machte sie sich keine Sorgen um seine Gesundheit. Irgendetwas an Keeler und diesen Männern brachte sie auf den Gedanken, dass sie nicht sterblich waren, nicht weil sie besondere Kräfte besaßen, sondern weil sie irgendwie bereits tot waren.

Potenziell tot, mit dem täglichen Zwang, untot zu werden. Trotzdem fühlte sich Choi gut. Im Hubschrauber zu fliegen wie einer der Jungs.

Die Grenzüberschreitung nach Syrien mit einem positiv getesteten Partikelsensor hatte bei den Herren in Washington alle möglichen Hemmungen beseitigt, die Entschlossenheit gebündelt und die Gedanken fokussiert. Keeler hatte einen

Witz gemacht, als sie die Sorge äußerte, wie der Junge in der Geschichte zu enden, der einmal zu oft Wolf gerufen hatte.

„Ganz ruhig, Choi, du bist nicht die erste Person, die chemische Waffen fälscht, um in ein Land einzumarschieren."

Was gar nicht so lustig war, wenn man genau darüber nachdachte, über unbeabsichtigte Folgen und so weiter.

Das Gute daran war, dass sie mitspielen konnte. Wenn es im Norden Syriens eine mögliche Bedrohung durch chemische Waffen geben sollte, wurde ein MASINT-Experte benötigt. Jemand, der qualifiziert war, zu messen und zu überprüfen, vielleicht sogar das Experiment zu wiederholen und darüber zu berichten. Niemand war besser qualifiziert als sie. In der einen Minute war sie noch eine Anzugträgerin in der Botschaft von Ankara gewesen, in der nächsten saß sie auf dem Rücksitz eines Black Hawk, trug eine brandneue Kampfmontur, wenn auch eine Nummer zu groß, und hielt eine kurze Version des M4-Sturmgewehrs in der Hand. Keelers Crew lümmelte im hinteren Teil des Hubschraubers herum, ohne sich um Sitze oder Sicherheitsgurte zu kümmern: Calcutti, Cheevers, Bratton, die ihrem vermissten Kameraden sehr ähnlich sahen.

Dies war ihr dritter Flug innerhalb der letzten zehn Stunden. Zuerst der Flug zum Luftwaffenstützpunkt Incirlik im hinteren Teil eines MD 6 Little Man Hubschraubers, dem großen Militärfrachtflugzeug nach Al-Tanf. Calcutti hatte auf der Rollbahn auf sie gewartet, undurchschaubar hinter seiner Sonnenbrille, aber auf seine Art sichtlich erfreut. Es war, als hätte er im Lotto gewonnen, oder als wäre Weihnachten vorgezogen worden. Sie hatte noch nie Leute gesehen, die so konzentriert, organisiert, schnell und effizient waren. Menschen, die ihre eigene Ausrüstung packten und jede einzelne Anweisung abänderten, die irgendjemand anders zu geben wagte.

Sie machen es auf ihre Art.

Der Pilot sprach über das Funkgerät. Noch eine halbe

Stunde Flugzeit. Choi versuchte, sich ein wenig zu entspannen, sie fühlte sich ängstlich, und die erhöhte Herzfrequenz half nicht.

Die Wüstenlandschaft erinnerte an das Wort *„strukturlos"*, aber das war nicht ganz richtig. Es gab Strukturen, nur nicht so viele: hier ein Felsvorsprung, dort ein Sandfleck. Ein Gestrüpp, das etwas wuchs, und einstöckige Zementgebäude, die von Sand und Wind in eine Monotonie gepeitscht wurden.

Der Norden Syriens war etwas weniger trocken, wenn man sich dem Euphrat näherte. Irgendwann wachte Bratton auf, als hätte ein Wecker geklingelt. Im einen Moment war er zusammengesackt und schnarchte, im nächsten stand er vor der Tür und sah aus, als hätte er gerade einen Liter Espresso getrunken, kaute Kaugummi wie ein Ballspieler und spuckte ihn durch die offene Tür in den aufkommenden Wind.

Der andere Typ, Cheevers, war an der gegenüberliegenden Tür. Das Gleiche, ernst und konzentriert, den Gurtzuführer rechtwinklig weggedreht und den Bolzen vollständig zurückgezogen. M134 Minigun, wenn sie sich richtig erinnerte. Die Buchstaben und Zahlen purzelten ihr mühelos ins Gedächtnis.

Das unmittelbare Ziel war eine Ansammlung von Häusern südlich der aktuellen Position des Feindes. Dort gab es eine gewisse Zusammenarbeit auf dem Schlachtfeld, lokale Hilfe, die von den Leuten beim JSOC beschafft wurde. Keeler und die israelische Soldatin näherten sich von Norden her, ihr Rendezvous-point war irgendwo dazwischen.

Calcutti nickte ihr zu und tippte auf sein Headset. Choi hatte ihr Headset ausgeschaltet, um sich auszuruhen, weil sie Stille um sich herum wollte. Sie drückte den Schalter und seine Stimme kam durch, heiser und hart.

„Mach dich bereit zum Aussteigen."

Sie blickte aus der Tür, die Landschaft zog vorbei, beige und braun mit Flecken von violetten Eisenablagerungen.

Choi beugte sich vor und blickte in Richtung ihres Ziels. Vor ihnen lag ein schimmernder See, der in der flachen Landschaft kilometerweit zu sehen war. Ein Salzsee, der den größten Teil Syriens und des Libanon mit Salz versorgte. Soweit sie es erkennen konnte, war er völlig öde. Nichts lebte dort wirklich. Keine Fische, keine echten Pflanzen, nur Einzeller und Bakterien, gelegentlich eine Salzfliege.

Die Art von Ort, wo man hingeht, und wo es niemanden überrascht, wenn man nicht zurückkommt, weil alle denken, dass man selbst schuld war.

KAPITEL 52

Über einem verlassenen Weiler am Rande einer Salzwüste hob der Black Hawk scharf ab, was Choi aus ihren Gedanken riss, und schwebte dann über einem staubbedeckten Feld mit verbogenen Fußballtorpfosten.

Drei kleine Gestalten standen in der Nähe eines baufälligen einstöckigen Gebäudes, von dem alle Farbe abgeblättert war. Die Männer trugen AK-47-Gewehre und grüne Vertec-Tarnkleidung, eine Spende der italienischen Armee, die ursprünglich für europäische Wälder gedacht war. Ein Mann trat aus dem Schatten hervor und hielt etwas in die Luft wie einen mystischen Zauber. Calcutti hockte mit einem Telefon an der Tür, richtete es auf den Mann und ließ sich eine Art Signal geben.

Bestätigung. Authentifizierung.

Er steckte das Gerät in eine Tasche und war offensichtlich mit dem Ergebnis zufrieden. Calcutti sprach in das Mikrofon, und der Pilot gab den Daumen nach oben. Sie gingen schnell runter, die Männer an den Türen waren besonders wachsam und scannten den Horizont und die alten Gebäude. Choi vermutete, dass dies der verwundbare

Moment war, wenn der Black Hawk sich nicht schnell bewegte.

Der Hubschrauber setzte nicht wirklich auf, sondern schwebte nur ein paar Meter über dem Boden und wirbelte Staub auf, wobei die Rotoren Luft und Sand verspritzten. Calcutti schob sie aus der Tür. Als sie in der Hocke landete, spürte sie die schwere Ausrüstung auf ihrem Rücken. Cheevers stand da und sah sie ruhig an. Er stupste sie in Richtung des einstöckigen Gebäudes. Bratton war bereits dort, im Schatten, und machte irgendetwas mit seinem Rucksack. Calcutti war der letzte Mann, der den Hubschrauber verließ, und wandte sich mit einem Daumen nach oben an den Piloten.

Der Black Hawk stieg wieder an, die Nase nach oben, dröhnte, als er rückwärts rollte und sich in einer Achtelsekunde drehte. Eine Minute später war der Hubschrauber verschwunden. Auf der Oberfläche des Salzsees spiegelten sich der Himmel und die Wolkenformationen. Choi spürte die Hitze, das harte und direkte Sonnenlicht da draußen. Das andere, was ihr auffiel, war das furchtbare hupenartige Geräusch.

Vögel, dachte sie, irgendeine Art von Vögeln. Flamingos wühlten dreißig Meter entfernt im salzigen Sand herum. Einer der Einheimischen schlenderte auf sie zu, ein großer Mann Ende dreißig, eine Hand an seiner Waffe, damit sie beim Gehen nicht herumschwang, die andere Hand mit einem Finger in der Nase, der vor sich hin popelte. Das war ekelerregend und viel zu lässig.

Es handelte sich um Männer der Demokratischen Kräfte Syriens, oder SDF auf Englisch, einer Miliz, die teilweise von den USA ausgebildet und ausgerüstet wurde und angeblich die Guten waren. Der große Mann und zwei weitere jüngere Männer, vielleicht Ende zwanzig oder Anfang dreißig, obwohl es schwer zu sagen war, weil diese Leute ein hartes Leben führten, sich schlecht ernährten und viel der Sonne ausgesetzt waren. Man könnte einen Mann ansehen und denken, er sei sechzig, obwohl er in Wirklichkeit vierzig war.

Calcutti beobachtete den hochgewachsenen Nasenbohrer, der sich hinter der Sonnenbrille undurchschaubar näherte. Der SDF-Mann rief auf Englisch, laut und mit einem starken Akzent.

„Willkommen im freien Syrien. Hier entlang."

Choi bemerkte, dass die Vögel auf den Boden kackten, so ziemlich überall. Die Schreie der Flamingos wurden immer lauter, das heisere Brüllen wurde immer lauter, bevor es abklang.

Sie joggte hinter Calcutti und dem großen SDF-Mann her, bis zu einem Feldweg auf der anderen Seite einer Reihe unfertiger Gebäude. Zwei Hilux-Pickups waren mit der Haube nach außen geparkt. Calcutti hatte eine Landkarte auf der Motorhaube des einen Fahrzeugs ausgebreitet und begann, auf Dinge zu zeigen und mit dem großen Mann zu gestikulieren, der aufgeregt wurde und versuchte, sich zu beherrschen, aber sehr unglücklich wirkte.

Sie kam nahe genug heran, um Calcutti zu hören. „Es ist mir egal, was du denkst, Bruder."

Offensichtlich gab es Unstimmigkeiten.

Eine Sache, die Choi nicht wollte, war, dass die SDF-Leute wussten, dass sie fließend Arabisch sprach. Im Moment war es der erste Typ, der schlechtes Englisch mit Calcutti sprach. Die beiden anderen waren einige Schritte zurückgewichen und wirkten angespannt. Einer von ihnen starrte sie an, mit hellen Augen und einer Monobraue.

Cheevers lehnte an der anderen Seite des Lastwagens und beobachtete das Heck. Bratton stand neben ihr und legte ihr eine Hand auf den Arm, als sie sich näherte.

„Bleib hier bei mir."

„Was ist hier los?"

„Wir geben den Einheimischen den Plan nie im Voraus; wir erzählen ihnen irgendeinen Blödsinn und ändern dann alles, wenn wir vor Ort sind." Er warf ihr einen kurzen Blick zu, bevor er seine Aufmerksamkeit wieder auf das Gelände und die Gebäude um sie herum richtete. Choi bemerkte, dass Cheevers dasselbe tat und einen anderen Winkel im Auge behielt.

Bratton sagte: „Mach dir keine Sorgen. Das gefällt denen nie. Das passiert uns ständig."

Sie sagte: „Ich schätze, wir sind nicht hier, um gemocht zu werden."

„Verdammt richtig."

Choi richtete ihre Aufmerksamkeit auf die drei SDF-Soldaten. Sie fragte: „Habt ihr schon einmal mit diesen Leuten zusammengearbeitet?"

„Darauf kannst du wetten."

Calcutti blieb standhaft in seiner Diskussion. Der Mann, mit dem er sich stritt, trat ein Stück zurück, spuckte auf den sandigen Boden und zog ein Motorola-Gerät aus der Tasche seiner taktischen Weste. Er wandte sich dem See zu und sprach energisch. Die Antwort kam schnell zurück, nur als statisches Rauschen aus Chois Entfernung, obwohl der Mann die Antwort zu verstehen schien. Er sprach noch einmal und steckte dann das Motorola weg. Er nickte Calcutti zu, der zu Bratton und Choi hinübersah und sein Kinn leicht anhob.

Bratton sagte: „Gehen wir."

Sie bestiegen die Lastwagen, wobei der große SDF-Mann, der eindeutig der Kommandant war, den ersten fuhr. Calcutti saß auf dem Beifahrersitz. Der stämmige Mann mit der Monobraue kletterte auf den Fahrersitz des zweiten Lastwagens. Cheevers stieg neben ihm ein. Bratton und Choi kletterten auf die Ladefläche von Cheevers Lkw und nahmen jeweils auf der Abdeckung des Radkastens Platz. Der dritte SDF-Mann setzte sich allein auf den Rücksitz des Fahrzeugs seines Kommandanten.

Die Fahrt war lang und noch unbequemer als mit dem Black Hawk, auf jeden Fall weniger aufregend. Die Land-

schaft war eintönig und flach, nur unterbrochen von
zerstörten Gebäuden oder manchmal ganzen kleinen Dörfern,
die aussahen, als hätte eine riesige Hand die Strukturen mit
einem einzigen Schlag achtlos platt gemacht. Ab und zu lagen
Tierkadaver am Straßenrand, und einmal sah Choi eine
menschliche Leiche bei einer verlassenen Tankstelle, ein Ort
wie aus einem postapokalyptischen Horrorfilm.

Eine Stunde später hielt der führende Lastwagen an einem
weiteren verlassenen Weiler an. Die Dächer waren alle
weggesprengt worden. „Fassbomben", sagte Bratton und
beobachtete sie.

Der Lastwagen vor uns hielt an. Bratton war jetzt wachsam, sein Gesicht war mit einem Film aus feinem Staub
bedeckt. Choi wischte sich über die Wange, und ihr Finger
löste die Staubschicht. Die SDF-Männer stiegen ab. Calcutti
näherte sich.

Bratton fragte: „Was gibt's, Boss?"

„Sie sagten, es sei Gebetszeit."

„Im Ernst?"

„Sie haben eine App dafür. Ich denke, das ist legitim."

Choi beobachtete, wie die SDF-Männer ihre Waffen an die
Wand einer ausgebombten Moschee lehnten. Gläubige
Muslime beten fünfmal am Tag. Sie kannte die Begriffe auf
Arabisch: *Fajr* war das Morgengebet, *Zuhr* war das Mittagsge-
bet. *Asr* war das Nachmittagsgebet, *Maghrib betete man* bei
Sonnenuntergang und *Isha* am Abend.

Die Männer öffneten ihre Arme zur Seite und begannen
zu murmeln, sich zu beugen, zu knien und zu stehen, wobei
sie zu dritt in einer Reihe in Richtung Mekka standen. Bratton
saß wachsam auf der Ladefläche des Hilux, seine Waffe auf
dem Dach des Fahrerhauses, die Augen suchend und
wandernd. Calcutti war zu einem der zerstörten Gebäude
gelaufen und urinierte gegen die Wand.

Cheevers lehnte sich neben ihr an den Lastwagen.
„*Swahili-Time.*"

Choi schnaubte zustimmend, da sie wusste, dass diese Redewendung von den amerikanischen Truppen verwendet wurde, die mit arabischen Partnern zusammenarbeiten mussten, deren Gefühl für Zeit, Dringlichkeit und Pünktlichkeit sich oft sehr von dem ihren unterschied. Offensichtlich stammte die Redewendung von den Briten und ihren eigenen kolonialen Erfahrungen mit den Suahelis in Ostafrika.

Sie fühlte sich seltsam, irgendetwas stimmte nicht, und das lag nicht nur an der *Swahili-Time*. Der Schwung war mit einem Mal aus der Situation herausgerissen worden, und es erschien ihr unnatürlich. Sie waren mit dem Black Hawk über das Land gerast, und jetzt saßen sie hier mit den einheimischen Männern fest, die plötzlich einen Gebetsstopp brauchten. Was sie wollte, war, zu Keeler aufzuschließen und sich ums Geschäft zu kümmern.

Ihnen beim Beten zuzusehen, erinnerte sie an die Kirche und an das, was sie zu Hause vermisste, so ganz anders als dieser Ort, praktisch das genaue Gegenteil. Der Vers kam ihr in den Sinn, Philipper 4:13, Choi sprach leise zu sich selbst. „Alles kann ich durch Christus, der mir Kraft und Stärke gibt."

Cheevers beobachtete sie. „Amen, Schwester."

KAPITEL 53

Der ISIS-Mann winkte sie mit einer Geste heran, und Keeler rollte den Hyundai vorwärts, bis er fast das Fahrzeug vor ihm berührte, ein altes beiges Mercedes-Taxi mit über die Heckscheibe gezogenen Tasselvorhängen. Die Männer trugen wüstenbeige Tarnuniformen und hellbraune Kapuzen mit Sehschlitzen. Es war eine der privaten Einheiten, die sich auf spektakuläre Hinrichtungen spezialisiert hatten.

Am Kontrollpunkt waren drei Männer der privaten Einheit und zwei Männer in grüner Tarnkleidung, die hinten an einem Haus am Straßenrand standen, normale ISIS-Frontmänner.

Zwei der Männer des Exekutionskommandos überprüften den Mercedes von beiden Seiten, hielten ihre Gesichter an die staubigen Fenster, um im Sonnenlicht nicht geblendet zu werden, konzentriert, die Kalaschnikows im Anschlag und bereit.

Der Kontrollpunkt war gut platziert, eingebettet in eine Senke zwischen Hügeln. Eine Position, auf die ein Fahrer plötzlich stoßen könnte, und dann wäre es zu spät, und er säße in der Falle. Aus irgendeinem seltsamen Grund roch Keeler Waffenöl, das von Ruth ausging, was unmöglich war, eindeutig eine Art halluzinatorischer Effekt der Hochdrucksituation. Beide waren vielleicht nur noch Minuten vom Tod entfernt - oder Schlimmerem.

Sein Herz schlug ein wenig schneller als normal, und Keeler konzentrierte sich darauf, es zu beruhigen. Er fragte: „Was für ein Waffenöl benutzt du zu Hause, Ruth?"

Sie sagte: „G96."

„Der Geruch?"

„Klar, das auch."

Der süße Geruch von G96 Waffenöl, von dem Calcutti gesagt hatte, er wolle es anstelle von Ballistol verwenden. *Der Geruch.*

Das Auto vor ihnen wackelte auf seinen Federn. Die hintere Tür öffnete sich, und ein weiblicher Fuß kam Sekunden vor der Frau selbst zum Vorschein, groß und von Kopf bis Fuß in eine Abaya mit Niqab gekleidet. Sie kletterte mühsam aus dem niedrigen Sitz und hielt ein Kleinkind im Arm, das in einen bunten Fleece-Strampler gehüllt war. Er konnte nicht hören, wie die Frau sprach, aber sie hielt dem ISIS-Mann vor sich ihr Kind entgegen und schüttelte das kleine Mädchen fast wie eine Puppe.

Der Kerl reagierte nicht, sein Blick war ruhig aus dem Schlitz der Kapuze. Es sah nicht so aus, als würde er sich für ihr Problem interessieren. Vielleicht wusste er nichts über Kinder, darüber, dass Windeln gewechselt werden mussten oder dass Kinder urinieren mussten. Er machte eine lebhafte Geste zur Straßenseite hin zu dem Haus, in dem die Fußsoldaten sich ausruhten. Die Frau bewegte sich watschelnd und mühsam. Sie setzte das Mädchen zum Gehen ab, warf einen Blick auf die Männer und führte ihre Tochter um das Haus herum.

Der ISIS-Mann auf der rechten Seite des Mercedes hockte,

tastete mit einer Hand in den hinteren Radkasten und hielt mit der anderen Hand die Kalaschnikow an seinen Körper. Er trug Handschuhe und ein Paar Wüstenkampfstiefel. Eine taktische Weste mit Munition und ein Motorola-Handgerät. Diese Typen hatten eine gute Ausrüstung.

Keeler musterte die Position der feindlichen Truppen und dachte, dass dies der richtige Moment sein könnte. Der Kerl hockte in einer gefährdeten Position und hatte seine Hand in dem alten Auto. Der andere Typ, der von der großen Frau bedrängt wurde. Er ging die Abfolge der Handlungen im Kopf durch. Steig aus dem Auto aus, als wolltest du dich strecken oder pissen. Hebe die Waffe vom Boden auf, die Waffe ist gespannt und bereit zum Abschuss. Er würde zuerst den Kerl ausschalten, der an der Seite stand, und dann denjenigen, der den Radkasten abtastet. Das wäre in ein oder zwei Sekunden erledigt, und Ruth hätte in dieser Zeit den dritten erledigt.

Die Fußsoldaten in Grün würden verängstigt weglaufen. Oder sie würden schießen und verfehlen. Oder sie würden keine Zeit zum Schießen haben, weil Keeler sie ebenfalls erwischen würde. Eine Win-Win-Situation, soweit es ihn betraf. Er sah Ruth an, um zu sehen, ob sie dasselbe dachte.

Ruth, die seine Gedanken las, sagte: „Schau mal zu dem Gebäude auf der rechten Seite."

Keeler blickte nach rechts und sah, wovon sie sprach: ein Scharfschütze, der auf dem Dach eines älteren Steinhauses stand. Der Schütze war kaum zu sehen, aber sein Aufklärer stand jetzt und streckte sich, das Zielfernrohr baumelte in der einen Hand, während er mit der anderen rauchte.

Sie sagte: „Siehst du, was der Aufklärer anhat?"

Schwarzer Anzug, ISIS-Commander oder Selbstmordattentäter-Outfit. In diesem Fall wäre es der Kommandant.

Er sagte: „Sieht aus, als würden sie sich auf etwas vorbereiten."

„Ja. Sie erwarten etwas. Das ist nicht nur ein Routine-

Stopp. Da läuft eine Operation oder so etwas, und wir sind mittendrin."

Weiter rechts versuchte eine Ziegenherde, auf einer unbefestigten Fläche Gras zu finden, während ein hagerer Hirte in einem weißen Gewand mit rot-weißer Kufiya inmitten seiner Herde stand und ein neugeborenes Lamm hielt - eine eindeutig biblische Szene. Keeler blickte auf und sah den Schützen auf dem Dach, der jetzt etwas zu seinem Aufklärer sagte, und beide lachten.

Die Frau mit dem Kind watschelte zurück zum Mercedes, das Kind schwer auf dem Arm. Sie blieb mit dem Fuß an einem Stein hängen und stolperte fast, richtete sich aber mit Mühe wieder auf. Das Kind wurde durchgeschüttelt und bekam Angst. Es begann zu weinen. Der ISIS-Mann, der vor dem Reifen gekniet hatte, richtete sich auf und sah über das Auto hinweg auf die Quelle des Lärms, der durch das Schreien des Kindes ausgelöst wurde.

Das eintreffende Mörsergeschoss kam sehr schnell, aber seine Flugbahn gliederte sich in eine Reihe von einzelnen Phasen und Begleitgeräuschen. Die erste Phase begann mit einem charakteristischen saugenden Geräusch, gefolgt von einem Knall. Als das Geschoss einschlug, hatten sowohl Keeler als auch Ruth den Kopf gesenkt und die Finger in die Ohrmuscheln gesteckt. Der Aufprall kam als ein dumpfer Knall, der den Körper erschütterte.

Keeler blickte nach oben und sah das Steinhaus, in dem die Schützen positioniert waren. Rauch und Staub quollen aus dem Sockel, das Geschoss hatte das Dach durchschlagen und war im Erdgeschoss explodiert. Die beiden Männer befanden sich immer noch dort oben und kämpften um ihr Gleichgewicht, möglicherweise mit geplatzten Trommelfellen.

Die zweite Runde folgte dicht darauf, das saugende Geräusch, der Knall. Keeler manövrierte den Hyundai bereits um den Mercedes herum. Die ISIS-Männer hatten sich auf den Boden geworfen und Deckung gesucht. Das Geschoss explodierte mit einem dumpfen Knall, und das Dach des Steingebäudes stürzte ein und warf eine Wolke aus Staub und Rauch auf.

Keeler trat das Gaspedal durch, riss das Lenkrad herum und drehte das Fahrzeug in einem scharfen Bogen. Das Auto hob sich über einen Hügel, und die Frau stand direkt in seinem Weg und schrie. Er konnte ihre Stimme nicht hören. Das Mädchen schrie hysterisch zu ihren Füßen. Er trat hart auf die Bremse und Mutter und Kind entgingen nur knapp dem Tod.

Er setzte den Wagen ein paar Meter zurück, drehte dann das Lenkrad und fuhr herum. Er fuhr die Steigung hinauf und schleuderte das Fahrzeug in den Hinterhof des Hauses, wobei die Reifen im Dreck schlitterten. Auf der anderen Seite des Hauses fiel die Straße von einer niedrigen Stützmauer ab, und der Hyundai prallte schwer auf die harte Schotterstraße, die durch das Dorf führte. Zwei weitere Mörsergranaten schlugen ein, das Krachen und der dumpfe Knall folgten. Rauch stieg im Rückspiegel auf.

Kein Schuss durchschlug die Windschutzscheibe, weder vorne noch hinten. Die ISIS-Leute mussten sich um sich selbst kümmern. Er gab Gas und raste die Dorfstraße hinunter, kam fast auf zwei Rädern um eine Kurve und fuhr direkt auf den Hauptplatz.

Ruth fluchte neben ihm. „Scheiße."

Er schaute in ihre Richtung.

Auf der rechten Seite befand sich ein schmutziger Innenhof. Ein Dutzend Leichen waren unter einer Palme aufgestapelt, achtlos zusammengewürfelt und mit ausgestreckten Gliedmaßen. Zwischen einem kleinen Gebäude und den Bäumen waren Militärnetze gespannt, damit sie aus der Luft nicht entdeckt werden konnten. Männer, Frauen und Kinder. Vielleicht die gesamte Bevölkerung dieses Dorfes, massakriert und wie Müll in den Hof geworfen. Ein ISIS-Mann in Beige saß rauchend auf einer niedrigen Steinmauer und hielt seine

AK-47 in der Hand. Er sah zu ihnen auf und erstarrte, mit offenem Mund, aus dem Rauch aufstieg, vielleicht unter Schock wegen des Beschusses, gefangen zwischen dem Wunsch, etwas zu tun, und der Angst.

Ruth wartete nicht darauf, dass er eine Entscheidung traf.

Sie hob ihre Waffe und zog ab. Der Mund des Mannes klappte zu, eine halbe Sekunde bevor ein Schuss ihn an der rechten Wange traf und eine rote Blume aufblühen ließ. Ein zweiter Schuss traf ihn in die Brust, als er zusammensackte. Keeler drückte aufs Gas, und der Hyundai geriet ins Schlingern, die Reifen drehten sich im losen Kies. Der Boden bebte von drei weiteren Granateneinschlägen kurz hintereinander.

Eine Minute später waren sie aus dem Dorf heraus und rasten an einer Orangenplantage vorbei. Keeler rechnete halb mit Scharfschützenmunition durch die Windschutzscheibe, bekam aber keine ab und dachte, dass jeder zusätzliche Meter weg von diesem Alptraum ein kleiner Sieg war.

Auf beiden Seiten befanden sich weitere niedrige Gebäude. Die Gegend war grüner als die, durch die sie bisher gefahren waren, und er erkannte schnell, warum. Die Straße führte in einer Reihe von Kurven hinunter zu einem Flussbett, einem Nebenfluss des Euphrat. Die umliegenden Hänge waren üppig bewachsen. Hundert Meter weiter überquerte eine kleine Brücke den Bach, davor ragte eine behelfsmäßige Bodenschwelle auf, und auf der anderen Straßenseite türmte sich Schmutz zu einem Schutzwall auf.

Keeler trat auf die Bremse und manövrierte ihr Fahrzeug über das Hindernis. Das Unterteil des Wagens kratzte über Steine und Schmutz und rumpelte darüber. Rechts lagen die ausgetrockneten Überreste einer Kuh. Der Kopf war fast unversehrt, während der Körper halb Skelett und halb von der Sonne ausgedörrtes Fleisch war.

Keeler brauchte eine Sekunde, um zu begreifen, was er da sah. Die Kuh war nicht von Artillerie getroffen worden, sie war auf eine Landmine getreten. Und nun war es zu spät, den Kurs zu ändern.

Der erste Soldat tauchte vor ihm auf der Fahrerseite aus den Bäumen auf, die Waffe durch das offene Fenster auf seinen Kopf gerichtet. Der Mann rief Worte, die er nicht verstand, deren Bedeutung aber sehr klar war. Männer umschwärmten das Fahrzeug von allen Seiten, Regimesoldaten in den französischen Uniformen mit Eidechsenmuster der Assad-treuen syrischen Kommandotruppen.

Ruth war ruhig, ihre Hände lagen auf dem Armaturenbrett. „Leg die Hände auf das Lenkrad."

Keeler hatte das bereits getan, denn er wollte noch nicht zu einer Statistik werden und wusste, dass sie noch Zeit hatten, untot zu werden. Offensichtlich hatten sie gerade eine Art Frontlinie überquert.

Er wehrte sich nicht, als ihn ein paar verschwitzte syrische Kommandosoldaten aus dem Fahrzeug zerrten. Er konnte die Verzweiflung, Angst und Müdigkeit in ihren glasigen Augen sehen und wusste, wie diese Situation einzuschätzen war: Der Kampf verursachte eine Menge Stress bei den Menschen; man war immer ein oder zwei Sekunden davon entfernt, eine Kugel in den Kopf zu bekommen. Einer der Soldaten traf ihn mit dem Gewehrkolben, ein harter Schlag zwischen die Schulterblätter. Keeler schüttelte sich und betrachtete Ruth in ihrer Abaya und ihrer Niqab. Die drei Kommandosoldaten an ihrer Seite taten nicht einmal so, als ob sie sich darum scheren würden. Zwei von ihnen rissen Ruth das Kleid vom Leib und entblößten ihren halbnackten Körper, der nur mit Unterwäsche bekleidet war, ungarische Kalaschnikow über die Schulter gehängt.

Ein Officer trat vor und nahm ihr die Waffe ab, untersuchte das System und leerte das Patronenlager. Er klappte den Klappschaft aus und verpasste Ruth einen Schlag ins Gesicht, so dass sie zu Boden stürzte. Keeler zuckte zusammen und stürzte sich auf den Mann. Er sah den ersten

Schlag als huschenden Schatten, duckte sich und spürte, wie ein schwerer Gewehrkolben nahe seinem Hals durch die Luft fuhr. Der zweite Schlag war für ihn unsichtbar und kam von hinten gegen den Hinterkopf.

Er spürte kein begleitendes Gefühl, nur eine sanfte Fahrt in die schwarze Zone des Nichts.

KAPITEL 54

Als Keeler das erste Mal wieder zu sich kam, öffnete er seine Augen nicht. Die Haube aus Sackleinen roch übel, nach den furchtgetränkten Ausdünstungen von Männern, die vor kurzem in schlechtem Stil ihre sterbliche Hülle hinter sich gelassen hatten.

Er machte eine Bestandsaufnahme. Die Hände waren auf dem Rücken gefesselt, aber er hatte kein Gefühl in den Fingern, was bedeutete, dass die Fesseln zu eng waren und die Durchblutung unterbrochen war. Er saß nicht auf Erde und Felsen, sondern auf einem Stuhl, der direkt in ein Loch im Boden geschoben war, was interessant war und auf die Möglichkeit von etwas Kommendem hindeutete.

Positiv war, dass niemand mit einem elektrischen Bohrer auf seinem Knie herumbohrte, mit einem Stock auf ihn einschlug oder Elektroden an empfindlichen Stellen anbrachte. Andererseits war ihm ein wenig übel, und er fühlte sich desorientiert, und in seinem Kopf drehte sich alles. Die letzten Tage waren ziemlich hektisch gewesen, also war dies eine Gelegenheit zu schlafen. Er ließ sich zurück ins Traumland treiben.

Der Traum war ein guter Traum, ein freier Fall aus dem

Heck eines großen Militärflugzeugs aus der Zukunft. Ein kompletter HALO-Sprung mit Sauerstoffsystem und Navigation plus Kommunikationspaket: das volle Programm, einschließlich Ausrüstung, die es noch nicht gab, die er im Traum aber irgendwie kannte.

Vor allem aber schätzte er das Gefühl, da draußen in der Stratosphäre zu sein, durch dünne, kalte und blaue Luft zu rasen. Die Sonne ging über dem Horizont auf, die Krümmung der Erde war deutlich und befremdlich. Interessanterweise fiel er nicht nach unten, sondern nach oben. Die Atmosphäre brannte und rauschte, als er sie durchquerte, und er sah zu, wie die Funken von seinen Handschuhen in den Weltraum flogen. Er konnte auf die Erde hinunterschauen und sie sehen, wie die Jungs von der Apollo-8-Mission. So wie sie die Welt zum ersten Mal sahen und der Menschheit eine planetarische Vision schenkten.

Als er das nächste Mal zu sich kam, wurde ihm die Haube abgenommen. Ein helles Licht leuchtete direkt in sein Gesicht und blendete ihn für ein paar Augenblicke. Eine Stimme sagte etwas auf Arabisch, und das Licht wurde gegen eine Wand gerichtet. Nach ein paar Sekunden kam seine Sicht zurück, und er sah einen spärlich eingerichteten Raum. Ein Stuhl stand ihm gegenüber, das Licht auf einem Stativ, ein Holztisch neben einem verdunkelten Fenster.

Auf dem Stuhl saß der bärtige Mann, den er auf den Fotos aus der Klinik in Ankara gesehen hatte, Zaros Aesthetica. Amal Nizar Ezzedin war vielleicht der zweite oder dritte Kommandant der Hisbollah. Ezzedin rauchte eine Zigarette, sah ihn direkt an, sehr entspannt, musste Keeler zugeben. In Anbetracht der Umstände hatte es etwas Bewundernswertes an sich, da der Mann ein sehr aufreibendes Leben führte.

Keeler räusperte sich, bevor er sprach. Er fragte: „Wie gehst du mit dem Stress um?"

Ezzedin nickte leicht überrascht. Er zog an seiner Zigarette. „Dem Stress." Ein kleines Lächeln. „Wie bei allem, schätze ich, es geht es nicht nur um dich. Das Geheimnis ist, dass man versuchen muss, den eigenen Stress nicht auf andere abzuwälzen. Das bleibt zwischen dir und Gott, verstehst du, was ich meine?"

Sein Englisch war fließend, aber mit einem starken libanesischen Akzent.

Keeler sagte: „Du bist ein lebender Toter, Ezzedin. Es ist nur eine Frage der Zeit."

Ezzedins verschmitztes Grinsen verblasste, und sein Mund verzog sich. „Dein Freund wurde verletzt, als er sich wehrte. Dann wurde er zu einer Belastung." Er knackte mit den Fingerknöcheln. Er öffnete seine Hände in einer Geste der Vernunft. „Danach war er eine Gelegenheit. Nichts Persönliches."

Keeler grunzte. „Wie auch immer." Er warf Ezzedin einen Blick zu, von dem er wusste, dass er ausdruckslos und gleichgültig war. „Von hier gibt es kein Zurück mehr. Wir werden dich auf die eine oder andere Weise kriegen. Wenn du meine Freundin und mich ohne Komplikationen gehen lässt, werde ich mein Bestes tun, um dir einen sauberen Tod zu bescheren. Andernfalls landest du in einem schwarzen Loch. Und wirst den Rest deines Lebens in einem Loch verbringen." Er musterte Ezzedin: vielleicht fünfunddreißig Jahre alt. „Vierzig weitere Jahre in einem Loch, geknebelt und mit einem Tropf mit Antibiotika und Antidepressiva im Arm. Wenn es sein muss, füttern sie dich durch einen Schlauch, nur um dich am Leben und Leiden zu erhalten. So sind wir. Wir halten dich allein, in Einzelhaft, ohne Licht, ohne Freunde, ohne alles."

Der Mann machte eine spöttisch-überraschte Miene. „Mit anderen Worten, so wie man in einer normalen Senioreneinrichtung oder in einem Vorort von Ohio lebt." Ezzedin lachte. Er zündete sich eine weitere Zigarette am Stummel der ersten an. Er hielt sie als Angebot hoch. „Magst du?" Keeler schüttelte den Kopf. Ezzedin sagte: „Ich bin ein lebender Toter, also was soll's, was dich nicht umbringt, macht dich stärker."

„Ich atme, was bedeutet, dass du glaubst, dass ich etwas für dich tun kann."

Ezzedin beugte sich lässig vor und versetzte Keeler einen Schlag in den Solarplexus. Es war ein Volltreffer, der ihn in seinem Stuhl nach hinten schleuderte, wo er zuckte und nach Luft rang. Die Übelkeit kehrte zurück, und er blickte zu dem Hisbollah-Mann auf, der in Jeans und Wanderstiefeln über ihm stand.

Keelers Mund hatte sich mit Galle gefüllt, die er ausspuckte. „Ich habe neulich ein paar von euren Leuten umgebracht. Es war gut, ich habe es genossen. Ich werde dich auch umlegen."

Der große Mann lachte. „Es waren nicht meine Männer, die du getötet hast, sondern die meines Freundes. Und deshalb musste ich ihm versprechen, dich mit ihm allein zu lassen." Ezzedin drehte den Kopf und bellte etwas Hartes auf Arabisch. Er sah wieder zu Keeler. „Ich gebe euch beiden die Gelegenheit, euch erst einmal wieder miteinander vertraut zu machen, bevor wir dieses Gespräch fortsetzen. Ich habe dir eine Menge interessanter Dinge zu sagen."

Die Tür öffnete sich, und er machte einem schlanken Mann Platz, der hereinkam. Keeler lag auf dem Rücken und konnte kaum über seine Stiefel hinwegsehen. Der schlanke Mann machte ein paar langsame Schritte, stellte sich über ihn und blickte zu Boden. Keeler erkannte die Augen des Mannes von den wenigen Begegnungen, die er in Ankara gehabt hatte, durchscheinend grau-grün wie die eines Schakals. Sein Hals war bandagiert, und Keeler erinnerte sich an den Schuss, den er dort abgefeuert hatte. Wie sich der rosa Nebel verzogen hatte. Leider war es nur ein Streifschuss gewesen.

Der Schakal schwang ein seltsames Gerät in einer Hand, etwas Schweres aus Stahl mit Lederriemen. Keeler brauchte einen Moment, um das Ding zu erkennen: ein Pferdespekulum, wie es Pferdezahnärzte verwenden, um das Maul des Tieres offen zu halten. In der anderen Hand hielt er eine kleine Ledermappe mit einem Reißverschluss. Er ging zum Tisch hinüber, legte die Gegenstände ab und öffnete den Reißverschluss der Mappe. Ezzedin hob Keeler vom Boden auf und stellte den Stuhl ohne große Anstrengung wieder aufrecht. Ein starker Mann.

Er zeigte auf das Ding in der Hand des Schakals. „Anscheinend gab es hier früher, vor dem Krieg, eine Pferderanch. Ist das zu glauben?" Ezzedin rückte sein Gesicht näher und gab Keeler einen besseren Blick auf die Sorgenfalten um seine Augen und die grauen Flecken in seinem Bart. „Ich werde dich nicht anlügen. Das wird weh tun. Das Schlimmste daran ist, dass wir eigentlich gar keine Informationen von dir wollen, sondern nur Rache für meinen Freund hier."

Keeler gähnte. „Sadisten sind keine sehr zuverlässigen Freunde."

„Zum Glück haben wir satanische, imperialistische Unterdrücker wie dich, die sie ablenken." Er neigte den Kopf in Richtung Tür. „Vielleicht siehst du, was er mit der zionistischen Hure macht, die du uns gebracht hast, wenn er deine Augäpfel an Ort und Stelle lässt. Ich habe ihm gesagt, er solle sich zuerst darauf konzentrieren, deine Daumen zu entfernen."

Ezzedin schloss die Tür hinter sich, als er ging. Der Schakal drehte sich um und kam auf ihn zu, wobei er leise vor sich hinsang, die Worte für Keeler unverständlich. Seine Augen wurden von den Gegenständen in den Händen des Schakals angezogen, dem Zahnspekulum, einer Pinzette, einem chirurgischen Skalpell und einem Kugelhammer.

KAPITEL 55

Es gab nichts als Schmerz.

Der Schakal spielte es wie ein Virtuose. Vielleicht hatte er in einem Kurs der iranischen Revolutionsgarden Folter studiert und kannte die Auslösepunkte. Wahrscheinlich konnte er auch noch andere Dinge, hatte einige Zeit auf der zahnmedizinischen Fakultät verbracht, aber darauf verließ er sich im Moment nicht. Keelers Mund wurde durch das Spekulum aufgedrückt. Das Gesicht des Schakals war ganz nah, der Mann summte vor sich hin und hantierte mit seinen Werkzeugen.

Er hatte mit dem Skalpell einen Einschnitt in das Zahnfleisch direkt über Keelers beiden Vorderzähnen gemacht. Er benutzte die Pinzette, um an die Nerven tief im Inneren heranzukommen, spielte mit ihnen, schlug gelegentlich mit dem Hammer darauf, um den Schmerz zu verstärken, und beobachtete, wie Keeler schwitzte und unwillkürlich aufheulte. Der Schmerz war intensiv. Er spürte ihn nicht nur im Zahn oder im Mund oder sogar im Kopf. Die Wellen des Schmerzes strahlten an seltsamen Stellen aus, ließen ihn unwillkürlich zusammenzucken und seinen ganzen Körper anspannen.

Nach fünf Minuten hatte sich Keeler von dem Erlebnis gelöst. Es machte keinen Spaß, aber es war auch nicht so schlimm, es war nur Schmerz. Was er schon wusste: Schmerzen waren schrecklich, während man sie verspürte, aber danach vergisst man sie.

Das hatte er von seiner Mutter gelernt. Sie hatte ihm erzählt, dass die Geburt der schlimmste Schmerz war, den sie je erlebt hatte, aber sie hatte keine Erinnerung daran. Sie erinnerte sich an das Leiden, aber von der Sache selbst, der eigentlichen Qual, blieb nichts übrig. Manche Leute behaupteten, dass Frauen eine höhere Schmerzgrenze haben als Männer. Keeler war nicht in der Lage, sich dazu eine Meinung zu bilden. Er hatte Schmerz ertragen müssen, verdammt viel davon. Er wusste immer noch nicht, wie man ihn messen konnte.

Aber der Schmerz ist nur eine Botschaft, eine Warnung an das Gehirn. Mit anderen Worten, eine Information, die er ignorieren könnte, oder es zumindest versuchen könnte.

Was nicht einfach war. Der Kerl war gut, drückte in seinem Mund herum und spielte mit seinem Gesicht wie mit einem Saiteninstrument. Keeler versuchte nicht einmal, sich gegen den Schmerz zu wehren, er heulte und brüllte wie ein angestochenes Schwein. Der Schakal stieß tiefer vor, öffnete einen neuen Bereich mit dem Skalpell und fand einen neuen Nerv, an dem er herumspielen konnte. Das wurde ein bisschen zu intensiv, und Keeler spürte, wie er die Grenze überschritt. Die außerkörperliche Erfahrung war gut verlaufen, aber die beiden Teile von ihm kamen zusammen, und er rutschte in Übelkeit erregenden Schwindel.

Er kam zum dritten Mal zu sich, wieder in einem Stuhl und mit Haube. Dieselbe Haube, derselbe Geruch von Sackleinen, aber neue Gerüche drangen durch den locker gestrickten

Stoff. Sein ganzes Gesicht pochte. Diesmal waren seine Hände vor ihm gefesselt, nicht hinter ihm, was seltsam war.

Ein Gespräch war im Gange, männliche Stimmen unterhielten sich leise auf Arabisch. Er hatte keine Ahnung, was sie sagten. Es fühlte sich wie ein größerer Raum an, so wie die Geräusche umherschwirrten. Er vermutete, dass sie ihn aus dem anderen Raum gebracht hatten, als er bewusstlos gewesen war. Er saß auf dem Stuhl und hatte den Kopf auf die Brust gelegt. Das Gespräch verstummte, als er den Kopf hob. Eine Hand griff nach der Haube und riss sie herunter.

Ein großer Raum, eine Art Werkstatt. Er saß in der Mitte, in einem Bereich, der durch eine durchsichtige PVC-Folie abgetrennt war, an der die weißen Rückstände von dem, was auch immer sie dort produzierten, klebten. Drei bärtige Männer standen um einen alten Holztisch mit kleinen Keramik-Kaffeetassen und einem überquellenden Aschenbecher. Ezzedin und zwei andere.

Sein Blick schweifte umher und landete auf Ruth, die zehn Meter entfernt bewusstlos an einem Holzbalken hing. Ihre Handgelenke waren mit Plastikkabelbindern gefesselt, und ihr nackter Körper war mit Blut und Verbrennungen von Zigaretten bedeckt. Keeler spürte, wie kalte Wut in ihm aufstieg und sich in sein Gehirn fraß. Er schloss, dass sie noch nicht vergewaltigt worden war. Es war unmöglich, die Szene in Dr. Erkins Haus zu vergessen, in diesem Schlafzimmer in Ankara. Die Art und Weise, wie die Frau vergewaltigt worden war, während Erkin hatte zusehen müssen.

Keeler löste seinen Blick von Ruth und zwang ihn, die Umgebung zu erfassen und Daten zu sammeln. Zu seiner Rechten befand sich eine der fleckigen PVC-Planen, hinter der er drei rostige Gaskanister nebeneinander erkennen konnte, die mit einer Reihe von Rohren verbunden waren. Jeder der Kanister war so groß wie ein durchschnittlicher Mann.

Auf dem Boden herrschte ein Chaos aus Schläuchen, die von den Kanistern zu großen Fässern und Kesseln auf der anderen Seite des abgesperrten Bereichs führten. Andere Schläuche liefen in andere Richtungen. Ezzedin lehnte sich mit dem Rücken an den Holztisch, rauchte und beobachtete Keeler. Er rollte einen dicken orangefarbenen Schlauch unter seinem gestiefelten Fuß und spielte damit.

Ein weiterer bärtiger Mann nippte an einem Kaffee, direkt neben zwei offenen Kesseln, die auf Gestellen auf dem Boden standen. Keeler erkannte ihn, den syrischen Offizier, der ihn und Ruth zuvor gefangen genommen hatte. Derselbe Mann, der ihr den Kolben seines Gewehrs ins Gesicht geschlagen hatte. Unter den Kesseln flammten Gasbrenner auf, von denen der chemische Geruch ausging. Die Dämpfe wurden von Abzugshauben abgesaugt. Plastiksäcke und Kanister lagen überall verstreut herum; es war ein einziges Durcheinander. Eine Art behelfsmäßiges Labor, angesichts der Rohre und Schläuche, Planen und Eimer.

Es war nicht schwer zu erraten was hier geschah. Dies war eine Captagon-Produktionsanlage. Die Truppen der Hisbollah und des syrischen Regimes betrieben eine End-to-End-Lösung, die Produktion und den Vertrieb in die Türkei und darüber hinaus.

Der dritte Mann hatte Keeler die Haube abgenommen. Er stand ganz nah und lachte jetzt, hielt die Sackleinenhaube zur Schau und sagte etwas, das er offensichtlich für lustig hielt. Der Mann hatte einen dicken Keilkopf von der Größe einer Wassermelone. Er war stämmig und trug eine Handfeuerwaffe an der rechten Hüfte, die in einem russischen Techincom-Holster steckte.

Ezzedin nickte und stimmte dem zu, was der Mann sagte. Er stand auf und nahm eine Pistole vom Tisch, nicht irgendeine Pistole, sondern eine schicke CZ Shadow 2 mit blauem Griff. Keeler erinnerte sich an das, was Joe in Ankara erzählt hatte. Ezzedin war ein Meister im Scheibenschießen gewesen. Offensichtlich hatte er immer noch Freude an einem guten Stück. Der Hahn war gespannt, aber Keeler konnte keinen roten Punkt sehen, was bedeutete, dass Ezzedin die Waffe gesichert hatte. Anhand der Bewegungsrichtung des Mannes wusste er, was er vorhatte. Sie hatten nur darauf gewartet, dass Keeler wieder zu Bewusstsein kam, um Ruth vor seinen Augen hinrichten zu können.

Die PVC-Plane hinter ihr würde die Blutspritzer auffangen. Sie würden sie darin einwickeln und in eine Art Massengrab werfen.

Das Holster des Mannes war dreißig Zentimeter von Keelers Knie entfernt. Der Kolben einer russischen Standard-Jarygina ragte daraus hervor. Eine weitere 9-mm-Waffe, wenn auch weit weniger luxuriös. Der Hahn war auch hier gespannt und gesichert, was bedeutete, dass er sich nur um die Sicherung würde kümmern müssen.

Es war zu offensichtlich und zu verlockend, um echt zu sein. Es war eine Finte.

Ezzedin klopfte Ruth mit dem Lauf der CZ ins Gesicht, spielte mit ihr und lächelte, um sie zum Aufwachen zu bewegen. Ihre Augenlider flatterten. Keeler dachte sich, dass er sie erschießen würde, sobald er wusste, dass sie es mitbekam. Sie stöhnte unzusammenhängend, öffnete die Augen und versuchte, sich zu konzentrieren.

Das Holster direkt vor seinem Gesicht, verlockend und vielleicht eine Finte, aber was, wenn es keine war?

Keeler überlegte nicht lange. Er wippte nach vorne, verlagerte sein Gewicht und griff mit den gefesselten Händen nach dem Holster. Der Stuhl kippte auf zwei Beinen nach vorn. Alle Augen im Raum richteten sich auf Ezzedins kleine Pantomime. Ein Lächeln zeichnete sich auf dem bärtigen Gesicht des Hisbollah-Mannes ab. Keeler konzentrierte sich auf die Aufgabe, die vor ihm lag: den Stuhl auf den beiden Beinen zu balancieren, ohne umzufallen.

Er wollte weit genug nach vorne kippen, um die Waffe zu ergreifen, sich auf vier Beine zurückfallen lassen und sie benutzen, ohne dabei zu weit nach hinten zu fallen.

Ruth war kurz davor, das Bewusstsein wiederzuerlangen. Ihre Augenlider waren wieder gesunken, und sie stöhnte und schüttelte träge den Kopf. Keeler kippte noch zwei Zentimeter weiter nach vorne, einige Fingerspitzen streiften den Pistolenschaft, andere den Klettverschluss. Es war soweit.

Er ließ den Stuhl nach vorne fallen, drückte auf den Klettverschluss und riss die Klappe auf. Mit der anderen Hand umschloss er den Gewehrkolben. Das Zurückklappen des Stuhls zog die Waffe aus dem Holster und sie war in seinen Händen und bereit.

Keeler hatte Ezzedin im Visier. Sein Daumen schnippte die Sicherung weg und er drückte ab. Der Hammer klickte auf eine leere Kammer, ein dumpfes Klicken von Stahl auf Stahl. Alle drei Männer drehten sich zu ihm um, mit ausdruckslosen Gesichtern. Eine Hand packte Keeler an der Schulter, und der Schakal trat von hinten an ihn heran. Er nahm ihm die Pistole aus der Hand und überprüfte die Funktion, lächelte und zwinkerte Keeler zu.

Die anderen Männer brachen in hysterisches Gelächter aus und schlugen sich auf die Schenkel, als wäre das die lustigste Sache der Welt. Der Schakal reichte die Pistole dem Kerl mit dem Holster zurück. Ezzedin sah Keeler an und schüttelte belustigt den Kopf.

„Erwischt."

Der Schakal setzte sich auf einen hohen Barhocker direkt hinter seinem Chef und nahm eine Zigarettenschachtel aus der Hemdtasche, sein Blick war unleserlich und beunruhigend.

Die beiden anderen drehten Keeler um, so dass er mit dem Gesicht zur Wand stand. Diese war bereits mit einer PVC-Plane vorbereitet worden, um die Blutspritzer abzufangen. Ein kalter Stahllauf streifte seinen Nacken und wurde mit mehr Kraft in seine Haut gepresst.

„Hast du noch etwas zu sagen?", fragte Ezzedin.

„Nein."

Stille. Er wartete darauf und fragte sich, wie es wohl sein würde, oder ob es überhaupt irgendwie sein würde.

Die Pistole klickte, und er spürte einen leichten Schlag in seinem Nacken, als der Hammer erneut auf eine leere Kammer fiel.

Im Raum war es totenstill. Eine halbe Minute später wurde der Stuhl wieder umgedreht. Die vier Männer starrten ihn immer noch an. Ein Haufen Witzbolde, die Spiele spielten, während um sie herum die Welt zu Asche verbrannte.

Er sah dem Schakal in die Augen und musterte ihn eingehend. „Was?"

Der Schakal hielt den Blickkontakt einen Moment lang, ein kleines Lächeln auf seinem Gesicht. Dann sah er weg. Die anderen wirkten enttäuscht. Ezzedin räusperte sich. „Nun, normalerweise pissen sie sich wenigstens ein."

Keeler erkannte, worauf sie es abgesehen hatten. Es war krank. Sie waren schon zu lange im Krieg. Das war es, was sie jetzt zur Unterhaltung brauchten, die rituelle Erniedrigung eines wehrlosen Feindes. Er hatte ein Video gesehen, in dem ein syrischer Regimeoffizier die Brust eines lebenden Gefangenen öffnete, sein Herz herausschnitt und es vor laufender Kamera aß. Niemand in den Teams hielt das Video für eine Fälschung.

Er drehte seinen Kopf und spuckte Blut auf den Boden. „Fertig?"

Ezzedin zuckte mit den Schultern, nahm ein volles Magazin vom Tisch und lud seine Pistole ordentlich.

„Fast."

Er hob die Pistole und schoss Ruth aus nächster Nähe in die Brust. Ihr Körper zuckte, als die Kugel direkt über ihrer rechten Brust einschlug.

KAPITEL 56

Choi beobachtete den hochgewachsenen Mann der syrischen Verteidigungskräfte, der das Gebet anführte. Drei von ihnen standen in einer Reihe, die Hände zu beiden Seiten ausgestreckt, verbeugten sich und murmelten. Er sprach einen letzten Satz, und die Männer hoben ihre Hände bis zu den Ohren, dann lösten sie die Formation auf und begannen, eine Wasserflasche herumzureichen und sorgfältig ihre Finger zu reinigen.

Choi stand im Schatten, etwas kitzelte ihr inneres Alarmsystem, wahrscheinlich nur Ungeduld. Sobald sie näher an der Rendezvous-Zone waren, würde sie über das taktische Kommunikationsnetz mit Keeler in Verbindung kommen. Dann würde sie sich gleich viel besser fühlen.

Calcutti hockte neben einem der Hilux-LKWs. Er erhob sich. „In Ordnung, es geht weiter."

Bratton war auf der Ladefläche des Lastwagens geblieben und schaute über das Fahrerhaus hinaus, wachsam und genau das Gegenteil des verschlafenen Mannes, den sie in Al Tanf in den Hubschrauber hatte steigen sehen.

Er sagte: „Verstanden."

Calcutti spuckte seinen Kautabak aus und gurgelte aus

einer Wasserflasche, wobei er einen langen Strahl brauner Flüssigkeit ausspuckte, der in den Staub platschte. Der hochgewachsene SDF-Commander hievte sich auf den Fahrersitz und ließ die Füße raushängen, während er mit einem Finger in ein Telefon tippte.

Cheevers sagte: „Sie sehen nicht so aus, als hätten sie es besonders eilig, oder?"

Keine Frage, nur ein Kommentar.

Choi stand am zweiten Lkw und beobachtete den dünnen SDF-Mann, der sich auf den Beifahrersitz bemühte, wo Cheevers als Beifahrer saß. Die dünnen Finger des SDF-Mannes streckten sich nach der Tür aus, in der Hoffnung, dass er einen guten Platz vorne bekommen würde. Cheevers packte seinen Arm mit einer behandschuhten Hand von der Größe einer Grapefruit und schüttelte den Kopf, ein Zeichen für *keine Chance*. Er schob den Mann zur Seite und bedeutete ihm, auf die Ladefläche des Lastwagens zu steigen. Das Gesicht des Einheimischen sah plötzlich älter aus, obwohl er noch jung war.

Der Monobrow-Typ kletterte auf den Fahrersitz und nahm Blickkontakt mit Choi auf, die nickte, aber keine weitere Reaktion erhielt. Monobrow drehte sich um und blickte in die Ferne.

Cheevers stand mit offener Beifahrertür da und blickte zu Calcutti im ersten Hilux-Truck, der sich mit dem hochgewachsenen Commander unterhielt. Bratton schob sich auf die Ladefläche, ein paar Meter von ihr entfernt. Das Fahrzeug schwankte unter seinem Gewicht. Das brachte sie dazu, ihn anzusehen, denn der Fahrer war plötzlich noch aufmerksamer als zuvor und suchte durch das Zielfernrohr der Waffe nach etwas, das seine Neugier geweckt hatte.

Sie rief zu ihm hoch. „Was ist hier los?"

Bratton spuckte aus, ohne seinen Blick abzuwenden, und tastete mit dem Fernrohr langsam den ausgebrannten Weiler nordwestlich ihrer Position ab. „Irgendetwas wirbelt da draußen Staub auf."

Sie schaute den dünnen jungen Mann an und bemerkte seinen Blick, als hätte er sie beobachtet. Damit hatte er vielleicht nicht gerechnet. Die Pupillen des Mannes waren haselnussbraun gegen blutunterlaufenes Weiß, eingebettet in ein vorzeitig verwittertes Gesicht. In seinem ständigen Blinzeln gegen das Wüstensonnenlicht las sie Nervosität und Angst, einen verstohlenen Blick. Der Mann setzte ein wenig überzeugendes Lächeln auf, das einen fehlenden Vorderzahn enthüllte. Er zündete sich eine Zigarette an und hielt sie an die Stelle, wo der Zahn hätte sein sollen - wie einen Partytrick.

Seine Hände zitterten, als er die Zigarette anzündete.

Calcutti und der große Mann waren verstummt. Der dünne Mann vor ihr zog an seiner Zigarette und nahm wieder Blickkontakt mit ihr auf. Der Moment verlangsamte sich für Choi, die ihn plötzlich wie unter Wasser erlebte. Der Mann sprach leise vor sich hin. Die Sprache war nicht Arabisch, sondern Farsi, eine Sprache, an der sie zwei Jahre lang gearbeitet hatte, als sie noch Studentin gewesen war und jeden Donnerstagabend im Bird-in-Hand-Café mit den iranischen Studenten abhing.

Der Mann hatte offensichtlich nicht erwartet, dass Choi ihn verstehen würde. Die Worte kamen wie ein Fluch heraus, der zusammen mit dem fauligen Tabakrauch ausgestoßen wurde. Aber Choi verstand sehr wohl. Der Mann sagte: „Ich werde mich an deinem toten Körper erfreuen, Hure."

Für den Bruchteil einer Sekunde spürte sie, wie eine Art Kälte über sie hereinbrach. Hatte sie ihn richtig verstanden? Der Mann war kaum mehr als ein Kind. Er zog an seiner Kippe und hielt dreist den Blickkontakt aufrecht. Sie fühlte sich plötzlich wie magnetisch von den Augen angezogen, und alles, was in ihrem Hinterkopf herumgeisterte, stürzte plötzlich und ohne Vorwarnung in den Vordergrund.

All das, was sie auf seltsame Weise gekitzelt hatte, während sie die SDF-Männer beim Beten beobachtet hatte, setzte sich zu einem Bild zusammen. Jetzt verstand sie es. Die Soldaten der Syrischen Verteidigungsstreitkräfte waren zu siebzig Prozent Sunniten, zu zwanzig Prozent Christen und zu einem winzigen Prozentsatz Alawiten. Es gab keine Schiiten unter ihnen.

Aber sunnitische Muslime beten mit verschränkten Armen, während Schiiten mit offenen Armen beten.

Und diese Leute hatten mit offenen Armen gebetet. Und was bedeutete das genau? Es bedeutete hundertprozentig, dass sie keine Kämpfer der syrischen Verteidigungkräfte waren; das konnten sie nicht sein, denn sie sprachen Farsi und beteten wie Schiiten.

Das Ganze flutete in einem heißen Blitz in ihr Gehirn, was die Japaner *Satori* nennen, einen Tritt in die Zähne.

Diese Männer gehörten zur Islamischen Revolutionsgarde, zur IRGC. Sie hatten die Kommunikation der syrischen Verteidigungskräfte abgefangen und die Amerikaner in eine Falle gelockt. Der Streit vorhin, bei dem Calcutti den Plan geändert hatte, hatte sie gezwungen, ihre Vorgehensweise anzupassen und umzudisponieren. Die Gebetsunterbrechung war ein Vorwand gewesen, um Zeit zu gewinnen.

Zeit wofür?

Bratton hatte dort draußen eine Staubwolke gesehen. Vielleicht war Verstärkung von anderswo hergekommen, und sie hatten den Ort eines geplanten Hinterhalts hierher verlegt. All das wurde ihr in einem plötzlichen Rausch bewusst, ohne dass sie eine Chance hatte, es richtig zu formulieren.

Choi rief etwas Unverständliches, sicher eine Warnung, aber keine konkreten Worte. Auf jeden Fall wurde die Äußerung durch das Geräusch von Brattons MP5 unterbrochen, die in kurzen Stößen über das Fahrerhaus des Pickups hinweg schoss.

„Kontakt!"

Das Ganze geschah in etwa dreißig Sekunden, was Choi sehr lange vorkam. Lange genug, um ein paar Bewegungen zu machen.

Kugeln regneten von der anderen Seite der zerstörten Gebäude auf sie nieder. Die Atmosphäre war augenblicklich ein Aufruhr von Waffenfeuer und dem flachen Klirren von Geschossen, die auf Fahrzeugen, Erde und Stein einschlugen.

Brattons *hot brass*, wie sie die ausgeworfene Hülse nannten, traf Choi an der Wange, so dass sie sich nach links ducken musste. Dabei entging sie nur knapp einem Schuss, der von dem dünnen Kerl abgefeuert wurde, der ihren toten Körper vergewaltigen wollte. Er stand direkt vor ihr, seine Augen waren jetzt weit wie Murmeln. Sie spürte einen Anflug von Wut und ging auf ihn zu, wobei sie ihm mit einem Kampfstiefel mit Stahlkappe direkt in die Eier trat. Der Kerl krümmte sich nach vorne, die Zigarette fiel ihm aus dem Mund, ein hohes Quietschen ertönte.

Choi zog den Bolzen ihres M4-Sturmgewehrs zurück, das bereits auf Triple-Tap eingestellt war, und verpasste ihm aus nächster Nähe drei Schüsse, die ihn wie einen Sack Erde auf die Ladefläche des Lastwagens warfen.

Sie drehte sich rechtzeitig um, um durch die Heckscheibe des ersten Hilux zu sehen. Der große Mann hielt eine Pistole hoch. Choi sah, wie sie losging und Calcutti einen Schuss in den Kopf bekam und aus ihrem Blickfeld verschwand, als er vom Beifahrersitz stürzte.

Sie zögerte nicht, ging näher an den Truck heran und richtete die M4 auf den feindlichen Kommandanten. Der Kerl sprang aus dem Truck und entledigte sich seiner AK-47. Sie hielt in der Bewegung inne und spürte, wie etwas an ihrem Ärmel zupfte. Sie zielte auf die Brust des Commanders und gab einen Schuss ab. Die Kugeln schlugen in dem Fahrzeug zwischen ihnen ein, eine durchschlug vielleicht die Tür und traf ihn. Choi bewegte sich seitlich und von dem Truck weg. Sie blieb erneut stehen und sah ihn an, nun deutlich angeschlagen und schwankend. Sie verpasste ihm einen weiteren Schuss in den Kopf und sah, wie er pulverisiert wurde, wobei sich rosafarbener Nebel bildete und die aufsteigenden Staubpartikel auffing.

Sie entdeckte eine Bewegung zu ihrer Linken. Die Monobraue rannte auf die Gebäude zu. Cheevers schoss einmal mit seiner MP5 auf ihn. Die Kugel traf den Mann in den Hinterkopf, die Muskelspannung brach zusammen, und die Schwerkraft brachte ihn zu Boden.

Bratton war von der Ladefläche heruntergeklettert und zerrte sie am Ellbogen.

Dann rannte sie los und sprintete mit ihm in die nächstgelegene Deckung. Das schwere Maschinengewehr feuerte los, und der zweite Toyota Hilux wurde von einem Schwermetallhagel getroffen. Die Kugeln zerfetzten die Karosserie und die Reifen und ließen das Fahrzeug erzittern, fast wie ein Tier im Todeskampf.

Cheevers übernahm die Führung. Er bewegte sich um das Gebäude herum und benutzte dabei Handzeichen, die Choi nicht verstand. Bratton sagte: „Bleib einfach bei mir."

Das musste er ihr nicht zweimal sagen, denn das hatte sie schon mit Keeler in Dr. Erkins Haus in Ankara geübt. Sie brauchte beide Hände für die M4, blieb aber dicht hinter Bratton und deckte ihnen den Rücken. Keelers Team machte keine halben Sachen. Sie würden lieber den Feind stürmen, als auf ihn zu warten.

Cheevers machte ein „Go Go Go"-Zeichen und begann, über eine offene Fläche zu sprinten. Als sie sich einer zerstörten Tankstelle näherten, gerieten sie unter schweres Feuer, das die Position des Schützen verriet. Bratton kniete sich in der Mitte der freien Fläche hin und zielte mit seiner MP5 nach oben, blinzelte in die Sonne und feuerte eine Salve ab.

„Big Gun erledigt."

Choi kauerte bei einem der außer Betrieb befindlichen

Pumpen. Bratton sprintete an ihr vorbei, und sie folgte ihm. Sie kam gerade noch rechtzeitig um die Ecke des Gebäudes, um zu sehen, wie Cheevers direkt auf zwei schockierte Männer zustürmte. Sie versuchten, sich auf seine Geschwindigkeit einzustellen, was ihnen jedoch nicht gelang. Cheevers schoss dreimal auf jeden der Feinde, einen nach dem anderen, wie ein geschickter Handwerker, der Schuhleder bearbeitet oder so, war das verrückte Bild, das ihr in den Sinn kam.

Sie sah es nur bruchstückhaft, und ihre Sinne machten aufgrund der erhöhten Gehirnchemie seltsame Dinge.

Bratton, der seinen Kameraden nicht einmal beobachtete, schaute in andere Richtungen und deckte ihnen den Rücken. Cheevers bewegte sich schnell von einem Feind zum anderen und verpasste jedem Mann einen einzigen Schuss in den Kopf, um sicherzustellen, dass sie aus dem Spiel waren.

KAPITEL 57

hoi fand ein Fahrzeug, das auf der Straße hinter der Tankstelle geparkt war. Sie ging darauf zu, hob die Waffe und musterte es genau. Es war eine verbeulte weiße Skoda-Limousine, die durch den Sand, den Stein und den Staub eines langen Lebens in dieser Gegend gekennzeichnet war. Sie bewegte sich seitlich an der Seite des Fahrzeugs entlang.

„Alles klar", sagte sie, als sie sah, dass es leer war.

Bratton holte sie ein und ging zur Fahrertür, lehnte sich hinein und holte ein Motorola-Funkgerät und eine taktische Weste voller AK-47-Magazine heraus. Das war das Fahrzeug, mit dem der Feind gekommen war und sich wahrscheinlich von hinten an sie herangeschlichen hatte, während ihre Kameraden so getan hatten, als würden sie beten.

Choi ging in Deckung, hielt ihre Waffe bereit und suchte nach möglichen neuen Besuchern, während Bratton das Fahrzeug weiter durchsuchte.

Bratton stieß die Tür zu. „Lass uns zurückgehen."

Cheevers kam eine Außentreppe an der Seite des Bürogebäudes der Tankstelle hinunter, wo sie das schwere Maschinengewehr positioniert hatten. In der einen Hand hielt er die

Waffe und ihr Stativ, in der anderen eine Kiste Munition. Choi nahm ihm die Munition ab und entlastete ihn damit ein wenig.

Calcuttis Körper war nach hinten aus dem Pickup gefallen und unbeholfen gelandet, der linke Fuß steckte noch im Hilux. Cheevers murmelte eine Reihe sehr schlimmer Schimpfwörter und setzte das Maschinengewehr ab. Choi brauchte keine Anweisung. Sie packte Calcutti an den Füßen, während Bratton die Leiche unter den Armen anhob. Sie legten ihn auf die Ladefläche des ersten Trucks, der noch relativ unversehrt war.

Cheevers schien das Kommando übernommen zu haben, er war eindeutig der nächste in der Reihe und sprach mit knappen Worten zu Bratton. „Kümmer dich um die EPKs, dann bau MG auf dem Truck auf." Er deutete auf Choi. „Du deckst uns den Rücken, wenn wir uns bewegen, und jeder von euch bekommt einen One-Eighty, capisce?"

Choi nickte. „Verstanden."

Bratton sagte: „Bring die Waffe auf den Lastwagen."

Choi hob das schwere Gewehr an und legte es auf die Ladefläche des Hilux. Sie holte die Munitionskiste und stellte sie auf die Heckklappe. Bratton bewegte sich zwischen den feindlichen Leichen und fotografierte ihre Gesichter mit einem Handy. Er joggte zurück zur Tankstelle, um den Rest der EPKs zu holen.

Enemy personnel killed – die getöteten feindlichen Truppen. Sie durften nicht außer Acht gelassen werden.

Die Fotos würden in das Defense Intelligence Network hochgeladen, wo das System der Defense Forensics and Biometrics Agency sie aufgreifen und die Bilder an das Netzwerk weiterleiten würde, damit sie von hungrigen Algorithmen, die nach Übereinstimmungen mit bekannten Personen von Interesse suchten, verarbeitet werden konnten. Die Datenbanken würden dann Namen, Codewörter und kryptografische Hashes für die Gesichtserkennung zuweisen.

Schließlich würde die automatisierte Suche auf bekannte Kontakte, Freunde und Familienangehörige der EPKs ausgedehnt, Kommunikationsübertragungen würden aus den Echelon-Archiven herausgefiltert und Netzwerke aufgebaut und registriert werden. Neue Personen von Interesse würden generiert und überprüft werden. Die Möglichkeiten waren überwältigend und nicht ganz fassbar. Choi war sich jedoch bewusst, dass die Informationsflut real war.

Das ließ sie aus irgendeinem Grund an diese Facebook-Seiten von toten Menschen denken.

Bratton war zurückgekommen und sprach mit ihr. „Alles gut, Choi?"

Sie erwachte aus ihrer Benommenheit. „Gut."

Er sprang auf die Ladefläche des Lastwagens und begann mit dem Aufbau des MG-Gewehrs, indem er die Stativfüße auf die im Dach des Fahrerhauses eingelassenen Halterungen montierte und sich vergewisserte, dass der Gürtel richtig aus der Munitionskiste geführt wurde. Sie stieg zu ihm hinauf und schloss die Heckklappe. Bratton feuerte eine Salve ab und klopfte zweimal auf das Fahrerhaus. Der Truck ruckte, als Cheevers den Gang einlegte.

Sie rückten aus, die Reifen spuckten Kies und Sand und beschmutzten die toten feindlichen Kämpfer.

Choi stellte ihre Füße weit auseinander, eine Hand auf der Ladefläche des Pickups, und versuchte, das Gleichgewicht zu halten. Cheevers fuhr wie ein Wahnsinniger. Ihr linker Hemdsärmel war ausgefranst. Ein Schuss musste den Stoff erwischt und durchschlagen haben, ohne sie zu berühren. Die Leiche von Calcutti lag direkt neben ihren Stiefeln. Seine Augen waren weit aufgerissen und starrten ins Leere.

Sie griff nach unten und schloss seine Augenlider, wobei sie in ihrem Kopf ein Gebet sprach, ohne es tatsächlich auszusprechen.

Wir wissen, dass der Tod nicht das Ende ist, sondern vielmehr ein Übergang zu einem neuen Zustand des Seins.

———

Zehn Minuten später lenkte Cheevers das Fahrzeug in einen Weinberg, die Trauben, überreich, verfaulten am Rebstock. Hier hatte es nie eine Ernte gegeben. Die Gebäude, die die landwirtschaftliche Siedlung umgaben, waren halb zerstört und völlig verlassen.

Cheevers stellte den Motor ab. Er kletterte mit Choi und Bratton auf die Ladefläche und hockte sich über die Leiche von Calcutti. Bratton ließ die Waffe sein und kam an seine Seite, legte eine Hand auf Cheevers Schulter. Choi wusste nicht, was sie sagen oder tun sollte. Cheevers sah zu ihr auf und streckte seine Hand aus. Sie nahm sie und griff nach der von Bratton, und die drei bildeten einen kleinen Kreis um ihren gefallenen Kameraden.

Sie verharrten einen langen Moment lang so.

Cheevers schüttelte den Kopf. „Du warst ein anständiger Mann, Kumpel, hast mir ein paar Mal den Arsch gerettet und mich noch öfter aus der Scheiße geholt. Ich werde dich vermissen."

Bratton sagte: „Ruhe in Frieden, Bruder."

Keiner von ihnen schien zu erwarten, dass sie etwas sagen würde, da sie den Mann kaum gekannt hatte.

Choi ließ sich davon nicht aufhalten. Sie schloss ihre Augen und sprach ein kurzes Gebet. Sowohl Cheevers als auch Bratton wiederholten das *Amen* im groben Gleichklang.

Bratton hustete und sagte: „Er war ein harter Kerl, aber ich glaube, er wurde am Ende Buddhist. Aber ich bin mir sicher, dass sein ewiger Geist deine fehlgeleitete Sentimentalität zu schätzen weiß, Choi."

Sie spürte, wie eine Flut von Scham über sie hereinbrach. „Oh."

Cheevers sagte: „Er macht nur Spaß. Hör nicht auf das Arschloch." Er schlug Bratton auf den Arm. Als er sich zu ihr umdrehte, bemerkte Choi, dass Cheevers' Augen mit Tränen schimmerten. Er sah sie fest an. „Das hast du gut gemacht. Erstklassig gekämpft. Ich bin stolz darauf, mit dir zusammen im Einsatz zu sein."

Sie spürte, wie eine Leichtigkeit über sie kam, ein tiefes Gefühl der Schwerelosigkeit und ein Gefühl des Wohlbefindens.

Cheevers nahm auf dem Radkasten, schaute auf ein Tablet und navigierte mit seinen Fingern.

„Wir sind zwanzig Kilometer vom RDV entfernt." Er sah zu ihr auf. „Hast du eine Ahnung, worum es da vorhin ging? Du bist von der DIA. Ich habe meine eigene Theorie. Erzähl mir deine."

Choi sagte: „Das waren Iraner, und sie sprachen Farsi. Der IRGC muss die Kommunikation der syrischen Verteidigungskräfte infiltriert haben, oder schlimmer noch, die SDF-Leute haben uns verraten."

Er nickte. „Ja, das habe ich mir auch gedacht."

Cheevers hantierte mit einem Motorola-Gerät, das zur Ausrüstung gehörte, die sie im Black Hawk mitgebracht hatten. Er tippte eine verschlüsselte Nachricht ein und bekam nichts zurück.

„Keeler antwortet nicht."

Bratton fragte: „Bist du sicher, dass wir in Reichweite sind?"

„Gerade so. Das Ding geht hoch zum Satelliten. Es sollte durchgehen."

Choi dachte über Keeler nach, vermutete, dass er vielleicht abgelenkt war und mit seinen eigenen Problemen zu kämpfen hatte. Sie erinnerte sich daran, dass er sich in seinen Handlungen nicht so sehr davon unterschied, wie sie Cheevers mit den IRGC-Operateuren draußen an der Tankstelle hatte agieren sehen: kein Denken, nur reiner Killerinstinkt. Den Feind ohne Skrupel niedermachen.

KAPITEL 58

Kathy Jensen war stundenlang in dem Situationsraum ein- und ausgegangen, meistens jedoch drinnen. Der Mief, der sich da drinnen entwickelt hatte, begann, die Klimaanlage zu überwinden. Der Konferenztisch war von Menschen und Laptops umringt, auf der Tischplatte standen Kaffeetassen und belegte Brötchen aus der Kantine herum. Jensen konnte ein halbes Dutzend US-Behörden und -Abteilungen zählen, die vertreten waren.

Die Gäste waren noch nicht mitgerechnet. Die israelische Botschaft hatte zwei Personen geschickt, deren institutionelle Zugehörigkeit sie nicht bekannt gaben: einen älteren Mann, der sich Joe nannte, und eine jüngere Frau, die sich überhaupt nicht vorgestellt hatte.

Offensichtlich Spione.

Die beiden hatten kein Wort zu der Gruppe gesagt, sondern beobachteten sie und flüsterten einander ab und zu etwas ins Ohr. Die Frau hatte einen Laptop, der vermutlich mit dem Netzwerk der Botschaft verbunden war. Da es sich bei dem Situationsraum um eine SCIF- Einrichtung mit sensiblen Informationen handelte, würden sie und der Joe-Typ nicht viel sagen.

Die ganze Sache war einfach nur merkwürdig.

Wegen des Gags, den Choi mit dem Partikelsensor abgezogen hatte, warteten sie alle auf die Bestätigung des positiven Messwerts, nach dem Keeler und Ruth dort draußen eigentlich suchen sollten.

Der Grund dafür, dass so viele Leute am Tisch saßen, war der Notfallplan, der aufgestellt worden war, und er besagte, was die in Washington ansässigen Verantwortlichen für Verteidigung und Außenministerium zu tun gedachten, falls sich eine chemische Waffe bestätigen sollte.

Der Notfallplan sah Marschflugkörper und einen experimentellen weltraumgestützten Laser vor, den das Verteidigungsministerium unbedingt ausprobieren wollte. Sie würden einen erheblichen Teil des syrischen Territoriums in eine Mondlandschaft verwandeln, unabhängig davon, wer oder was dort lebte.

Choi hatte hervorragende Arbeit geleistet, um die Huren in DC in Angst und Schrecken zu versetzen. Es war ein schlauer Trick gewesen, aber vielleicht zu schlau. Jensen schaute sich all diese eindringlichen Mienen an. Sie versuchte herauszufinden, wie die Chancen für einen Dritten Weltkrieg standen.

Die Frau von der israelischen Botschaft erstarrte, bewegt von etwas auf ihrem Laptop-Bildschirm. Sie blickte auf, sah Jensen an und wandte dann schnell den Blick ab. Sie versuchte, entspannt zu wirken, stand auf, hielt ihr Telefon in der Hand und verließ den Raum. Joe verhielt sich ebenfalls gelassen.

Jensen erhob sich aus ihrem Stuhl und schlenderte zur Tür, ganz lässig und ruhig. Sie ging hinaus ins Foyer. Eine Assistentin saß an ihrem Schreibtisch und starrte wie üblich auf einen Computerbildschirm. Auf der linken Seite, den

Korridor hinunter, der zu den Aufzugsbänken führte, schritt die israelische Frau hin und her, das Telefon am Ohr.

Die Assistentin blickte erwartungsvoll zu Jensen auf. Jensen nutzte sie als Ausrede und wartete darauf, dass die Israelin das, was sie tat, beendete.

Sie sagte: „Ein hektischer Tag, was, Jen?"

Jen zog ihr Haar zu einem Pferdeschwanz zurück. „So ist das eben." Sie band das Haar zurück und richtete sich auf. „Wir bleiben dran."

„Amen."

Sie machte Smalltalk, fragte Jen nach ihrem Leben zu Hause, nach ihrer Familie. Als die Israelin auf dem Weg zurück in den Situationsraum war, schenkte Jensen Jen ein kleines Lächeln und legte im Vorbeigehen eine Hand auf den Arm der Israelin.

Die Frau sah sie an, wie eine Katze eine Maus ansieht, aber Jensen war keine Maus.

„Sagen Sie es mir", forderte Jensen, das Gesicht leer und ruhig, die Augen still.

„Ihnen was sagen?"

„Was auch immer es ist, das Ihnen gerade einen Stock in den Arsch gesteckt hat, ich will es wissen. Dies ist ein Joint Venture."

Die Frau starrte sie einen Moment lang an. „Geben Sie mir eine Sekunde", sagte sie.

Eine Minute später war die israelische Frau mit dem Mann namens Joe wieder auf dem Korridor. Jensen führte sie hinunter in die Küche und machte dort mit der Kapselmaschine halbherzige Espressi. Sie reichte die Getränke weiter und nahm ihre Tasse in die Hand. Jensen lehnte sich mit dem Rücken gegen den Tresen und sagte: „Schießen Sie los."

Joe sagte: „Wir haben den Kontakt verloren. Vor einein-halb Stunden brach die Kommunikation ab."

Die Frau wirkte ein wenig abweisend. „Ihre Leute wissen es. Sie haben Sie nur nicht informiert."

Jensen schaute sie nur an und versuchte, irgendwelche versteckten Botschaften zu entschlüsseln, fand aber keine. Sie wusste, dass die amerikanische Operation um einige Größenordnungen größer war als das, was Tel Aviv aufbieten konnte, was die Dinge kompliziert machte. Wenn die JSOC-Cowboys unten in Al Tanf auf irgendwelche Probleme stoßen würden, wäre sie wahrscheinlich die Letzte, die davon erfuhr.

Sie fragte: „Was jetzt?"

Joe sagte: „Das wird sich nicht auf unsere Zusammenarbeit auswirken. Es ändert sich nichts." Er deutete auf die Frau. „Tali und ich mussten nur darüber reden, das ist alles. Sollen wir wieder reingehen?" Joe nickte in Richtung des Situationsraums.

Blödsinn, dachte Jensen. Die Israelis waren am Ausflippen. Sie waren in der Spionagewelt nicht nur für ihre Rücksichtslosigkeit bekannt, sondern auch dafür, dass sie ihre Kameraden nicht im Stich ließen. Sie hatte Berichte darüber gelesen, dass sie buchstäblich ganze Stadtteile zu Staub zerbombten, nur um einen einzigen gefangenen Soldaten zu bergen. Das taten sie zur Hälfte deshalb, weil ihre Feinde durch eine eventuelle Geiselnahme ein Druckmittel in der Hand hatten.

Sie nannten es die Hannibal-Doktrin: Lieber die eigenen Soldaten töten, als eine Gefangennahme zu riskieren.

Sie sagte: „Sag mir, dass Sie sich nicht auf Hannibal vorbereiten."

Das Gesicht der Frau verhärtete sich, als würde sie gleich einen Anfall bekommen. Joe legte eine Hand auf den Arm seiner Kollegin.

Er sagte: „Nein, nein. Das können Sie vergessen. Das kommt hier überhaupt nicht in Frage. Ich verstehe, warum Sie fragen, aber in diesem Fall hat das niemand vorgeschlagen. Okay?"

Jensen war nicht beruhigt, aber sie nickte Joe zu. „In Ordnung, gehen Sie schon mal rein. Ich komme gleich nach."

Sie beobachtete, wie sie den Situationsraum betraten und die Frau Augenkontakt mit ihr aufnahm, als sich die Tür schloss. Jensen seufzte und schob die Anspannung, die sich in ihren Schultern aufgebaut hatte, beiseite. Sie holte ihr Handy heraus und wischte mit dem Daumen über das Display, bis sie Vicky Neumans Kontakt gefunden hatte, dann tippte sie darauf.

Neuman meldete sich nach dem zweiten Klingeln. „Kathy."

„Du musst dich bei den Israelis umhören."

Neuman sagte nichts, was bedeutete, dass sie mehr Informationen wollte. Jensen sagte: „Es ist Intuition, Vicky. Ich bin sicher, du hast ein oder zwei Leute in Jerusalem und Tel Aviv. Mach ein paar Anrufe. Ich habe ein ungutes Gefühl."

„Jetzt auf einmal hast du ein ungutes Gefühl, was?" Neuman lachte. „Das mit den chemischen Waffen war eine gute Nummer. Wer hat das eingefädelt, dein Mädchen in der DIA? Und jetzt hast du ein ungutes Gefühl."

Vicky Neuman war schon immer die klügste Person in jedem Raum gewesen. Jensen war nicht allzu überrascht, dass sie das hier durchschaut hatte. Sie sagte: „Wir haben die Kommunikation mit den Leuten vor Ort verloren, Vicky. Ich vertraue darauf, dass unsere Leute die Fassung bewahren, aber Tel Aviv hält sich nicht an die Regeln."

Neuman holte tief Luft. „Danke für das Update, Kathy."

Die Telefonverbindung wurde unterbrochen. Jensen betrachtete das Ding in ihrer Hand, einen Klumpen aus Plastik, Silikon, Glas und was auch immer sonst noch in diesem Gerät steckte. Sie dachte an Tina Choi, eine Person, die ihr ans Herz gewachsen war. Sie wünschte sich Choi hier zurück in Ankara, in Sicherheit. Der andere Kerl, Keeler, war bereits tief drinnen in dem Ganzen, ein natürlicher Kämpfer, übermütig wie die Israelis. Er würde das Risiko auf sich nehmen.

KAPITEL 59

E twa zweihundertfünfzig Meilen Luftlinie entfernt, hatte Keeler ein Erlebnis.

Bei seinem ersten oder zweiten Einsatz im Team, nachdem er den Pararescue-Lehrgang absolviert und das bordeauxrote Barett verliehen bekommen hatte, war ihm eine Art seltsames Anhängsel gewachsen. Es war kein neuer Arm, kein sechster Finger oder sonst etwas Äußerliches. Das neue Ding war in ihm selbst gewachsen.

Wenn die Kacke am Dampfen war, konnte er in eine Art Kampftrance abgleiten. Ein Teil seines Verstandes schaltete sich ab, schlüpfte zurück in eine der Gehirnfalten und ging aus dem Weg. Ein anderer Teil seines Verstandes schaltete sich ein und übernahm die Führung, der Teil seines Hirns, der für das Überleben und die Beherrschung zuständig ist.

Er nannte ihn *Berserker*.

Dinge, die er tat, während er unter Einfluss des Berserkers stand, waren im Nachhinein nur schwer aufzuschlüsseln, wenn der neue Teil von ihm wieder in seine Höhle geschlüpft war, irgendwo in Keelers Reptiliengehirn. Er war sich seltsamer Dinge bewusst, der Geschwindigkeit, mit der er sich bewegt hatte, der körperlichen Dinge, die er getan hatte. Er war sich auch der fehlenden Angst, der Abwesenheit jeder Art von Besinnung bewusst. Leben und Tod wurden zu bedeutungslosen und abstrakten Begriffen.

Der Berserker übernahm, und der Scheiß wurde erledigt, das war's.

Sie hatten alle die gleiche Ausbildung durchlaufen, Trainingssequenzen zur Entwicklung von Muskelgedächtnis und schnellem aggressiven Handeln ohne Nachdenken. Alle PJs hatten das, eine Voraussetzung, um die zweiundzwanzig Wochen des PAC zu überstehen und das Barett und das Abzeichen zu bekommen. Aber soweit er wusste, waren nicht alle seine Kameraden in diese Trance verfallen.

Er hatte nie einen anderen Berserker getroffen.

Ursprünglich war es ihm ein wenig peinlich gewesen, wie die Jungs ihn hinterher mit verstohlenen Blicken angeschaut hatten. Aber andererseits hatte sich auch nie jemand beschwert. Sie neigten dazu, in seiner Nähe zu bleiben, wenn es hart auf hart kam. Keeler hatte nie darüber gesprochen und würde es wahrscheinlich auch nie tun.

Denn er war immer noch dabei, es herauszufinden. Soweit er es erkennen konnte, wurde der Berserker in einer kinetischen Situation ausgelöst, die sich durch eine Kombination aus Unfairness, Ungerechtigkeit und regelrechtem Unrecht auszeichnete, die auch noch völlig unnötig waren. Ein Zusammentreffen extremer Umstände, wie es nicht oft im Leben vorkommt, bis es eben doch passiert.

Zu sehen, wie Ezzedin aus nächster Nähe einen Schuss in Ruths nackten und geschändeten Körper abgab. Der Ausdruck kühler Gleichgültigkeit auf dem Gesicht des bärtigen Mannes, als die anderen Männer im Raum sich dem Spektakel zuwandten und die Pose des Hisbollah-Führers und seine lässige Haltung beim Töten einer wehrlosen Gefangenen nachahmten.

Unrecht und unnötig.

Die Art und Weise, wie sie Keeler mit der vorgetäuschten Hinrichtung und der ungeladenen Pistole, die nur in Reichweite lag, eine Falle gestellt hatten, um ihn rituell zu demütigen, bevor er starb.

Unrecht und unnötig.

Wie der Schakal ihn gefoltert hatte, nicht wegen irgendwelcher Informationen, die er preisgeben konnte, sondern einfach aus Rache, um ihm so viel Schmerz und Leid wie möglich zuzufügen. Ganz zu schweigen von den Dingen, die er Ruth angetan haben musste, bevor Ezzedin sie endlich getötet hatte.

Unrecht und völlig unnötig.

Wie sie Karim ermordet und seine Leiche als Sprengfalle in der Kälte zurückgelassen und seinen Körper geschändet hatten.

Unrecht und völlig unfair.

In dem Sekundenbruchteil zwischen Ezzedins Pistolenschuss und der Kugel, die Ruths wehrlosen Körper durchschlug, schaltete Keelers Gehirn um. Er verlor jede emotionale Regung und verfiel in einen rein operativen Zustand. Diese Leute hatten einen entscheidenden Fehler gemacht.

Der Fehler war fahrlässig und einfach, sie hatten seine Hände losgebunden, nachdem er durch die Folter des Schakals ohnmächtig geworden war. Seine Hände waren erneut mit einem Kabelbinder gefesselt worden, aber diesmal vor seinem Körper. Sie hatten das aus Jux und Tollerei getan, um ihn dazu zu verleiten, nach der Waffe zu greifen, die vor seinen Augen baumelte, weil sie wussten, dass er danach greifen würde, weil er keine andere Wahl hatte, und sie würden sich über die nutzlose und verzweifelte Tat lustig machen, um ihn zu demütigen.

Aber sie waren aufgestanden und hatten es vergessen, so

dass seine Hände vor ihm gefesselt und seine Beine frei waren. Wahrscheinlich hatten sie sich von ihrer Aufregung mitreißen lassen. Keeler brauchte keine zweite Einladung.

Die Waffe im Halfter lag nicht mehr direkt vor ihm wie tiefhängendes Obst. Jetzt befand sie sich in der Hand des Mannes mit dem keilförmigen Kopf und hing an seiner Seite herab, während er stumpfsinnig und hypnotisiert auf die Hinrichtung auf der anderen Seite des Raumes starrte. Ruths Körper zuckte einmal unter dem Einschlag von Ezzedins Kugel. Die Art und Weise, wie sich ihre Augen durch den Treffer ein wenig öffneten. Ihre Nacktheit und das Blut, all das faszinierte diese Leute, diente als Unterhaltung.

Keeler hatte sich keinen Plan ausgedacht. Er schien sich einfach spontan zu entwickeln, wahrscheinlich im Hinterkopf, während er anderweitig beschäftigt gewesen war. Er war zu weit vom Feind entfernt, um eine offensichtliche Gefahr darzustellen. Sie hätten die entscheidenden Sekunden, um ihm eine Kugel zu verpassen, falls er aufstehen und angreifen würde, was sie wahrscheinlich hofften.

Aber es gab noch andere Optionen. Der Boden war ein einziges Gewirr von Schläuchen, die von einem Bottich zum anderen, von Gaskanistern zu Kesseln führten. Alles dort war miteinander verbunden, wie eine chaotische Maschine aus verfügbaren Teilen.

Keeler übergab sich der Schwerkraft und ließ seinen Körper vom Stuhl auf den Boden sinken, wobei er mit seinen gefesselten Händen einen großen Schlauch ergriff. Er rollte schnell nach rechts, zog den Schlauch straff und gab ihm einen kräftigen Ruck. Der Kessel auf der linken Seite kippte von den billigen Schlackenblöcken, die ihn vom Boden anhoben.

Es gab einen Sekundenbruchteil, in dem es in der Luft wippte, kippte, aber noch nicht umgefallen war. Keeler wusste nicht, was in diesem Ding drin war, irgendein Gebräu zum Aufkochen von Captagon-Tabletten. Er rollte noch immer, als eine Kugel nur wenige Zentimeter von ihm entfernt auf dem Zementboden aufschlug.

Dann traf die heiße Flüssigkeit auf den Beton und erzeugte sofort eine dicke Dampfwolke, die sich über den Boden ausbreitete.

Er stand auf, sein Geist war leer, völlig klar, entspannt und gut, er hielt den Atem als vorhandenen Sauerstoffvorrat, den er vor der Bewegung aufgesaugt hatte. Im Gegensatz zu Keeler hatte der stämmige Mann vor ihm nicht wochenlang in einem Schwimmbecken die Atemkontrolle geübt und war dann noch einen Monat lang im offenen Meer. Der Mann war nicht entspannt, er war in Panik, sein Keilkopf drehte sich verzweifelt.

Außerdem konnte der chemische Dunst nicht gut für die Augen sein. Keeler ließ seine Augenlider sanft zuklappen, weiterhin ganz entspannt und wusste, dass er nicht mehr brauchte. Er hatte bereits ein dreidimensionales Bild der Situation in seinem Kopf abgespeichert.

Er wusste von der Yarygina 9mm, die der Mann mit dem Keilkopf locker in der Hand hielt. Er konnte den Mann atmen hören, selbst als er näher an ihn herankam. Er konnte hören, wie der Mann sein Hemd über Mund und Nase zog und verzweifelt versuchte, eine Art Filter über seine Atemwege zu ziehen. Die chemischen Dämpfe hätten ihn schon längst umgeben. Das Zeug brannte bereits in Keelers Nasengängen, obwohl er weiterhin die Luft anhielt. Starke Chemikalien, wahrscheinlich tödlich, wenn man sie zu lange einatmete.

Er umklammerte die Pistole in der Hand des Mannes mit seinen mit Kabelbindern gefesselten Händen. Der Mann zuckte weg, aber Keeler hielt ihn fest und zog, trat ihm direkt in die Brust, so dass er gegen Ezzedin flog und nutzte die Kraft der Bewegung, um ihm die Waffe aus seinem geschwächten Griff zu reißen.

Das alles geschah in den ersten anderthalb Sekunden.

Der Mann taumelte und hustete. Keeler spürte die Verwirrung, die Art und Weise, wie die Stiefel des Mannes auf dem Boden scharrten und kratzten, als er versuchte, sich vor einem Zusammenstoß mit Ezzedin zu bewahren, was ihm jedoch nicht gelang. Keeler hörte Ezzedins Grunzen, als sie aufeinandertrafen. Er verfolgte ihre Position und erkannte das vielschichtige Problem, vor dem sie standen.

Ezzedin hatte sich zurückmanövriert, hustete jetzt und versuchte, den Kragen seines Hemdes über seinen Bart zu ziehen. Er würde seine schicke Waffe heben und versuchen, auf Keeler zu schießen. Er würde jedoch nicht sehen können, er würde die Augen öffnen und von den Chemikalien gestochen werden. Keeler duckte sich trotzdem, hielt immer noch den Atem an, schloss die Augen und bewegte sich in die andere Richtung.

Ezzedin gab einen Schuss ab, der beim Abfeuern ein klirrendes Geräusch machte. Die Kugel verfehlte ihr Ziel nur knapp, pfiff an Keelers Ohr vorbei und prallte an etwas hinter ihm ab. Der keilköpfige Mann und Ezzedin waren in den nächsten entscheidenden Sekunden in ein Gewirr verwickelt. Keeler hatte sie in seiner mentalen Karte lokalisiert, plus den syrischen Offizier. Er bezweifelte, dass der Schakal dort war, wo er auf dem Barhocker gesessen hatte.

Der syrische Offizier stand am dichtesten an dem verschütteten Kessel, und es war anzunehmen, dass er mehr als seinen Anteil an dem ursprünglichen Dampfausstoß eingeatmet hatte.

Keeler bewegte sich auf ihn zu und lauschte auf das verzweifelte Atmen des Mannes. Der Offizier hatte ihn kommen sehen. Jetzt tapste er und rutschte in der chemischen Flüssigkeit aus, ein deutliches Geräusch von Stiefeln, die auf nassem Beton rutschten. Das Knie des Mannes knallte auf den Boden. Keeler war jetzt ganz in der Nähe und hörte, wie der Mann seltsame, kehlige, panische Laute von sich gab.

Er schloss die Augen und stützte sich nur auf das Modell, das sein Gehirn von dem Ort erstellt hatte, entsicherte den

Hahn und richtete die Waffe in Richtung der Körpermasse. Er schoss dem syrischen Offizier zweimal in den Rücken. Die Kugeln schlugen mit einem dumpfen Knall ein, ein anderes Geräusch als bei Ezzedins Waffe. Keeler hörte, wie der Offizier auf den Boden fiel.

Der Mann mit dem Keilkopf, der mit Ezzedin kollidiert war, hatte immer noch Probleme, klammerte sich an die PVC-Folie, bemühte sich, das Gleichgewicht zu halten, versuchte, sich an den Kunststoff zu klammern, kratzte mit den Fingernägeln, bis er Halt fand und sich kurzzeitig auf den Beinen hielt. Keeler verfolgte ihre Position und bewegte sich um den toten syrischen Offizier herum.

Ein Teil seines Gehirns suchte nach Daten über den Schakal und fand keine.

Er bewegte sich seitlich nach rechts, um sicherzustellen, dass Ruth aus dem Schussfeld war, und lauschte angestrengt auf den keilköpfigen Kerl, der versuchte, das Gleichgewicht zu halten. Er konnte Ezzedin nicht hören, was nicht gut war. Keeler öffnete kurz die Augen. Er hielt die Waffe mit beiden Händen fest und visierte Ezzedin an, konnte ihn aber nicht sehen.

Die PVC-Plane riss unter dem Gewicht des Mannes mit dem Keilkopf und schleuderte ihn in die wachsende Lache der chemischen Brühe. Ezzedin kam in Sicht, der sich geduckt und schnell in die andere Richtung bewegt hatte. Keeler richtete die Pistole ein kurzes Stück vor den Flüchtenden und drückte zwei Schüsse aus der Yarygina ab, wobei er den Mann in der Dampfwolke verlor und nicht sehen konnte, ob ein Schuss getroffen hatte.

Die Chemikalien brannten in seinen Augen und in seinen Nasenlöchern, aber er hatte noch nicht eingeatmet. Er schloss wieder die Augen und ließ die Tränenkanäle ihre Reparaturarbeit verrichten, denn er wusste, dass er sie brauchen würde, um richtig zu funktionieren.

Er hatte das Gesicht des Keilkopfes gesehen, wo er

gefallen war, mit gefletschten Zähnen und zusammengepressten Lippen. Ein leises Stöhnen kam dem Mann über die
Lippen, das Weiße in seinen Augen blitzte. Die Augäpfel
wölbten sich in ihren Höhlen und drehten sich vor Angst.
Ezzedin war weg. Er war irgendwo da draußen und würde
mit Verstärkung zurückkommen. Höchstens eine Minute oder
zwei.

Keeler ging in die Hocke und drückte die Pistole gegen
die linke Schläfe des Typen. Er betätigte den Abzug und gab
einen Schuss ab. Hirn, Blut und Knochen des Mannes
klatschten in das flüssige Gemisch auf dem Boden.

Der Schuss war laut gewesen, aber Keeler spürte eine
Bewegung und etwas, das zu seiner Linken herumhuschte. Er
sprang seitlich in diese Richtung, öffnete die Augen und ignorierte das Stechen. Der Schakal kauerte vor dem syrischen
Offizier. Keeler hob blitzschnell die Waffe, aber der Schakal
war bereits hinter dem zweiten Kessel.

Keeler bewegte sich schnell vorwärts, die Waffe in beiden
Händen, immer noch mit den Kabelbindern gefesselt. Der
Kessel befand sich auf der anderen Seite des schmutzigen
PVC-Vorhangs. Keeler stürmte hindurch, umrundete den
blubbernden Kessel und fand dort nichts.

Der Angriff kam aus seinem toten Winkel, links über seine
Schulter.

Ein verschwommener Fleck in seinem Augenwinkel, der
sich tief, nahe dem Boden bewegte. Keeler richtete seine Füße
aus und drehte sich rechtzeitig um, um zu sehen, wie der
Schakal ihm ein Kampfmesser in den linken Oberschenkel
stieß. Die Klinge bohrte sich tief in den Muskel, und die
Augen des Schakals folgten der Geste. Wenn Keeler sich nicht
bewegt hätte, wäre ihm das Messer in den Rücken gefahren,
auf den der Schakal es abgesehen hatte, vielleicht auch eine
Stelle an der Basis seiner Wirbelsäule, um ihn zu lähmen.

Keeler ignorierte den Stahl, der in sein Fleisch eingedrungen war. Er konzentrierte sich darauf, die Pistole herum-

zubekommen. Der Schakal erhob sich aus seiner Hocke und griff nach seinem Arm. Keeler wusste, dass er es nicht schaffen würde, die Pistole richtig auszurichten. Seine Hände waren immer noch gefesselt, was ihn im Nahkampf stark benachteiligte. Der Schakal hatte es geschafft, den Kabelbinder zu fassen, kontrollierte Keelers Arme und Hände und schob die 9mm-Pistole zur Seite.

Keeler sah zu, wie die Klinge aus seinem Oberschenkel gezogen wurde, und roch etwas Süßes im Atem des Feindes, vielleicht eine Süßigkeit oder ein Gebäck, das er gegessen hatte. Die Klinge war ein Smersh-5-Kampfmesser. Der Schakal hatte es dem toten syrischen Offizier abgenommen, wahrscheinlich etwas, das er bei einem russischen Trainingskurs gelernt hatte.

Noch gab es keinen Schmerz, nur ein dumpfes Gefühl des bevorstehenden Scheiterns. Der Schakal zog Keeler zu sich heran, während die Messerhand nach oben auf seinen Bauch zusteuerte, um ihn zu töten. Keeler trat in den Bogen der Bewegung und brachte den Schakal mit einem plötzlichen Kraftstoß aus dem Gleichgewicht. Durch diese Bewegung wich die Klinge vom Ziel ab und schnitt rasiermesserartig durch Keelers Hemd und das flache Fleisch über seinem Brustkorb.

Keeler beobachtete, wie die Augen des Schakals vom Ziel seines Angriffs bis zu den Augen wanderten. Er wartete einen Moment und hielt seine Bewegung so, dass der Mann auf seine Fersen zurückgeworfen wurde. Eine zweite Chance würde es nicht geben. Den Bruchteil einer Sekunde später rammte Keeler seine Stirn in das Gesicht des Schakals und trieb den harten Teil seines Schädels in den Nasenrücken des Feindes, so dass der Knorpel zusammenbrach und bis zu den Zähnen durchdrang.

Der Mann taumelte fassungslos zurück. Keeler griff nach dem Messer und nahm dem Schakal die Waffe mit beiden Händen ab. Der Mann fiel, und Keeler kniete sofort auf seiner

Brust. Er setzte die Messerspitze an die weiche Stelle der Kehle des Schakals und rammte ihm die zwölf Zentimeter lange Klinge bis zum Anschlag in den Mund hinauf. Das Smersh-5-Kampfmesser durchschlug den Schädel, nur vier Zentimeter entfernt, und rammte acht Zentimeter Stahl in das Gehirn des Schakals.

Keeler zog das Messer heraus und hielt es zwischen seinen Zähnen. Mit der Klinge schnitt er die Kabelbinder durch und ließ sie bei der Leiche des Schakals zurück.

Er rollte sich von der Leiche ab und ging in die Hocke, wobei er ein paar Mal tief durchatmete, bevor er sich erhob und auf Ruth zuging.

Sie atmete, was sowohl gut als auch schlecht war. Gut, weil es bedeutete, dass sie am Leben war, schlecht, weil sie das falsche Zeug einatmete. Er nahm sie vom Balken herunter und legte sie sich über eine Schulter. Das verwundete Bein tat noch nicht weh oder war steif, aber das würde sich bald ändern.

Keeler bemerkte, dass die PVC-Folien die chemischen Dämpfe einschlossen, und drückte die Folie auf. Die Luft stank immer noch nach Chemikalien, aber sie war viel leichter zu atmen als vorher. Er brachte Ruth zu einem langen Tisch auf der anderen Seite des Raums.

Die Eintrittswunde befand sich zwischen Brust und Schlüsselbein, und sie war nicht groß. Ezzedins Kugel war gerade durchgegangen und am Rücken wieder ausgetreten. Auch die Austrittswunde war kleiner als üblich für eine Kampfverletzung. Er erinnerte sich an das Geräusch, das Ezzedins CZ gemacht hatte, das Klirren eines Stahlkerngeschosses. Gut für das Zielschießen, schlecht für die Durchschlagskraft, weil der Stahl nicht aufpilzte.

Wie auch immer, die Blutung musste sofort gestoppt werden. Das Einzige, was sofort zur Hand war, war eine syrische Flagge, die neben einem gerahmten Porträt von Bashir Assad an der Wand hing.

Keeler zog die Fahne herunter und zerriss sie in Streifen. Einen davon knüllte er zusammen und schob ihn in die offene Wunde an Ruths Rücken. Mit den anderen Streifen verband er sie. Sie war kaum bei Bewusstsein, aber sie atmete.

KAPITEL 60

ie Werkstatt hatte nur einen Ausgang, den Keeler sehen konnte, und zwar in der gleichen Richtung, in der Ezzedin verschwunden war. Er trat durch eine Doppeltür und wurde sofort vom Sonnenlicht geblendet.

Keeler taumelte, blinzelte und schaute nach links, rechts und geradeaus. Er blickte zurück auf das Haus, in dem er festgehalten worden war, ein niedriges, einstöckiges Gebäude mit einem langen, spitzen Dach, wie ein Hühnerstall auf einem Bauernhof zu Hause. Auf der anderen Seite befand sich eine erbärmliche Ausrede für einen Zaun, der mit Rost überzogen war, und dahinter gab es weitere niedrige Beton-strukturen, die in felsigen Boden mit Sand und harten Sträu-chern und einem gelegentlichen knorrigen Olivenbaum eingebettet waren.

Ein leises Rumpeln drang an seine Ohren; aufgewirbelter Staub erschwerte die Sicht. Das, und Dinge wie oben und unten und links und rechts waren im Moment schwer zu fassende Begriffe. Keeler hatte Mühe, sich auf den Beinen zu halten, und taumelte wie ein Betrunkener. Er verstand nicht, warum, nicht sofort. Er dachte, dass ihm vielleicht von den Chemikalien schwindelig geworden war. Vielleicht lag es aber auch nicht an den Chemikalien, denn der Boden bebte, die Felsen und Kiesel zitterten.

In einem weiteren Augenblick wurde alles stabil und ruhig.

Jetzt hörte er das Feuer von Handfeuerwaffen und Schreie. Nicht nur Rufe, sondern echte Schreie der Angst und Panik, des Kampfes. Ein stampfendes Geräusch brachte ihn dazu, sich umzudrehen. Fünf Männer sprinteten aus dem Staubsturm, schwer atmend und schwitzend, in der französischen Eidechsenmustertarnung, die er zuvor gesehen hatte.

Er sah sie rennen, syrische Regimekommandos mit hochwertigen Waffen, junge Männer, die mit fünfzig Pfund Ausrüstung auf dem Rücken zwanzig Meilen joggen konnten. Sie hatten ihn nicht einmal angesehen, weil sie offensichtlich mit etwas beschäftigt waren, das ihrer Meinung nach mehr Aufmerksamkeit verdiente, aber Keeler sah die Panik in ihren Augen.

Wie in einem Zombie-Film, dachte er. Man kann seine Probleme mit dem syrischen Regime haben, so brutal sie auch waren, aber wenn die ISIS-Zombies kommen, sollte man das besser für einen Moment beiseiteschieben. Einer der Soldaten blutete aus einer Kopfwunde und taumelte hinter seinen Kameraden her, versuchte, Schritt zu halten. Der Staub hatte sich gelegt, die Sicht wurde besser.

Das verräterische Geräusch eines Mörsergeschosses drang zu ihm durch, gefolgt von einem Krachen und einem Knall. Erneut bebte der Boden, aber jetzt verstand Keeler. Die erste Explosion, als er durch die Doppeltür hinausging, hatte den Boden unter seinen Füßen wie ein Erdbeben erzittern lassen. Sie war aus dem Untergrund gekommen. Er kannte die Taktik der ISIS, wie sie die Stellungen des syrischen Regimes untertunneln und von unten in die Luft jagen.

In Syrien waren die Dinge zu hundert Prozent außer Kontrolle geraten.

Keeler versuchte, sich zu orientieren. Er und Ruth waren

in ein syrisches Lager gebracht worden, das gerade angegriffen wurde. Ein bisschen durcheinander das alles, aber in
jeder Krise lag auch eine Chance.

In diesen Tagen überrannte ISIS im Allgemeinen seine
weniger motivierte Opposition, und es sah nicht gut aus für
die Soldaten hier. Sie taten ihm fast leid. Er war auf einer
anderen Mission, sagte er sich: *Bleib bei der Sache.* Medizinische Versorgung für Ruth, und das Mädchen Fizza Hamieh
finden.

Er erinnerte sich an sein Gelöbnis.

Er bewegte sich nach rechts und joggte an der Wand des
Lagerhauses entlang, in dieselbe Richtung, in die die jungen
Kommandos gesprintet waren. Ein Staubhaufen vor ihm sah
bizarr aus, bis Keeler erkannte, dass es kein Staub war,
sondern ein Mensch, vielleicht dreißig Meter entfernt und auf
allen vieren kauernd. Zuerst dachte Keeler, es sei der syrische
Soldat mit der Kopfwunde, der verblutet und zurückge-
blieben war.

Er hatte die russische 9-mm-Pistole im Anschlag und kam
mit ausgestreckten Armen auf die Gestalt zu, aber es war kein
junger syrischer Soldat. Der staubbedeckte Mann war Ezzedin, der nicht sehr weit gekommen war. Jetzt lag der große
Mann auf Händen und Knien und spuckte Blut in den Dreck.
Keelers Kugel musste ihn zumindest gestreift, vielleicht sogar
schlimmer verletzt haben. Schlimmer wäre nicht schlimm
genug gewesen. Die unterirdische Explosion hatte ihn zu
Boden geschleudert.

Unter Keelers Zunge bildete sich eine Blutlache, die
Schnitte, die der Schakal ihm zugefügt hatte, waren noch
nicht verheilt. Er spuckte es in einem langen Spritzer aus, und
das Blut vermischte sich mit Schmutz.

Keeler drehte sich um und trat Ezzedin hart ins Gesicht,
wobei die Spitze seines Stiefels die Nase, den Mund, die
Lippen und die Zähne des Mannes traf. Der Kopf ruckte
zurück. Ezzedin blickte auf, das Weiße seiner Augen war

sichtbar. Er spuckte Zähne und etwas Fleisch von seiner Unterlippe, die von einem Zahnsplitter aufgespießt worden war.

Keeler stellte sich direkt vor ihn hin. „Wo ist das Mädchen?"

Die Augen des Mannes rollten zurück, sahen ihn an, wurden aber glasig und unscharf.

Keeler stieß ihm die Pistole hart in die Stirn. „Wo ist das Mädchen?"

Eine weitere gewaltige Explosion erschütterte sie aus nächster Nähe. Die Druckwellen ließen das Glas der nahegelegenen Gebäude zerspringen, und der Druckwechsel tat in Keeler Ohren weh. Die Luft füllte sich erneut dicht mit Staub. Er schätzte, das war eine Autobombe, wie sie die ISIS-Leute bei ihren Angriffen verwendeten. Sie schickten Kamikaze-Fahrzeuge, die mit geschweißten Stahlplatten gepanzert waren, in der Hoffnung, dass sie es bis zur Kontaktlinie schaffen würden. Sie würden durchbrechen und den Selbstmordknopf drücken, um die Soldaten an der Front ins Jenseits zu befördern.

Dann würde eine Welle von Selbstmordattentätern zu Fuß folgen, die den vorderen Rand des Kampfgebiets überrannten, sich in die sekundären Verteidigungslinien drängte und den Henkern den Weg zum Aufräumen frei machten.

Danach war das Spiel vorbei, und wer überlebt hatte, würde sich wünschen, er hätte es nicht getan. Schreie kamen von den Verwundeten, das panische Rattern von Kalaschnikow-Feuer, schlecht ausgebildete Männer, die ganze Magazine ins Leere schossen, blind und hysterisch.

Er sah, wo Ezzedin verwundet war, ein nasser Fleck, der sich auf seinem Hemd über seinem Hintern den Rücken hinauf ausbreitete. Einer von Keelers Schüssen hatte ihn erwischt und zu Boden gebracht. Möglicherweise hatte die Kugel das Iliosakralgelenk über dem Gesäß zertrümmert. Die Tatsache, dass er es so weit von der Tür weggeschafft hatte, war ein Wunder, wenn man einmal davon absah, dass er wie alle hier auf Captagon-Pillen angewiesen war, um sich Mut zu verschaffen.

Ezzedin wäre erledigt, falls die ISIS-Kämpfer durchgebrochen wären.

Keeler ging in die Hocke und brachte sein Gesicht nahe an das von Ezzedins. „Wo ist das Mädchen, Kumpel? Ich bringe sie hier weg, bevor der Feind hier ist."

Der Mann keuchte vor Schmerz. Er sagte: „Ich würde ihnen die Hure selbst geben, wenn ich könnte."

Eine klärende Aussage, die Keeler nicht zu verstehen versuchte. Er wollte nur zu Fizza Hamieh, wie er es anfangs gelobt hatte. Er würde ihr helfen. Ihr helfen, das zu tun, was sie mit den begrenzten Möglichkeiten, die ihr zur Verfügung standen, tun wollte.

Er schlug Ezzedin die Waffe weg. Es war eine gute Idee, den Hisbollah-Mann der ISIS zu überlassen; die wären sicherlich grausamer als jedes CIA-Folterteam an einem Black-ops-Gefängnis.

Ezzedin sagte: „Beeil dich und erledige mich."

Keeler hockte sich wieder hin und sah ihm in die Augen. „Wie nennen sie dich, wenn du zu Hause bist, Amal?"

„Das ist mein Name, ja."

„Wie nennt dich deine Frau?"

Ezzedin lächelte. „Ich habe meine Frau schon lange nicht mehr gesehen."

„Bring mich zu dem Mädchen, und ich bringe dich hier raus. Deine Frau kann ich dir nicht versprechen, aber du wirst leben."

Der bärtige Mann hustete. „Wie willst du das machen?"

Keeler sah sich aufmerksam um und erfasste die Situation. Er blickte in das scheinbar friedliche Gesicht Ezzedins. Er sagte: „Ich habe ein Team auf dem Weg. Sie holen dich raus, wenn ich es sage. Du bist eine geheimdienstliche Kuriosität. Wenn du kooperierst, werden die Israelis dich vielleicht ab und zu telefonieren lassen. Du wirst ein wichtiger Gefangener sein, gute Bedingungen, Toilettenpapier, Zahnpasta und eine Stunde pro Woche vor dem Fernseher, wenn du deine Karten richtig ausspielst."

Ezzedin lächelte. „Satan hat Versprechungen gemacht, aber alles, was er ihnen versprochen hat, war nichts als Betrug."

Er rollte sich auf den Rücken, und Keeler sah das Ding in seiner Hand. Eine russische Splittergranate, eine so genannte *little lemon*, in leuchtendem Gelbgrün Farbe. Der Zeigefinger von Ezzedins anderer Hand war durch den Ring gefädelt. Keeler registrierte, was geschah, ohne genau zu wissen, wie lange es her war, dass der Hisbollah-Mann den Stift gezogen hatte.

Es blieb keine Zeit zum Nachdenken. Die *little lemon* F-1 ist ein tödliches Paket, das in einem Bogen von dreißig Metern tödliche Splitter abwirft. Es gibt keine einfache Möglichkeit, ihr zu entkommen. Kein Springen, Rollen oder Laufen. Er hatte auch nicht vor, ein Loch in den Boden zu graben. Keeler tat das einzig Mögliche: Er packte Ezzedin an Schulter und Oberschenkel und rollte ihn auf die Granate, wobei er seine Arme unter den Körper klemmte und sein eigenes Gewicht nutzte, um den Mann auf den Boden zu drücken.

Die Granate zündete ihre erste Ladung und schickte eine intensive Schockwelle in alle Richtungen. Der Boden absorbierte die Hälfte davon, und der Rest strahlte kuppelförmig nach oben ab. Ezzedins Körper fing das meiste der Explosion auf.

Ezzedins Körper wurde dreißig Zentimeter vom Boden gehoben. Keeler wurde weggeschleudert, spürte einen Aufprall und einen Stich in seinem Nacken. Er rollte sich ab, schaute in den Himmel und dachte, das war's, er würde dort einfach verbluten und sterben. Er ließ seine Hände und Finger herumfahren, suchte nach Wunden, fand aber keine -

bis er am Hals ankam. Die Finger flogen über die Oberfläche und fanden die Beule. Mit den Fingernägeln zog er ein einzelnes Stahlkugellager aus seinem Fleisch, das Fragment war durch Ezzedins Körper gedrungen und hatte dabei größten Teil seiner Schlagkraft eingebüßt, bevor es in Keelers Hals ein vorübergehendes Zuhause fand.

Ein bisschen mehr Kraft und ein Zentimeter in die eine oder andere Richtung, und Keeler wäre entweder kopflos oder am Verbluten. Er stand auf, testete seine Beine und rollte das kleine blutige Kugellager zwischen zwei Fingern hin und her. Die Beinwunde vom Messer des Schakals fühlte sich nicht gut an, sie war steif und fing an, lästig zu werden, indem sie ein paar Mal pro Sekunde einen pulsierenden Schmerz verursachte.

Das konnte sich doch wirklich keiner ausdenken. Keeler lachte in den Himmel, heulte wie eine Banshee.

KAPITEL 61

Eine weitere unterirdische Explosion traf ihn mit voller Wucht und ließ das tödliche kleine Stahllager aus seinen Fingern in den Staub fallen. Keeler richtete sich auf und dachte darüber nach, wie lange die ISIS-Kämpfer gebraucht haben mussten, um einen Tunnel unter dem Gelände zu graben, um diesen Angriff vorzubereiten, vielleicht Monate.

All die Fahrzeuge, die er und Ruth gesehen hatten, waren die letzte Vorbereitung gewesen. Vielleicht war die Captagon-Fabrik es wert, eine Möglichkeit, ihren Krieg zu finanzieren oder ihre Anführer reich zu machen. Vielleicht war das ein und dasselbe.

Er war am Leben und in relativ guter Kampfverfassung, das war die Hauptsache. Keeler wandte sich wieder seiner Mission zu. Für Ruth, die nackt auf einem Tisch blutete, lief die Zeit ab. Wenn es sich um ein Militärlager handelte, würde es irgendwo medizinische Versorgung geben.

Er bewegte sich vorsichtig durch eine schmutzige Gasse zu einem anderen niedrigen Lagerhaus und verdrängte den Schmerz aus seinem Kopf. Drei Männer des syrischen Regimes saßen zusammengesunken in einer Türöffnung.

Zwei waren offensichtlich tot, der dritte Mann war tödlich verwundet, keuchte, eine blutige Hand krallte sich an seine Kehle, von der anderen war nur ein blutiger Stump übrig. Seine heile Hand versuchte, eine Wunde am Hals zu schließen, aus der Lebenssaft auf seine durchnässte Brust sickerte.

Keeler schaute den Sterbenden an und nahm Blickkontakt auf.

Die ISIS-Zombies hatten das Gelände noch nicht betreten, was bedeutete, dass diese Regimeleute von etwas anderem getroffen worden waren. Wäre er bei *Jeopardy!* oder so, hätte Keeler getippt, dass sie von einer Granate getroffen worden waren, von einer billigen chinesischen Drohne abgeworfen. Irgendein Spielzeug, das gehackt worden war, um kleine Waffen zu tragen, die gegen einzelne Personen gerichtet waren, und das wahrscheinlich eine Videokamera besaß. Wenn er weiter hätte raten müssen, würde er darauf wetten, dass der erfolgreiche Treffer bereits auf YouTube hochgeladen worden war.

Willkommen in der Zukunft.

Er durchsuchte den Haufen von traurig aussehenden, verstümmelten Menschen nach etwas Brauchbarem, das er erbeuten konnte. Medizinisches Material oder Waffen, beides wäre ihm recht.

Einem der toten Männer war es gelungen, eine relativ moderne AK-74M in die Hände zu bekommen, eine Version der Kalaschnikow, die noch keine fünfzig Jahre alt war. Keeler riss die Hände des Mannes von der Waffe und befreite den früheren Besitzer von drei geladenen Magazinen. Diese Typen hatten keine Schutzweste getragen, was zum Zeitpunkt ihres Todes sehr nützlich gewesen wäre.

Keeler joggte an der Seite des zweiten Lagerhauses entlang. Eine weitere Granate krachte in einen leeren Hof, auf der anderen Seite eines zerstörten Gebäudes. Vor ihnen kauerte ein halbes Dutzend Regimesoldaten an der Ecke und suchte Schutz vor dem, was in der Gasse rechts passierte.

Das war kein großes Rätsel. Der Feind befand sich in dieser Gasse, was durch die beiden toten uniformierten Regimeangehörigen deutlich wurde, die in unmodischen Posen ausgestreckt lagen, genau dort, wo sie sich einem ISIS-Scharfschützen ausgesetzt hatten. Die überlebenden Männer versuchten, sich zu konzentrieren, sprachen schnell miteinander, stritten sich sogar, versuchten vielleicht, einen Plan zu entwerfen, wobei es ihnen eindeutig an Führung fehlte.

Keeler hatte oft genug mit arabischsprachigen Soldaten zusammengearbeitet, um das allgemeine Wort für *Sanitäter* zu kennen. Sicherlich war seine Aussprache mangelhaft, aber er hatte gelernt, es effektiv auszusprechen, nämlich so, dass man ihn verstand.

Er hielt die AK nach unten gerichtet und näherte sich, die Hände X-förmig über dem Kopf, wobei er das Wort für Sanitäter schrie, das auch für medizinische Einrichtung stand. *„Ilajiyy!"*

Er wurde ignoriert, und ihm wurde klar, warum. Diese Typen kratzten all ihren Mut zusammen, um etwas Dummes zu tun. Ein Mann war schon soweit und hyperventilierte, als würde er sich auf einen Tauchgang vorbereiten. Der Syrer sprang vom Gebäude weg in die Gasse und setzte sich damit dem feindlichen Feuer aus. Der Kerl heulte und schrie, ließ eine AK-47 los und entlud das gesamte Magazin mit einem anhaltenden Rattern aus der Hüfte, bevor er wieder in Deckung ging. Er hatte es geschafft, höchstwahrscheinlich ohne einen einzigen feindlichen Soldaten zu treffen oder auch nur einen zu Gesicht zu bekommen. Der Kerl prallte mit dem Rücken gegen die Wand des Lagerhauses und lachte hysterisch, mit aufgerissenen Augen und völlig atemlos.

Keeler ging ganz nah an ihn heran. Er vermutete, dass der Kerl durch das Waffenfeuer bereits halb taub war. Er sprach laut und versuchte, sich in der fremden Sprache verständlich zu machen. *„Ilajiyy."* Er hielt seine Arme in X-Form hoch und bat um medizinische Hilfe.

Der Soldat schaute ihn stumm an, zitternd vor Adrenalin, die Pupillen stecknadelkopfgroß, high von Captagon.

Keeler wiederholte es und benutzte ein anderes Wort, das er kannte und das so viel wie *„Beeilung"* bedeutete. *„Ilajiyy, asrae!"*

Der Mann blinzelte und zeigte auf die andere Seite der Gasse. Keeler verstand nicht, warum diese Männer des Regimes ausgerechnet an diesem Ort waren, was sie zu erreichen hofften, aber das taten sie selbst wohl auch nicht.

Wie auch immer, das war nicht sein Auftrag. Er wartete darauf, dass ein anderer Regime-Soldat mit seiner AK-47 in hoffnungslosem Optimismus heraussprang. Als der Kerl anfing zu schießen und zu heulen, sprintete Keeler mit ihm als Deckung auf die andere Seite.

Ein weiteres langes Lagergebäude. Keeler joggte und scannte, um zu sehen, worauf der Mann gezeigt hatte. Er fand es, eine Tür mit einem Zeichen des Roten Halbmonds, der muslimischen Version des Roten Kreuzes. Die Tür war verschlossen und er trat sie ein. Die Klinik war bereits durchwühlt worden, aber sie war nicht völlig leer. Er durchwühlte die Regale und holte antiseptische Lösung, eine versiegelte Zange, Mullbinden und Verbandsrollen heraus.

Er sprintete den Weg zurück, den er gekommen war, sprang wieder durch die Gasse, vorbei an den verängstigten Soldaten, vorbei an den Männern, die zerfetzt worden waren, vorbei an Ezzedins Leiche.

Ruth lag immer noch in Rückenlage auf dem Werkstatttisch. Der behelfsmäßige Verband hatte zumindest den Blutfluss gestoppt. Er entfernte die zerfetzte syrische Flagge sehr vorsichtig aus ihrer Wunde und war froh, dass ihr System gut funktionierte und das Blut zu gerinnen begann. Der chemische Gestank in der Captagon-Werkstatt war schlimmer, als er es vorher bemerkt hatte, jetzt wo er draußen gewesen war. Er musste sie an die frische Luft bringen.

Es gab weitere Geräusche von schweren Sprengkörpern,

vielleicht ein weiteres Selbstmordfahrzeug, das versuchte, durchzukommen. Ein relativ gutes Zeichen, denn es bedeutete, dass die Zombies die Linie noch nicht durchbrochen hatten. Er verband Ruths Wunde und lachte dabei über die Situation, in der sie sich befanden. Keeler hatte eine gute Vorstellungskraft, aber mit einem Haufen Hisbollah-Kämpfern in einer syrischen Militärposition zu sein, während sie versuchten, einen ISIS-Angriff abzuwehren, das war eine Situation, auf die er nie gekommen wäre, und wenn, hätte es keiner seiner Freunde geglaubt.

Er reinigte Ruths Austrittswunde mit einer antiseptischen Lösung, faltete das Mullquadrat zweimal und führte es mit der sterilen Zange in die Wunde ein. Er stopfte so viel wie möglich in das aufgerissene Fleisch und tränkte alles erneut mit dem Antiseptikum. Wenigstens würde jede Art von Infektion hinausgezögert werden, bis sie in eine geeignete Einrichtung kommen würden.

Ruth war bei Bewusstsein und sah ihn an. Keeler zwinkerte ihr zu. „Du wirst schon wieder."

Sie schloss die Augen, schwach durch den Blutverlust. Er wickelte den Verband fest und schnell um sie und ärgerte sich schon im Geiste, weil er vergessen hatte, Kleidung zu besorgen.

Angesichts der chaotischen Kampfszene um sie herum war das nicht schwer zu bewerkstelligen. Er trat hinaus und zerrte einen der zerfetzten Männer in das Lagerhaus. Keeler zog ihm kurzerhand die Uniform aus und zog sie Ruth an. Sie sahen sich in die Augen, ihre mit schweren Augenlidern. Er wandte den Blick ab und konzentrierte sich auf seine Aufgabe. Sie stöhnte vor Schmerz, als sie versuchte, sich zu bewegen.

Keeler hatte Erfahrung mit verwundeten Soldaten und deren Kleidung. „Versuch es gar nicht. Lass mich machen", sagte er.

Sie hörte auf, sich zu bewegen. In der linken Hosentasche

des toten Mannes befand sich ein kleines Tütchen mit Captagon-Pillen. Keeler schluckte trocken drei und steckte den Rest ein.

„Na gut, mal los."

Er hievte sie sich über die Schulter. Er bog links aus den Doppeltüren ab und fand ein Loch im Zaun. Er quetschte sich hindurch und ging eine Gasse hinunter, die von einem Block einstöckiger Wohnungen gesäumt war, die wahrscheinlich früher einmal Arbeiterwohnungen gewesen waren.

Keeler trat wahllos eine Tür ein und öffnete ein Einzelzimmer mit zwei Betten, vielleicht ein Quartier für junge Offiziere. Er legte Ruth auf ein Bett. Sie war noch bei Bewusstsein, stöhnte und versuchte zu sprechen. Er legte sein Ohr direkt an ihren Mund und versuchte zu verstehen, was sie sagte, aber es war aussichtslos.

Er sagte: „Ich werde einen Weg hier raus finden. Du konzentrierst dich nur auf das Atmen, hörst du?"

Ruths Augen blinzelten langsam. Sie murmelte das Wort „*Ja.*"

Die russische 9-mm-Pistole steckte noch immer in seinem Hosenbund auf dem Rücken. Er ließ das Magazin einrasten und überprüfte das Magazinfenster, fünf Schuss waren noch übrig. Er setzte die Waffe wieder zusammen und legte sie in Ruths Hand, die an ihrer Seite lag.

„Die Sicherung ist ausgeschaltet. Wenn jemand durch diese Tür kommt, ohne sich anzumelden, benutzt du das. Es bleiben noch fünf Schuss, die müssen sitzen."

Sie nickte, ihre Augen hielten die seinen und erfüllten ihn mit Zuversicht, dass sie es schaffen würde. Ihre Stimme war schwach. „Verstanden."

KAPITEL 62

Das Knallen der Handfeuerwaffen hatte sich verstärkt. Dort oben an der Front wurde ernsthaft gekämpft. Keeler joggte in die entgegengesetzte Richtung, um die Gegend auszukundschaften. Er suchte nach Fahrzeugen oder einem Ausweg, oder vielleicht nach jemandem, der helfen konnte. Der Wohnblock endete an einer Art Platz, der von einem Gebäude umgeben war, das wie ein Hauptbüro aussah.

Ein sehr dünner Mann saß auf einem Betonblock und schaute wie unwirklich auf sein Telefon. Er war um die sechzig Jahre alt, dünn und grauhaarig, mit weißen Stoppeln und einem dicken Schnurrbart.

Keeler nahm das Sturmgewehr hoch und ging auf ihn zu. Niemand sonst war in der Nähe, das Lagerpersonal war entweder desertiert oder an die vorderste Front gerannt, um den Angriff abzuwehren. Dieser Kerl tat keines von beidem. Seine Haut war vollkommen grau, als hätte er schon sehr lange kein Sonnenlicht mehr gesehen. Was Keeler am meisten auffiel, waren nicht die Gesichtszüge, sondern der Kummer und die Verzweiflung, die sein Gesicht so deutlich zeichneten.

Der Mann sah auf. Er sagte etwas auf Arabisch, die Stimme war leise und kaum hörbar.

Keeler sagte: „Das verstehe ich nicht."

Der Blick des Mannes veränderte sich etwas, vielleicht durch die Erkenntnis, dass Keeler Englisch sprach. Vielleicht auch durch die Implikationen, die sich aus dieser Tatsache ergaben. Er hob das Telefon, das er in der Hand hielt, streckte die schlaffe Hand aus und sprach in akzentuiertem Englisch. „Sehen Sie sich das an."

Ein Video von einem Mann, der die *Oud* spielt, ein nahöstliches Saiteninstrument, das einer bundlosen Gitarre ähnelt. Der Musiker in dem Video saß im Schneidersitz unter einem Mandelbaum, an einem friedlichen Ort. Keeler war kein Experte für nahöstliche Musik, aber der Mann spielte gefühlvoll, und der Klang kam dünn aus den kleinen Telefonlautsprechern.

Der dünne Mann beobachtete Keeler jetzt, konzentriert auf sein Gesicht. „Ist schön, ja?"

Das Grollen einer Explosion kam aus dem Norden, vielleicht hundert Meter entfernt. Gewehrfeuer knisterte wie zerplatzende Luftpolsterfolie.

Keeler nickte dem Mann zu und überlegte, was das praktisch bedeutete. Das Telefon funktionierte, es war mit irgendeinem Kommunikationsnetz verbunden, vielleicht sogar mit dem Internet. Das war gut. Er legte eine große Hand auf das Telefon, nahm es ihm aber noch nicht einfach ab.

Er sagte: „Ich suche nach einem Mädchen. Eine Frau, die vor kurzem hierhergebracht wurde." Er legte eine Hand auf seine Nase. „Sie könnte einen Verband um die Nase haben."

Der Mann nickte mit großen Augen und war hilfsbereit. Aber er sagte nichts.

Keeler sagte: „Du nickst. Weißt du, wovon ich spreche?"

Der Mann nickte noch einmal. „Ich weiß, ich weiß."

„Zeig es mir."

Der Mann stand auf, er war nicht nur dünn, sondern auch

groß und sah aus, als ob sein Körper nichts wog. Keeler konnte sich das nicht erklären. Er war zu alt, um ein Soldat zu sein. Der Mann packte nicht einmal sein Handy fest; er ließ es sich von Keeler aus der Hand nehmen. Er war gleichzeitig hilfsbereit und völlig teilnahmslos, was den Eindruck erweckte, dass er mit allem einverstanden gewesen wäre.

Hinter dem Platz befand sich ein weiteres niedriges Betongebäude, das von Einschüssen gezeichnet war. Der Mann führte ihn um die Seite herum, in eine schmale Gasse. Hinter ihnen ertönten weitere Explosionen. Der Mann begann zu sprechen und drehte regelmäßig seinen Kopf über die Schulter, als wäre er eine Art Reiseleiter. Keeler, der ihm folgte, war mit seinem Sturmgewehr wachsam.

Der Mann sagte: „Das ist ein sehr schlechter Ort hier. Niemand weiß, was jetzt passiert. Wenn Daesh kommt, wird es dann besser werden? Wird es schlimmer werden? Niemand weiß es. Sehr schlecht hier."

Ein syrischer Soldat mit einem bandagierten Kopf saß auf den Stufen eines Gebäudes und hielt eine Zigarette in der Hand. Er sah verwirrt aus, steckte sich die Zigarette falschherum in den Mund, nahm sie dann wieder heraus und sah sie an. Der dünne Mann ging in die Hocke und steckte dem Soldaten die Zigarette richtig herum in den Mund. Behutsam nahm er dem Mann ein Feuerzeug aus der Hand und entlockte ihm eine Flamme. Er stand wieder auf, ohne dass ein Wort zwischen den beiden gewechselt worden war ...

Der Mann sah Keeler mit seinen traurigen Augen an. „Sie wissen nicht, was sie tun."

Er zeigte auf ein anderes Gebäude.

Keeler sagte: „Sie ist da drin?"

Der Mann nickte und ging darauf zu. Er mühte sich ab, die schwere Tür zu öffnen, wobei er seine ganze Kraft einsetzte.

Das Innere war dunkel und dunstig, und es roch stark nach menschlichem Körpergeruch. Keeler brauchte einen

Moment, bis sich seine Sicht wiedereinstellte, aber dann sah er Menschen, die in einem einzigen großen Raum zusammengepfercht waren. An die hundert Menschen saßen oder lagen auf dem Boden und sahen ihn an. Es waren hauptsächlich Frauen und Kinder und eine Handvoll älterer Männer, die das Kampfalter weit überschritten hatten.

Der dünne Mann sah Keeler an und vergewisserte sich, dass dieser ihm weiter folgte. Er drehte sich zu der Gruppe um und ging direkt in sie hinein, wobei er ein „Tut-tut"-Geräusch von sich gab. Die Menge löste sich langsam auf, die Leute schlurften aus dem Weg, manche mit großer Anstrengung. Keeler nahm die Szene in sich auf. Dies waren Zivilisten. Sein erster Gedanke war, dass sie hier waren, um sich vor ISIS zu schützen, und dass die Soldaten des syrischen Regimes sie verteidigen würden.

Aber das war nicht sehr wahrscheinlich.

Er verband das hier mit der Captagon-Produktion. Diese Menschen waren Arbeitssklaven. Jetzt waren sie hier an diesem Ort versammelt und suchten Zuflucht vor den Kämpfen da draußen. Die Gesichter, die ihn ansahen, waren ausgezehrt und mehr als verängstigt, mehr als hoffnungslos. Selbst in der Düsternis konnte Keeler Anzeichen von Unterernährung erkennen. Die Menschen litten unter Auszehrung und schuppiger Haut, wie man sie in verzweifelten Bevölkerungsgruppen sieht. Eine ältere Frau litt eindeutig unter Haarausfall. Die Menge teilte sich und gab den Blick frei auf eine zerlumpte Gruppe in der Mitte, die sich um eine hellgrüne Decke scharte. Das Licht aus einem Fenster über der Tür schien auf den Ort hinunter.

Die drei Frauen, die sich über die Decke beugten, trugen Kopftücher. Der dünne Mann berührte eine Frau sanft mit dem Fuß, woraufhin sie zur Seite rutschte und mit gesenktem Blick nach oben blickte. Da sah Keeler das Mädchen, Fizza Hamieh, die ihren Kopf in den Schoß einer anderen Frau gelegt hatte. Sie war es eindeutig; er erkannte sie von den Fotos wieder.

Hamieh war vielleicht neunzehn oder zwanzig Jahre alt. Ihre Augen waren offen, starrten direkt nach oben, irgendwie eindringlich. Der Verband, der ihre Nase bedeckt hatte, war verschwunden. Keeler betrachtete sie im Halbprofil und stellte fest, dass nicht nur der Verband fehlte, sondern die Nase auch den gleichen imposanten Haken hatte, den sie auf den ersten Bildern vor Dr. Erkins Eingriff gesehen hatten. Damals hatte er mit Choi gelacht, und beide hatten gleichzeitig das Wort *Nasenkorrektur* gerufen.

Aber Fizza Hamieh hatte keine Nasenkorrektur gehabt.

Keeler fühlte sich unbehaglich. Der Krieg war eine Sache, aber diese Leute waren seltsam schweigsam, als hätten sie ein Geheimnis und warteten darauf, dass er etwas deswegen unternahm. Hamiehs Augen bewegten sich und sahen Keeler an. Ihre Augen tanzten förmlich, ihre Pupillen bewegten sich.

Er hockte sich über sie. „Ich werde dich hier rausholen."

Sie sah ihn an, ihr Gesicht war ausdruckslos. Er schaute den dünnen Mann an, der verstand.

Er beugte sich vor und sagte etwas auf Arabisch, ganz leise. Hamieh blickte zu Keeler hoch, die Augen immer noch so verrückt wie zuvor. Sie kicherte und sagte etwas in ihrer eigenen Sprache, bevor sie sich zurück in den Schoß der Frau fallen ließ. Die Frau strich Hamieh über das Haar und schaute Keeler ausdruckslos an.

Er sprach mit dem dünnen Mann. „Was hat sie gesagt?"

Der Mann sagte: „Nicht sehr nett, Sir. Ich glaube, ihr Arabisch ist nicht sehr gut."

„Sag mir einfach, was sie gesagt hat."

Der Mann senkte unterwürfig den Blick. „Dieses Mädchen wurde gestern hierhergebracht. Es geht ihr nicht gut, Sir."

„Sie ist krank?"

Der Mann sah auf. „Sie ist nicht ganz richtig im Kopf."

Hamieh lachte jetzt leise und wie zu sich selbst. Keeler

schüttelte die Verwirrung ab, die er empfand. Es würde genug Zeit sein, um herauszufinden, was mit Fizza Hamieh los war, sobald sie in Sicherheit waren. Sich in Sicherheit zu bringen war jetzt die einzige Priorität.

Das Telefon des dünnen Mannes war mit einem Passwort gesperrt. Er reichte es ihm.

„Entsperre das. Ich muss es benutzen."

Der Mann brachte sein Telefon zum Laufen und gab es zurück. Keeler sah das Symbol für eine Kartenanwendung und tippte darauf. Er spreizte Zeigefinger und Daumen, tippte und strich mit den Fingern darüber und orientierte sich an ihrem aktuellen Standort. Das Lager befand sich südlich der ISIS-Straßensperre, der sie entkommen waren, und des Ortes, an dem er und Ruth gefangen genommen worden waren.

Er konnte die arabische Schrift auf der Karte nicht lesen.

Er fragte: „Wie heißt dieser Ort?"

Der Mann sagte: „Das ist Qassen Shata."

Der dünne Mann starrte ihn eindringlich an.

Keeler deutete mit dem Kinn auf die gedämpfte Menge, die sie umgab. „Willst du hier raus?"

Der Mann zuckte mit den Schultern. „Meinen Sie, dass wir woanders sicherer sind? Zumindest brauchen sie uns hier."

Keeler blickte sich in der gleichgültigen und gefügigen graugesichtigen Menge um. Er musste erkennen, dass das, was der Kerl sagte, der Wahrheit entsprach. In der verdrehten Logik des syrischen Bürgerkriegs ergab es einen Sinn. Diese Leute betrieben die Captagon-Produktionsanlage, was bedeutete, dass sie den Betrieb aufrechterhalten konnten, sobald die neuen Leute die Macht übernommen hatten.

Vielleicht war dieser Mann vor dem Krieg Chemiker gewesen. Jetzt war er für jeden nützlich, der die Kontrolle über die Anlage übernahm. Wenn ISIS in das Lager eingedrungen war und die Anlage erobert hatte, warum sollten sie dann die einzigen Leute töten, die sie betreiben konnten?

„Gut, aber ich brauche das", sagte Keeler und hielt das Telefon hoch.

Der Mann schaute ihn an, mit echtem Kummer in seinen Augen. Er machte eine Geste, als würde er Krümel von seinen Fingern schleudern. „Ich kann Ihnen nicht helfen."

Der Mann trat in die Menge und drehte Keeler den Rücken zu, vielleicht ging er zu seiner Familie. Keeler blieb mittendrin zurück, er stand über Fizza Hamieh und hielt das Telefon. Die Leute dort begannen miteinander zu sprechen, als ob die Neuheit, die er geboten hatte, verschwunden wäre.

Keeler blendete sie als nicht bedrohliche Ablenkung aus. Er orientierte sich auf der Karte und fand heraus, welcher Weg der richtige war. Zwei Minuten später schickte er vom Telefon des dünnen Mannes eine Nachricht an einen zufällig ausgewählten Kontakt. Der Empfänger spielte keine Rolle, wichtig war die Nachricht.

Die Nachricht war auf Englisch und enthielt den letzten Kurzcode, den sie für Calcuttis Team in Ankara gehabt hatten, sowie die GPS-Koordinaten eines Treffpunkts dreihundert Meter südlich von ihnen. Wenn er eine feindliche Linie durchbrechen müsste, wäre es gut, Hilfe zu haben.

Was Keeler wusste: Aus Syrien kamen keine elektronischen Signale, die nicht sofort von mehreren Geheimdiensten aufgesaugt wurden, von denen einige auf seiner Seite standen. Nach dem, was Choi ihm erzählt hatte, hatten ihre Leute ihre Aufmerksamkeit besonders auf diesen Ort gerichtet. Der Code würde aufgefangen und die Nachricht weitergegeben werden, daran bestand kein Zweifel.

Sie enthielt neben dem Ort auch die Information, dass Ruth verwundet war und dass er Fizza Hamieh gefunden hatte. Er drückte es nicht genau so aus und ließ die Nachricht zweideutig. *Das Paket ist gesichert*, so hatte er es formuliert, auch wenn die Realität nicht so sicher war. Die Leute da oben konnten das interpretieren, wie sie wollten.

Was er nicht wusste, war, wie lange es dauern würde.

KAPITEL 63

Tina Choi blickte über die flache Landschaft hinaus. Der Beschuss war nicht nur laut, die Detonationen erschütterten den Boden wie etwas, das sie nur von einem Heavy-Metal-Konzert kannte, das sie in der High-School zufällig besucht hatte. Bratton war neben ihr, beide saßen auf einer Art Düne aus zermahlenen Steinen. Er bediente eine Aufklärungsdrohne, die Augen starr auf den kleinen Bildschirm seines Controllers gerichtet.

Einen halben Kilometer nordöstlich fanden Kämpfe statt, bei denen eine ISIS-Einheit ein kleines Industriegebiet angriff, von dem sie annahm, dass es vom syrischen Regime als Militärlager genutzt worden war. So lauteten zumindest die Spekulationen, die sie über das Gefechtsnetz von den Geheimdienstleuten erhielten. Das Lager des Regimes wurde von Süden her von einer anderen Truppe blockiert.

Brattons Aufklärungsdrohne überprüfte dies, da sich die zweite Truppe direkt nördlich von ihnen befand. Im Moment sahen sie zwei Dutzend Soldaten, die sich um eine Ansammlung von Pickups drängten.

Diese Leute gehörten nicht zu ISIS, nicht wirklich. Ihre Flagge, die sie auf den Bildern der Drohne sehen konnten, war schwarz mit weißer arabischer Schrift. Die ISIS-Flagge hatte die gleichen Farben, aber der Text war anders. In ihrem Fall lautete er *La 'ilaha 'illa-llah*, „Es gibt keinen Gott außer Gott." In einem weißen Kreis darunter stand in schwarzer Schrift *der Gottesbote Mohammed.*

Der Name dieser Gruppe war Jund al-Aqsa, derzeit mit ISIS und einigen anderen salafistischen Gruppen verbündet. Choi sagte den Namen laut vor sich hin, *Jund al-Aqsa*, und versuchte, ihn im richtigen Akzent auszusprechen. Die Worte bedeuteten *„Garnison von al-Aqsa"*, was nach Mekka und Medina der drittheiligste Ort im Islam ist.

Sie fragte sich, warum sie sich für den drittheiligsten Ort entschieden hatten und nicht für den heiligsten, und plötzlich wurde ihr die Absurdität bewusst.

Gruppen wie Jund al-Aqsa tauchten in Syrien mit der Regelmäßigkeit koreanischer Boybands auf und vermarkteten sich mit eingängig aussehenden Flaggen und Slogans. Sie konkurrierten miteinander um Gelder, meist von wohlhabenden Arabern am Golf, vor allem Kataris. Darum ging es in all den YouTube-Videos.

Das war wahrscheinlich auch die Erklärung dafür, warum sie nicht angegriffen hatten: Die Abmachung, die sie mit ISIS getroffen hatten, ging nur so weit, und nicht weiter. Die Rückzugslinie blockieren, während sich die andern, um den Rest kümmerten. Trotz der Rhetorik war am Ende jeder der Möglichkeit abgeneigt, getötet zu werden.

Cheevers hatte sich auf dem Kamm der kleinen Düne positioniert, die keine natürliche Formation war. Sie befanden sich in einem ehemaligen Steinbruch und lagen auf gebrochenem Quarzkies, der in einer anderen Zeit vielleicht für eine reiche Damaszener-Auffahrt bestimmt gewesen wäre. Cheevers lag auf dem Bauch und scannte den Horizont mit einem Zielfernrohr, während er über das Gefechtsnetz mit dem Kommando sprach.

Unter ihnen tobte der Kampf zu beiden Seiten einer von

einem kleinen Bach gebildeten Mulde. So viel konnten sie mit bloßem Auge erkennen.

Bratton pfiff Cheevers zu, der kontrolliert den Schotterhaufen hinunterrutschte. Die Drohne summte und begann ihren Sinkflug, um sich in die Startkapsel einzuschmiegen, ein sehr raffiniertes Gerät, das in einem kleinen Pelikan-Koffer untergebracht war, den Bratton in seinem Rucksack trug.

Er hatte jetzt ein Tablet in der Hand und manövrierte auf einer topografischen Karte herum. „Wir können hier im Westen herumgehen, wenn es nötig wird", sagte er und zeigte ihnen eine kurvenreiche Straße, die sich mit keiner Hauptverkehrsader kreuzte. Auf diesen würde es sicherlich Straßensperren geben, oder sie wären anfällig für Hinterhalte der einen oder anderen Seite. Zu diesem Zeitpunkt lag ihr Ziel einige Kilometer westlich und nördlich der aktuellen Position.

Cheevers hob die Hand, um Ruhe zu fordern, denn er empfing etwas über den Kommunikationskanal. Choi und Bratton waren nicht mit dem Kommandokanal verbunden. Es dauerte eine Minute, bis der neue Commander mit knirschenden Zähnen ins Leere starrte. Er nahm seine Sonnenbrille ab und sah sie mit klaren Augen an.

„Keeler hat Kontakt aufgenommen." Er zuckte mit dem Daumen hinter sich. „Er ist da drin."

Choi fragte: „Wie ‚da drin'?"

Cheevers lächelte. „Er ist mitten in der Scheiße, im Lager des Regimes und wird von den Zombies fertig gemacht. Die Israelin ist WIA."

Wounded in action. Im Kampf verwundet.

Choi dachte an das letzte Mal, als sie Ruth gesehen hatte, in dem Auto, das sie in Ankara abgesetzt hatte, als sie Keeler eine Karte gegeben und sich vorgestellt hatte. Eine Verwundung im Einsatz konnte schlimm oder sehr schlimm sein.

„Hat man dir ihren Status mitgeteilt?", fragte Choi.

Cheevers sagte: „Sie ist nicht einsatzfähig, das haben sie gesagt."

„Das heißt, sie kann zum Beispiel nicht laufen", sagte Bratton.

Choi sagte: „Dann müssen wir sie eben rausholen."

„Jep." Cheevers sah in die Ferne und spuckte aus. „Jetzt könnte es ein bisschen kompliziert werden."

Sie sah, wie er und Bratton Blicke austauschten. „Wie könnte es noch komplizierter werden?"

Bratton sagte: „Ich schätze, du hast noch nie mit den Israelis zusammengearbeitet."

„Sie können ein bisschen ... äh, übermütig werden", sagte Cheevers.

Bratton lachte. „Jep."

KAPITEL 64

Hamieh konnte laufen, musste aber geführt werden. Keeler hielt sie am Ellbogen fest und zog sie sanft mit sich, denn er wusste, dass sie, wenn er sie losließe, in jede beliebige Richtung laufen würde, die Augen verwirrt und abschweifend. Sie war entweder von Anfang an geistig instabil gewesen oder stand unter Schock. Die zentralen Rätsel drangen in seine Gedankenwelt ein, obwohl er sie nicht sehen wollte.

Warum hatte Ezzedin sie so behandelt und Hamieh zu den Arbeitssklaven gesteckt?

Warum war ihre ursprüngliche Nase intakt, angesichts der Bilder, die sie von dem bandagierten Gesicht gesehen hatten, und der Tatsache, dass sie Erkins Patientin bei Zaros Aesthetica gewesen war?

Die DNA-Übereinstimmung mit Nasrallah war positiv. Die Beweise waren unwiderlegbar, dass Fizza Hamieh, oder wie auch immer ihr richtiger Name lautete, eine familiäre Verbindung zum Chef der Hisbollah hatte. Aber hier war sie nun und wurde wie Müll an einem Ort abgeladen, den man objektiv als Hölle bezeichnen konnte.

Sehr seltsam.

Die Erklärung würde warten müssen. Keeler hatte gelobt, dem Mädchen zu helfen, und das wollte er auch tun.

Jetzt war er auf der Suche nach einem Fahrzeug. Nach den Informationen, die Ruth erhalten hatte, waren Ezzedin und seine Hisbollah-Männer mit ein paar Toyota Land Cruisern gekommen. Sie würden irgendwo in der Nähe geparkt sein. Es war nicht schwer, sich durch die Gassen zwischen den Gebäuden zu bewegen. Das Lager war so gut wie verlassen, die Regimekämpfer waren an der Front und lieferten sich heftige Kämpfe, dem Lärm nach zu urteilen.

Keeler sah ein weiteres Problem voraus, dem er sich würde stellen müssen, selbst wenn er ein Fahrzeug finden würde. Er musste sich überlegen, wie er sich selbst, Hamieh und Ruth am besten und mit dem geringsten Aufwand dort hineinmanövrieren konnte. Das war wie bei einem Rätsel, das er einmal versucht hatte zu lösen, bei dem man herausfinden musste, wie der Bauer einen Wolf, ein Huhn und einen Sack Getreide in einem kleinen Boot über den Fluss bringen konnte.

Er spürte, wie ihm ein kalter Schauer über den Rücken lief, bis hinauf zum Scheitelpunkt seines Kopfes. Ein aufregendes Gefühl von etwas, das sich anbahnte. Es brachte ihn dazu, sich aufzurichten und den Rücken durchzustrecken, die Wirbelsäule knacken zu lassen. Er wollte seinen Mund öffnen und seinen Kiefer aufreißen. Es war, als würde sich eine Art außerirdische Energie von seiner Mitte zu den Extremitäten ausbreiten. Es fühlte sich gut, aber seltsam an.

Captagon.

Das Telefon des dünnen Mannes vibrierte in seiner Tasche. Er schaute auf das Telefon, eine Nachricht von einer 963-Nummer, einer syrischen Landesvorwahl.

Die Nachricht lautete: *Gib das Telefon dem Amerikaner*, darunter unleserliche arabische Schrift.

Keeler spürte einen weiteren elektrischen Funken in seinem Rücken. Das Telefon klingelte.

Er nahm das Gespräch an. „Ja."

Die Stimme war männlich, rau und sprach Englisch mit einem leichten Akzent. „Hier ist dein Freund von Sparrowhawk. Ich habe jetzt Augen am Himmel. Bist du verletzt?"

Sparrowhawk, US-Militärterminologie für die Israelis.

Keeler sagte: „Genau das, was ich brauche. Mir geht es gut. Habt ihr meine Position?"

„Bestätigt."

„Ich suche ein Fahrzeug."

„Ja. Ich werde dich führen. Fünfzig Meter weiter südlich gibt es ein Fahrzeugdepot. Es ist eine kleine offene Fläche mit einem Olivenhain auf der anderen Seite. Du kannst dich jetzt dorthin begeben."

Keeler setzte sich in Bewegung und warf einen Blick auf Hamieh. Sie blickte auf die Spitze eines Gebäudes und sträubte sich nicht.

Die Stimme sagte: „Ich muss wissen, in welchem Zustand sich unsere Kollegin befindet, damit wir die Bergung vorbereiten können."

Bezugnehmend auf Ruth.

Keeler bewegte sich so schnell er konnte, sprach in das Telefon und behielt die Situation im Auge. „Penetrationsverletzung in der rechten Brust, glatter Durchschuss. Eintrittswunde vielleicht zehn oder zwölf Millimeter, zwei Zentimeter oberhalb der rechten Brustwarze. Die Austrittswunde ist etwas kleiner, knapp unterhalb des rechten Schulterblatts."

Der Mann sagte: „Neun Millimeter?"

„Ja, aber stahlummantelt."

„Verstanden. Damit verbundene Verletzungen?"

„Schock und Blutverlust; sie ist stabil."

„Danke."

Der Mann hörte auf zu sprechen. Keeler konnte das Klacken einer Computertastatur im Hintergrund hören, wie bei einem Gespräch mit einem Kundenbetreuer.

Keeler sagte: „Was ist mit Autoschlüsseln?"

Der Mann sagte: „Die Hisbollah hat kein Dreipunkt-Zünd-system in ihrer Flotte. Schau unter der Blende nach."

Keeler legte das Telefon weg und ging dann zwischen kleinen Gebäuden hindurch nach Süden, bergab durch ein überwuchertes Gebiet mit hohem Gras und Sträuchern und einem verlassenen Traktor.

Dort befand sich ein kreisförmiges Fahrzeugdepot, das auf einer Seite von Gebäuden und auf der anderen Seite von einem Olivenhain umgeben war. In der Mitte des Kreises stand eine grob gemeißelte Statue von Hafiz Al Assad neben einem großen Baum. Der tote Diktator war an der hohen Stirn und den abstehenden Ohren zu erkennen, die der Künstler originalgetreu wiedergegeben hatte.

Keeler beobachtete die Umgebung, hinter einem verrosteten Traktor versteckt, einem Relikt aus der Zeit, als dieser Ort noch ein zivil genutztes Industriegebiet gewesen war.

Drei syrische Soldaten saßen unter der Statue im Schatten eines Baumes, rauchten Zigaretten und hielten ihre AK-47 in der Hand. Ab und zu bebte der Boden, und sie blickten nach Norden, wo das Rattern und Rumpeln der Handfeuerwaffen nicht nachgelassen hatte.

Der Baum hatte sie wahrscheinlich vor dem Blick der Drohne abgeschirmt.

Keeler nahm den Hörer ab und sprach leise. „Ihr habt drei Männer unter einem Baum bei der Assad-Statue übersehen. Ich könnte sie ausschalten, aber das würde meine Position verraten."

Der Mann sagte: „Eine Sekunde."

Keeler wartete, hockte sich hin und atmete. Fizza Hamieh setzte sich ins Gras und pflückte einen langen Halm, spielte damit im Licht. Sie trug ein weißes Kleid, und er bemerkte Blutflecken in der Nähe ihrer Leistengegend, als ob sie ihre Periode hätte, aber es war keine Zeit, ihr zu helfen oder das zu untersuchen.

Die Stimme des Mannes meldete sich am Telefon. „Wir

haben ein Auge auf die Wachen. Haltet euch fern, denn sie sind nicht mehr lange auf dieser Welt."

„Verstanden."

Der Mann fragte: „Wo ist Ruth?"

„Ich habe sie in einer Art Offiziersquartier untergebracht. Ich muss zurückgehen und sie holen."

„Wie lange wird das dauern?"

„Hoffentlich nicht lange. Fünf Minuten?"

Der Mann sagte: „Hundert Meter weiter südlich befindet sich eine Blockadeeinheit, die einen Rückzug des Regimes überfallen will. Leider ist das der einzige Ausweg, also müssen wir uns um sie kümmern. In fünf Minuten werden die in die Luft fliegen. Wir werden einen Korridor für euch freisprengen. Ein Team wird auf der anderen Seite warten."

„Fünf Minuten?"

„Für den großen Knall, genau. Wie viel Akkulaufzeit hat das Telefon noch?"

Keeler sah es an. Er hielt es wieder an sein Ohr. „Etwa die Hälfte."

„Hervorragend. Wir haben nur eine Chance, also hol Ruth, bitte, und pass auf dich auf."

Der Mann beendete das Gespräch. Keeler blickte in den Himmel. Soweit er sehen konnte, war da oben nichts. Die Drohnen waren außer Sichtweite, oben in der Stratosphäre, und drehten ihre Runden über dem Kampfgebiet. Sie fixierten Ziele und schickten Bilder und Daten an eine Kommandozentrale in Tel Aviv. Sie würden ein Sperrfeuer vorbereiten.

Ein altes blaues Seil war an den Kühlergrill des Traktors gebunden. Er löste das Seil und fesselte Hamiehs Handgelenke an den Kühlergrill. Sie ließ zu, dass er sie herumschob und ihren Körper neu positionierte. Hamieh verhielt sich wirklich seltsam, gefügig wie in einem Traum und sah ihn mit großen Kulleraugen an. Vielleicht stand sie unter Drogeneinfluss?

Sie schien kein Englisch zu verstehen, aber er musste es

trotzdem sagen. „Tut mir leid, ich komme wieder und hole dich ab."

Sie wandte den Blick ab und begann zu summen.

Ein rauschendes Geräusch setzte ein, wie aufkommender Wind, erst leise, dann immer lauter werdend, bis es zu einem hohen Kreischen wurde. Die tiefhängenden Blätter zitterten heftig. Es gab drei schwere Schläge und dann stieg nur noch Staub auf, wo die Syrer gewesen waren.

Das Gefühl setzte wieder ein, die Elektrizität vibrierte bis in seinen Nacken. Die Captagon-Pillen hauten jetzt wirklich rein, und es war gar nicht so schlecht. Die Beinwunde pochte nicht mehr. Noch fünf Minuten, bis sich der Fluchtweg öffnete.

Es war Zeit, Ruth zu holen und von hier zu verschwinden.

KAPITEL 65

Keeler machte sich wieder auf den Weg zu dem Raum, in dem er Ruth versteckt hatte. Die Schlacht rückte näher, was bedeutete, dass die Regimeangehörigen auf dem Rückzug waren. Er hörte Rufe, Schüsse aus Handfeuerwaffen, Schreie von Verwundeten und das Zischen und dumpfe Aufschlagen von Panzerfäusten.

Als er um eine Ecke zu dem Wohnblock kam, hörte er vor sich Schreie. Die Kämpfer des Regimes schrien sich auf Arabisch zu, standen unter Kampfstress und gaben hysterische Befehle, die er nicht verstehen konnte.

Das Hauptproblem war, dass ihre Stimmen aus der Nähe des Zimmers kamen, in dem Ruth schwer verwundet auf einem Bett lag. Keeler stand an der Seite des gegenüberliegenden Gebäudes und überlegte, wie er sich am besten nähern konnte. Es war eine heikle Situation, und es blieb keine Zeit, sie so sicher zu lösen, wie er es gerne getan hätte.

Ein Fenster direkt über seinem Kopf lockte ihn, ebenso wie das Gefühl der Unverwundbarkeit, das die Captagon-Pillen in ihm ausgelöst hatten. Keeler stieß den Lauf seines Sturmgewehrs durch das Glas, um die Scherben zu beseitigen, und sprang dann mit Leichtigkeit in einen Raum mit ein paar Betten: ein Spiegelbild dessen, wo er Ruth zurückgelassen hatte. Er spürte eine Art Gefühl in seiner linken Hand und sah, dass er sich eine Wunde durch die Glasscherben zugezogen hatte. Nichts, was ihn umbringen würde.

Er ging zur Tür und lauschte. Von draußen ertönten weiterhin Schreie und Füße stampften auf den Boden. Er drehte den Türknauf, öffnete die Tür, trat zurück und schaute durch den Spalt. Ein paar Regimesoldaten unterhielten sich angeregt, während drei ihrer Kameraden verwundet an der Treppe des Wohnblocks zusammengesackt waren.

Fünf Männer, die fähigeren unter ihnen stritten sich. Keeler hatte keine Möglichkeit zu verstehen, was sie sagten, und auch kein wirkliches Motiv. Diese Männer waren erschöpft; der Kampf hatte ihre Nerven strapaziert, und das Geschrei über den Schüssen machte die Stimmen heiser. Keeler ging nach links, schaute die Gasse hinunter und sah, dass sich nichts bewegte. Auf der anderen Seite sah er dasselbe, niemand sonst, nur die fünf.

Die Uhr tickte; Geduld war keine Option. Er hatte keine Zeit, um herauszufinden, ob diese Männer eine Lebensgeschichte hatten, oder Frauen oder Freundinnen oder Kinder. Das alles war jetzt nicht wichtig, nur Ruth.

Die AK-74M hatte ein Standardmagazin für dreißig Schuss. Er ließ es aus dem Schacht fallen und überprüfte das Magazinfenster. Das Magazin war zur Hälfte leer, also tauschte er es gegen ein volles aus und ließ es im unteren Gehäuse einrasten. Das leichtere Magazin steckte er für später in seine Gesäßtasche. Die Waffe war geladen und gesichert. Er schaltete sie auf Einzelschussmodus.

Er kam aus der Vordertür, mit mittlerer Geschwindigkeit. Die AK-74M im Anschlag, die er mit beiden Händen festhielt, während er mit den Augen die vordere Kerbe in der Laufrille anvisierte. Die Männer standen ihm direkt gegenüber und stritten sich immer noch. Keeler nahm den Mann, der Ruths Tür am nächsten war, ins Visier. Er würde sich am ehesten in

Deckung ducken. Die Soldaten sahen ihn fast gleichzeitig, als er den ersten Schuss abfeuerte, und drehten ihre Köpfe zu der neuen und ungewöhnlichen Bedrohung.

Keeler schoss dem ersten Mann von hinten ins Bein und brachte ihn zu Fall. Er sah nicht zu, wie der Mann zu Boden ging. Sein Ziel war bereits in Bewegung, als seine Füße drei Zementstufen hinunter auf dem Boden landeten. Das Adrenalin schoss in die Höhe und durchströmte seinen Körper. Er drückte zweimal ab, und die Kugeln peitschten und schlugen in einen zweiten Mann ein, als seine Waffe hochkam. Die Kugeln trafen den Mann in Oberkörper und Hals und schleuderten ihn kurzerhand auf die Betonplattform, die als Außenkorridor zum Wohnblock diente.

Der dritte Mann hatte seine Waffe erhoben und feuerte mit voller Kraft, wobei er die AK-47 ohne zu zielen vor sich hielt. Die Kugeln zischten links vorbei, ein paar Meter entfernt. Keeler bewegte sich seitlich in die andere Richtung und verpasste dem Schützen vorsichtig drei Kugeln. Zwei in die Leiste und die dritte traf ihn voll ins Gesicht und löschte ihn buchstäblich aus.

Der Weg war frei.

Die beiden anderen waren zu schwer verwundet, um eine Gefahr darzustellen.

Keeler sprintete über den Weg und spürte das verletzte Bein nicht einmal mehr. Sein Herz raste, aber er konnte es im Zaum halten. Das Training funktionierte, wie es sollte. Der Mann, dem er in den Oberschenkel geschossen hatte, zappelte herum und griff nach der Waffe, die er fallen gelassen hatte. Keeler schoss ihm in den Hinterkopf.

Er stieß die Tür auf. Ruth lag auf dem Bett, die Yarygina-Pistole in der Hand, und feuerte. Keeler warf sich nach rechts und stieß gegen eine Kommode. Sie hatte genau das getan, was er gesagt hatte, nämlich auf jeden zu schießen, der unangemeldet zur Tür hereinkam. Als er bei ihr ankam, schüttelte sie nur noch schwach den Kopf.

„Idiot." Sie reichte ihm die Pistole.

Keeler sagte nichts und schob die Waffe in seinen Hosenbund. Er hob Ruth vorsichtig auf seine Schultern. Sie schlang ihre Arme um seinen Hals, die Finger verschränkten sich auf der anderen Seite. Die beste Art, sich unter diesen Bedingungen schnell fortzubewegen, ist der so genannte *Lope*, bei dem man sich nach vorne lehnt und dem Gewicht erlaubt, einen in einem gebückten Lauf vorwärtszubewegen, statt zu versuchen, aufrecht zu rennen.

Als er sich bergab zum Fahrzeugbereich bewegte, versuchte er, Ruth nicht zu sehr durchzuschütteln. Ihr Kopf war direkt hinter seinem Ohr. Er hörte wieder ihre Stimme, schwach, aber deutlich.

„Du bist ein Idiot."

Das zauberte ein Lächeln auf Keelers Gesicht.

Sie fragte: „Hast du das Mädchen mit dem komischen Namen?"

„Ich habe sie gefesselt wie eine Ziege. Das ist alles sehr seltsam."

Ruth hatte Schmerzen, was man an ihrer schwerfälligen Atmung und dem Stöhnen, das sie zu unterdrücken versuchte, erkennen konnte.

Keeler sagte: „Halte durch, Kiddo."

„Ich bin älter als du."

„Woher willst du das wissen?"

„Das kann ich erkennen."

Eine Minute später war er auf der Lichtung und suchte nach Hamieh. Das blaue Seil, mit dem sie an den Traktor gebunden war, hatte sich gelöst, und sie war nirgends zu sehen.

KAPITEL 66

Das versprochene Drohnentrommelfeuer war noch nicht eingetroffen. Der Typ hatte fünf Minuten gesagt, und Keeler hatte nicht mitgezählt. Er konnte schätzen, dass vielleicht viereinhalb Minuten vergangen waren, seit er Hamieh an den Traktor gefesselt zurückgelassen hatte.

Er war gerade dabei, Ruth in den Land Cruiser zu setzen, als hundert Meter weiter südlich die ersten Raketen einschlugen. Es war nicht nur ein einzelner Einschlag, es waren vielleicht zwei Dutzend. Die Detonationen waren heftig, die Schockwellen bogen die Olivenbäume, wirbelten Staub, Sand und Steine in einem weiten Bogen auf und erschütterten den Boden.

Die Schlüssel des Land Cruiser lagen nicht unter der Sonnenblende. Prima.

Keeler benutzte seine Fingernägel, um die Plastikabdeckung der Zündkammer abzureißen. Es war nicht das erste Mal, dass er ein Fahrzeug kurzschloss. Das Schwierige war nicht, die richtigen Drähte zu finden, sondern sie mit seinen Zähnen freizulegen, da er erst kürzlich einen zahnärztlichen Eingriff erlitten hatte. Beide Vorderzähne wackelten, waren instabil. Er musste sein Gesicht in den Kabelsalat hineindrücken, seinen Hals anspannen und den Eckzahn benutzen, um das Isoliermaterial abzuziehen.

Er kreuzte die Drähte und hoffte das Beste, und der Motor sprang an.

Das Fahrzeug hatte ein Schaltgetriebe. Keeler trat die Kupplung und legte den Rückwärtsgang ein, dann drehte er den Kopf, um aus dem Heckfenster zu sehen. Die geisterhafte Gestalt von Fizza Hamieh bewegte sich über die unbefestigte Fläche neben dem Olivenhain.

„Scheiße."

Er hörte die Worte, damals in Ankara, vor gefühlt einer Million Jahren vor dem Safe House im Diplomatenviertel Çankaya.

Die Frau hatte gesagt: *Hilf dem Mädchen.* Ihr Blick war direkt und hart gewesen, verwundet und verletzlich, aber dennoch eindringlich. Sie hatte es gefordert: *„Du gelobst."*

Er sah ihr direkt in die Augen und sagte: *Sicher, Ma'am, ich werde dem Mädchen helfen.*

Das hatte er gesagt, und er meinte es auch so.

Keeler legte den Leerlauf ein und stieg aus. Er sah Ruth an, die auf dem Rücksitz lag und sich auf das Atmen konzentrierte. „Gib mir eine Minute."

Als er über den staubigen Platz schritt, bot sich ihm ein Anblick des Grauens und der Verwüstung. Die syrischen Wachen waren zerfetzt und zu einem Haufen aus Blut, Fleisch und zerrissener Kleidung reduziert worden. Eine AK-47 schien in die Assad-Statue geschleudert worden zu sein und hatte ein Stück davon abgesplittert. Die Waffe war fast in der Mitte geknickt. Bei den Raketen, die sie getroffen hatten, handelte es sich nicht um explosive Munition, sondern um Klingenwaffen für gezielte Treffer.

Er erinnerte sich, dass der Einschlag in seinen Ohren seltsam geklungen hatte, der peitschende Schrei und dann der Aufprall und der Staub.

Keeler wusste, dass hinter einem solchen Angriff mindestens drei Operators in einem klimatisierten Raum steckten, Teenager, die sich in Bürostühlen zurücklehnten und an kalten Colas nippten, Kinder, die eine Vorliebe für Videospiele gezeigt hatten. Hinter jedem von ihnen stand ein Dutzend weiterer Geheimdienstanalysten und Techniker, die sich darauf konzentrierten, dem Feind den Tod zu bringen.

Sie lebten in einer Welt der Bürogebäude und Kaffeemaschinen, Computerbildschirme und Tastaturen. Sie freuten sich über einen Hit, so wie man sich über eine E-Mail freuen würde. Nicht, dass er das verurteilte; es war nur eine andere Welt als die, die er kannte.

Das war verdammt sicher.

Fizza Hamieh sang gerade vor sich hin, als Keeler seine Hand auf ihre Schulter legte. Der untere Teil ihres Kleides war nun blutdurchtränkt, aber sie schien es nicht zu bemerken.

„Komm schon", sagte er und zog sie zurück zum Land Cruiser. Sie drehte sich um und sah ihn an, ihre Augen konzentrierten sich plötzlich und wurden weicher.

Hamieh sprach auf Englisch. „Relax, Max."

„Du sprichst also doch Englisch."

Sie nickte und sah sich die Zerstörung an. „Das ist so bizarr." Ihr Akzent war rhythmisch und leicht nasal. Hamiehs Augen trafen die seinen. „Die Welt ist ein trauriger und schöner Ort."

Vielleicht fünfzig Meter hinter ihr sah er Bewegung aus der Gasse. Keeler schob sich an Hamieh vorbei und ging in die Knie. Er suchte die Gegend ab und zielte über das Visier. Zwei uniformierte Regimeangehörige waren in den Bereich des Fahrzeugdepots gekommen und sahen sich gerade die Zerstörung an; einer von ihnen trug einen von der Schulter abgefeuerten Panzerfaustwerfer.

Keeler beobachtete, wie der andere ihn bemerkte, ein wenig zu spät. Er registrierte den aufgeregten Gesichtsausdruck des Kerls, die Art, wie er plötzlich in Alarmbereitschaft zuckte, eine Sekunde bevor er starb.

Keeler schoss dem Mann zwei Kugeln in die Brust und streckte ihn nieder. Der Mann mit der Panzerfaust versteckte sich hinter einem Hilux-LKW. Keeler musste sich entscheiden: ihn jagen oder sich schnell in Sicherheit bringen. Es könnten noch andere kommen, angelockt durch den ersten Drohnenangriff im Süden. Er drehte sich um, suchte Hamieh und sah sie dann nur einen Meter entfernt, wie sie ihn verträumt anstarrte.

Die Assad-Statue und der Baum waren nur ein paar Meter entfernt. Das würde zumindest ein gewisses Maß an Deckung bieten.

Er musste zugeben, dass Fizza Hamieh eine ziemliche Belastung war. Er packte sie an den Schultern, drehte sich um und stieß sie hart hinter die Statue. Keeler konnte noch sehen, wie sie nach vorne auf Hände und Knie fiel. Sie stieß einen kleinen Schmerzensschrei aus, der jedoch durch das verräterische Geräusch einer abfeuernden Panzerfaust übertönt wurde. Das dumpfe Zischen und Rauschen, als sie abgefeuert wurde.

Keeler wandte sich der Bedrohung zu und registrierte kaum, dass die Rakete unaufhaltsam auf ihn zukam. Es blieb keine Zeit, Deckung zu suchen. Die Granate detonierte am Sockel der Statue, nicht mehr als fünfzehn Meter von seiner Position entfernt. Ein Gefühl von eisiger Kälte durchströmte seine Brust und seine Schultern. Alles wurde dunkel und verschwamm für vielleicht fünf Sekunden.

Er fand sich auf dem Rücken wieder, die Explosion hatte ihn zu Boden geschleudert. Das billige Captagon, das durch seinen Körper strömte, half ihm wohl gerade, denn die Droge verstärkte das Gefühl des Kampfes. Als er an sich herunterblickte, sah er Blut, zerfetzte Kleidung und verkohltes schwarzes Fleisch. Das Hemd war ihm buchstäblich vom Körper gesprengt worden.

Er spürte ein eisiges Stechen und Kribbeln am ganzen Körper, was nicht schlecht war. Wenigstens gab es ein Gefühl.

Er erhob sich auf ein Knie und blieb dann sozusagen stecken, unfähig, sich zu bewegen. Hamieh erhob sich über ihn. Ihre Hände zerrten unter Keelers Armen und halfen ihm auf.

Sie sprach wieder auf Englisch. „Willst du nicht gehen? Wir kommen noch zu spät zum Film."

Keeler lachte unwillkürlich, der Laut kam wie ein Husten heraus. Er hatte gelobt, eine völlig verrückte Frau zu retten.

„Alles, was Sie sagen, Ma'am."

Er zog die Beine an und stieß Hamieh in Richtung des Land Cruiser. Seine Waffe war weg, sie war ihm buchstäblich aus den Händen gerissen worden. Er erinnerte sich an die Panzerfaust, und ihm kam die Möglichkeit einer weiteren Waffe in den Sinn.

Er ergriff Hamiehs Unterarm und taumelte so schnell er konnte. Zehn Sekunden später saß sie auf dem Beifahrersitz.

Ein zweiter Drohnenangriff sauste heran, der mindestens genauso intensiv war wie der erste. Er kannte den Ablauf, sie hatten den ersten Schlag ausgewertet und zielten nun auf das, was den Fehler begangen hatte, sich zu bewegen. Der Olivenhain auf der anderen Seite des Kreises hatte Feuer gefangen, die Bäume im hinteren Teil brannten lichterloh und stießen schwarzen Rauch aus.

Er wendete das Fahrzeug in einem engen Kreis, vorbei an den Überresten der syrischen Soldaten. Der Mann, der die Panzerfaust abgefeuert hatte, schien sich zurückgezogen zu haben, wahrscheinlich rannte er nach den erneuten Drohnenangriffen um sein Leben. Keeler grinste vor sich hin. Für diese Leute gab es keinen Ausweg: entweder eine Ninja-Rakete oder ein ISIS-Schwert, wie Hamieh gesagt hatte, eine traurige und schöne Welt - bis man von einer Hellfire R9X mit Klingen getroffen wurde, oder was auch immer die Israelis hatten. Dann war die Welt gar nichts mehr.

Keeler trat aufs Gas und fuhr wie ein verrückter Roboter, kaum in der Lage zu sehen, aber angetrieben von den harten Amphetaminen, die durch seinen Körper pulsierten. Irgendetwas war mit seiner Sehkraft nicht in Ordnung, aber er hatte nicht vor, in den Rückspiegel zu schauen, um sich zu vergewissern. Seine Augen funktionierten im Grunde, und das war das Einzige, was im Moment zählte, aber sein Kopf fühlte sich nicht gut an, Schwindelanfälle wallten auf und ebbten ab.

Ein sandiger Weg führte um den Kreis herum und in den Olivenhain. Er rumpelte über Schlaglöcher und Steine und konzentrierte sich auf einen einzigen Punkt in der Mitte der Straße, dem er wie ein Pfeil folgte und nirgendwo anders hinschaute. Der Mann hatte gesagt, dass das Team ihn auf der anderen Seite erwarten würde.

Zwei Minuten später mündete die kurvenreiche Straße in eine Art Steinbruch, in dem Schotterhaufen und massive Steinplatten übereinandergestapelt waren. Eine Gestalt stand auf einer der Platten, winkte ihm zu und wies ihm die Richtung zu einem Sandhügel.

Er hatte dieses Profil schon oft gesehen. Es war Cheevers.

Keeler lenkte den Land Cruiser um den Sandhaufen, und dort stand Bratton neben einer kleineren Gestalt. Sie lehnten an einem von Einschusslöchern durchlöcherten Hilux-Truck. Er erkannte sie, Tina Choi. Keeler hielt das Fahrzeug an und stieg vom Fahrersitz, doch das Bein mit der Messerwunde versagte den Dienst. Er schlug hart auf dem Boden auf, fiel auf den Hintern und sah in den Himmel. Brattons Gesicht zeichnete sich über ihm ab.

Keeler sagte: „Was gibt's, Brat, du hast eine tolle Party verpasst."

Bratton untersuchte bereits Keelers Körper und tastete mit seinen Fingern nach Wunden.

„Halt die Klappe und konzentriere dich auf deine Atmung, Bruder", sagte er und riss einen Verbandskasten auf.

Keeler holte tief Luft und ließ sie langsam wieder ausströmen. Chois Gesicht erschien neben dem von Bratton. Sie sah ernst und besorgt aus und war so hübsch wie immer. Er wollte etwas Witziges sagen, aber er bekam es nicht über die Lippen. Seine Ohren klingelten, aber er konnte immer noch die Geräusche von tieffliegenden Hubschraubern wahrnehmen, die schnell von Süden kamen. Vielleicht drei von ihnen, in Kampfformation. Das Dröhnen der Rotoren wurde lauter.

Bratton war dabei, die Reste von Keelers Hemd mit einer Schere abzuschneiden.

Er sagte: „Die Sparrowhawks, Bruder, wir bekommen einen Freiflug."

Plötzlich tauchte ein Apache auf und kreiste über ihnen, wobei sich das Brummen des Getriebes und das hohe Heulen des Motors mit dem gleichmäßigen Dröhnen der Rotoren vermischten. Der Hubschrauber drehte nach oben und hielt die Position. Die Maschinenkanone, die vorne angebracht war, schwenkte nach links und begann, mit sechshundert-fünfundzwanzig Schuss pro Minute einen tiefen, rhythmi-schen Knall abzulassen. Der Hubschrauber stieg weiter an und richtete sich leicht nach Nordosten aus. Zwei Raketen zischten unter den Stummelflügeln hervor, Hydra 70s. Da würde jemand einen schlechten Tag haben.

Er schloss die Augen und wischte mit einer Handfläche darüber. Als er sie wieder öffnete, konnte er besser sehen. Bratton und Choi drehten ihn auf die Seite und machten irgendetwas mit seinem Rücken; er wusste nicht, was.

Ein Black Hawk rauschte in Sichtweite, und die Sicht aus Keelers seitlicher Perspektive wirkte seltsam. Der Pilot hob die Nase des Hubschraubers nach oben und setzte den Vogel in einem freien Bereich ab. Drei Operators stiegen aus und joggten hinüber, die MP5s dicht am Körper haltend. Der erste von ihnen wandte sich an Bratton und schrie über den Lärm hinweg.

„Wo ist sie?"

Bratton drückte ihn an sich, legte ihm vielleicht eine Hand

auf die Schulter. Keeler blickte auf und sah, wie Bratton mit dem Daumen auf den Land Cruiser zeigte. Keeler versuchte, auf die Beine zu kommen, aber es gelang ihm nicht.

Bratton sagte: „Versuch es gar nicht erst, Bruder."

Dann wurde er auf eine Bahre gerollt und in den Black Hawk getragen. Bratton und ein israelischer Helfer schnallten ihn in einen Schalensitz. Zwei Sanitäterinnen kümmerten sich bereits um Ruth, gaben ihr Sauerstoff und nahmen den improvisierten Verband ab, den Keeler angelegt hatte. Sie arbeiteten professionell, säuberten die Wunde, legten einen intravenösen Zugang und schlossen sie an einen Tropf an.

Cheevers stürmte in die Kabine. Sein grinsendes Gesicht tauchte direkt vor ihm auf. Er griff über Keeler nach oben und setzte ihm das Headset für den Flug auf. Der Lärm von draußen verstummte. Cheevers setzte sein eigenes auf.

Die große Hand des Mannes gab ihm einen sanften Klaps auf das Gesicht. „Mann, du siehst toll aus."

„Ach, ja?"

„Wie ein abgelaufener Burger, den jemand trotzdem gegrillt hat."

Komischer Typ. Keeler merkte, dass sie abgehoben hatten und er es nicht einmal bemerkt hatte.

Die Welt unter ihnen nahm einen surrealen Aspekt an, als sie tief flogen und die Konturen der Landschaft als Deckung benutzen. Er hatte noch genug geistige Energie, um die Szene wahrzunehmen und zu registrieren. Cheevers hatte den Platz direkt ihm gegenüber eingenommen. Choi und Hamieh saßen zusammen auf der anderen Seite. Bratton saß neben ihm. Die israelischen Operators waren beschäftigt, die Sanitäter und Türschützen machten ihren Job. Die Amerikaner waren Passagiere.

Zwischen ihm und Cheevers lag ein Leichensack.

Das fehlende Glied. Keeler sagte: „Calcutti?"

Cheevers sah ihn an und nickte bejahend. „Wir haben einen Mann weniger, Bruder."

Einer der Israelis tippte Choi auf die Schulter, deutete auf sein Headset und zeigte ihr fünf Finger. Sie nickte anerkennend. Keeler beobachtete, wie sie ihr Headset auf Kanal fünf schaltete. Sie sagte etwas Kurzes. Ihr Verhalten änderte sich plötzlich, und er sah, wie sie einen komplizierteren Satz mit vielen Worten sprach.

Er war kein Lippenleser, aber Choi hatte offensichtlich die Worte „*Ja, Madam Undersecretary*", *gesagt*

Fizza Hamieh saß neben ihr und blickte aus der offenen Seite des Black Hawk. Keeler lehnte sich zurück und schloss die Augen, etwas, das sie ihm injiziert hatten, war stärker als das Captagon. Es fühlte sich gut an, flauschig und warm und perfekt.

KAPITEL 67

Er musste eineinhalb Wochen das Bett hüten und konnte dann in einem dünnen Kittel, der seinen Körper kaum bedeckte, durch das Krankenhaus wandern. Das war kein Problem, denn unter dem Kittel hatte er so viele Verbände wie der unsichtbare Mann.

Neben den wichtigen Dingen hatte er auch einen Vorderzahn verloren. Der linke mittlere Schneidezahn war eines Morgens einfach herausgefallen und auf seiner Zunge gelandet, bevor er ihn prompt in seine Hand spuckte. Glücklicherweise verfügte das Krankenhaus in Haifa über eine zahnärztliche Abteilung, die eigentlich zu einer Graduiertenschule für junge Zahnärzte gehörte. Da er als militärisches Unfallopfer eingestuft war, begannen sie sofort mit seiner Behandlung, nachdem die Chirurgen und Ärzte mit den wichtigeren Punkten auf ihrer Liste fertig waren.

Die Splitter der Panzerfaust waren tief in seine Brust,

Schultern und Arme eingedrungen, und die Messerwunde in seinem Bein war überraschend tief. Aber der eigentliche Schaden war durch die Schockwellen der zahlreichen Explosionen entstanden.

Der untere Teil von Keelers Körper war schwer beschädigt. Eine der Detonationen hatte sein Iliosakralgelenk ausgerenkt, was ihm das Gehen erschwerte. Das medizinische Personal behandelte ihn wie ein Kuriosum. Angesichts der Verletzungen hätte er eigentlich gar nicht aufstehen oder gar gehen können. Ein Expertenteam hatte sich Erklärungen einfallen lassen, die im Wesentlichen auf den Schock und die seltsame Art und Weise, wie der Körper im Überlebensmodus funktionieren kann, zurückzuführen waren.

Natürlich wusste Keeler es besser. Der Berserker tat, was getan werden musste.

Der Krankenhausaufenthalt hatte auch positive Aspekte. Erstens erwartete niemand, dass er irgendetwas tat, aus dem Fenster hatte man einen Blick auf den Strand, und es gab einen Flachbildfernseher mit allen möglichen internationalen Kanälen. Ruth war in einem anderen Krankenhaus, näher an ihrem Wohnort. Sie würde sich vollständig erholen.

Ihre Eltern waren der Auffassung, dass Keeler das Leben ihrer Tochter gerettet hatte. Folglich bekam er häufig Besuch, was in der Regel ein selbstgekochtes Mittagessen und englischsprachige Bücher aus der Bibliothek ihres Vaters bedeutete. Ruths Vater war eine Art Philosoph, die Bücher waren keine Geschichten, sie handelten vom Leben und davon, wie man es leben sollte, zumindest interpretierte Keeler die komplizierten Argumente so.

Denn wenn man anderthalb Wochen in einem Krankenhausbett festsitzt, wird sogar das Fernsehen langweilig.

Etwa vier Tage nach seiner Ankunft kamen vier Männer und eine Frau in Keelers Zimmer. Anhand ihrer Kleidung und ihres allgemeinen Auftretens verstand er ziemlich schnell, wer sie waren: Anzugträger der Botschaft in Tel Aviv, die Besucher der CIA in Langley begleiteten.

Es waren Menschen, die an ergonomische Möbel und moderne Bäder gewöhnt waren. Stühle wurden in sein kleines Zimmer gebracht, damit sie es sich in einem Halbkreis um das Bett bequem machen konnten.

Zwei von ihnen sprachen, die anderen beiden beobachteten ihn aufmerksam, als wäre er ein Museumsexponat oder eine Art Performance-Künstler. Die beiden, die sich zu Wort meldeten, stellten Fragen, die in einer kalkulierten Art und Weise formuliert waren. Keeler hielt nicht viel zurück. Er erzählte ihnen, was er konnte, und schwieg nur zum Thema chemische Waffen. Die Sache war die, dass Keeler nichts darüber wissen durfte, und er wollte Tina Choi nicht in Schwierigkeiten bringen.

Die Anzugträger gingen zufrieden nach Hause. Sie sagten, dass er vielleicht sogar eine Art Orden bekommen würde, je nachdem, wie die Chefetage dazu dachte. Das würde warten, bis er sich nach ein paar Wochen Urlaub zum Dienst zurückmeldete. Zu diesem Zeitpunkt wusste er noch nicht einmal, welcher Tag heute war, Freitag, Mittwoch, Samstag, nichts davon war für ihn von Bedeutung.

Choi hatte nicht angerufen, und er hatte auch nicht damit gerechnet, dass sie es tun würde. Sie hatten dort einen kleinen Moment in der Hitze eines seltsamen Kampfes gehabt. Nicht, dass Keeler absolut nichts gewusst hätte, er hatte einen Anruf von Staff Sergeant Leonard, dem Marine Detachment Commander, erhalten.

Die Telefonleitung war nicht gesichert, und Leonard hatte sich an öffentlich zugängliche Informationen gehalten. Aber Leonard redete gern, und Keeler hatte zwischen den Zeilen lesen können. Der amtierende Missionschef, Jim Miller, war gestorben, die genaue Todesursache wurde noch nicht bekannt gegeben. Die Botschaft war von einer Armee von heimatlichen technischen Spionen quasi überrannt worden.

Was Leonard nicht gesagt hatte und Keeler wusste: Die Spione waren von der DIA, wahrscheinlich unter der Leitung von Choi. Sie hatten eine ziemlich große Aufgabe vor sich, die verrotteten Sicherheitsprotokolle zu überholen und die Notfallsysteme des Geheimdienstes in Schach zu halten.

Sobald er seine Beine wieder unter Kontrolle hatte, konnte er mit einer Gehhilfe durch die Krankenhausflure schlendern. Ein paar Tage später konnte er es ohne die Stütze tun. Drei Tage später bat er Ruths Vater um etwas zum Anziehen.

Keeler begann, lange Spaziergänge zu unternehmen und ziellos das heruntergekommene Viertel in der Nähe des Krankenhauses und die Strandgebiete im Süden zu erkunden. Etwa eine halbe Stunde Fußweg vom Krankenhaus entfernt gab es ein seltsames Forschungsinstitut für Ozeanographie aus Beton, das auf massiven Stelzen gebaut war und ins Wasser ragte. Gleich hinter dem Gebäude befand sich eine Saftbar. Keeler saß gerne auf den roten Plastikstühlen und genoss den Sonnenuntergang, trank Granatapfel- und Grapefruitsaft und dachte an nichts Bestimmtes.

Eines späten Nachmittags setzte sich ein älterer Mann auf den Stuhl neben ihm. Joe hatte sich nicht verändert, er hatte immer noch stahlgraues Haar, eine Brille mit Drahtbügeln und blassblaue Augen. In der Hand hielt er ein grünes Getränk mit einem Strohhalm.

Keeler fragte: „Was hast du da, Joe?"

Joe betrachtete das Ding in seiner Hand. „Grünkohl, Ingwer, Spinat und Orange."

Keeler sagte nichts.

Joe räusperte sich. „Ich werde mich nicht für die militärische Abschottung entschuldigen." Er grinste. „Ich habe das gleiche Problem wie alle anderen auch, mir sagt auch niemand viel."

Keeler wusste, wovon er sprach, Fizza Hamieh. Und ja, darüber hatte er sich auch schon Gedanken gemacht.

Er sagte: „Ich dachte mir, entweder erzählt mir jemand etwas oder nicht. Ich schätze, du hast mir etwas zu sagen."

Joes Brille war von der Art, die sich mit zunehmender Helligkeit verdunkelt. Jetzt stand die Sonne tief am Horizont und traf direkt auf sie, und die Gläser hatten sich orange verfärbt. Er nahm einen langen Schluck von seinem grünen Getränk.

„Auf halbem Weg zwischen ekelhaft und sagenhaft. Ich kann mich nicht ganz entscheiden." Er sah Keeler an. „Okay, zum einen ist sie nicht die Tochter von Hassan Nasrallah."

„Die DNA-Übereinstimmung war ein falsches Positiv?"

„Nein, das war korrekt. Sie ist mit ihm verwandt, nur wahrscheinlich nicht seine Tochter."

„Woher wissen sie das?"

„Nun, sie wissen nichts mit hundertprozentiger Sicherheit, weil sie unzuverlässig ist."

„Das letzte Mal, als ich sie sah, war sie völlig verrückt."

Joe sagte: „Das stimmt nicht. Sie ist durch das, was passiert ist, zutiefst traumatisiert, aber es geht ihr jetzt viel besser." Er nahm wieder einen Schluck von dem grünen Getränk. „Übrigens heißt sie nicht Fizza Hamieh, sie ist keine Libanesin oder Syrerin oder gar eine Araberin. Ich weiß nicht, wie sie wirklich heißt, aber ich weiß, dass sie iranische Staatsbürgerin ist."

„Was ist ihre Verbindung zu Nasrallah?"

Joe schob sich die Brille auf die Stirn, blickte aufs Meer hinaus und schob sie dann wieder über die Augen. „Sieht aus, als wäre sie Nasrallahs Geliebte gewesen. Das hat alle ein wenig überrascht, denn der Kerl strahlt nichts als religiöse Frömmigkeit aus."

Keeler sagte: „Aber er ist ein Mensch wie jeder andere, welch eine Überraschung."

Joe zuckte mit den Schultern. „Es scheint, dass er sich auf einer seiner Reisen nach Teheran mit ihr eingelassen hat."

Keeler sagte: „Eine Reise, die nichts mit Tourismus zu tun hatte."

„Genau. Nasrallahs Besuche im Iran wären streng geregelt. Er würde dort Spenden sammeln oder strategische Treffen mit IRGC-Leuten abhalten. Er würde sich nicht an einem Ort wie diesem herumtreiben." Joe fuchtelte mit der Hand herum, eine Geste, die die Umgebung am Strand miteinschloss.

Keeler sagte: „Das heißt, er hat sich mit jemandem zusammengetan, der Verbindungen zur iranischen Elite hat."

„Wieder richtig. Wahrscheinlich gehört sie zur Oberschicht." Er grinste. „Vielleicht die Tochter oder Frau eines hohen Tieres. Diese Information liegt über meiner Gehaltsklasse."

Keeler sagte: „Ja, aber wie ist seine Geliebte an seine DNA gekommen?"

„Nun, sie war von ihm schwanger." Joes Augen weiteten sich vor Faszination, und er sah Keeler an. „Wir dachten, sie wäre wegen einer Nasenkorrektur dort, richtig? Falsch gedacht."

Draußen auf dem Meer hatte die Sonne das Wasser berührt. Die Silhouette eines Mannes zeichnete sich ab, der auf einem Paddelboard das lange Ruder anmutig bewegte.

Keeler fragte: „Sie sind also für eine Abtreibung bis in die Türkei gereist?"

Joe sagte: „Auf Abtreibung steht im Iran eine zehnjährige Haftstrafe. Und soweit ich weiß, wollte Hamieh, oder wie auch immer sie heißt, das Baby behalten und die Vaterschaft offiziell anerkennen lassen."

Keeler sagte: „Mit anderen Worten, sie hat nicht mitgespielt, und man hat sie nach Ankara verschwinden lassen."

„Richtig." Joe sagte: „Für einen erzwungenen Abbruch ihrer Schwangerschaft."

„Brutal."

Joe saugte den Rest seines Smoothies durch den Strohhalm. Er sagte: „Eines der zentralen Rätsel hier ist die Komplizenschaft der iranischen Revolutionsgarden in dieser Angelegenheit. Denn wenn Nasrallah sie entführt hat, ohne die Iraner zu informieren, könnte dies einen hervorragende Keil zwischen sie treiben."

Als er Joe zuhörte, wurde Keeler klar, warum die Frau ihn gebeten hatte, dem Mädchen zu helfen. Sie war eine iranische Mitstreiterin der Opposition und hatte bei ihrer Arbeit im Safe House ihre Landsfrau in dieser Zwangslage gesehen, gezwungen zu einer heimlichen Abtreibung, weit weg von zu Hause. Er konnte die emotionalen Bindungen verstehen, die sich daraus ergeben hätten.

Keeler sagte: „Die Dinge ändern sich nicht, nicht wahr? Politische Zweckmäßigkeit übertrumpft Prinzipien oder Werte. Das Mädchen spielt nicht mit, also werden sie die Beweise los und schaffen sie in Syrien als Sklavenarbeiterin aus dem Verkehr."

„Zur Strafe. Sie wollte das Baby behalten und an die Öffentlichkeit gehen", sagte Joe. „Eine Sache verstehe ich nicht."

„Und zwar?"

„Wie sie die DNA von Hamieh entnommen haben, wenn sie bereits abgetrieben hatte."

Keeler wusste es auch nicht.

Er fragte: „Und was passiert jetzt mit Fizza Hamieh?"

Joe sagte: „Sie wird unsichtbar. Sie ist das gemeinsame Eigentum der CIA und unserer Leute. Sie werden ihr Bestes tun, um sie gegen die Iraner und die Hisbollah einzusetzen. Vielleicht gelingt es ihnen, ein oder zwei Beamte vom Regime hinrichten zu lassen. Vielleicht gelingt es ihnen auch, einen von ihnen als Agenten zu rekrutieren."

„Aber das Mädchen wird an einem sicheren Ort bleiben", sagte Keeler. „Sie wird in nächster Zeit nicht ins Einkaufszentrum gehen, um sich die Nägel machen zu lassen."

„An einer Black Site, ganz sicher."

Sie saßen eine Minute lang schweigend beisammen und blickten in die Sonne, die im Mittelmeer versank.

Joe sagte: „Wir können auch grausam sein, weißt du."

Keeler sagte: „Ich weiß."

„Glaubst du, wir sind besser als die?"

Keeler sagte: „Ja, gerade so."

Joe nickte. „Ich denke, das muss gerade so gut genug sein."

———

Keeler recherchierte im Internet, als er sich im Krankenhausbett zurücklehnte. Es wurde Zelltransfer genannt. Die Zellen des Fötus gelangen über die Plazenta in den Blutkreislauf der Mutter. Vor allem, wenn die DNA-Probe in der Spätphase der Schwangerschaft entnommen wurde. Es gefiel ihm, dass der Gentransfer nicht nur eine Einbahnstraße war.

Er hörte ein Klopfen an der Tür.

Keeler erwartete, dass Ruths Vater ihm das Abendessen bringen würde. Es war zu einer Routine geworden, auf die er sich jeden Tag freute. Die Tür ging auf, aber er war es nicht. Eine junge Frau stand in der Tür. Sie trug die erwarteten Behälter. Er sah, wie ihr Blick zu dem Telefon in seiner Hand wanderte.

„Störe ich?"

„Ganz und gar nicht."

Sie war Anfang zwanzig und hatte einen beeindruckenden Wuschelkopf mit dunkelblondem Haar. Sie setzte sich neben das Bett und beugte sich zu ihm vor, ihr Blick war direkt und offen. Sie war hübsch, hatte gebräunte Haut, Sommersprossen und große grüne Augen. Er konnte sich nicht überwinden, den Blick abzuwenden, und bekam ein komisches Gefühl im Bauch.

„Ich bin Yasmin." Sie konnte nicht aufhören zu lächeln.

„Du bist der Typ, der meiner Schwester das Leben gerettet hat."

Die Schwester von Ruth.

Keeler sagte: „Sie war zäh und hatte Glück."

„Ja, ich weiß, aber du hast sie da rausgeholt. Halt die Klappe und genieß die Lorbeeren."

Er sagte: „Sicher."

Yasmins Augen waren mindestens eine ganze Nuance heller als die von Ruth, dieselbe Farbe, aber eher wie grünes Wasser am Rande eines Riffs.

Sie sagte: „Ich bin erst gestern aus der Armee entlassen worden. Sonst wäre ich schon früher gekommen."

Der zweijährige obligatorische Militärdienst, den Frauen in Israel leisten.

Keeler sagte: „Raus wie wirklich raus?"

„Fix und fertig damit." Yasmin machte eine Handbewegung wie ein Flugzeug, das in die Tiefe stürzt und wieder aufsteigt. Ihr Mund machte ein zischendes Geräusch. „Weg wie weg vom Fenster. Weg wie, sowas von weg."

„Und wie geht es weiter?"

Yasmin hatte nicht aufgehört zu lächeln, und es war nicht einfach nur ein dummes Grinsen; das Lächeln enthielt eine Herausforderung, als würde sie ihn testen. „Du kannst doch laufen, oder?"

„Ja."

„Hast du vor, den Rest deines Lebens in diesem Bett zu liegen?"

Sie sah ihn an, sehr direkt, lächelnd, eine schöne junge Frau in der Blüte ihres Lebens. Es war genau das, was er sehen wollte.

Er sagte: „Nein. Wie lautet der Plan?"

„Der Plan beinhaltet das Konzept der Freiheit und der persönlichen Freiheit, aber er beginnt damit, dass wir die Treppe hinunter zum Parkplatz gehen. Wir steigen in mein Auto und fahren in die Wüste." Sie hob die Essensbehälter hoch. „Ich habe gehört, dass du immer hungrig bist, also kannst du unterwegs essen." Ihr Lächeln war nicht schwächer geworden. „Das ist alles, was ich bieten kann, was die formale Planung angeht."

Keeler sagte: „Hervorragend."

Er dachte darüber nach, wie wunderbar die Welt war, und dachte, dass er jetzt an der Reihe war, sein Glück zu finden.

Ende

EIN AUSZUG AUS BADLANDS

KAPITEL 1

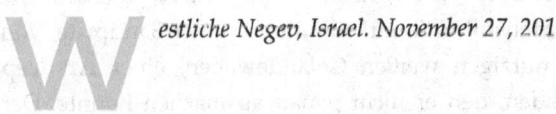

estliche Negev, Israel. November 27, 2016

Ein Ast streifte Tom Keelers linke Schläfe, und er neigte den Kopf ein Stück nach rechts, um sein Auge zu schützen. Yasmin befand sich neben ihm, beide hockten im Dickicht. Der Ast war von ihr gegen ihn geschnippt worden, als sie ihre Position veränderte, und sie nahm kurz Augenkontakt auf. Er wandte seinen Kopf wieder der Aussicht zu.

Genau in diesem Moment tauchte die Sonne unter den Horizont und flackerte auf, als der letzte Flammenglimmer verschwand. Ein blauer Lichthof erhob sich, flammte auf und war verschwunden. Keeler blinzelte zweimal, das zweite Mal länger, bis die Spuren auf der Netzhaut verblasst waren. Als er die Augen öffnete, war eine einsame Hyäne auf dem Hügel direkt vor ihnen aufgetaucht.

Das Tier befand sich im Windschatten des Dickichts, ohne sich bewusst zu sein, dass es beobachtet wurde, und stieg ein paar Meter ab, bevor es mit gesenkter Schnauze der Kammlinie folgte und nach dem Tod suchte.

Die Hyäne hatte ihre Fährte nicht aufgenommen, war aber sicherlich an etwas da draußen interessiert und suchte den felsigen Wüstenvorsprung in einer Art Raster ab. Keeler beobachtete sie bei ihrer Arbeit, eines der perfekten Tiere, das andere für sich töten lässt und erst dann auftaucht, wenn der Jäger erschöpft ist, um die edlere Kreatur von ihrer Beute zu vertreiben und sie für sich selbst zu beanspruchen.

Er schaute Yasmin an und fing ihren Blick wieder ein. Sie wussten beide, was die Hyäne bedeutete, die Wahrheit, die ihre Anwesenheit über die Situation da unten verriet. Sie reichte ihm das Nikon-Fernglas, das sie in ihrem Subaru aufbewahrte.

Ihre Position lag hoch über einer Wüstenebene. Etwa einen Kilometer südwestlich lagen zwei menschliche Gestalten totenstill und verkrümmt auf einer Sandpiste, von einem schmutzigen weißen Geländewagen, einer Art Jeep dort abgeladen, den er nicht genau ausmachen konnte. Der Wind kam aus dieser Richtung. Keeler konnte eine Leiche nicht aus einem Kilometer Entfernung riechen, aber eine Hyäne kann das sehr wohl. Die Tatsache, dass die Hyäne nicht schon auf sie zukam, deutete darauf hin, dass das Tier von der Existenz lebender Menschen mit ihrem Geruch nach Tabak, Kaffee, Öl, Urin und Schweiß abgeschreckt wurde.

Es gab nicht viel, was eine Hyäne davon abgehalten hätte, Beute zu plündern, aber vielleicht war es das Fahrzeug, die Tatsache, dass der Motor noch lief, oder vielleicht war es etwas anderes.

Yasmin hatte ihr Telefon in der Hand. Sie sprach mit tiefer Stimme Hebräisch. Ein paar Sätze in einem kalten Militärjargon. Sie legte auf und schaute Keeler an.

„Ich habe ihnen gesagt, sie sollen einen Moment warten."

Keeler hatte sie davon abgehalten, sofort zu den Toten zu gehen, und es vorgezogen, sie erst einmal eine Weile zu beobachten.

Die Wahrheit war, dass sie nicht wussten, was sie da vor

sich hatten. Es könnte sich um einen politisch motivierten Angriff handeln oder um das Ergebnis eines Streits zwischen Drogenhändlern. Überfälle auf Ersthelfer waren in diesem Teil der Welt eine altbewährte Taktik, also war Vorsicht geboten.

Die Hyäne schnüffelte immer noch herum, vielleicht war ihre Neugier von einer kleinen Fährte geweckt worden. Keeler nahm das Fernglas wieder hoch und scannte das Gebiet um die Leichen herum. Er schwenkte nach rechts, langsam, und schwenkte wieder zurück. Er suchte eingehender und ließ sich von der Landschaft entlang der Konturen der Wüste führen.

Die Leichen lagen verstreut auf einem Feldweg. Etwa zehn Meter entfernt von einem schmutzigen weißen Geländewagen, einer Art Jeep, den er nicht genau ausmachen konnte. Wenn er darauf wetten müsste, würde Keeler vermuten, dass es einen Streit zwischen Beduinen um Schmuggelware gegeben hatte. Vielleicht hatte der Aasfresser eine verwundete Person wahrgenommen, die noch lebte, sich aber in der Nähe ins Gebüsch verkrochen hatte.

Die Hyäne war verschwunden, als er das Fernglas senkte.

Keeler sagte: „Komm, wir gehen da runter und schneiden ihnen den Fluchtweg ab. Wir gehen in Position, und du meldest es. Deine Leute sollen einen ordentlichen Aufruhr machen. Wenn sich die Täter dort verstecken, werden sie vor einer echten Truppe fliehen. Wir werden vor Ort sein, um sie zu fangen, wenn sie denken, dass sie sicher aus dem Schneider sind."

Yasmin sagte: „Vorausgesetzt, du hast recht." Sie rückte ihren Pferdeschwanz zurecht. „Woher willst du wissen, welche Richtung sie einschlagen werden?"

Keeler hatte das Terrain studiert. Im Norden befand sich eine kleine Wüstensiedlung. Die Grenze lag auf der anderen Seite der Piste, vielleicht einen halben Kilometer westlich.

„Sie werden nach Südwesten ziehen." Er zeigte darauf. „Dort."

„Hmm." Sie gab ein schnalzendes Geräusch von sich, die Zunge am Gaumen.

Sechs Tage zuvor war Yasmin die Sektorkommandantin in diesem Gebiet gewesen. Sie hatte gerade erst ihren Armeedienst im Karakal-Bataillon beendet, einer Kampfeinheit mit Männern und Frauen, die für das Grenzgebiet zuständig war. Sie hatten sich in einem Krankenhaus kennen gelernt, in dem sich Keeler von seinen Verwundungen erholte, die er in den syrischen Badlands erlitten hatte. Er war dort in einen Kampf verwickelt worden, mit Yasmins Schwester Ruth an seiner Seite, die immer noch im Krankenhaus lag.

Yasmin hatte Keeler aus dem Krankenhaus geholt und ihn auf eine Tour zu ihren Lieblingsplätzen in der Wüste mitgenommen. Sie hatten zwei Kilometer entfernt gezeltet, als sie den Anruf erhielt. Der jetzige Sektorkommandant war sechs Tage zuvor ihr Stellvertreter gewesen, und alte Gewohnheiten lassen sich nur schwer ablegen. Die nächstgelegene Kampfeinheit war noch fünfzehn oder zwanzig Minuten entfernt. Keeler und Yasmin waren die Ersthelfer.

Ihre Position befand sich südlich des Gazastreifens, in einem kargen Wüstengrenzgebiet, wo der Staat Israel auf Ägypten trifft. Keeler konnte im Südosten die Ausläufer des Sinai-Gebirges ausmachen, am Horizont bereits eine zerklüftete Linie aus messerscharfen Felsformationen in Rot und Violett. Er mochte dieses Land, einen Ort, an dem die Dinge eine Rolle spielten, an dem die alltäglichen Abläufe zerbrechlich schienen und auf eine Weise Schutz bedurften, wo alles zu Hause so selbstverständlich schien.

Yasmin sprach in ihr Telefon. Für Keeler klang die Sprache sowohl sanft als auch rau, sie benutzte viel mehr Bereiche der Kehle, als seine Ohren es gewohnt waren, aber es gab auch interessante Dinge, die mit den Vokalen passierten, wie z.B. zwei Vokale hintereinander ohne einen Konsonanten.

Sie sagte: „Okay, dann mal los."

Sie krochen rückwärts aus dem Gebüsch. Unterhalb des Kammes rollten sie beide auf den Rücken und schauten in den Wüstenhimmel, der jetzt in der Dämmerung in wunderschönem Violett über ihnen stand.

Yasmin sagte: „Oh Mann, ich liebe es hier." Sie hatte ein breites Grinsen im Gesicht und strahlte vor Glück. Das erfüllte Keeler mit Hoffnung.

Er spielte mit dem Bolzen der M4 in seinen Händen, ging in die Hocke und begann den Abstieg, während Yasmin ihm folgte. Sie erreichten den Boden eines trockenen Flussbetts, eines *Wadis*, wie es hier heißt, und gingen in Richtung Süden. Fünf Minuten später holte Yasmin ihn ein. Sie war 23 Jahre alt. Groß und dunkel, bekleidet mit Jeans und einer Art Hippie-Shirt. Sie trug ein weiteres M4-Gewehr mit kurzem Lauf und hielt es wie ein Profi. Das war Yasmin. Je mehr Zeit verging, desto mehr schätzte er sie, und es gab keine Anzeichen dafür, dass dies in absehbarer Zukunft nachlassen würde.

Zehn Minuten später erklommen sie einen Hügel, krochen auf den Gipfel und legten sich auf den Bauch in den Sand. Keeler hatte das Fernglas. Er konnte die Leichen von dort aus nicht sehen, aber er konnte sich orientieren.

Er stupste sie an, und sein Kinn zuckte nach Westen. Sie folgte seinem Beispiel, und sie bewegten sich noch eine Viertelstunde lang leise. Der Abstieg führte durch ein weiteres Wadi, dessen Felswände horizontal in verschiedenen Schattierungen von Rosa, Orange und Rot gestreift waren. Er dachte sich, dass dies die beste Route sei, wenn man als Täter außer Sicht bleiben und sich nach Süden bewegen wollte.

Keeler führte sie das trockene Flussbett hinauf, bis er eine Ansammlung von Felsbrocken fand, die eine flache Höhle in der Felswand abschirmten. Dort konnten sie sich verstecken und warten. Die unausgesprochene Vermutung war, dass sie nach beduinischen Schmugglern suchten, die aus Ägypten eingedrungen waren.

Yasmin gab ein Update über ihr Telefon. Sie sprach schnelles Hebräisch in gedämpftem Ton.

Keeler sagte: „Sag ihnen, sie sollen einen dramatischen Auftritt hinlegen."

Sie nickte ihm zu, mit einem schmalen Lächeln im Gesicht. „Sie werden ordentlich Lärm machen."

Es wurde dunkler, das Weiße ihrer Augen blitzte ihn an, aufgeregt über die Aussicht auf Kontakt mit dem Feind.

Er wurde still und ließ seinen Atem ganz ruhig werden, wie eine Katze, die sich auf die Jagd vorbereitet. Beduinen waren in der Lage, in der Wüste zu verschwinden. Man würde sie nie finden, wenn sie wüssten, dass man dort war. Yasmin war nur ein paar Meter entfernt und saß mit ihm im felsigen Sand, mit dem Rücken zur Höhlenwand. Sie waren sich des jeweils anderen körperlich bewusst. Sie kannten sich erst seit sechs Tagen, aber diese sechs Tage waren sehr intim gewesen, von Anfang an.

Es dauerte nur fünfzehn Minuten, bis das schwere Brummen von zwei Apache-Hubschraubern zu hören waren. Er spürte, wie die vibrierenden Töne aus dem Stein, dem Sand und dem Felsen aufstiegen und sich ihren Weg zu den kleinen Knochen in seinem Innenohr bahnten. Es war, als würde er komplizierte Musik hören, wie schrägen Jazz oder so. Keeler war ein Aficionado, der die Melodie verstand und interpretierte.

Es hörte sich an, als flögen die Hubschrauber im Tiefflug durch die Wüstentäler, schnell und synchronisiert, um einen maximalen Effekt zu erzielen. Keeler stellte sich die Piloten vor, mit Flughelmen und Head-up-Displays, die mit Daten gefüttert wurden und mit Wärmebildgeräten und anderen, weniger bekannten Sensoren die Umgebung erforschten.

Hinten würden Männer sein, die bereit waren, mit gezogenen Schusswaffen zuzuschlagen. Keeler korrigierte das

Bild. Im hinteren Teil der Apachen würden Männer und Frauen sitzen, denn diese spezielle Einheit war bekannt als *Karakal* und bestand derzeit zu etwa 70 % aus weiblichen Mitgliedern.

Kein Geräusch von Handfeuerwaffen von unten und kein Geräusch von Hubschraubern, die die großen Kanonen ausfuhren. Nur der dumpfe Schlag der Rotoren und das dazugehörige militärische Motorengeräusch, das in Stereo zu hören war. Yasmin bewegte sich leicht, und Keeler interpretierte. Sie rechnete damit, dass die Opposition das Wadi hinunterkommen würde.

Nicht ganz zu Unrecht, denn fünf Minuten später grub sie ihre Fingernägel in sein Knie. Sie hatte bereits das Fernglas in der Hand und blickte nach Norden.

————

DIE GESCHICHTE GEHT WEITER IN BADLANDS. ERHÄLTLICH ÜBERALL, WO ES BÜCHER GIBT.

EINE KOSTENLOSE NOVELLE ERHALTEN

Der Aufbau einer Beziehung zu meinen Lesern ist das Beste am Schreiben. Ich verschicke gelegentlich einen Newsletter mit Details zum Schreiben, Neuerscheinungen und anderen Neuigkeiten rund um die Abenteuer von Tom Keeler.

Und wenn Sie sich für meine Lesergruppe anmelden, schicke ich Ihnen ein Exemplar von Switch Back, einer Tom Keeler-Novelle.

HOLEN SIE SICH IHR KOSTENLOSES EXEMPLAR VON SWITCH BACK HIER

Viel Spaß beim Lesen,

JL

AUSSERDEM VON JACK LIVELY

Die Tom Keeler-Romane können in beliebiger Reihenfolge gelesen werden.

(Übersetzt ins Deutsche)
<u>Straight Shot</u>
Breacher
Impact
Hard Candy
Badlands
Berserker
The Reckoning

HAT IHNEN DIESES BUCH GEFALLEN?

SIE KÖNNEN EINEN GROSSEN UNTERSCHIED MACHEN

Rezensionen sind das mächtigste Werkzeug in meinem Arsenal, wenn es darum geht, Aufmerksamkeit für meine Bücher zu erlangen. So schön es auch wäre, ich habe nicht die finanziellen Mittel eines New Yorker Verlags. Ich kann keine ganzseitigen Anzeigen in der Zeitung schalten oder Plakate in der U-Bahn aufhängen.

Aber ich hoffe, dass ich etwas habe, das viel leistungsfähiger und effektiver ist als das, und es ist etwas, für das diese Verleger töten würden, um es in die Finger zu bekommen.

Eine engagierte und treue Leserschaft.

Ehrliche Rezensionen zu meinen Büchern tragen dazu bei, andere Leser auf sie aufmerksam zu machen. Wenn Ihnen dieses Buch gefallen hat, wäre ich Ihnen sehr dankbar, wenn Sie sich nur fünf Minuten Zeit nehmen könnten, um eine Rezension zu hinterlassen (sie kann so kurz sein, wie Sie möchten).

Besuchen Sie dazu einfach **jacklively.com**.

Ich danke Ihnen vielmals.

Jack Lively

ÜBER DEN AUTOR

Jack Lively wurde in Sheffield im Vereinigten Königreich geboren. Er wuchs in den Vereinigten Staaten von Amerika auf. Er hat als Fischer, Eiswagenfahrer, Unterwasserkameramann, Tankwart und Außenbordmotorreparateur gearbeitet. Eine weitere Besonderheit von Jack ist, dass er, da er ohne Fernseher und vor dem Internet aufgewachsen ist, immer gelesen hat. Später begann Jack zu schreiben. In all den langen Jahren, in denen er Gelegenheitsjobs machte und herumreiste, schrieb Jack. Er schrieb in Bars und Cafés, auf Schiffen und in Zügen und sogar auf langen Busreisen.

Schließlich schrieb Jack ein Buch zu Ende und dachte sich, dass er genauso gut sehen könnte, ob jemand es lesen wollte.

Tom Keeler ist ein Kriegsveteran, der in einer taktischen Spezialeinheit der United States Air Force als Sanitäter diente. Die Serie beginnt, nachdem Keeler seine Entlassung aus dem Militär erhält. Keeler will sich einfach nur vom Wind treiben lassen. Aber um ihn herum passieren Dinge, und Keeler ist nicht der Typ, der einfach davonläuft.

Jack Lively lebt mit seiner Familie in London.

COPYRIGHT

ISBN 978-1-0686930-3-8
General Projects Ltd.
London, UK.
www.jacklively.com

www.ingramcontent.com/pod-product-compliance
Lightning Source LLC
Chambersburg PA
CBHW010254100726
47904CB00011B/2585

* 9 781068 693038 *